ARNON GRÜNBERG

1971 in Amsterdam geboren,
fand mit seinen Romanen »Blauer Montag«,
»Statisten« und »Der Vogel ist krank« weltweite
Anerkennung als Wunderkind und Enfant terrible
der niederländischen Literatur.
Unter dem Pseudonym Marek van der Jagt
veröffentlichte er »Amour fou« und »Monogam«.

DIE BRIGITTE-EDITION

ERLESEN VON ELKE HEIDENREICH

BAND VIII

ARNON GRÜNBERG

Phantomschmerz

ARNON GRÜNBERG

Phantomschmerz

Roman

Aus dem Niederländischen von

Rainer Kersten

DIE BRIGITTE-EDITION

1

Harpo

»Ich hab das Zeug zum Monarchen«, sagte Robert G. Mehlman eines Abends. Wir saßen auf der Terrasse des Santa-Caterina-Hotels in Amalfi. Es war kalt für die Jahreszeit. Er trug seinen blauen Mantel. An seinen Lippen klebten Erdnußreste. Er roch anders als früher. Nach Kellern, in denen viel getanzt und nie gelüftet wurde. Auf seiner weißen Sommerhose war ein Soßenfleck, und seine Hände zitterten wie kleine, kranke Vögel, die emporfliegen wollen, aber immer wieder auf den Boden fallen.

Mehlman war mit drei Schrankkoffern und einer großen Tasche voll ungeöffneter Post durch ganz Europa gereist, und jetzt war er im Hotel Santa Caterina abgestiegen, wo er ein Zimmer mit Aussicht aufs Meer zum halben Preis bekommen hatte, weil die Saison in diesem Jahr einfach nicht losgehen wollte.

Früher reiste er mit seinem Sekretär, doch der hatte sich aus dem Staub gemacht.

Als ich kam, um ihn zu sehen, wollte Mehlman mich zuerst nicht empfangen. »Hau ab«, rief er, »du siehst doch, was mit mir los ist!«

Ich wollte sofort wieder abreisen, schließlich hatte ich die ganze Reise nicht gemacht, nur um mich von ihm anschnauzen zu lassen. Aber am Telefon sagte meine Mutter: »Bleib erst mal da, er ändert seine Meinung sicher wieder.«

Beim Frühstück am nächsten Morgen hatte er tatsächlich seine Meinung geändert. »Was du da anhast«, sagte er, »das Zeug, das mußt du wegwerfen.«

Zwei Kellner starrten mürrisch auf den grauen Himmel. Die Saison war schon drei Wochen überfällig. Ein Österreicher fragte in schlechtem Italienisch: »Wann geht hier ein Zug nach Süden?«

»Hier fahren keine Züge«, sagte der Kellner auf englisch. »Wenn Sie nach Süden wollen, müssen Sie ein Taxi nehmen.« Der Kellner stellte sich an unseren Tisch. »Stimmt es, daß Sie heute zahlen möchten, Meneer Mehlman?«

Mehlman nickte, und der Kellner sagte, während er aufs Meer starrte: »Ja, wenn ein Gast erst mal da ist, wird man ihn so schnell nicht wieder los.«

Unter dem Tisch stand die Tasche voll ungeöffneter Post. Mehlman kramte darin herum, holte eine Rechnung hervor, betrachtete sie flüchtig und zerriß sie in tausend kleine Schnipsel. »Sie wissen ja doch nicht, wo ich bin«, sagte er, »und bis sie mich gefunden haben, bin ich längst tot.«

Er wischte sich etwas Marmelade von den Lippen und bestellte ein Glas Whisky. Der Kellner wollte gehen, doch er hielt ihn zurück. »Als ich so alt war wie du«, sagte er, »hatte ich auch noch Haare, und was für welche!«

»Das Leben rast wie ein D-Zug«, sagte der Kellner und starrte weiter aufs Meer.

Die Haare, die Mehlman noch hatte, waren weiß und standen in alle Richtungen.

»Jetzt ist es fast ein Jahr her«, sagte er.

»Was«, fragte ich, »was ist ein Jahr her?«

»Daß mein Sekretär abgehauen ist.«

Der Österreicher stand auf. »Und gibt's hier Taxis, die in den Süden fahren?« fragte er mit lauter Stimme.

Alle im Frühstücksraum sahen ihn an. Viele waren es nicht, es gab mehr Kellner als Gäste.

Ein älterer Herr am Fenster mit mindestens fünf ausländischen Zeitungen vor sich sagte mit affektierter Stimme: »Ich komme schon seit dreißig Jahren hierher, ich weiß mehr über diesen Ort als das Personal. Wenn Sie ein Taxi in den Süden wollen, kann ich Ihnen ruckzuck eins besorgen.«

Eine Dame, die sich am Buffet gerade Ananasstückchen auf den Teller legte, rief: »Meine Eltern kamen auch schon immer hierher, und ich sage Ihnen: Fahren Sie nicht in den Süden, weiter südlich kommt nichts mehr, nur noch Armut.«

Der Österreicher legte keinen Wert auf ihre ungebetenen Ratschläge. »Wenn ich in den Süden will, ist das meine Sache.«

»Genau«, sagte der Herr mit den Zeitungen, »und wenn Sie ein Taxi möchten, kommen Sie zu mir. Ich kenne jeden hier im Dorf.« Er blickte triumphierend um sich, und weil niemand reagierte, fuhr er fort: »Als ich sechzehn war, sagte mein Lateinlehrer zu mir: ›Henri, die meisten Leute sind tot, weck sie nicht auf.‹ Aber ich hab mich nicht um seinen Ratschlag geschert, ich habe sie wach gerüttelt, wo immer ich konnte.«

»Hättest sie besser schlafen lassen«, murmelte Mehlman.

Die Dame, die noch immer mit ihren Ananasstückchen kämpfte, kam auf ihr Lieblingsthema zurück: »Südlich von hier beginnt die Armut, ich bin da gewesen, zuerst mit meinen Eltern und vor fünf Jahren noch mal allein, und nichts hatte sich geändert.«

Mehlman schmierte sich bedächtig ein Brötchen mit Marmelade. Ich glaube nicht, daß er wirklich vorhatte, das Brötchen zu essen.

»Ich will nicht wach gerüttelt werden«, sagte der Österreicher, »ich will in den Süden, ich brauche Sonne, ich hab's im Kreuz.«

Einige Kellner begannen schon wieder für den Lunch zu decken. Ich bekam den Eindruck, daß manche Gäste den ganzen Tag hier saßen und auf die nächste Mahlzeit warteten; erst nach dem Abendessen kehrten sie in ihre Zimmer zurück. Höchstens zwischen fünf und sechs gingen sie vielleicht mal kurz runter ins Sportcenter zum Tischtennisspielen.

»Du mußt sterben, bevor dein Geld alle ist«, sagte Mehlman, »und nicht umgekehrt, sonst wirst du den Menschen nur zur Last. Und das haben sie nun auch wieder nicht verdient.«

Robert G. Mehlman ist mein Vater. Auch wenn er das in seinen Anfällen wilder Raserei immer wieder abstritt. »Ich – dein Vater?« rief er dann. »Du weißt doch, was deine Mutter für eine ist!«

Als ich geboren wurde, hatte der Ruhm Robert G. Mehlmans seinen Höhepunkt erreicht. Er war mehr als ein großes Talent. Doch nach fünf Jahren war von diesem Ruhm nicht mehr viel übrig, meine Mutter verglich meinen Vater oft mit einem Strauß Rosen, der zu lange ohne Wasser in der Vase gestanden hat.

Wahrscheinlich wurde ich gezeugt, weil mein Vater ein einziges Mal in seinem Leben ein Versprechen halten wollte. Weil meine Erzeuger sich in einer Krise befanden und nicht wußten, was sie taten. Doch wichtig ist nur, daß ich gezeugt wurde; warum, spielt keine Rolle. Obwohl mein Vater das natürlich auch wieder abstreiten würde. »Jedes Detail ist wichtig«, würde er sagen, »nichts darf unserer Aufmerksamkeit entgehen.«

Aber so ist es natürlich nicht. Viele Details sind unwichtig. Die meisten, um genau zu sein. Was hier eine Rolle spielt, ist nur, daß ich an einem kalten Januartag in einem Hotel in Long Island geboren wurde.

Am Anfang der Schwangerschaft hatten meine Eltern noch über die Vorteile einer Abtreibung gesprochen, doch diese Gespräche dauerten so lange, daß es schließlich zu spät dafür war. Meiner Mutter, die unbedingt ein Kind wollte, waren plötzlich Zweifel gekommen. Eine Geburt schien ihr ein Alptraum, doch eine Abtreibung auch, und zu guter Letzt fand sie, daß eine Geburt dann immer noch der erträglichere Alptraum war.

Meine Eltern waren gerade für ein paar Tage auf Urlaub in Montauk. Mein Vater liebte es, in Hotels zu arbeiten. Die Wehen kamen früher als erwartet. Sie wollten ins Krankenhaus, doch es war schon zu spät. Man holte eine Hebamme. Sehr viel hat die auch nicht mehr tun können.

Während der Geburt betrank sich mein Vater im Hotelrestaurant. Mit Aussicht aufs Meer. Der Rechnung zufolge, die er für mich aufhob und mir an meinem vierzehnten Geburtstag – mit Rahmen und allem Drum und Dran – überreichte, muß er an jenem Abend zwei Flaschen Chianti, vier Gläser Grappa und zwei Flaschen Champagner bestellt haben. Ich vermute, daß der Chianti und der Grappa vor meiner Geburt und der Champagner danach bestellt wurden.

Auch scheint er an jenem Abend – doch hierzu gehen die Meinungen auseinander – eine Kellnerin um ihre Hand gebeten zu haben. Meine Mutter heulte, ich kreischte wie besessen, die Hebamme schlug mir auf den Hintern, und zwei Stockwerke unter uns machte mein Vater einer anderen einen Heiratsantrag.

Bei meiner Beschneidung fiel mein Vater in Ohnmacht. Nicht wegen des Bluts oder weil er es nicht ertragen konnte, daß mir Schmerzen zugefügt wurden, sondern einfach, weil es für ihn der bequemste Ausweg war. Eine Freundin von ihm – meine Mutter konnte sie nicht ausstehen und nannte sie »die hohle Nuß« – war auch zu meiner Beschneidung gekommen. Dem Vernehmen nach hat meine Mutter gerufen: »Wenn die hohle Nuß kommt, findet die Beschneidung nicht statt.« Doch da saß die hohle Nuß schon lange in ihrer Bank.

Kurz darauf fiel mein Vater in Ohnmacht. Sie haben ihn mit süßem Rotwein wieder zu sich gebracht. Und meine Oma, die angesichts des Todes eine Vitalität entwickelte, die ihr heute so schnell keiner nachmacht, rief, sie sollten vorsichtig sein, weil mein Vater ein sehr empfindsamer Mensch sei. Als er wieder zu sich kam, versuchte er, so gut es ging, die hohle Nuß und meine Mutter voneinander entfernt zu halten. Meine Beschneidung war offenbar die erste in einer Kette kleinerer und größerer Katastrophen, obwohl vor allem meine Mutter davon überzeugt gewesen war, daß ein Kind eine heilende und beruhigende Wirkung auf meinen Vater ausüben würde.

Während der Arzt das Messer an meinem Geschlecht ansetzte, flüsterte meine Mutter: »Welcher Teufel hat dich geritten, diese hohle Nuß einzuladen, hast du denn gar keinen Respekt mehr vor mir?« Und mein Vater flüsterte: »Das ist nicht der richtige Moment, laß uns ein andermal darüber sprechen.« Aber das flüsterte er immer.

David, der beste Freund meines Vaters, mit dem er schon zusammen zur Schule gegangen war, versuchte die Wogen zu glätten, doch umsonst. »Ich habe wenig Verständnis für dein Verhalten, und bewundern kann ich's schon gar nicht«, soll er meinem Vater ins Ohr geflüstert haben. »Worauf hast du dich da eingelassen, warum läßt du dir so auf der Nase herumtanzen?« Und meine Mutter soll gerufen haben: »Hör auf, David, mach ihn nicht noch verrückter, als er schon ist.«

So gingen meine Eltern völlig in einer Diskussion über eine hohle Nuß auf, während ich beschnitten wurde.

In den ersten Jahren meines Lebens wohnten wir in New York. Es war die Idee meines Vaters, mich Harpo zu nennen. Und weil meine Mutter auch noch einen normalen Namen wollte, kam Saul dazu. Harpo Saul Mehlman, so heiße ich.

Auf die Geburtsanzeigen hatte mein Vater folgenden Text drucken lassen: »Harpo Saul Mehlman gibt sich die Ehre, Ihnen sein Entree in die Welt bekanntzugeben, und sendet Ihnen viele Küßchen«, was meine Mutter nachträglich betrachtet doch nicht so eine gelungene Idee fand.

Daß es schlicht tierisch ist, sein Kind Harpo zu nennen, steht außer Frage. Natürlich gibt es noch viel mehr tierische Namen, aber Harpo ist doch so ziemlich der schlimmste.

Mein Vater arbeitete an seinem Opus magnum, meine Mutter in einer Tagesklinik für psychisch Gestörte. Ihr berühmtester Patient war ein Mann, der mit der Wand redete, in der Annahme, dem Geheimdienst auf diesem Wege Nachrichten zu übermitteln. Als der Geheimdienst nicht auf seine Berichte einging, wurde er destruktiv. So landete er bei meiner Mutter. Über diesen Mann hat sie promoviert. Dank meiner Mutter erkannte er, daß er zwanzig Jahre lang umsonst mit einer Wand geredet hatte. Diese Erkenntnis war zuviel für ihn, und er stürzte sich in einen Fahrstuhlschacht. Das war ein Wermutstropfen in der Promotionsfeier meiner Mutter, schließlich war er dort als Ehrengast geladen worden. Nach diesem Vorfall veröffentlichte sie einige Artikel, in denen sie die Frage aufwarf, ob es wirklich vernünftig sei, Menschen völlig von ihren Wahnideen zu heilen.

Die Psychiatrie hat sich mein Vater immer vom Hals gehalten. Obwohl er jahrelang dreimal wöchentlich zu einem Therapeuten ging, und zwar – wie er sagte – zu keinem anderen Zweck als dem, den Therapeuten zum Lachen zu bringen. Hatte der Therapeut mindestens einmal gelacht, war die Sitzung gelungen. Als er kurz nach der Scheidung den Therapeuten einmal nicht zum Lachen bringen konnte, brach mein Vater die Therapie abrupt ab und versank in eine tiefe Depression.

Übrigens wußte meine Mutter, daß mein Vater seinen Therapeuten als Versuchskaninchen für die

Geschichten benutzte, die er später aufschrieb und in die Welt schickte. Verständlicherweise hatte sie ihre Zweifel, ob man einen Therapeuten für diesen Zweck benutzen sollte, doch mein Vater fand es eine geniale Idee. Außerdem, sagte er, heiligte der Zweck die Mittel.

Meiner Mutter zufolge war die Psychiatrie Robert G. Mehlman gegenüber machtlos. Jeder andere hätte dies wahrscheinlich als eine Beleidigung aufgefaßt, mein Vater hielt es für ein Kompliment. »Den Therapeuten, der mich heilen kann, nehme ich in mein Testament auf«, hörte ich ihn oft sagen. Dann trommelte er mit den Fingern auf dem Tisch.

Nach seinen Worten würde ein Therapeut, der ihn zwei Jahre lang intensiv behandelte, selbst im Irrenhaus landen. Nach Meinung meiner Mutter, die schließlich doch fast zwanzig Jahre mit ihm die Wohnung geteilt hatte, war er damit ausnahmsweise einmal ganz nahe an der Wahrheit.

Morgens arbeitete mein Vater, nachmittags gingen wir ins Kino. Fast nirgends bin ich in den ersten zehn Jahren meines Lebens so oft gewesen wie im Kino. Oft sahen wir mehrere Filme am selben Tag, manche sogar zwei- oder dreimal.

Dies sind meine ersten Erinnerungen: Mein Vater und ich rennen von Film zu Film, während meine Mutter Patienten heilt, die sich mit der Wand unterhalten.

Mein Vater war Schriftsteller. Meine Achtung vor Literatur und Schriftstellern ist noch kleiner als die vor Männern im allgemeinen. Wer in der Küche eines Restaurants aufwächst, hat von Restaurants vermutlich auch eine andere Meinung. Und der Sohn eines Glasbläsers wird ein Stück Glas nie genauso betrachten können wie irgendein unwissender Laie.

Während jeder glaubte, daß mein Vater an seinem Opus magnum schrieb, und ich vor ihm auf dem Boden mit Bergen von Spielsachen beschäftigt war, schrieb er in Wirklichkeit Briefe. Briefe an mich, Briefe an die Gasversorgungsgesellschaft, Briefe an die Bank, Briefe an die hohle Nuß, Briefe an Leute, von denen er glaubte, daß sie ihn übers Ohr hauen wollten, Briefe an Unbekannte, denen er in Kneipen begegnet war und denen er auf hinterhältige Weise die Adresse abgeluchst hatte.

Später, als der Verleger ungeduldig wurde, weil der Liefertermin für das Opus magnum immer wieder verschoben wurde, entschloß sich mein Vater, seine Briefe an mich zu publizieren, und zwar unter dem Titel *Briefe an Harpo*. Übrigens ohne mich hierfür um Erlaubnis zu fragen.

Seinen ersten Brief an mich schrieb er, als ich ungefähr fünf Monate alt war.

Lieber Harpo,

wenn Du dies liest, bin ich ein alter Mann, höchstwahrscheinlich kahlköpfig, und das wird noch das geringste von allen Übeln sein, die mich erwarten. Möglicherweise bleiben nicht mal Haare auf dem Rücken mir erspart. Trotzdem möchte ich Dich schon jetzt, wo Du noch keine fünf Monate alt bist, dazu ermahnen,

Dir später immer die Zeit für einen guten Lunch zu nehmen. Anderthalb Stunden Lunch sind kein Luxus, sondern eine Lebensnotwendigkeit. Welche Arbeitsbedingungen Dich in der Zukunft auch immer erwarten, bestehe auf mindestens anderthalb Stunden Mittagspause. Ein langer Lunch bricht dem Tag das Genick, und das ist, glaub mir, das mindeste, was man tun kann, denn die Tage sind auch so schon lang genug.

Hier muß ich aufhören, denn gleich kommt Deine Mutter, und wir wollen ja wenigstens, daß die Wohnung auf den ersten Blick ein bißchen aufgeräumt aussieht und ich meine Schuhe wie versprochen beim Reinkommen ausgezogen habe, damit die Putzfrau nicht umsonst gewischt hat. Auch dies laß Dir bereits jetzt von mir gesagt sein: Wischen ist immer umsonst. Wenn Du Dir das schon mal merkst, kommt der Rest von allein.

Dies war der erste von ungefähr fünfhundert Briefen an mich, die mein Vater später, als er in Geldnot war, versteigern ließ, mit dem Versprechen, sie innerhalb weniger Monate wieder für mich zurückzukaufen.

Ab meinem sechsten Lebensjahr nahm mein Vater mich in Kneipen, Bars, Kaffeehäuser und Hotelfoyers mit, wo wir irgendwelche Leute trafen. Fast immer waren es Frauen.

Für eine kauften wir einmal ein Kleid. Sie hatte lange, braune Locken, und alle fünf Minuten fiel sie meinem Vater um den Hals. Ich mußte sie Tante nennen.

Wir gingen in viele Geschäfte. Überall wurden Kleider anprobiert. Irgendwann hatte ich genug davon. Ich wollte nach Hause. Doch mein Vater sagte: »Paß gut auf, das hier ist lehrreich.«

Später, als wir nach Hause gingen, fragte ich: »Warum hast du der Tante ein Kleid gekauft?«

»Ist dir das nicht aufgefallen?« fragte mein Vater. »Sie brauchte unbedingt ein Sommerkleid.«

An dem Tag schrieb mir mein Vater:

Lieber Harpo,

heute haben wir ein Sommerkleid für die Frau gekauft, die Deine Mutter »die hohle Nuß« nennt. Irgendwann einmal wirst du begreifen, daß diese Frau keine Nuß und auch längst nicht so hohl ist, wie Deine Mutter behauptet. Natürlich hat Deine Mutter ein paar gute Gründe, diese Frau so zu nennen, doch ich kann ein paar ebenso gute Argumente aufzählen, die das Gegenteil beweisen. Auch das wirst Du wahrscheinlich irgendwann einmal begreifen.

Es gibt Leute, die finden, daß ich Dich nicht mitnehmen sollte, wenn ich der hohlen Nuß Kleider kaufe. Abgesehen von dem praktischen Problem, wo ich Dich dann lassen sollte, kann ich Dir versichern, daß Du Dich, was immer irgendwelche Therapeuten Dir später auch einmal weismachen werden, heute ausgezeichnet amüsiert hast. Du bist auf Regale geklettert, in Umkleidekabinen eingedrungen, wo Frauen teure Kleider anprobierten, und hast alte Damen bezaubert, als wolltest Du einmal Deinen Beruf daraus machen.

Es gibt auch Leute, die finden, daß ich der hohlen Nuß überhaupt keine Kleider kaufen sollte, egal, ob Du nun dabei bist oder nicht. Mein Buchhalter zum Bei-

spiel. Es ist noch keine drei Tage her, da schrieb er mir: »Lieber Freund, wie Du sicher gemerkt haben wirst, sind Deine Einkünfte nicht mehr das, was sie einmal waren. Wäre es nicht vernünftig, Deine Konsumgewohnheiten dieser neuen Situation – die zweifellos nur vorübergehender Natur ist – ein wenig anzupassen?«

Lieber Harpo Saul, falls Du später auch einmal solche Briefe von Deinem Buchhalter bekommen solltest, versprich mir, Sommerkleider zu kaufen, als ob Dein Leben davon abhinge. Ich hoffe natürlich, daß Dir diese Art Briefe erspart bleibt, daß Du gar keinen Buchhalter brauchst oder wenigstens einen hast, der sich nicht in Deine Konsumgewohnheiten einmischt.

Jetzt schläfst Du im Nebenzimmer, endlich, nachdem Du massenweise Vanilleeis in die Gardinen geschmiert hast. Das gibt wieder Ärger, wenn Deine Mutter das sieht! Sie hat wieder den ganzen Tag versucht, Patienten von ihren Wahnvorstellungen zu befreien. Was für ein Leben. Zum Glück habe ich sie rechtzeitig wissen lassen, daß sie von meinen Wahnvorstellungen die Finger lassen soll und von Deinen auch. Wenn Du schon welche haben solltest. Das weiß ich ja nicht. Aber ich glaube schon. Jedenfalls hat sie feierlich versprochen, von unseren Wahnvorstellungen die Finger zu lassen.

Vier kleine, zärtliche Küßchen, zwei auf die Füße, einen auf den Nabel und einen auf die kleine Stirn.

Beim Abendessen erzählte ich meiner Mutter, daß wir ein Kleid gekauft hatten.

»Lieber Gott«, sagte sie, »bestimmt wieder für die hohle Nuß!«

Es war das erste Mal, daß ich mitbekam, wie meine Mutter sie nannte. Daß sie schon bei meiner Beschneidung gegen die hohle Nuß gewütet hatte, weiß ich nur aus den Erzählungen meines Vaters. Ab und zu sprach sie auch von »diesem Troll« oder »dieser Schlampe«, doch sie meinte immer dieselbe Person.

»Warum nimmst du unser Kind mit, wenn diese hohle Nuß dabei ist?« rief meine Mutter und schob den Teller Mozzarella von sich. Ich nehme einfachheitshalber mal an, daß sie gerade Mozzarella aß, denn das war ihre Lieblingsvorspeise, und sie bestellte sie fast jeden Tag.

»Wo soll ich den Jungen denn sonst lassen?« rief mein Vater. »Soll ich ihn vielleicht in eine Irrenanstalt stecken? Irrenanstalt hat er schon zu Hause genug!«

»Ich will nicht, daß unser Kind und die hohle Nuß einander begegnen«, fuhr meine Mutter unerschütterlich fort und packte meinen Vater am Arm.

»Sie sind einander nicht begegnet«, sagte mein Vater triumphierend. »Die hohle Nuß hat das Kind völlig ignoriert.«

»Um so schlimmer«, rief meine Mutter. »Man darf Kinder nicht ignorieren. Es ist eine Schande, daß sie Harpo nicht mal ein bißchen Aufmerksamkeit gewidmet hat.«

Hieran merkt man, daß meine Eltern – obwohl sie es gesellschaftlich ziemlich weit gebracht hatten – beide nicht ganz bei Trost waren.

»Hat die Tante dich ignoriert?« fragte meine Mutter.

Die Tante war vollkommen mit Kleideranprobieren beschäftigt gewesen, doch es schien mir klüger, nichts darüber zu sagen. »Es geht«, murmelte ich.

»Ich will nicht, daß das Kind und die hohle Nuß einander jemals wieder begegnen«, sagte meine Mutter und packte meinen Vater zum zweiten Mal fest am Arm, so fest, daß er einen blauen Fleck bekam.

Darauf sagte mein Vater in einer Lautstärke, daß das ganze Lokal ihn hören konnte: »Es ist mir unbegreiflich, daß nicht noch viel mehr gesunde, intelligente Leute denken, sie wären Jesus persönlich.«

In all den Jahren, die meine Eltern zusammenwohnten, haben wir, glaube ich, nur ein einziges Mal zu Hause gegessen. Wir aßen in Restaurants, in Bars, in U-Bahn-Stationen, in Kaffeehäusern, Bowlingcentern, Kinos, Parks, auf Sportplätzen, in Stadien, in Zügen, Flugzeugen, Hotels, aber nie zu Hause. Mein Vater hatte die Küche mit Büchern vollgestopft, mit Papieren, Zeitungsausschnitten und Zeitschriften, und den Backofen benutzte er zum Aufbewahren von Wörterbüchern.

Als wieder einmal einer von den Patienten meiner Mutter Selbstmord begangen hatte, flehte sie meinen Vater an, nur dieses eine Mal zu Hause kochen zu dürfen, weil sie das beruhigen würde. Mein Vater weigerte sich, und meine Mutter sagte: »Du hast mir nichts zu verbieten.« Darauf begann sie, Butter in einem Kochtopf zu zerlassen, und mein Vater drehte durch. Er nahm mich auf den Arm und rannte auf die Straße. Während wir auf dem Bürgersteig standen, öffnete meine Mutter das Fenster und warf mit einer Hand ein paar Bücher hinunter. In der anderen hielt sie noch immer den Topf mit der Butter.

»Nicht, Mama«, schrie ich, »nicht, bitte, bitte nicht.«

Meine Mutter war mindestens so dickköpfig wie mein Vater. Wenn sie es sich einmal in den Kopf gesetzt hatte, mit etwas zu werfen, war sie nicht mehr davon abzubringen.

Einmal hat sie meinen Vater ernsthaft verletzt, als sie ihm einen Schlüsselbund an den Kopf schleuderte. Ein andermal sah ich, wie sie mit einem Messer ein großes Loch in ein Wörterbuch bohrte.

Ohne ein Wort zu sagen, sammelte mein Vater seine Bücher wieder ein und legte sie mit einem kleinen Zettel in die Eingangshalle: »Eigentum von Robert G. Mehlman. Bitte Hände weg!«

Im Taxi auf dem Weg zum Kino sagte mein Vater: »Aggression ist ein Phänomen, das nicht nur in der Tierwelt, sondern auch beim Menschen vorkommt. Deine Mutter hat sechs Jahre studiert, um die menschliche Aggressivität beherrschen zu lernen.« Mein Vater schüttelte mich am Arm und sagte: »Sechs Jahre Studium, um die menschliche Aggressivität beherrschen zu lernen, verstehst du, was das heißt?«

Seit ich begriffen hatte, daß meine Eltern nicht ganz bei Trost waren und ich der einzige Normale in der Familie war, fühlte ich mich für sie verantwortlich. Obwohl ich nicht besonders religiös erzogen wurde, schrieb ich an jenem Abend einen Brief an Gott, in dem ich ihm erklärte, daß meine Eltern mich Harpo genannt hatten, daß sie Bücher aus dem Fenster warfen, nicht ganz bei Trost waren und es nicht einmal merkten, kurzum: daß seine Hilfe dringend erwünscht war. Später hat mein Vater den Brief gefunden und benutzt. So wie er alles benutzte.

An jenem Abend schrieb mir mein Vater:

Lieber Harpo Saul, mein kleiner, lieber, verrückter Sohn, offenbar ist es der Wille des Allmächtigen, alle Mehlmänner in einem Irrenhaus aufwachsen zu lassen. Schon ich wuchs in einem Irrenhaus auf, und jetzt also auch Du. Falls Du je Kinder haben solltest, würde es mich nicht wundern, wenn auch sie in einem Irrenhaus aufwachsen.

Nimm es Dir nicht so zu Herzen, wenn Deine Mutter ab und zu Bücher aus dem Fenster wirft, auch nicht, wenn Du dies später einmal liest und Dich noch vage an den bewußten Abend erinnerst, als sie das Fenster öffnete und meine Bücher wie Herbstlaub auf die Straße wirbelten. Bücher aus dem Fenster zu werfen ist eine relativ unschuldige Beschäftigung: Bedenke, daß sie auch mit Möbeln hätte werfen können oder mit kostbaren Vasen. Außerdem überleben Bücher einen Sturz aus zehn Metern Höhe, Menschen meistens nicht. Du mußt wissen, daß viele Patienten Deiner Mutter sich in Fahrstuhlschächte stürzen, eine Überdosis Ichweißnichtwas schlukken oder sich vor die U-Bahn werfen, und das geht ja nicht spurlos an einem vorüber. Obwohl ich ihr oft genug erklärt habe, daß man niemanden zurückhalten kann, wenn er sich wirklich in einen Fahrstuhlschacht stürzen will.

Ich habe Deine Mutter in einem Nachtgeschäft kennengelernt, wo ich zu später Stunde Lebensmittel verkaufte. Sie war Werkstudentin und ich Selbstmordkandidat, auch wenn ich das sorgfältig geheimhielt. Damals machte ich kaum etwas anderes, als durch die Straßen zu laufen und Briefe zu schreiben, die ich fast alle als Einschreiben verschickte, weil ich an der Wahnvorstellung litt, die Post würde sie sonst verschlampen. So lernten wir uns kennen. Den Rest erzähle ich Dir ein andermal.

Viele Jahre später, als ich in einer New Yorker Kneipe mit einer Fernsehjournalistin Kaffee trank, die acht Stunden geflogen war, um mir Fragen zu stellen, auf die ich keine Antwort wußte, stellte ich sie Deiner Mutter vor. Kaum war Deine Mutter auf der Toilette, flüsterte die Frau mir ins Ohr: »Sie ist auch nicht Ihre große Liebe, was?« Einen Moment war ich sprachlos, dann antwortete ich: »Nein, natürlich nicht, meine große Liebe, das sind Sie.«

Morgen gehen wir Sandalen kaufen, damit Du wie ein kleiner Prinz durch die Straßen stolzieren kannst. Denn das ist wichtig.

Einmal pro Jahr kam Oma Mehlman auf Besuch. Sie wohnte immer im Sheraton, zwei Minuten zu Fuß von unserer Wohnung. Wenn sie ein Zimmer zur Straße hatte, klagte sie über den Lärm von draußen, wohnte sie nach hinten, klagte sie über laute Nachbarn. Tagsüber putzte sie unsere Wohnung oder paßte auf mich auf und klagte darüber, daß meine Mutter keine gute Hausfrau sei und daß es typisch für ihren Sohn war, solch eine Dreckwanze auch noch zu heiraten.

Meinen Großvater habe ich nie gekannt. Er scheint ein berühmter Tennisspieler gewesen zu sein. Meine Oma sprach immer von ihrem Mann, »dem berühmten Tennisspieler Aron Mehlman«. In Wirklichkeit jedoch hatte er es nie weiter gebracht als auf Platz 268 der Weltrangliste. Als er wieder einmal kurz davor war, schon in der ersten Runde in Wimbledon auszuscheiden, verlor er die Beherrschung, kletterte übers Netz und rückte seinem Gegner, einem jungen Mann aus Chile, mit dem Tennisschläger zu Leibe.

Als sein Gegner sich losriß und wegrennen wollte, warf mein Opa sich auf den Rasen und biß ihn in die Wade. Der Chilene mußte mit einer geplatzten Lippe und einem Wadenbiß ins Krankenhaus, und mein Opa wurde vom Tennisverband auf Lebenszeit gesperrt.

Bei einer Pressekonferenz erklärte er, daß ihm der Tennisverband Betäubungsmittel in den Tee getan hätte und eine Verschwörung gegen ihn im Gange sei. Es war das einzige Mal, daß er auf den Titelseiten einiger Zeitungen erschien, unter Überschriften wie: »Tennisspieler wird zum tollwütigen Hund«.

Wenn ihm später mal etwas danebenging, rief er immer: »Ha, da steckt sicher wieder der Tennisverband dahinter!«

Mein Vater scheint mit dem Mythos aufgewachsen zu sein, daß sein Vater ein wichtiger und berühmter Tennisspieler war. Bis er schließlich dahinterkam, daß jener es nie weiter gebracht hatte als auf Platz 268 der Weltrangliste, den Kassiererinnen im Warenhaus aber trotzdem ständig verkündete: »Ich bin Aron Mehlman, der berühmte Tennisspieler aus den dreißiger Jahren.«

Als mein Vater sein erstes richtiges Buch *Platz 268 der Weltrangliste* publizierte, das ihn mit einem Schlag berühmt machte, war mein Großvater zum Glück innerlich schon vollkommen von seiner Demenz zerfressen. Er saß in einem Lehnstuhl am Fenster, und die Welt war ein fernes Rauschen. Dank seines Altersschwachsinns hat er nicht mehr zu lesen brauchen, daß sein Sohn ihn in dem Buch als Tyrannen und Mythomanen schilderte, der seiner Familie in Restaurants Befehle erteilte wie: »Sagt ihnen, daß ich

Aron Mehlman bin, der berühmte Tennisspieler aus den dreißiger Jahren, und daß ich keine angebrannten Kartoffeln mag.«

Meine Oma meinte oft: »Ach, dieses Buch! Sie sagen ja, es wäre Literatur. Na, ich weiß nicht! Mir ist es zu düster. Die Leute haben doch schon Jammer genug bei sich zu Hause. Auf jeden Fall ist es von vorn bis hinten erlogen. Dein Großvater war der Borg der dreißiger Jahre, der McEnroe der Vorkriegszeit. Ein eleganter Spieler – als schwebte er über den Platz.«

Dann griff sie wieder zu ihrem Schwamm und machte mit dem Putzen weiter. Meine Oma glaubte an das Glück vollkommener Hygiene. So führte sie einen lebenslangen Kreuzzug gegen Staub, Bazillen und andere Krankheitserreger. Meine Oma war besessen vom Staub und vom Tod. In einem fort drohte sie zu sterben, während des einen Monats, den sie jährlich bei uns verbrachte. Mindestens sechsmal während eines Aufenthalts mußten wir den Notarzt rufen, und unzählige Male haben wir sie wegen nichts ins Krankenhaus gebracht.

Auch Tennis genoß verständlicherweise ihr besonderes Interesse. Wenn wir im Fernsehen ein Match sahen, sagte sie oft: »Ach, das hätte dein Großvater viel besser gemacht.« Über jenen Eklat wahrte sie eisernes Stillschweigen. Als ich eines Tages danach fragte, nannte sie es eine Lüge.

Im Haus meiner Oma wimmelte es von Siegestrophäen obskurer und unbedeutender Turniere aus den dreißiger Jahren. Im Wohnzimmer hing ein großes Gemälde von Aron Mehlman in voller Aktion, und an der Wand im Flur hingen fünf Tennisschläger. Die Schnüre waren schon lange gerissen, das Holz zerfiel, doch sie mußten dort hängen bleiben. Das Haus glich einem Tennismuseum.

Außer Staub, Tod und Tennis galt ihre Obsession der Ehre der Familie. Wie oft hörte ich sie zu meinem Vater sagen: »Achte auf deine Schuhe, glaubst du, daß Aron Mehlman je solche Schuhe getragen hätte? Mach deiner Familie bloß keine Schande.« Zu meiner Mutter sagte sie regelmäßig: »Achte auf deine Frisur – du ziehst unsere Familie in den Dreck.« Und zu mir sagte sie: »Streng dich nur ja in der Schule an, sonst ziehst du unsere Familie in den Schmutz!«

Ein paar Wochen Besuch meiner Oma genügten, und man dachte unweigerlich, daß es das beste sei, sich unters Bett zu verkriechen und nie mehr hervorzukommen oder sich in einen Schrank einzuschließen. Sich langsam in Nichts aufzulösen. Denn Selbstmord war natürlich auch eine Schande.

»Na ja«, sagte sie immer wieder, »die Leute denken ja, dein Vater wäre wer, aber dein Opa, das war erst ein großer Mann! Der berühmte Tennisspieler Aron Mehlman, von dem stammst du ab!«

Als der Wahnsinn ein Jahr vor ihrem Tod endgültig von ihr Besitz ergriff, ließ sie eine große Plakette an ihrer Haustür anbringen, auf der stand: HIER LEBTE DER BERÜHMTE TENNISSPIELER ARON MEHLMAN. Darunter hing immer noch das Schild: FÜSSE ABTRETEN!

Als Oma Mehlman uns zum letzten Mal in New York besuchte, hatte sie ihre ganze Garderobe dabei. Sie kam ihren Geburtstag feiern. Im Taxi sagte sie: »Das

Geburtsdatum in meinem Paß ist ein Irrtum, eigentlich bin ich fünf Jahre jünger.«

Sie faßte meinen Vater am Arm und sagte: »Weißt du, worüber du einmal schreiben müßtest? Darüber, wie der Tennisverband uns das Leben vergiftet hat, darüber müßtest du schreiben.«

Mein Vater arbeitete an seinem Opus magnum, und ich glaube nicht, daß er dem Tennisverband darin eine größere Rolle zugedacht hatte. »Ich werde darüber nachdenken«, sagte er leise.

Im Hotel hatte sie eine Suite gemietet, denn sie nahm von Jahr zu Jahr mehr Koffer mit. Dort feierten wir ihren Geburtstag. Es gab einen großen Käsekuchen, denn den liebte sie über alles. Ich mußte mich bei ihr auf den Schoß setzen. Sie streichelte mir übers Haar, das damals noch viel röter war als heute.

»Harpo Saul«, sagte sie. So nannte sie mich immer. Als ob Harpo allein nicht schon schlimm genug wäre. »Harpo Saul«, sagte sie, »wenn du wüßtest, wie der Tennisverband uns das Leben vergiftet hat, wenn du nur wüßtest.«

»Hör mit dem Tennisverband auf«, sagte mein Vater, »hör doch in Gottes Namen endlich mal damit auf.«

So porträtierte Robert G. Mehlman meinen Großvater und meine Großmutter in *Platz 268 der Weltrangliste:*

> *Ich bin immer neidisch auf Kinder gewesen, deren Eltern richtige Siege errungen hatten, richtige Erfolge oder von mir aus auch richtige Niederlagen einstecken mußten. Die im Schatten von etwas standen, das real und faßbar war.*

Das erste, was ich im Lehen lernte, war Schauspielern. Denn in der Mehlman-Familie spielte jeder Theater. Was in unseren vier Wänden geschah und besprochen wurde, mußte geheim bleiben. Familien- und Berufsgeheimnis waren für mich von Anfang an ein und dasselbe. Darum wurden auch nie Fragen gestellt, wenn mein Vater abends nach Hause kam und im Treppenhaus stehenblieb, Pelzmütze auf dem Kopf, Zigarre im Mund, den Koffer in der Hand, und darauf wartete, daß meine Mutter ihm aus dem Mantel half. »Andere Leute tragen Jacken«, sagte er, »aber ich, ich trage einen Mantel.« Als ob der Mantel über der Jacke stände. Eine merkwürdige, für Außenstehende unbegreifliche Rangordnung beherrschte sein Leben. Danach ging er an seinen Schreibtisch, öffnete die oberste Schublade, zu der nur er den Schlüssel besaß, holte kleine, cremefarbene Briefumschläge aus seiner Brusttasche und legte sie in das Fach. Viel sagte er nicht. Höchstens: »Da bin ich wieder.« Oder: »Hat jemand angerufen?« Er setzte sich an seinen Schreibtisch, noch immer mit der Pelzmütze auf dem Kopf. Oft setzte er sie erst kurz vor dem Schlafengehen ab. Es gab Tage, an denen er schon zum Frühstück mit Pelzmütze erschien. Ein ewiges Kältegefühl am Kopf vergällte ihm das Leben. Wie oft habe ich ihn rufen hören: »Es zieht! Macht die Tür zu.« Wo der berühmte Tennisspieler Aron Mehlman auch ging und stand, in seinem Kopf zog es.

Wenn Leute fragten: »Was macht dein Vater?«, mußte ich sagen: »Mein Vater ist ein berühmter Tennisspieler aus den dreißiger Jahren.« Ich war ein Schauspieler, der mit seinem Text kämpfte, der Alpträume bekam wegen seines Textes.

Mein Vater war Inhaber eines Kurierdienstes. Er lieferte den Leuten alles mögliche nach Hause: Geld, Schmuck, Pferde, Waffen – und er stellte keine Fragen. Der Mann, der mich von der Schule abholte, charmant mit anderen Eltern plauderte, höflich nach Banalitäten fragte – diesen Mann gab es gar nicht. Mein Vater war eine Fiktion. Nicht der Krieg hatte zwischen ihm und der absoluten Weltspitze gestanden, wie er oft behauptete, sondern die Tatsache, daß er seinem Gegner in die Wade gebissen hatte, vor den Augen des Schiedsrichters, einer Handvoll Fotografen und mindestens vierhundert Zuschauern.

Jeder Mensch hat eine Vergangenheit, und die ist vorüber. Für einige ist das schmerzlicher als für andere. Doch mein Vater hat eine Vergangenheit, die es nie gegeben hat.

Wenn er abends mit seinem Koffer nach Hause kam, eine erloschene Zigarre im Mund, die Pelzmütze auf dem Kopf, den schweren Lodenmantel um die Schultern, wußte ich von überhaupt nichts; nur, daß man ihm keine Fragen stellen durfte. Nicht: »Wie war's?«, nicht: »Wo bist du gewesen?«, nicht einmal: »Alles in Ordnung?« Fragen haben nur dann einen Sinn, wenn es Antworten gibt oder zumindest die Chance besteht, welche zu erhalten. Antworten jedoch waren für Aron Mehlman lebensgefährlich. Er hatte sich auf die Fälschung dessen verlegt, was man vielleicht am schwersten fälschen kann: die eigene Vergangenheit.

Unzählige Male sagte ich zu ihm: »Niemand weiß, wer Aron Mehlman ist, es interessiert sich auch niemand dafür.« Er machte nur eine verächtliche Handbewegung. Als ob ich zu jung sei zu begreifen, was die Leute interessierte. »Erzähl's ihnen trotzdem«, antwortete er dann.

Ich glaube, daß ich schon damals unbewußt begriff, was ich erst viel später so formulierte: Es gibt nur eine einzige Möglichkeit, mit einem Mythos zu konkurrieren, nur eine Möglichkeit, einem Mythos zu entrinnen, zu verhindern, daß man für immer im Mythos eines anderen die Statistenrolle übernimmt: Und das ist, selbst einen Mythos zu kreieren, selbst ein Mythos zu werden.

Das alles hat mein Großvater, wie gesagt, nicht mehr zu lesen brauchen. Doch als wir dort im Sheraton den Geburtstag meiner Oma feierten, fing sie wieder davon an.

»Als ob der Tennisverband uns nicht schon genug angetan hätte«, sagte sie zu meinem Vater, »als ob das nicht genug wäre! Und dann mußtest du mit diesem Buch kommen!«

Mein Vater stand am Fenster und murmelte: »Später, ein andermal. Das ist nicht der richtige Moment.«

Meine Mutter blies die Kerzen aus.

Oma Mehlman trug hohe Absätze, obwohl ihre Füße kaum noch in die Schuhe paßten. Jeden Morgen brauchte sie zwei Stunden, um sich zu schminken. Mit ihrem weiß gepuderten Gesicht sah sie aus wie einem Karnevalsumzug entsprungen, dessen Teilnehmer sich so gut wie möglich als Gevatter Tod verkleidet hatten. Je näher sie sich ihrem Ende fühlte, um so größer wurde ihr Bedürfnis, eine Diva zu sein. Die Gattin des berühmten Aron Mehlman. Noch ein letztes Mal glänzen. Wer ihr damals auf der Straße begegnete, sah einen enormen, alles überwuchernden roten Haarschopf und darunter einen spindeldürren Körper in einem so engen Kleid, daß es den Körper noch dürrer aussehen ließ. Schwarze, glänzende Schnürstiefel, um allem die Krone aufzusetzen. Eine flamboyante Erscheinung, immerhin.

Ich saß immer noch bei ihr auf dem Schoß. Meine Oma nannte die Preise der Kleidungsstücke, die sie anhatte. Alle gaben sich die größte Mühe, interessiert zuzuhören.

»Harpo Saul«, sagte sie plötzlich, »du bist der letzte Mehlman.«

Der Puder auf ihrem Gesicht sah aus wie Farbe, die gleich abblättern wollte.

»Zu mir hat sie das auch immer gesagt«, sagte mein Vater. »Mach dir nichts draus.«

Er stand noch immer am Fenster, mit einem Glas Champagner in der Hand. Sonst trank niemand welchen. Meine Oma hatte süßen Rotwein bestellt, meine Mutter ein Glas Wasser, und ich mochte keinen Champagner. Das ist übrigens immer noch so. Ich finde nichts daran.

»Harpo Saul«, sagte Oma wieder, »du mußt Tennisunterricht nehmen, ich glaube, du kannst einer von den ganz Großen werden.«

Mein Vater schlug das Fenster zu. »Harpo Saul nimmt keinen Tennisunterricht«, sagte er entschieden. »Boxunterricht, Fußball, Karate, Japanisches Ringen – alles von mir aus! –, aber keinen Tennisunterricht.«

Meine Oma setzte mich auf den Boden und fuchtelte wild mit den Armen. Eine Wolke von Puder stob von ihren Wangen. Ein heiseres Kreischen entrang sich ihrer Kehle. »Wenn ich aber nun möchte, daß er Tennisunterricht nimmt!« rief sie. »Ich sag dir: Er hat die Seele von seinem Großvater, deinem lieben Vater, Gott hab ihn selig, der sein Leben lang nichts anderes getan hat, als sich dafür abzurackern, daß es dir mal gutgeht! Und was ist der Dank? Daß du in schmutzigen Büchern gemeine Lügen über ihn verbreitest. Das Kind bekommt Tennisunterricht!«

Ich schaute zu, wie meine Oma und mein Vater darüber stritten, ob ich Tennisunterricht bekommen sollte. Meine Oma war besonders gut darin, außer sich zu geraten.

Zu guter Letzt setzte sie ihren Hut auf. Größer als das größte Wagenrad. Der Hut paßte kaum ins Taxi. Wir fuhren ins Theater, um ihren Geburtstag zu feiern. Sie trug Handschuhe, denn auf den Händen hatte sie braune Flecken bekommen, die sie vor der Welt verbergen wollte.

In der Theaterloge schlief sie sofort ein. Ich saß bei meinem Vater auf dem Schoß. Das Musical fesselte ihn nur mäßig. Er flüsterte: »Es ist gleich vorbei.«

In der Pause wurde sie wieder wach. Wieder kamen heisere Laute aus ihrer Kehle. Ich verstand vage das Wort »Tennisunterricht«. Mit dem Wagenrad auf dem Kopf bahnte sie sich einen Weg zum Pausenbuffet und bat um ein Glas Wasser. Als sie es ausgetrunken hatte, erklärte sie mit lauter Stimme: »Ist das eine langweilige Aufführung, Robert! Wieviel hast du dafür bezahlt?«

So feierten wir den letzten Geburtstag meiner Oma.

In jener Nacht schrieb mein Vater:

Mein lieber, ungezogener und von Zeit zu Zeit absolut widerspenstiger kleiner Sohn Harpo,

heute ist Deine Oma zweiundachtzig geworden. Wir sind ins Theater gegangen, und obwohl sie den größten

Teil der Vorstellung verschlafen hat, scheint sie sich ganz gut amüsiert zu haben. Wenn ich zweiundachtzig werde – ich glaube nicht, daß ich es schaffe, aber man weiß ja nie, das Leben spielt einem die seltsamsten Streiche (als ich achtzehn war, glaubte ich, daß ich mit dreiundzwanzig Selbstmord begehen würde, denn damals war ich noch Dichter und fand dreiundzwanzig das beste Alter für einen Dichter, um aus dem Leben zu scheiden, doch das nur am Rande) –, wenn ich also zweiundachtzig werde, nimmst Du mich dann auch mit ins Theater, oder gehen wir in einen Nachtklub, wo sie laute Musik für junge Leute spielen, so daß ich genötigt sein werde, meinen Hörapparat abzustellen, den ganzen Abend in ein halbleeres Glas zu starren und von den Siegen zu träumen, die ich um ein Haar verpaßt habe?

Lieber Harpo, denk bitte daran: Bis auf weiteres bestimmt immer noch Dein Vater, wo's langgeht. Manchmal habe ich den Eindruck, Du meinst, das könntest Du bestimmen, aber das ist ein fetter Irrtum. Wenn Du das glaubst, machen wir in Deiner Erziehung etwas verkehrt, obwohl ich bei Gott nicht wüßte, was. Deine Mutter scheint es auch nicht zu wissen, obwohl sie so was doch studiert hat. Von mir kannst Du in Sachen Erziehung nicht viel verlangen, ich bin selbst kaum erzogen worden, aber nochmals: Deine Mutter hat das studiert, versuch also bitte nicht, uns zu vergackeiern.

Zumindest könntest Du die Höflichkeit besitzen, so zu tun, als ginge es nach mir, wenn andere Leute dabei sind. Es ist schon kein Vergnügen, ein Schriftsteller zu sein, von dem in New York noch nie jemand gehört hat, aber wenn die Leute auch noch sehen, wie ich von meinem Sohn, einem Dreikäsehoch von einem Meter vierzig, herumkommandiert werde, kann ich mich über-

haupt nirgends mehr blicken lassen. Laß uns das also verabreden: Ich bestimme, wo's langgeht, deine Mutter bestimmt, wo's langgeht – aber du nicht!

Glaub nicht, daß Du Dich über mich lustig machen kannst. Ich bin zu schrecklichen Dingen imstande, mußt Du wissen. Manchmal schließe ich meine Augen und denke: O Gott, lieber hätte ich eine Rattenplage als diesen Sohn. Aber dann öffne ich sie wieder und denke: Was ist es doch herrlich, daß Du da bist, mein lieber, unerträglicher, niederträchtiger, sensibler und schöner kleiner Harpo.

PS: Du wirst bestimmt schöner als Dein Vater. Das finde ich auch so was Unerträgliches.

Vor mir liegt ein Stück Pappe. Mit schwarzem Filzstift hat jemand eine Nachricht darauf geschrieben:

> Für Herrn R. Mehlman.
> Rufen Sie bitte 212–5739653 an.
> Ich habe ein Päckchen aus den Niederlanden,
> das ich Ihnen übergeben soll.

Die Handschrift ist zierlich. Die Telefonnummer existiert nicht mehr. Man hat das Stück Pappkarton im Hotelzimmer meines Vaters in Sabaudia gefunden. Er warf fast nie etwas weg. Daß er es nicht eingerahmt hat, ist ein Wunder. In seinen letzten Jahren ließ er alles einrahmen. Bierdeckel mit Notizen, Buchseiten mit Widmungen, Stoffservietten, auf denen ein paar Worte gekritzelt standen, selbst ein Paar Socken bekam ich einmal zugeschickt, mit Rahmen und allem Drum und Dran.

Jetzt muß ich etwas über *Die hohle Nuß* sagen, das Manuskript wohlgemerkt. Also nicht über die hohle Nuß, die bei uns zu Hause bisweilen auch »diese Schlampe« genannt wurde. Nicht die hohle Nuß, von der man sagt, sie habe meinen Vater finanziell und – wenn ich meiner Mutter glauben darf – auch körperlich und geistig ruiniert.

Als ich meine Mutter vor kurzem endlich einmal geradeheraus fragte – mittlerweile geht es ihr nicht mehr so zu Herzen, sie wohnt jetzt mit einem Russen zusammen, der an einer alternativen Heilmethode für Schizophrene arbeitet –, sagte sie: »Nein, natürlich war es nicht diese hohle Nuß und auch nicht all die anderen ... Was ihn ruiniert hat, waren auch nicht die Umstände. Obwohl Umstände natürlich immer eine Rolle spielen. In der Psychiatrie kann man nur selten etwas unvermeidlich nennen.« Einen Moment lang starrte sie nachdenklich vor sich hin, dann sagte sie: »Aber wahrscheinlich gilt das nicht nur für die Psychiatrie.«

Darauf nahm sie mein Gesicht in beide Hände, als wollte sie mich hypnotisieren, als könnte sie das Rätsel entschlüsseln, warum Menschen tun, was sie tun, indem sie mich festhielt, als würde ihr bestimmt alles klarwerden, wenn sie mich nur lange genug festhielt. Zu guter Letzt sagte sie: »Du siehst deinem Vater so schrecklich ähnlich.«

Noch immer weiß ich nicht, ob das ein Kompliment war oder eher ein Fluch. Nicht einmal jetzt, wo ich das Manuskript gelesen habe.

II

Robert G. Mehlman

Die hohle Nuß und andere Juwelen

Den ganzen Morgen hatten zwei Schornsteinfeger in meiner Wohnung zu tun gehabt. Der eine trug ein Kopftuch, der andere war fast kahlköpfig. Offensichtlich war mein Schornstein ein schwieriger Fall. Nach drei Stunden sagte der mit dem Kopftuch: »Der Wind drückt auf den Schornstein, da können wir auch nichts machen.«

Ich verstehe nichts von Schornsteinen. Es war die Idee meiner Frau, den Schornstein kehren zu lassen. Sie war in Wien zu einem Kongreß über Träume, darum hatte ich ihre Schornsteinfeger am Hals. Meine Liebe zum Kamin ist eher begrenzt, doch in meiner Frau leben viele unerklärliche Verlangen.

»Ja«, sagte der mit dem Kopftuch, »wir können natürlich 'nen Exhauster auf dem Dach montieren, das ist so 'n Ventilator, dann bist du alle Probleme los. Dann drückst du nur auf 'nen Knopf, und der Schornstein zieht wie 'ne Eins. Aber das kostet 'ne Kleinigkeit.«

Ein Ventilator auf dem Dach, das kostete ein Vermögen, und das gab es nicht mehr, wenn auch mal große Vermögen existiert hatten. Doch selbst wenn ich das Geld gehabt hätte, hieß das auf jeden Fall, daß ich mich dann noch ein paar Vormittage mit den Schornsteinfegern herumschlagen dürfte. Meine Frau wäre sicher froh, wenn der Schornstein wieder ordentlich zöge und der Wind nicht mehr hineinwehte, aber die Aussicht, die Schornsteinfeger noch ein paar Tage am Hals zu haben, schien mir unerträglich.

Einen Moment lang erwog ich, meine Frau anzurufen und um Rat zu fragen, doch ein Schornstein war eine zu triviale Angelegenheit, um deswegen jemanden zu stören, der an einem Kongreß über Träume teilnahm.

»Nun«, sagte ich, »ich werd's mir überlegen.«

Die Schornsteinfeger begannen, die Plastikplanen von den Möbeln zu nehmen, und mich überfiel plötzlich der Trübsinn. Das ganze Zimmer hatten sie mit Plastik abgedeckt, drei Stunden hatten sie im Schornstein herumgefuhrwerkt, doch es war alles umsonst gewesen, der Schornstein zog immer noch nicht.

»Wir sehen uns wieder«, sagte ich zu den Schornsteinfegern. Als hätte ich etwas gutzumachen.

»Denk in aller Ruhe drüber nach«, sagte der eine. »So 'n Exhauster ist echt 'ne feine Sache, weil – so wie jetzt weht nur der Wind rein.«

Als sie weg waren, rief ich doch noch im Hotel meiner Frau an. »Der Wind weht in den Schornstein, wir brauchen einen Ventilator auf dem Dach, aber das kostet ein Vermögen«, ließ ich ihr ausrichten. Dreimal mußte ich meine Nachricht wiederholen, trotzdem brachte die Rezeptionistin es noch fertig zu fragen: »Wo weht der Wind jetzt noch mal rein?« Nach einem Tag voller Diskussionen über Träume schien es mir eine nette Vorstellung, abends beim Nachhausekommen eine solche Nachricht zu finden.

Danach las ich den Brief eines Professors an einer Pariser Universität.

Sehr geehrter Herr Mehlman,

vielleicht erinnern Sie sich noch, daß während Ihres Pariser Aufenthalts als Gastschriftsteller einige Studenten und Dozenten an einer Übersetzung Ihrer Geschichte »Schuhwichse« arbeiteten. An einigen Sitzungen dieses Übersetzungsseminars haben Sie sogar selbst teilgenommen. Erlauben Sie uns, die mittlerweile fertig übersetzte Geschichte in unserer Universitätszeitschrift abzudrukken? Leider stehen uns hierfür keine Honorarmittel zur Verfügung.

Der Brief war schon ein paar Wochen alt. Ich fand, es wurde Zeit, ihn endlich zu beantworten, und schrieb:

Sehr geehrter Herr Professor,

wie geht es Ihnen? Mein Gedächtnis ist ausgezeichnet, vielen Dank. Natürlich habe ich die Sitzungen des Übersetzungsseminars in Paris nicht vergessen. Diese sind mir möglicherweise sogar unvergeßlich. Auch Sie habe ich nicht vergessen. Nach meiner Abreise aus Paris habe ich nie wieder an einem Übersetzungsseminar teilgenommen. Die Teilnahme an der unter Ihrer Leitung durchgeführten Veranstaltung erschien mir als äußerst inspirierend. Selbstverständlich dürfen Sie meine Geschichte »Schuhwichse« in Ihrer Universitätszeitschrift abdrucken. Schade, daß keine Honorarmittel zur Verfügung stehen, Medikamente sind teuer. Von ordentlich ziehenden Schornsteinen ganz zu schweigen.

Meine Frau lernte ich an einem Donnerstag im Frühling kennen; damals hatte ich noch keine Ahnung von Übersetzungsseminaren, ich wußte nicht mal, daß es so was gab. Es war spät am Abend. Zuvor hatte ich bei einer flüchtigen Bekannten warm gegessen. Sie hatte Makkaroni mit Gorgonzolasoße für mich gemacht, die ihr nicht ganz gelungen waren. Das Mißlingen lag vor allem am Gorgonzola. Die flüchtige Bekannte war deswegen ziemlich aufgelöst gewesen. Ich selbst war damals auch nicht gerade die Ausgeglichenheit in Person, trotzdem sagte ich mehrmals: »Essen mißlingt nun mal ab und zu, das macht doch nichts. Das kann auch den Besten mal passieren.« Trost liegt nicht in originellen Formulierungen, Trost liegt vor allem in Klischees, obwohl es natürlich enorm hilft, wenn man sie mit einem gefühlvollen Blick in die Augen verkündet.

Später am Abend – früh am Morgen, müßte ich eigentlich sagen – lernte ich meine Frau kennen. Ich arbeitete in einem Nachtkauf in Amsterdam. Sie kam rein und sagte: »Darf ich mich hier mal kurz unterstellen, draußen verfolgt mich jemand.«

An dem Abend war ich allein im Laden, ich bin kein besonderer Held.

»Natürlich«, sagte ich, »stell dich ruhig kurz mal unter. Ist es kalt draußen?« Sie schüttelte den Kopf. Sie starrte auf ein Stück Gemüsequiche, während ich die Tür im Auge behielt und mich fragte, was ich tun sollte, wenn der Zorn des zwielichtigen Typen sich zufällig gegen mich richten würde. Damals hatte ich die fixe Idee, daß alle Aggressionen sich immer und ausschließlich gegen mich richteten. Etwas, das man anzieht, ohne es selbst zu wollen.

»Soll ich die Polizei rufen?« fragte ich.

Wieder schüttelte sie den Kopf.

»Macht ihr die selbst?« fragte sie und zeigte auf die Gemüsequiche.

»Nein«, antwortete ich wahrheitsgemäß, »aber ich kann sie dir warm machen.« Ein großer Teil meiner Arbeit bestand im Aufwärmen von Mahlzeiten. Darin war ich sehr gut. »Einen Moment Geduld«, sagte ich zu meiner zukünftigen Frau.

Zusammen starrten wir auf einen Rest Lachssalat. Ich dachte an den Mann, der sie verfolgte, und daß ich jeden Moment hier im Nachtkauf auf dem Fußboden herumkriechen und meine Zähne einsammeln könnte; woran sie dachte, weiß ich nicht. Möglicherweise an gar nichts. Es gibt keine Vorzeichen.

Ich wischte mir die Hände an der Schürze ab und überlegte, was ich als nächstes sagen sollte. Doch wenn man zu lange über den nächsten Satz nachdenkt, kommt gar nichts mehr heraus; eh man sich's versieht, ist das Leben vorbei, und man hat nichts gesagt.

Ich wollte ja leben, aber ich wußte nicht, wie. In einem Nachtkauf zu arbeiten schien mir die ideale Methode, das herauszufinden. Später stellte sich die Arbeit im Nachtkauf als aufregender und bedeutender heraus als die Teilnahme an Übersetzungsseminaren. Was nachträglich betrachtet doch noch ein Gewinn ist.

Als der Mann, der sie verfolgte, nach einer Viertelstunde immer noch nicht aufgetaucht war, verkaufte ich meiner zukünftigen Frau ein zweites Stück Gemüsequiche. Ich hoffte, daß der Unhold nun bald erscheinen würde, sonst hätte ich sie die ganze Nacht am Hals und könnte den Laden überhaupt nicht mehr zumachen, ohne mich irgendwie schuldig zu fühlen. Auch ihr zweites Stück Quiche wollte sie im Laden aufessen.

»Fliehen macht hungrig«, sagte ich.

Das bestätigte sie mit vollem Mund. Es paßte mir eigentlich nicht, wenn Kunden ihre Mahlzeiten im Laden aufaßen, denn es machte immer viel Dreck, und den konnte ich dann wieder wegmachen. Doch auf Anweisung meines Chefs durfte ich es den Leuten nicht verbieten. »Wenn sie ihren Kram hier aufessen wollen«, hatte er gesagt, »sollen sie ihn aufessen. Das erhöht den Umsatz. Sonst gehen sie zu Barbarella.«

Erst Jahre später kam mir der Gedanke, daß ihr an dem Abend vielleicht überhaupt kein Mann gefolgt war, daß sie sich einfach bloß ein bißchen verwirrt fühlte. Aus eigener Erfahrung weiß ich, daß man auf manchen Lügen bis zum Schluß beharrt. Nicht, weil die Entlarvung so katastrophal wäre, sondern weil man an bestimmten Illusionen festhalten möchte. Oft dreht es sich dabei um ganz kleine Illusionen, doch sie sind so schön, diese kleinen Selbsttäuschungen.

An jenem Abend trug meine zukünftige Frau einen kurzen Rock, es sah aus wie ein Schottenrock, nur ohne Spange, und hochhackige Schuhe. Auf hohen Absätzen habe ich sie seit Jahren nicht mehr gesehen. Doch als ich sie kennenlernte, hatte sie eine Phase, in der sie gern hohe Absätze trug.

»So«, sagte sie, nachdem sie ihr zweites Stück Gemüsequiche verputzt hatte, »das war lecker.«

»Ja«, sagte ich. »Wenn ich die Polizei doch noch rufen soll, brauchst du's nur zu sagen.«

»Ist schon okay«, sagte sie und zahlte. Sie machte Anstalten zu gehen.

»Ist die Luft rein?« fragte ich.

Sie sah aus dem Fenster und sagte: »Ja, der verfolgt schon längst andere Frauen.«

»Also tschau dann«, rief ich noch und begann die beiden Backöfen zu schrubben, denn das war das erste, was der Chef kontrollierte, wenn er nachmittags in den Laden kam. Ob die Backöfen sauber waren. Ob Mäuse an den Chips geknabbert hatten, schien ihm egal zu sein, wenn nur die Backöfen sauber waren.

Ein paar Tage später kam sie wieder. Diesmal nicht auf der Flucht vor einem zwielichtigen Typen. Sie sagte: »Ich komme wegen der Gemüsequiche. Kannst du sie warm machen?«

»Natürlich!« sagte ich. »Dazu bin ich ja da: zum Sachen warm machen.«

So wurde sie eine feste Abnehmerin unserer Gemüsequiche. Fast immer kam sie mitten in der Nacht und aß die Quiche im Stehen auf. Ab und zu zog sie sich die Schuhe aus und sagte: »So ißt sich's bequemer.«

Ich fand sie sehr lieb, doch das mit den Schuhen habe ich nie verstanden.

Sie meckerte nie an mir herum, etwa daß die Quiche zu kalt war oder das Bier zu warm oder die Milch zu teuer. Fast alle festen Kunden meckerten, vor allem über die Preise. Selbst die Penner meckerten, daß es draußen wärmer sei als drinnen und daß sie sich an unserem Brot die Zähne ausbissen. Altes Brot schenkten wir den Pennern.

Einer wollte sich im Laden sogar mal die Zehennägel schneiden. Da sagte ich zu ihm: »Hör mal, Kumpel, wir sind ein Nachtgeschäft, kein Schuhladen.« Doch meine zukünftige Frau ließ ich gewähren. Es war bestimmt kein Vergnügen, immer auf diesen hohen Absätzen herumzulaufen.

Ab und an tauschten wir ein paar Informationen

aus. Gespräche konnte man es kaum nennen. So erfuhr ich, daß sie eine Ausbildung zur Psychotherapeutin machte.

Eigentlich hatte ich mir unter einer Psychotherapeutin nie eine Frau vorgestellt, die mitten in der Nacht barfuß im Spätkauf steht und Gemüsequiches verputzt. Und das nicht einmal, nein, drei- bis viermal in der Woche. Vielleicht lag das an meiner Unerfahrenheit. So vielen Psychotherapeutinnen war ich bis dahin nicht begegnet.

Eines Nachts, sie war etwas später dran als sonst, und es war ein sehr ruhiger Abend gewesen, fragte ich: »Darf ich bei dir in Therapie?«

Eine seltsame Frage, ich gebe es zu. Ich hatte damals nicht viel zu sagen. Oder anders: Ich hatte alles mögliche zu sagen, aber ich konnte es nicht richtig ausdrücken. Schüchternheit wahrscheinlich, ich dachte über Worte nach, über die man überhaupt nicht nachzudenken braucht. Jeder andere hätte gesagt: »Wollen wir mal zusammen ins Kino gehen?«, oder so was Ähnliches. Ich aber sagte: »Darf ich bei dir in Therapie?«

Sie war gerade bei ihrem letzten Stück Gemüsequiche. Manchmal trank sie ein kleines Bier dazu, doch an diesem Abend hatte sie nur um ein Glas Wasser gebeten.

»Und was ist bei dir dann nicht in Ordnung?« fragte sie. Als hätte die Therapie schon längst angefangen, hier mitten im Nachtkauf.

Ich wischte über die Theke und piekte zur Kontrolle mit der Gabel in zwei letzte Fischstäbchen. Wegwerfen immer erst dann, wenn's anfängt zu schimmeln, war der Wahlspruch des Chefs.

»Na ja«, sagte ich, »eigentlich alles.«

An dem Tag, als zwei Schornsteinfeger vergeblich meinen Schornstein fegten und ich mir geschworen hatte, nie wieder an einem Übersetzungsseminar teilzunehmen, trat die hohle Nuß in mein Leben.

Ich kenne Leute, die in einer Kette von Zufälligkeiten hartnäckig die Fatalität des Schicksals zu sehen versuchen. Mir war das nie gelungen. Die Welt erinnerte mich noch am ehesten an ein psychologisches Experiment, bei dem man den Versuchskaninchen aus Gründen der natürlichen Versuchsanordnung nicht gesagt hat, daß sie Versuchskaninchen sind. Was wird wohl geschehen, wenn wir dieses Mädchen sagen wir mal an Krebs erkranken lassen? Wie reagiert Mehlman, wenn wir ihn mit der hohlen Nuß verkuppeln? Ich hätte das Zimmer gern mal von innen gesehen, wo diejenigen sitzen, die uns beobachten und Kreuze auf lange Listen machen, um unsere Bräuche und Gewohnheiten zu katalogisieren. Doch vielleicht war das Zimmer auch leer: als spielte man vor einer Kamera ohne eingelegten Film.

Ich schlenderte zu dem Café, wo ich jeden Morgen frühstücke, und dachte an die Schreibkurse, die meine Frau mit ihren Patienten veranstaltete. Und an einen Gürtel aus Krokodilsleder, den ich eigentlich hätte kaufen wollen, wenn er nicht so teuer gewesen wäre. Das Mädchen im Laden hatte mich unermüdlich von der Unverwüstlichkeit des Krokodilsleders zu überzeugen versucht. »Eher sterben Sie, als daß dieser Gürtel kaputtgeht«, hatte sie gesagt. Das hatte mir gefallen. Irgend etwas muß unsterblich sein. Wenn ich Gott wäre, hätte ich mich auch für Krokodilsleder entschieden. Und an meinen Romanzyklus über Sidney Brochstein dachte ich. Sidney Brochstein war Restaurantkritiker. Mein Lektor Frederik van der Kamp hatte mich angerufen und gesagt: »Robert, dein Zyklus über Sidney Brochstein hat sich ziemlich ins Abartige entwickelt.«

»Ich verstehe nicht, was du meinst«, sagte ich. »Kannst du dich etwas genauer ausdrücken, was meinst du mit abartig, findest du mich abartig?«

Die Erinnerung an dieses Gespräch machte mich auch nicht fröhlicher, also dachte ich lieber doch wieder an Übersetzungsseminare und an meine Zeit in Paris.

Im Café setzte ich mich an meinen festen Platz – neben dem Eingang zur Toilette – und schlug die Zeitung auf. Es war ein ganz gewöhnlicher Nachmittag, jener Nachmittag, bevor die hohle Nuß in mein Leben trat. Nichts Außergewöhnliches, nicht das geringste Vorzeichen zu entdecken. Oder sind Schornsteinfeger etwa doch ein Vorzeichen?

Früher habe ich mal behauptet, daß an eine Fatalität des Schicksals nur glauben könne, wer über einen chronischen Mangel an Phantasie verfüge und seine Augen vor allen Möglichkeiten verschließe, die er ungenutzt gelassen hat. Ich weiß nicht, ob ich solche Behauptungen heute immer noch aufstellen würde.

Im Café mußte ich meinen Cappuccino und meinen Orangensaft jetzt wieder bestellen. Der junge Mann, der mich bediente, arbeitete erst seit ein paar Monaten dort. Vor ihm hatte mich immer eine junge Frau, Evelyn, bedient, doch die hatte von einem Tag zum anderen gekündigt.

In der Zeitung studierte ich die Aktienkurse, obwohl ich aller Wahrscheinlichkeit nach überhaupt keine Aktien mehr besaß. Ich hatte die Übersicht über meine finanzielle Situation verloren. Nichtsdestotrotz kam ich zu dem Schluß, daß angesichts der Unsterblichkeit von Krokodilsleder der Kauf eines solchen Gürtels eine vertretbare Anschaffung war.

Ausnahmsweise bestellte ich einen zweiten Cappuccino. Jetzt, wo ich diesen Gürtel aus Krokodilsleder kaufen wollte, kam es auf den zweiten Cappuccino auch nicht mehr an. Ich dachte an einen Artikel über Italo Svevo, den ich am selben Tag eigentlich noch schreiben sollte.

Ich betrachtete einen kleinen Jungen im Kinderwagen, jetzt schon zu dick, und plötzlich wurde mir klar, wie gern ich hier meinen Kaffee trank und die Zeitung las und daß es mir in dem Moment überhaupt nichts ausgemacht hätte, für immer dort sitzen zu bleiben. Doch die Zeitung wartete auf meinen Artikel über Svevo. Und es gab Schulden, Schulden, die schon lange dagewesen waren, doch die plötzlich alle gleichzeitig zu ticken begonnen hatten wie Zeitbomben. Dieser Artikel über Svevo war natürlich nur ein Tropfen auf den heißen Stein, aber wenn Schulden ticken wie Zeitbomben, ist man dankbar für jeden Tropfen.

Wenn die Zeitung nicht auf den Artikel über Svevo gewartet hätte, wäre ich vielleicht nicht nach Hause gegangen, und alles wäre anders gekommen. Doch so was zu denken heißt schon fast wieder, dem Verlangen nachzugeben, in Zufälligkeiten mehr sehen zu wollen als bloße Zufälle, und Zusammenhänge zu konstruieren, wo es keine Zusammenhänge gibt.

Ich stand auf, zahlte meine zwei Cappuccino und

den Orangensaft und dachte mir einen Aufhänger für den Artikel über Svevo aus. Bevor ich wegging, beugte ich mich zu dem dicken Jungen im Kinderwagen, winkte und sagte: »Tschü-hüs.« Die Mutter lächelte mich an. Zu Recht natürlich, dicke Jungen in Kinderwagen sind nicht sehr beliebt.

Wie ich leben mußte, wußte ich immer noch nicht, doch im So-tun-als-ob war ich besser geworden. Was hatte ich über Svevo zu sagen? Warum Svevo? Warum ich, und für wen oder was hatte ich mich so in Schulden gestürzt? Für die Undankbaren.

Ich blieb stehen und schrieb in mein kleines Notizbuch: »Er ging an den Undankbaren zugrunde.« Schon seit einiger Zeit schrieb ich an meinem eigenen Nachruf; wenn es etwas gibt, das man auf keinen Fall anderen überlassen darf, dann ist es der eigene Nachruf.

Früher hatte ich immer behauptet, daß Schreiben ein Beruf sei wie jeder andere: Der eine verkaufte Schuhe, der andere schrieb. Das behauptete ich jetzt nicht mehr. Schreiben war eine Form von Kannibalismus. Erst verschlang man das Leben bis auf die Knochen, und danach kotzte man es wieder aus. Für einen Schriftsteller war das Leben eine verdorbene Muschel, grün und schleimig, die in seinem Mund steckte und die er gerade noch rechtzeitig ausspucken konnte, bevor ihn die Lebensmittelvergiftung endgültig zu Boden streckte.

Vom Café ging ich zu meinem Zeitungsverkäufer, wo ich für fünfzig Dollar Rubbellose kaufte. In wichtigen Momenten fiel ich immer wieder in meine vertraute Kannibalenrolle. Circa vier Monate zuvor hatte ich das Rubbellos entdeckt und war zu dem

Schluß gekommen, daß es eine geniale Beschäftigungstherapie war. Manchmal mußte ich mit Kollegen meiner Frau essen gehen. Dann kaufte ich für jeden ein Dutzend Rubbellose und gab sie ihnen nach dem Hauptgang. Ich finde es immer wieder interessant, was das Rubbellos in Menschen auslöst. Außerdem spart man sich so die Konversation; Leute, die rubbeln, reden nicht.

Einige Tage nachdem ich sie gefragt hatte, ob ich zu ihr in Therapie kommen dürfe, kam sie wieder ins Nachtgeschäft. Sie sagte, daß sie offiziell noch keine Therapie durchführen dürfe, aber wenn ich es gern wolle, könne sie es ja mal probieren. Ich sagte, daß ich es gern wollte.

Sie schlug vor, etwas Praktisches zu tun. »Vielleicht könnten wir Plätzchen backen«, sagte sie und massierte ihren linken Fuß. »Hast du schon mal Plätzchen gebacken?«

»Nein«, sagte ich, »noch nie. Meine Mutter backt ab und zu, aber nie Plätzchen.«

Obwohl sie meines Wissens nicht rauchte, roch meine zukünftige Frau nach Zigaretten und Partys. Es war ein durchdringender Geruch, der sie umgab. Damals hielt ich es für den Geruch der existentiellen Einsamkeit. Das mit der existentiellen Einsamkeit ist natürlich Blödsinn, nicht aber ihr Geruch, den gibt es wirklich.

Manchmal rieche ich ihn wieder. Den Geruch von Rauch, Schweiß, einer Spur Urin, den Geruch von Partys, die einfach kein Ende finden, die Gastgeberin liegt schon längst im Bett, aber die letzten Gäste machen immer noch keine Anstalten zu gehen. Manche gehen nie, oder doch, aber erst nach einem halben Leben.

Also backten wir Plätzchen. Erst mußten wir einkaufen. Dann backten wir die Plätzchen in ihrer Küche. Die Küche war nicht großartig, aber es ging um die Therapie, und sie hatte Augen, mit denen sie mich immer liebevoll ansah, wenn sie Gemüsequiche bestellte, wodurch ich das Gefühl bekam, daß sie etwas ganz anderes wollte. Zärtlichkeit, Aufmerksamkeit, einen Kuß auf die Stirn – der Himmel mag wissen, was ich mir alles einbildete, wenn ich da in meinem Nachtkauf vor mich hin wurstelte.

Geredet wurde nicht viel. Wir konzentrierten uns auf die Plätzchen. Auch in ihrer Wohnung roch es, wie ich fand, nach existentieller Einsamkeit. Ich selbst roch nach Fisch und Gemüsequiche. Später wurden diese beiden Gerüche durch den Geruch frischgebackener Plätzchen verdrängt.

Ich hatte nie gewußt, daß Plätzchenbacken genauso spannend sein konnte wie die Besteigung des Mount Everest oder der erste vorsichtige Kuß. Und ich entdeckte, daß Glück keine Vorstellung war, die nur in der Vergangenheit oder einer Zukunft existierte, die ich mir provisorisch schon mal ausmalte, wenn ich im Nachtkauf auf Kunden wartete. Glück konnte auch in der Gegenwart liegen, in Händen, die vom Teig zusammenklebten und vom Schweiß, der einem überall runterlief, weil der Backofen die kleine Küche in ein Treibhaus verwandelt hatte.

»Das sollten wir öfter machen«, sagte ich, »ich merk, wie es hilft.«

»Ja«, sagte sie, »ich glaub auch, es geht dir schon viel besser.«

Zuletzt haben wir die Plätzchen auf der Straße an Passanten verschenkt. Wir hatten für ein halbes Waisenhaus gebacken. Als wir alle los waren, verabschiedeten wir uns voneinander. Ich sagte: »Also bis bald, im Nachtgeschäft.« Die Worte, die ich eigentlich hatte sagen wollen, waren mir entglitten. Ich hatte wieder zu lang darüber nachgedacht.

Das Plätzchenbacken hat sich als sehr erfolgreiche Therapie erwiesen. Mit einer Gruppe Patienten tut meine Frau es immer noch. Heilung ist eine Illusion. Doch das Plätzchenbacken tut ihnen gut. »Es gibt ihnen das Gefühl«, erklärte sie mir, »daß sie die Kontrolle über ihr Leben zurückbekommen können.«

»Wie das denn?« fragte ich. »Was hat das eine mit dem anderen zu tun?«

»Endlich tun sie etwas, das ihnen gelingt«, sagte sie. »Endlich klappt wieder mal etwas.«

Ich ging langsam nach Hause. Dank einem Rubbellos hatte ich fünf Dollar gewonnen, das Rubbeln selbst hatte ungefähr zwanzig Minuten gedauert. Das Nette daran war auch, daß man mit den anderen, die neben einem im Zeitungsladen ihre Lose rubbelten, in Kontakt kam. Nach einiger Zeit kannte man die anderen Rubbelfans. Es entstand so etwas wie Gemeinschaft. Plötzlich schien es mir überhaupt keine Katastrophe mehr, wenn ich mich für den Rest meines Lebens mit Rubbellosen hätte beschäftigen müssen.

Schreiben war natürlich das Mittel par excellence, nicht leben zu müssen und doch die Illusion zu wahren, mittendrin zu stehen, im Leben meine ich, in all seiner Wildheit daran teilzunehmen. Während man heimlich selbst die Strippen zieht. Auch diese Einsamkeit hatte einen Geruch, den Geruch roter Cocktails, die zu lange im Glas gestanden haben und schal geworden sind. Eigentlich hatte jede Einsamkeit ihren Geruch, das machte es so erträglich: daß man wie ein Hund daran schnüffeln konnte.

Ich ging noch zur Post, in meinem Postfach nachsehen, doch es war nichts drin bis auf ein paar versprengte Mahnungen, die ich nicht mit nach Hause nahm.

Die Euphorie des manipulierenden Schriftstellers ist vielleicht von noch kürzerer Dauer als die des Erotomanen. Sobald der Manipulierte sich ergibt, lenkbar geworden ist, und Mensch und literarische Figur fast nicht mehr zu unterscheiden sind, ist alles vorbei. Danach kommt nichts mehr. Danach kann nichts mehr kommen. Nur noch eine Geschichte.

Schon seit Monaten schrieb ich an einer Geschichte über einen Manipulator, doch sie wurde einfach nicht fertig. Über einen Mann, der Unterricht in der Liebe gibt, oder besser gesagt: im Verführen. Jede Studentin lernt etwas von ihm, doch er lernt nichts von ihnen. Seine Gier nimmt ständig nur zu. So ist sein Unterricht gleichzeitig seine Rettung und seine Tragödie.

An der Ampel begegnete ich einer älteren Bekannten aus dem Café. Ich sagte: »Warst du in Urlaub, ich hab dich so lange nicht gesehen?«

»Sie haben mir den halben Oberkiefer rausgerissen«, erklärte sie und öffnete den Mund, denn sie schämte sich nicht für ihre Wunden.

»Oje«, sagte ich, und sie erwiderte: »Du könntest dich übrigens ruhig mal melden. Wie geht's deiner Frau?«

»Gut, sie ist in Wien auf einem Kongreß.«

Am Morgen vor ihrer Abreise war ich ins Badezimmer gekommen; meine Frau lag in der Wanne und bearbeitete ihr Bein mit einem Naturschwamm. Ich stellte mich vor den Spiegel, um mich zu rasieren, konnte den Rasierer aber nirgends entdecken.

»Oh«, sagte meine Frau, »ich hab ihn mir kurz mal geliehen, um mir die Beine zu rasieren.«

»Verdammt noch mal«, sagte ich, »kauf dir doch deinen eignen Rasierer. Ich find es eklig, dasselbe Ding nehmen zu müssen, mit dem du dir die Haare von den Beinen schabst.«

»Ach – findest du mich auf einmal eklig?«

»Nicht eklig. Ich will einfach meinen eigenen Rasierer. Wenn du zu faul bist, dir einen eigenen zu kaufen, dann laß die Haare eben dran, es schaut doch niemand mehr auf deine Beine.«

Sie machte eine wütende Bewegung. Das Wasser schwappte über den Rand der Wanne. Ja, wir hatten einen wilden Streit über einen Rasierer, am Morgen, als sie nach Wien abreiste.

»Du bist wie ein Stein«, sagte ich, »den ich jeden Tag wieder den Berg hochrollen muß.«

»Na, vielen Dank«, sagte meine Frau, »vielen Dank, das hast du schön gesagt«, und schrubbte sich weiter die Beine.

Als ich in meine Straße einbog, dachte ich wieder an den Artikel über Svevo, der mindestens zweitausend Wörter lang werden mußte. Im Wörterzählen bin ich sehr geschickt. Meine Frau sagte manchmal: »Wärst du bloß so gut im Geldzählen wie mit deinen Wörtern.«

Im Hausflur, direkt vor der Wohnungstür, lag ein Stück Pappe. Im Hausflur liegt öfter mal Müll herum, manchmal schläft dort ein Obdachloser, und ich wollte es schon achtlos beiseite schieben, als ich sah, daß etwas darauf geschrieben stand. Ich bückte mich.

Für Herrn R. Mehlman.
Rufen Sie bitte 212–5739653 an.
Ich habe ein Päckchen aus den Niederlanden,
das ich Ihnen übergeben soll.

Ich erwartete kein Päckchen, ich erwartete schon eine ganze Weile keine Päckchen mehr. Die Telefonnummer sagte mir nichts, und es stand kein Name dabei. Als ob eine Telefonnummer heutzutage schon genügte. Doch vor allem das Stück Pappe weckte mein Interesse: Warum kein Zettel, ein Kassenbon meinetwegen oder eine Serviette? Warum ein Stück Pappe?

Der Tag verging wie viele Tage in dem Jahr. Ich sah einen Film, einen Krimi, danach arbeitete ich an meinem Artikel über Svevo. Irgendwann kam ich dahinter, daß ich eigentlich gar nichts über Svevo zu sagen hatte, doch fand ich es ungehörig, das meinen Auftraggebern so spät, einen Tag vor der Deadline, erst mitzuteilen. Als ich mit dem Artikel fertig war, schien Prosa mir plötzlich eine Krankheit, etwas wie Hämorrhoiden, nur noch schlimmer.

Vor dem Kamin fand ich eine Taschenlampe, die die Schornsteinfeger vergessen hatten. Ich lenkte mich ein wenig ab, indem ich einen Brief an die Schornsteinfeger schrieb:

Liebe Schornsteinfeger,

Sie haben Ihre Taschenlampe hier vergessen. Wann kommen Sie sie abholen? Wenn Sie mich wissen lassen, wo Ihr Büro liegt, kann ich sie Ihnen auch gern vorbeibringen.

Auf der Rechnung stand nur die Nummer eines Postfachs. Ein Detail, das mir kurios vorkam bei einer Firma, die auf all ihre Rechnungen schrieb: »Der vertrauenswürdige Schornsteinfeger.« Einen Moment lang erwog ich, ein Buch zu schreiben mit dem Titel: *Briefe an meinen Schornsteinfeger.*

Dann mußte ich wieder an das Stück Pappe in meiner Brusttasche denken. Ich schenkte mir ein Glas Calvados ein, das ich aber nach einigem Zögern doch lieber in die Spüle schüttete. Danach wählte ich die Nummer, die auf dem Stück Pappe stand. Ich mußte meinen Namen ein paarmal wiederholen. Der junge Mann am Apparat schien nicht zu begreifen, weswegen ich anrief. »Sie wollen mir doch nichts verkaufen?« fragte er.

»Ich möchte ein Päckchen abholen«, sagte ich mit Nachdruck. »Ich habe nichts zu verkaufen.«

Ob es überhaupt eine Rettung gab, war sehr die Frage, doch wenn es sie gab, schien es mir nicht unwahrscheinlich, daß sie in einem Postpäckchen bestand, mit vielen ausländischen Briefmarken drauf und halb zerfetzten Zollerklärungen. Ja, wahrscheinlich war es ein Päckchen, das vom Zoll geöffnet und schlampig wieder zugeklebt worden war.

Ich erklärte ihm die Sache noch einmal.

»Oh«, sagte der junge Mann, »rufen Sie bitte spät heut abend noch mal an.«

»Vielleicht können Sie die Person bitten, mich zurückzurufen«, sagte ich und hinterließ meine Nummer. Ich hatte genug davon, um Päckchen zu betteln, um die ich nicht mal gebeten hatte. Danach rief ich meine Frau in Wien an. Es war alles in Ordnung. Die meisten Vorträge waren langweilig, doch ein Psychiater aus Rom hatte etwas Interessantes gesagt. Am Abend hatte es ein Fest gegeben, aber sie war nicht lang geblieben.

»Und bei dir?« fragte sie.

»Geht so«, sagte ich. »Ich werde ein Buch schreiben: *Briefe an meinen Schornsteinfeger.*«

»Sehr gut«, sagte sie, »es wird Zeit, daß du mal wieder was Neues anfängst.«

»Briefe an meinen Schornsteinfeger«, wiederholte ich, um zu sehen, ob sie es endlich begriff. Sie glaubte doch nicht, daß ich das ernst meinte? »Paß gut auf dich auf«, sagte ich noch, dann schenkte ich mir wieder ein Glas Calvados ein, das ich nach einigem Zögern ebenfalls in die Spüle schüttete. Immerhin hatte ich kurz daran gerochen.

Beim Abendessen in einem kleinen französischen Bistro, wo immer viele ältere, alleinstehende Männer aßen, dachte ich über die *Briefe an meinen Schornsteinfeger* nach. Vielleicht hatte meine Frau recht, vielleicht war es gar keine schlechte Idee. Sie hatte öfters gute Ideen.

Einmal hatte sie zu mir gesagt, ich würde in ihrer

Klinik zwischen den anderen Patienten kaum auffallen und nur weil ich sie hätte und den ganzen Tag mit ihr reden könne, sei ich noch nicht dort gelandet.

In all den Jahren, in denen sie in der Tagesklinik für Geisteskranke arbeitete, war sie noch keinem Patienten begegnet, der wirklich geheilt werden konnte. Bestenfalls lernte der Patient mit den Problemen umzugehen, doch schon der kleinste Zwischenfall konnte einen gravierenden Rückfall auslösen. So war ein Patient, dem es scheinbar sehr gut ging, von der Polizei einmal spätabends aufgegriffen worden, als er nackt durch den Holland-Tunnel rannte. Die Polizei hatte ihn mitgenommen und ins Krankenhaus gebracht. Ich gebe zu, daß ich spätabends auch schon mal nackt durch meine Wohnung renne, aber es gibt doch immer noch einen Unterschied zwischen dem Holland-Tunnel und der eigenen Wohnung.

»Heilung ist eine Illusion«, sagte sie eines Morgens, während sie auf ihre zwei Cappuccino wartete.

Ich verließ das Haus morgens oft mit ihr zusammen. Dann gingen wir in das Frühstückscafé, wo ich die Zeitung las, und sie bestellte sich zwei Cappuccino, die sie in Plastikbechern zu den Irren mitnahm.

Ich wurde immer als erster wach, denn sie hörte den Wecker nicht. Dann ließ ich sie noch ein Viertelstündchen schlafen und las Briefe, die ich an dem Morgen beantworten wollte. Danach rüttelte ich sie an der Schulter und rief: »Aufstehen, die Irren rufen, der Lockruf der Irren erschallt, sie brauchen dich.« Davon wurde sie immer wach.

»Wenn Heilung eine Illusion ist«, sagte ich an jenem Morgen, während sie an der Theke immer noch auf ihre Cappuccino wartete, »dann ist das einzige wirkliche Problem eigentlich, daß sie geboren sind.«

»Ja«, sagte sie, »das ist dein Problem, daß du geboren bist.«

Ungefähr drei Jahre habe ich im Nachtkauf mehr oder weniger gewohnt. Irgendwann ging ich von zu Hause direkt in den Nachtkauf und vom Nachtkauf direkt wieder nach Hause. Ab und zu unternahm ich noch mal einen Anlauf, in eine Kneipe zu gehen, ins Kino oder jemanden zu besuchen, doch meist blieb es bei dem Versuch.

Als ich anfing, von den Preisen der Fischstäbchen, der Gemüsequiche, der Erdnußsoße und des Lachssalats zu träumen, wurde mir klar, daß es höchste Zeit wurde, meinem Leben eine andere Wendung zu geben. Doch ich wußte nicht, wie. Ich war auf einen Baum geklettert und traute mich nicht mehr hinunter. Von dort oben betrachtete ich die anderen Menschen, und manchmal holte ich mir ein wenig Wärme. Um Hilfe zu rufen schien mir ungehörig. Darum tat ich so, als wolle ich nichts lieber, als in meinem Baum sitzen, als sei das die Erfüllung meines Lebens.

Während meines Abendessens in dem französischen Bistro las ich eine Zeitschrift. In meiner Brusttasche steckten noch ungefähr zwanzig Rubbellose, doch die hob ich mir bis nach dem Kaffee auf.

Die Patienten meiner Frau hießen nicht Patienten, sondern Klienten, und sie erhielten sogar eine kleine Vergütung für ihre Anwesenheit in der Tagesklinik, um so die Illusion zu erwecken, daß sie eigentlich arbeiteten. Einmal hatte ich erwogen, einen Artikel zu schreiben, der auf virtuose Weise die Parallelen zwischen einer Tagesklinik für psychisch Gestörte und einer Firma behandeln sollte. Ich hatte es meiner Frau erzählt, doch die hatte gesagt: »Behandel du mal lieber ein Weilchen nichts mehr virtuos.«

Auch hatte ich die Idee für eine Geschichte über einen Mann, der sich in seinen Psychiater verliebt und darum beschließt, sich für schizophren auszugeben. Er tut dies so erfolgreich, daß alle ihm glauben. Selbst die größten Gelehrten. Und er denkt: Na ja, wenn alle mir glauben, muß ich eben damit weitermachen.

Beim Kaffee und anschließenden Calvados, den ich zur Hälfte stehenließ – ich bin sehr diszipliniert –, kam ich mit einem Mann ins Gespräch, dessen Brille nur noch einen Bügel hatte. Er aß fast jeden Tag hier. Er redete über eine politische Krise. Ich beschränkte mich aufs Zuhören, was ich fast immer tue, wenn andere über Politik reden. Das traf sich gut. Er hatte das Alter erreicht, in dem er andere Menschen nur noch dann um sich ertrug, wenn sie ihm zuhörten.

»Möchten Sie vielleicht auch ein paar Lose rubbeln?« fragte ich schließlich.

Er fand das eine nette Idee.

»Es gibt nichts zu gewinnen«, sagte er, »aber ich tu es gern.« Beim Rubbeln führten wir ein intimes Gespräch über den Preis homöopathischer Potenzpillen. Er war nicht versichert. Insgesamt war es ein sehr vergnüglicher Abend.

Ich war schon im Pyjama, als das Telefon läutete. Ich nahm ab, weil ich dachte, es sei meine Frau. Wenn sie auf Reisen ist, ruft sie zu den verrücktesten Zeiten an.

»Spreche ich mit Robert Mehlman?« fragte eine unbekannte Frauenstimme.

»Ja«, sagte ich und stellte die Musik leiser.

»Ich rufe an wegen des Päckchens, das ich abgeben sollte.«

»Oh«, sagte ich, »Sie sind das«, und mußte plötzlich wieder an die Schornsteinfeger denken.

»Wann darf ich es abgeben? Vielleicht morgen?«

»Morgen ist prima.«

»Vielleicht können Sie ins Museum of Natural History kommen, wenn es Ihnen keine Umstände macht. Ich arbeite dort. Ich kann natürlich auch zu Ihnen nach Hause kommen.«

»Nein, nein«, sagte ich, »ich komme gern ins Museum, ein guter Grund, wieder mal hinzugehen.«

Wir verabredeten uns für den folgenden Tag um drei Uhr im Café des Museums.

»Mit wem habe ich eigentlich gesprochen?« fragte ich.

»Rebecca«, antwortete sie. »Was ich noch sagen wollte: Es gibt mehrere Cafés im Museum, ich meine das Garden Café.«

Auf der Rückseite der Schornsteinfegerrechnung notierte ich: »Garden Café, drei Uhr, Rebecca.«

Erst nachdem ich aufgelegt hatte, fiel mir ein, daß ich in all den Jahren, die ich schon in New York wohnte, kein einziges Mal im Museum of Natural History gewesen war. Meine Frau hatte schon öfter gesagt: »Geh ruhig mal hin, das ist interessant«, aber ich hatte immer geantwortet: »Nein, das ist nichts für mich, ich mag keine Dinosaurier.«

Es war erst zwei, als ich am nächsten Tag, gleichzeitig mit einer Schulklasse, im Museum ankam.

»Wollen Sie auch in die Schmetterlingssammlung?« fragte die Frau an der Kasse.

»Ich suche das Garden Café«, sagte ich verschämt.

Sie legte mir ein kleines Armband um, mit dem ich mich den ganzen Tag frei durchs Museum bewegen konnte.

Weil ich keine Lust hatte, eine Stunde in einem Café auf eine völlig Unbekannte zu warten, schlenderte ich lieber noch ein wenig an Haien und Zebras entlang. Ausgestopften Haien und Zebras wohlgemerkt. Oder nachgemachten aus Plastik, das konnte ich mit meinem ungeübten Blick nicht erkennen.

Am Morgen hatte ich die Schornsteinfeger angerufen und ihnen gesagt, daß ich von einem Ventilator auf dem Dach doch lieber absehen wollte. Sie waren sehr enttäuscht.

Das Museum war größer, als ich dachte. Bei den Dinosauriern stieß ich wieder auf die Schulklasse.

»Der Dinosaurier war ein äußerst bösartiges Tier«, hörte ich den Lehrer sagen. Gemeinsam mit den Kindern blieb ich stehen und betrachtete die Skelette.

Um Viertel vor drei dachte ich: Jetzt kann ich mich Richtung Garden Café bewegen, ohne daß es peinlich wird. Doch um fünf vor drei hatte ich es immer noch nicht gefunden. Ich fragte verschiedene Wächter, aber die schienen es auch nicht zu wissen.

Einen Moment lang fürchtete ich, es würde überhaupt nicht existieren. Alles sei nur ein Witz. Das Stück Pappe, der Anruf, das Garden Café. Mit Hilfe eines Gebäudeplans fand ich es schließlich doch.

Drin saß fast niemand. Eine Familie mit sieben Kindern sprach Portugiesisch. Mit meiner Frau war ich einmal in Lissabon gewesen. Romantische Stadt.

Ich setzte mich in eine Ecke mit Aussicht auf Fische hinter Glas. Ich erkannte ein paar Haie, denn die Sorte hatte ich früher schon mal gesehen, und in Museen lese ich die Namensschilder immer sehr sorgfältig. Dazwischen tummelte sich auch ein Tier, das noch am ehesten an eine Riesenschildkröte erinnerte. Plötzlich hatte ich das Gefühl, daß die Frau, die mir das Päckchen geben wollte, schon längst im Café saß und mich durch eine der vielen spärlich beleuchteten Vitrinen beobachtete. »Die gefährlichsten Psychopathen laufen frei herum«, hatte meine Frau schon mehrmals gesagt. Außerdem hatte die Erfahrung mich gelehrt, daß ich Irre anzog wie der Honig die Bienen.

Wieder betrachtete ich die Fische hinter Glas.

»Gefallen sie Ihnen?« fragte der Kellner.

»Sie sind vor allem groß«, sagte ich, bestellte den Cocktail des Monats und beschloß wegzugehen, sobald ich ihn ausgetrunken hatte. Man soll Nachrichten auf einem Stück Pappe keine Beachtung schenken, schon gar nicht, wenn sie im Hausflur herumliegen.

Ich hatte den Cocktail, der übrigens ziemlich ungenießbar war, halb ausgetrunken, als eine Frau mit einer Plastiktüte das Café betrat. Sie kam direkt auf mich zu, doch selbst wenn sie das nicht getan hätte, hätte ich keine Sekunde daran gezweifelt, daß sie diejenige war, die mir das Päckchen geben wollte.

»Entschuldigung, daß ich so spät bin«, sagte sie. Sie legte ihren Mantel ab und setzte sich.

Die Geschwindigkeit, mit der sie durchs Café lief und ihren Mantel auszog, hatte etwas Merkwürdiges. Etwas Unpassendes, auf jeden Fall Auffälliges. Sie hatte sich noch nicht richtig hingesetzt, da kramte sie schon in ihrer Tasche und zündete sich eine Zigarette an. Auch dies machte sie eine Spur zu schnell. Wie eine Schauspielerin, die den Anweisungen des Regisseurs genau folgte, nur mit etwas zu hoher Geschwindigkeit.

Wir betrachteten die Fische. Sie inhalierte gierig. Ihr Gesicht erinnerte mich an einen Troll.

»Ich heiße Rebecca«, sagte sie und gab mir die Hand.

Nicht daß sie klein war, im Gegenteil, sie war größer als ich, trotzdem mußte ich bei ihrem Anblick an einen Troll denken. Keinen unattraktiven Troll, aber doch einen Troll. »Möchtest du auch den Cocktail des Monats oder lieber etwas anderes?« fragte ich.

»Ein Weißwein wär nett«, sagte sie.

Ich winkte dem Kellner.

Ich hatte in meinem Leben schon viele Irre angezogen. Eine Frau schrieb mir einmal, ich solle ihre Tochter heiraten. Nach einigen Briefen bekam ich ein Schreiben ihres Psychiaters, der mir mitteilte, daß sie gar keine Tochter habe, und mich bat, ihre Briefe nicht zu beantworten, um die Behandlung nicht zu gefährden. Im letzten Brief, den ich von dieser Frau bekam, stand: »Die Pfleger in der geschlossenen Abteilung sehen viel besser aus als die in der offenen, außerdem wissen die in der geschlossenen wenigstens, was arbeiten heißt, und haben keine Angst, einen ordentlich anzufassen.« Nach diesem Brief fragte ich meine Frau, ob sie ähnliche Erfahrungen mit geschlossenen Abteilungen habe, doch sie sagte, sie hätte immer nur in offenen Abteilungen gearbeitet.

Aus Neugier wollte ich mir einmal eine geschlossene Abteilung von innen ansehen, doch sie haben mich nicht hereingelassen.

Rebecca zündete sich eine zweite Zigarette an. Sie rauchte, als wollte sie lieber heute sterben als morgen. Wenn ich Tagebuch geführt hätte, hätte ich schreiben können: »Traf heute einen lebensmüden Troll.« Doch ich führte kein Tagebuch.

Beide betrachteten wir die Fische.

»Magst du Fische?« fragte ich.

»Ich forsche.«

»Für dein Studium?«

»Für einen Biologen.«

Ich nickte, als hätte ich nichts anderes erwartet, und um die Stille ein wenig zu möblieren, sagte ich: »Es gibt hier auch sehr schöne Dinosaurier. Und eine Schmetterlingssammlung.«

»Ich sitze den ganzen Tag im Archiv. Darum bin ich hier. Ich soll etwas herausfinden.«

Vielleicht ging es ihr wie mir, und sie mochte auch keine Dinosaurier. Verständlich wär's. Aber eine Schmetterlingssammlung schien mir nun wirklich etwas für junge Frauen. Tot und doch romantisch.

Einen Moment lang erwog ich zu fragen, ob ihr schon mal jemand gesagt hätte, daß sie etwas von einem Troll hatte. Solche Fragen stellt man am besten frei von der Leber weg, ist meine Erfahrung. Alles hängt von der Wortwahl ab. Die richtige Wortwahl kann noch die unverdaulichsten Mitteilungen erträglich machen.

Sie trank, wie sie rauchte: etwas zu schnell. Weil ich sie nicht mit einem leeren Glas dort sitzen lassen wollte, bestellte ich noch einen Weißwein. Ich warf einen Blick auf die Plastiktüte, und sie sagte: »O ja, das Päckchen.«

»Es ist ziemlich groß«, bemerkte ich.

Plötzlich schien es mir absolut unmöglich, das Päckchen nach Hause mitzunehmen. Vielleicht war etwas drin, das ich lesen und worüber ich wieder meine Meinung abgeben sollte, oder vielleicht sogar noch etwas viel Schlimmeres.

Ich mußte an einen Brief denken, den ich vor längerer Zeit einmal bekommen hatte: »Sehr geehrter Herr, vor zwei Jahren zu Weihnachten schickte ich Ihnen mein Buch. Ihr Schweigen spricht Bände. Wie Sie an meinem Buch gehandelt haben, so werde ich auch an Ihren Büchern handeln. Dennoch würde es mich sehr freuen, wenn Sie mich mittels einer kleinen Nachricht wissen lassen könnten, ob Sie Inhalt und Form meines Romans Ihren Segen geben können.«

Nach einigem Suchen fand ich das Manuskript ganz hinten im Bücherschrank. Ich schickte es sofort mit einem freundlichen Brief zurück: »Mittels dieser kleinen Nachricht möchte ich Sie wissen lassen, daß ich Romane von Dritten nicht zu segnen pflege. Ich rate Ihnen, Ihr Buch an so viele Verlage wie möglich zu schicken. Vielen Dank für Ihr Vertrauen.«

»Du bist doch nicht heimlich Schriftstellerin?« fragte ich.

»Nicht heimlich und nicht unheimlich.«

Sie stellte die Tüte auf den Tisch.

»Ich habe eine Freundin«, sagte sie, »die ist bildende Künstlerin. Sie macht Skulpturen von Leuten, die sie im Fernsehen gesehen hat. Sie hat auch eine von dir gemacht, und als sie hörte, daß ich nach New York ging, sagte sie: ›Kannst du ihm die Skulptur nicht mitnehmen?‹ So war das.«

Ich betrachtete die Plastiktüte.

»Was macht deine Freundin?«

»Sie macht Skulpturen von Leuten, die sie im Fernsehen gesehen hat, sie besucht dafür sogar eine Ausbildung, aber nur abends, tagsüber arbeitet sie im Büro.«

»Sie besucht eine Ausbildung, um Skulpturen von Leuten zu machen, die sie im Fernsehen sieht?«

»Nein, für Skulpturen ganz allgemein.«

Ich warf noch einen Blick auf die Tüte. Der Trübsinn, der mich tags zuvor überfallen hatte, als die Schornsteinfeger bei mir gewesen waren, kehrte mit doppelter Kraft zurück.

»Und – ist es ein schöner Job?«

»Was?«

»Die Arbeit im Büro.«

»Ich glaub schon, sie ist Telefonistin.«

Ich bestellte noch einen Cocktail des Monats, jetzt machte es eh nichts mehr aus, ob er ungenießbar war oder nicht.

»Und was ist nun in der Tüte drin?«

»Die Skulptur, die sie von dir gemacht hat. Sagte ich doch.«

»Ich bin schon lange nicht mehr im Fernsehen gewesen.«

»Es war vor einem Jahr. Du warst in diesem Quiz.«

Auch diese Antwort kam etwas zu schnell.

»Das ist wahr«, sagte ich, »ich war in dem Quiz.«

Wieder hatte ich das Gefühl, durch die Fischaquarien hindurch angestarrt zu werden – ja: Vielleicht wurde unser ganzes Treffen gefilmt. Ich hatte das Gefühl, in eine Falle gelaufen zu sein, die ich selbst aufgestellt hatte. Es war nur schon so lange her, daß ich nicht mehr wußte, für wen und warum.

Der Cocktail kam. »Für einen Dollar zusätzlich können Sie noch einen dritten bekommen«, sagte der Kellner.

»In Ordnung«, sagte ich.

Ich wagte es immer noch nicht, die Tüte zu öffnen, obwohl sie so einladend vor mir stand.

»Und warum Leute aus dem Fernsehen, wenn ich fragen darf?«

»Sie hat Schuppenflechte, darum empfängt sie lieber keine Modelle zu Hause.«

Ich rührte mit dem Strohhalm in meinem Glas. Eine überflüssige Handlung, denn es gab nichts mehr zu rühren.

»Vom Wetterfritzen hat sie auch eine Skulptur gemacht.«

»Vom Wetterfritzen?«

»Der Mann von der Wettervorhersage. Die Skulptur steht jetzt in einer Galerie und ist für fünftausend Gulden verkauft worden.«

Wetterfritzen, das war also die Kategorie, in die ich jetzt gehörte. Und nun zu Robert G. Mehlman mit dem Wetter von morgen. Vielleicht war es sogar eine Erleichterung, nur noch übers Wetter reden zu müssen.

»Aber sie wollte auch einen Schriftsteller in ihrer Sammlung, und deinen Kopf fand sie ideal. Sie mag markante Nasen.«

»Hatte der Wetterfritze auch eine markante Nase?«

Rebecca zuckte mit den Schultern und zündete sich die x-te Zigarette an.

Eine markante Nase, eine Frau mit Schuppenflechte, ein Troll und dann auch noch die Schornsteinfeger – es war alles zuviel. Mein Kopf begann leicht zu schmerzen, doch jetzt mußte ich die Cocktails auch austrinken.

»Und was soll ich damit anfangen?« Ich zeigte auf die Plastiktüte.

»Sie macht immer drei Skulpturen, und eine ist für das Modell. Doch es wäre etwas teuer geworden, die Skulptur nach New York zu schicken, und als sie hörte, daß ich hierherfahren wollte, sagte sie: ›Dann nimm du sie doch für ihn mit.‹ Es ist ein Geschenk.«

»Ein Geschenk, wie nett«, hörte ich mich sagen. Ich mußte wieder an die Schornsteinfeger denken und daß eine Existenz als Wetterfritze vielleicht die Erlösung war, auf die ich so sehr wartete.

»Der Rauch stört dich doch nicht?«

»Ganz und gar nicht.«

Ich betrachtete die Frau, die mir da gegenübersaß. Es war bestimmt kein Zufall, daß sie zu mir gekommen war und mir die Skulptur einer Frau überreichte, die Schuppenflechte hatte. Alles war von langer Hand geplant. Ich wußte nur noch nicht, was sie wollte und warum ausgerechnet von mir. Vielleicht wollte sie auch gar nichts. Vielleicht wollte sie ihrer Freundin nur einen Gefallen tun.

Meiner Frau zufolge ist es ein Zeichen von Schwäche, wenn man sich nie gehenlassen kann. Wer immer alles kontrollieren will, lebt nicht wirklich. Dazu hatte ich bemerkt, daß sie doch gerade mit viel Mühe versuchte, ihren Patienten so etwas wie Kontrolle über ihr Leben zurückzugeben – oder zumindest die Illusion davon. Doch das fand sie kein Argument. »Das Leben ist kein Buch«, sagte sie, »man kann nicht alles kontrollieren.« Hierüber gingen unsere Meinungen schon seit Jahren auseinander. Ich fand, daß das Leben sehr wohl ein Buch sei, ein schlechtes vielleicht, ein langweiliges, ein Krimi, bei dem man schon auf Seite zehn wußte, wer der Mörder war, aber doch ein Buch.

»Arbeitest du viel?« fragte Rebecca.

Diese Frage hatte mir schon lange niemand mehr gestellt.

Sie hatte langes, braungelocktes Haar. Wie Korkenzieherlocken. Sie hätte es sich hochstecken sollen. Jedesmal, wenn sie sich vorbeugte, wischte sie mit den Haaren Staub vom Tisch.

»Ich hatte gerade die Schornsteinfeger im Haus«, sagte ich so neutral wie möglich.

»Arbeitest du an einem neuen Buch?«

Ich mochte keine Fragen, ich stellte lieber selber welche.

»Briefe an meinen Schornsteinfeger.« Mir fiel so schnell kein besserer Titel ein.

»Es handelt bestimmt von einem sehr einsamen Menschen?«

Darüber hatte ich noch nicht nachgedacht, doch es konnte nichts schaden, die Frage zu bejahen. Ein Wetterfritze war bestimmt auch sehr einsam. *Briefe an den Wetterfritzen* war auch kein schlechter Titel. Vor allem nicht, wenn der Wetterfritze zurückschrieb. Eine Romanze vielleicht zwischen einer älteren Dame und dem Wetterfritzen. Die ältere Dame schreibt: »Ich bin Ihre treueste Zuschauerin, ich kann nicht schlafen, wenn ich Sie nicht gesehen habe. Die Nachrichten interessieren mich nicht, aber für Sie bleibe ich auf.« Und langsam entstehen zarte Bande zwischen dem Wetterfritzen und der älteren Dame.

»Ich will dich nicht länger aufhalten«, sagte sie. Sie schaute mürrisch drein. Ich konnte ihr Alter nicht schätzen.

»Nein, Rebecca«, sagte ich, »du hältst mich nicht auf. Überhaupt nicht.«

Das Päckchen Zigaretten war leer. Sie blickte um sich, zweifellos auf der Suche nach einem Automaten. Die Patienten meiner Frau durften in der Tagesklinik nicht rauchen. In der Mittagspause liefen ständig Wärter herum, um dem Verbot Nachdruck zu verleihen.

Die Familie mit den sieben Kindern war gegangen, wir waren jetzt die einzigen Gäste.

Es gibt wenig zu sagen, wenn man von ausgestopften Dinosauriern und Haien umgeben ist und vor sich den Cocktail des Monats stehen hat. Die Stille war mir unangenehm, sie erinnerte mich zu sehr an den Nachtkauf und meine Träume von den Preisen der Fischstäbchen, des Lachssalats, der Paprikachips, der Portionen Gemüsequiche und Packungen Milch.

In meinem Kopf formulierte ich einen Satz über die Schmetterlingssammlung. Ich mußte es noch einmal versuchen, ich konnte mir nicht vorstellen, daß Rebecca sich nicht für die Schmetterlingssammlung interessierte. Und wenn nicht für Schmetterlinge, dann doch wenigstens für Rubbellose.

Sie beugte sich ein wenig vor. Ich sah, daß Krümel von Wimperntusche an ihren Lidern klebten.

»Ich habe häßliche Hände«, sagte sie.

Wieder entstand eine Pause. Noch etwas länger als zuvor. Ich sah sie an, ich glaubte sie falsch verstanden zu haben. Vielleicht war es Einbildung, aber ich glaubte Tränen in ihren Augen zu erkennen. Doch möglicherweise war es auch einfach nur der Rauch, der in ihren Augen brannte.

»Und häßliche Füße«, fuhr sie fort.

Ich blickte wieder zu den Fischen, ich suchte nach Text, doch die Fische gaben mir kein Stichwort. Nicht einmal ein Zitat wollte mir einfallen, wo ich sonst doch immer für alles ein Zitat parat habe. Der Satz, den ich schließlich sagte, war ziemlich unglücklich: »Warum trägst du dann keine Handschuhe?«

Sie sah mich ungläubig an, als sei jetzt sie es, die mich falsch verstanden hatte. Ihre Augen tränten noch immer. Bestimmt lag es am Staub und am Rauch. Meine Augen tränten auch davon.

Die erste Wohnung meiner Frau war auch immer sehr verqualmt gewesen. Das kam, weil sie mit einer Kettenraucherin zusammenwohnte. Eines Tages fiel die Kettenraucherin auf der Toilette in Ohnmacht, und es entstand ein kleiner, relativ unspektakulärer Brand. Darum blieb meine zukünftige Frau in jener Nacht bei mir. Weil ihre Wohnung voller Rauch war. Immer wieder schwor sie in jener Nacht, nie mehr mit einer Kettenraucherin zusammenzuziehen oder einem Kettenraucher. Was ich nicht so romantisch fand, denn ich suchte gerade nach den Kondomen.

Rebecca war mit ihren Kontaktlinsen beschäftigt.

»Laß dir ruhig Zeit«, sagte ich, denn solche Dinge muß man sorgfältig tun.

Auf ihrem Zeigefinger lag eine Kontaktlinse, und sie versuchte, sie wieder in ihr Auge einzusetzen.

»Vielleicht solltest du dir doch mal die Schmetterlingssammlung ansehen, die scheint weltberühmt zu sein.«

Sie nickte abwesend. Schmetterlinge und Dinosaurier, für sie war das Jacke wie Hose, soviel war inzwischen klar. Für mich eigentlich auch.

»Meine Frau hat schon ein paarmal versucht, mich zu den Dinosauriern mitzunehmen, aber immer ohne Erfolg.«

»Bist du verheiratet?«

Ich nickte.

»Und – macht's Spaß?«

»Was?«

»Verheiratet zu sein.«

»Ganz nett.«

Mittlerweile saßen die Linsen wieder richtig.

»Und deine Frau mag Dinosaurier?«

»Na ja, so würde ich es nicht ausdrücken, aber sie hat viele Interessen.«

An dem Morgen, als wir den wilden Streit über den Rasierer hatten, fragte meine Frau: »Warum muß sich in deiner Nähe eigentlich jeder über kurz oder lang wie eine Ameise vorkommen?«

Ich antwortete: »Weil ich selbst eine Ameise bin.«

»Die reinsten Kohlenschippen«, sagte Rebecca.

»Pardon? Ich war gerade abgelenkt.«

»Meine Hände – die reinsten Kohlenschippen.«

Zum ersten Mal schaute ich richtig auf ihre Hände. »Kohlenschippen« war übertrieben. »Schuppenflechte wär schlimmer«, sagte ich.

Sie sah mich an, und ich merkte, daß sie über die

Kohlenschippen, die der Schöpfer ihr da aufgehalst hatte, gänzlich anderer Meinung war.

Wieder mußte ich an die Geschichte über den Erotomanen denken, die ich vor langer Zeit angefangen, aber nie zu Ende geschrieben hatte.

Auf eine Papierserviette schrieb ich den Namen eines Restaurants. Es war eine Eingebung, eine seltsame Eingebung.

Soweit ich mich erinnern konnte, hatte ich noch nie ein Gespräch über häßliche Hände geführt. Über andere häßliche Körperteile durchaus, aber noch nie über häßliche Hände.

»Wenn du heute abend Hunger hast«, sagte ich, »komm dorthin, ab ungefähr acht bin ich dort. Wenn du nur ein paar Kekse oder einen Fruchtsalat essen möchtest, ist das auch in Ordnung.«

Damit nahm ich die Tüte vom Tisch. Sie war ziemlich schwer. Die Skulptur mußte aus Bronze sein. »Tschau«, rief ich noch.

Mein Abschied war weder höflich noch charmant. Doch ich hatte Angst, in ein endloses Gespräch über häßliche Körperteile verwickelt zu werden.

Im Taxi nach Hause dachte ich über die Romanze zwischen dem Wetterfritzen und der älteren Dame nach, um nicht an all das andere denken zu müssen.

Einige Monate zuvor hatte ein deutscher Journalist ein langes Interview mit mir gemacht. Es war mein letztes gewesen. Er hatte alle Fragen schwarz auf weiß vorbereitet. Jemand, der nichts dem Zufall überlassen wollte. Er hatte gründlich recherchiert, er wußte, was er zu hören bekommen würde, er wollte es sich nur noch einmal bestätigen lassen.

Am Ende des Interviews sagte er: »Du bist sehr charmant.« Einen Moment lang dachte ich, er wolle mich küssen. Er steckte seinen Kassettenrecorder und sein Mikrophon ein und rauchte noch eine Zigarette.

»Interessierst du dich eigentlich für Macht?« fragte er plötzlich.

Ich betrachtete den Aschenbecher, das Päckchen Zigaretten, seine Hände.

»Macht«, sagte ich, »ja, ich glaub schon.« Und dann fügte ich hinzu: »Wer nicht?« Und lachte charmant. Um meine Worte zu relativieren, vielleicht auch, um sie zu entkräften.

»Macht ist ein zweischneidiges Schwert«, sagte der Journalist und schüttelte mir die Hand, »aber du schämst dich doch nicht, es zu schwingen?«

»Ich schäme mich nur für wenige Dinge«, sagte ich und verschwand aus seinem Leben.

Als ich aus dem Museum nach Hause kam, stellte ich mich vor meinen Bücherschrank. Ich blickte zum obersten Fach, wo meine eigenen Bücher standen, inklusive der Übersetzungen. Sonst hatte das Betrachten der Buchrücken mich immer mit einer gewissen Befriedigung erfüllt, doch jetzt war es mehr, als blickte ich auf die stofflichen Überreste einer längst vergangenen Affäre. Eine Ansichtskarte, die man selbst geschrieben, doch aus unerklärlichen Gründen nie abgeschickt hat. Der Text hintendrauf scheint einem plötzlich abstoßend, und man fragt sich, wie man solchen Unsinn je hat glauben können.

Sie kam, als ich sie schon nicht mehr erwartete. Ich war gerade bei meinem Dessert, einem Fruchtsalat, um wenigstens die Illusion zu haben, etwas für meine Gesundheit zu tun.

Die Skulptur hatte ich ungeöffnet mit Plastiktüte und Verpackung neben den Kamin gestellt. Nicht, daß ich sie verbrennen wollte, doch es schien mir ratsam, das Päckchen nicht zu öffnen. Meine Frau war besser in solchen Dingen. Sie sagte auch immer: »Jetzt schreib mal einen kleinen Brief, und bedank dich, eine Zeile ist genug.«

Die Zeit, in der ich Geschenke bekommen hatte, war zum Glück vorbei. Die Zeit der Mahnungen und Zahlungserinnerungen hatte begonnen. Die Skulptur der Schuppenflechtlerin würde daran auch nichts ändern. Im Grunde konnte man mein Leben in Phasen einteilen: die Nachtkaufphase, die Rubbellosphase.

Rebecca war vollkommen durchnäßt.

Ich ließ ihr ein Handtuch bringen.

»Trockne dir erst mal die Haare«, sagte ich.

Sie hatte Haare, die den Regen regelrecht aufsaugten. Meine Haare saugten sich auch immer voll.

»Ißt du immer allein?« fragte sie.

»Wie meinst du das?«

»Du hast doch eine Frau.« Sie sagte es in einem Ton, als glaube sie mir kein Wort, als sei es nur eine Ausrede gewesen, als hätte ich mir die Frau ausgedacht.

»Ja«, sagte ich, »aber sie macht oft Überstunden.«

»Stört dich das nicht?«

»Es ist nun mal so. Jetzt sind deine Haare trokken.«

Sie sah mich feindselig an.

Ich fragte, ob sie noch etwas essen wolle.

»Was schmeckt denn hier?«

Ich empfahl ihr Risotto.

Sie bestellt einen Teller Risotto.

Am Morgen nach der Nacht, die meine Frau bei mir verbrachte, weil die Kettenraucherin in ihrer Wohnung einen kleinen Brand verursacht hatte, fragte ich: »Gehört das jetzt zur Therapie?«

Sie sah mich im Halbdunkel an. Wir schliefen unter Pferdedecken, in die sie sich fest eingewickelt hatte, als ob ihr kalt sei. »Vielleicht«, sagte sie, »ich werde darüber nachdenken.« Und nach einer kurzen Pause: »Ich habe noch nie bei jemandem geschlafen, der in einem Nachtgeschäft arbeitet.«

»Nein«, sagte ich, »das kann ich mir vorstellen. So viele Nachtgeschäfte gibt es in Amsterdam nun auch wieder nicht.«

»Ich hätte auch nie gedacht, daß man mit jemandem, der in einem Nachtgeschäft arbeitet, so viel lachen kann.«

»Es ist ein Wunder«, sagte ich. »Vielleicht sollten wir einfach für immer zusammenbleiben.«

Alles konnte also Therapie sein, stellte ich fest. Plätzchen backen, Vögeln, vielleicht sogar Gemüsequiche essen in einem Nachtkauf.

Später tranken wir Orangensaft und Kaffee, bis sie sagte: »Jetzt muß ich aber los. Ich muß ins Krankenhaus.«

»Ja«, sagte ich, »ich muß auch gleich wieder ins Nachtgeschäft.« Und wieder dachte ich an die Preise der Lebensmittel. Preise, die ich in Gedanken wiederholte wie ein Stoßgebet. Als könnte ein Stoßgebet die Euphorie verlängern.

Als ich in jener Nacht aus dem Geschäft zurückkam, fand ich hinter dem Sofa ihren Slip. Wir hatten auf dem Sofa geschlafen, denn ich hatte die Bettwäsche schon seit fünf Monaten nicht mehr gewechselt und fand nun doch, daß Touristen etwas Besseres verdienten. Denn das waren wir, hatte ich beschlossen, meine zukünftige Frau und ich: Touristen. Sie war Touristin in meinem Nachtkauf und ich Tourist in ihrer Studentenwohnung, obwohl ich selbst natürlich auch Tourist in meinem Nachtkauf war.

Damals schien mir das Touristsein die höchste Berufung des Menschen. Das Leben – eine dreiwöchige Safari nach Kenia. In den Prospekten war alles viel schöner, von nahem waren die Giraffen doch nicht so toll, und die Reiseleiter streikten, doch ein Urlaubsabenteuer von ein oder zwei Tagen gehörte immer noch zu den Möglichkeiten, und auch über die Gitarrenmusik konnte man nicht meckern.

Sie war also ohne Slip auf den hohen Absätzen zu ihrem Praktikum ins Krankenhaus gestöckelt. Was für eine merkwürdige Psychotherapeutin wird das werden, dachte ich noch. Ich erwog, den Slip in den Nachtkauf mitzunehmen und ihn ihr zu geben, wenn sie wieder Gemüsequiche essen käme, doch ich verwarf den Gedanken. Man durfte das Geschäftliche und das Persönliche nicht allzusehr miteinander vermischen.

»Warum ziehst du so ein Gesicht?« fragte ich. Vielleicht tat Rebecca irgend etwas weh, oder sie litt an einer unheilbaren Krankheit. Obwohl ich persönlich fand, daß der Tod noch lange kein Grund war, so mürrisch dreinzuschauen. Oder ich war doch nicht so toll. In Wirklichkeit. Ich fand, daß sie es dann lieber ehrlich sagen sollte. Einen Moment verspürte ich die Versuchung zu sagen: »Was für ein süßer, kleiner Troll du doch bist«, aber die Situation schien mir zu delikat für solche Bekenntnisse. Jemand, der an häßlichen Händen und Füßen litt, brauchte keine Bekenntnisse über Ähnlichkeiten zwischen sich und einem süßen, kleinen Troll.

Sie sah mich an, ohne zu erklären, warum sie so dreinschaute, und konzentrierte sich wieder auf ihren Risotto.

An den Kühlschrank hatte meine Frau einen Zettel geheftet, auf dem stand: »Hier drin ist noch eine geräucherte Entenbrust, iß sie bitte auf, oder wirf sie weg.«

Während ich Rebecca ansah, fiel mir plötzlich ein, daß ich die geräucherte Entenbrust nicht gegessen, aber auch nicht weggeworfen hatte. Es kommt nur selten vor, daß ich den Kühlschrank aufmache. Vor kurzem hatte ich meiner Frau vorgeschlagen, das sperrige Ding besser gleich ganz wegzuschmeißen. Es war ein schwerer Tag gewesen. Einer ihrer Patienten hatte sich aus dem Fenster gestürzt. Zuerst hatte er seine Möbel hinausgeworfen. Nicht, daß er viel gehabt hätte: zwei Stühle und einen kleinen Küchentisch, mehr war es nicht. Dann war er selbst gesprungen. Dabei hatte er gerade so gute Fortschritte gemacht. Doch das kommt öfter vor. Wenn Leute erst mal beschlossen haben, Schluß zu machen, geht es ihnen auf einmal viel besser. Ich fragte meine Frau noch: »Und warum mußten dann auch noch die Möbel dran glauben? Das war doch völlig überflüssig?«

»Wut«, sagte sie. Den Rest des Tages sagte sie nicht mehr viel. Ich glaube, es war derselbe Tag, an dem sie die geräucherte Entenbrust ins Haus holte.

»Ich möchte heut abend allein essen«, erklärte sie. »Geh du mal ins Restaurant.« Am nächsten Tag kaufte sie einen Minibarkühlschrank und stellte ihn neben das Bett. »Für den Fall, daß du den großen Kühlschrank doch noch wegschmeißen willst«, sagte sie.

Seit jenem Tag hatten wir jeder einen eigenen Kühlschrank.

Rebecca wischte sich den Mund ab und lachte. Schweigend hatte ich ihr gegenübergesessen und zugesehen, wie sie ihren Teller leer aß. Vielleicht hätte ich ihr ein paar Rubbellose anbieten sollen. Aus ihrem Haar tropfte es immer noch. Eigentlich hätte sie Zaza heißen müssen oder Froufrou – oder Mimi oder Sisi – oder Jalta, das war auch ein guter Name für eine kleine Trollfrau.

»Ich ziehe so ein Gesicht, weil Models das auch tun.«

Ich angelte eine Weintraube aus dem Fruchtsalat.

»Fotomodelle, wenn sie Modeshows präsentieren. Die ziehen auch immer so ein Gesicht, ist dir das noch nie aufgefallen?«

Ich dachte wieder an den Naturschwamm, der an ihrem Bein auf- und abgeglitten war und wie meine Frau sagte: »Wenn ich für dich ein Stein bin, den du jeden Tag den Berg hochrollen mußt, dann sollte ich vielleicht besser gehen.«

»Ja«, sagte ich, »ich weiß, was du meinst.« Obwohl das eine Lüge war. So oft sah ich keine Modeshows, und wenn ich es tat, achtete ich nicht auf die Gesichter der Models.

»Ich dachte: Wenn ich mürrisch gucke, halten mich die Leute für ein Fotomodell. Doch offenbar habe ich mich getäuscht.«

»Ich habe dich nicht für ein Fotomodell gehalten, aber das hat nichts zu sagen, denn das denke ich sowieso selten von Leuten.«

Ich fischte noch eine Weintraube aus meinem Fruchtsalat, betrachtete sie kurz und legte sie dann wieder zurück. Sie hatte einen kleinen braunen Fleck. Meinte sie das im Ernst, oder wollte sie bloß sehen, wie ich reagierte? Auch ich sagte ab und zu etwas nur darum, um zu sehen, wie die Leute reagierten. Als ich das einmal meiner Frau erzählte, begann sie zu heulen.

»Warum heulst du?« fragte ich.

»Darüber, was du aus dir gemacht hast«, sagte sie.

Leute machten also etwas aus sich. Wie Schriftsteller Bücher schrieben und Regisseure Filme machten, machten Leute also auch etwas aus sich selbst. Und was ich aus mir gemacht hatte, war offenbar zum Heulen.

»Und was treibst du sonst so, wenn du grade keine Skulpturen von Frauen mit Schuppenflechte nach New York bringst?«

Ein junger Chinese räumte den Tisch ab. Normalerweise aß ich immer mit meiner Frau hier, doch sie waren diskret.

»Ich funktioniere nicht«, sagte Rebecca.

Ich lehnte mich zurück. Meine Frau aß immer, ohne Flecken auf die Tischdecke zu machen, aber sosehr ich mich auch bemühte, ich kleckerte jedesmal. Auch jetzt wieder zählte ich drei große Flecken. Und noch ein paar kleinere.

»Woher weißt du das?«

»Oh, das sagen alle.« Ihre Intonation und die Art, wie sie mit den Schultern zuckte, schienen zu besagen, daß ich eine dumme Frage gestellt hatte.

Ich war an einem eigenartigen Punkt in meinem Leben angelangt. Schornsteinfeger hatten eine Taschenlampe vor meinem Kamin vergessen, ich hatte ihnen einen Brief geschrieben, ihnen sogar angeboten, die Taschenlampe persönlich vorbeizubringen, meine Frau war in Wien, wir hatten jeder einen eigenen Kühlschrank, meine Schulden wuchsen mit jeder Sekunde, und ich saß einer Frau gegenüber, die behauptete, häßliche Hände und Füße zu haben, und obendrein nicht mal funktionierte. Vielleicht wurde es Zeit, nach Hause zu gehen. Ein Alptraum war dies nicht gerade, aber doch eine Art Traum, aus dem ich nun allmählich wach werden wollte. Das Problem war nur, daß ich schon lange Zeit das Gefühl hatte, das Leben sei etwas, woraus man am besten erwachte.

Ich ging nicht nach Hause, ich sagte vielmehr: »Funktionieren heißt So-tun-als-ob.«

Ein väterlicher Ratschlag polterte aus meinem Mund, wie das Wort zum Sonntag. Etwas im Stil von: Keine Angst, Mädchen, jeder kann das, das ist nur Kasperletheater für Erwachsene.

Sie nickte, als hätte sie das schon öfter gehört.

»Ach«, sagte sie, »ich werde wohl nie eine große Liebhaberin.«

Hatte ich sie falsch verstanden?

»Das meinte ich nicht«, sagte ich. »Ich redete vom Funktionieren.«

»Funktionierst du?« fragte Rebecca.

Ich sagte: »Ich kann nicht klagen«, und tat, als versuchte ich einen Fleck vom Tischtuch zu entfernen. Der Tod hatte mich noch nicht berührt; verschiedene Leute in meiner Umgebung hatte ich sterben sehen, manche schnell, andere langsam, aber mein eigener Tod stand noch nicht auf dem Programm, obwohl meine Frau mich schon mehrmals darauf hingewiesen hatte, daß das eine kurzsichtige Betrachtungsweise war. In Rebeccas Nähe jedoch wurde ich das Gefühl nicht los, daß der Tod mich schon sehr bald berühren würde.

»Denkst du nicht, daß Leute schöner aussehen, wenn sie lachen – von kleineren Ausnahmen mal abgesehen?« fragte ich. Den Kopf schief gelegt, sah ich sie an, ein leicht ironisches Lächeln um die Lippen.

Vielleicht war sie eine Femme fatale in Ausbildung, doch hatte der Ausbilder ein paar Lektionen übersprungen, wodurch ich nun mit einer verhinderten Femme fatale am Tisch saß, die zur Hälfte noch ein kleiner Troll war. Wahrscheinlich war sie nur das, was andere Leute in ihr sehen wollten – manche Leute sind so, sie nehmen die Farbe ihrer Umgebung an –, und ich wußte nicht, was ich in ihr sehen wollte. Noch nicht jedenfalls.

In Sachen lachender Menschen teilte Rebecca meine Meinung nicht. Sie sagte: »Es stimmt wirklich, Models ziehen immer so ein Gesicht.«

Wenn jede Einsamkeit einen Geruch hatte, wonach roch dann diese? Ich schnüffelte, doch ich roch nichts. Meine Nasenlöcher waren verstopft. Eine Erkältung im Anmarsch oder im Abklingen. Ich achtete nicht so darauf. Erkältungen kamen und gingen.

»Ein Franzose hat mal zu mir gesagt«, entgegnete ich, »das einzige, was ein Mann will, ist, eine Frau zum Lachen bringen.« Das war doch hübsch gesagt von diesem Franzosen? Zwar eine Lüge, aber eine schöne, eine, die das Leben für einen Moment über das Alltägliche hinaushebt.

»Oh«, sagte Rebecca, »so einen Franzosen hab ich noch nie getroffen.«

Ein paar Tische weiter wurde geriebener Käse über einen Teller Nudeln gestreut. Wir schauten interessiert zu.

»Kennst du den Franzosen persönlich?« fragte Rebecca.

»Er ist aus meinem Leben verschwunden«, sagte ich, »aber der Fruchtsalat hier ist gut, sie machen ihn jeden Tag frisch.«

Hier gab es keine ausgestopften Fische, die man betrachten konnte. Keine Schmetterlingssammlung und keine Dinosaurier. Nur ein bißchen geriebenen Käse, ungefähr zwanzig Rubbellose in meiner Brusttasche und eine Handvoll alter Leute, feste Kunden, die ich schon zigmal beobachtet hatte. Bei manchen sah ich, wie sie von Woche zu Woche abbauten. Wenn man selbst von Woche zu Woche abbaute, würde man das auch bemerken?

Rebecca stocherte in ihrem Fruchtsalat herum, den sie zu guter Letzt doch noch bestellt hatte. »Tu was für deine Gesundheit«, hatte ich gesagt, »heut abend kostet's nichts.«

Rebecca sagte nichts.

»Wo hast du gelernt, so mit Messer und Gabel umzugehen?« fragte ich.

»In einem englischen Internat«, sagte sie. »Das Fleisch war nicht zu essen, aber Tischmanieren lernte man.«

»Was war das für Fleisch?«

»Keine Ahnung, es war ungenießbar.«

»Und wurdet ihr auch geschlagen? Mit dem Stock?«

»Nein, aber es kam regelmäßig vor, daß ich mich in die Ecke stellen und an die Wand gucken mußte.«

»Ah«, sagte ich, »das kommt mir bekannt vor.«

Meine Frau hatte auch Patienten, die den ganzen Tag an die Wand guckten.

Ein älteres Ehepaar stand mühsam vom Tisch auf. Zwei Kellner schleiften den Mann durchs Restaurant zu seinem Taxi. Die Frau trug seinen Stock. Ich finde es angenehm, mich mit Behinderten und anderen Leuten im Verfall zu umgeben. Es macht die eigene Situation so erträglich.

Am Nachmittag hatte meine Frau angerufen. Ihr Vortrag über Zurechnungsfähigkeit war gut aufgenommen worden. Es war ein etwas seltsames Thema für einen Kongreß über Träume, aber das war nun einmal ihr Spezialgebiet. Sie hatte schon verschiedene Artikel darüber veröffentlicht.

Am Tag ihrer Abreise hatte sie mich gebeten, ihren Vortrag noch einmal durchzulesen. Ich hatte einige überflüssige Wörter gestrichen und hier und dort einen Gedanken auf zwei Sätze verteilt. »Ist alles verständlich?« fragte sie im Taxi auf dem Weg zum Flughafen.

»Ja«, sagte ich, »absolut verständlich: Wenn ich dich ermorde, lasse ich mich für unzurechnungsfähig erklären, das dürfte mir doch nicht schwerfallen, oder?«

Sie mußte nicht lachen. Schließlich behandelte ihr Vortrag gerade die Frage, ob Unzurechnungsfähigkeit sich wirklich messen und in Grade einteilen ließ. War jemand, der sein Verbrechen sorgfältig plante, per definitionem zurechnungsfähig? Hatte die ganze Frage der Unzurechnungsfähigkeit außerhalb des Gerichtssaals überhaupt eine Bedeutung? Als wir zum Flug-Gate gingen, sagte sie: »Manchmal denke ich, die Patienten sind eigentlich mehr für die Therapeuten da als umgekehrt. Ich meine: Wo sollte ich jeden Morgen denn hingehen, wenn ich die Patienten nicht hätte?«

»Ja«, sagte ich, »das weiß ich auch nicht.«

Ich sah zu, wie Rebecca sich den Mund abwischte. Sie tat es übertrieben sorgfältig. Noch immer sagte sie nicht viel.

Sie trug dieselbe Kleidung wie am Nachmittag. Ich hatte mich umgekleidet und mir die Schuhe geputzt. Danach hatte ich ein paar Stellen in meinem Artikel über Svevo geändert und ihn der Zeitung geschickt. Er war immer noch nicht gut, doch besser als am Anfang. Wenn ich je vorhatte, meine Memoiren zu schreiben, wäre *Amour fou oder Die Geschichte meiner Feigheit* ein guter Titel.

»Stellst du aber viele Fragen«, hatte Rebecca am Nachmittag gesagt. »Bist du immer so?«

»Ja«, sagte ich, »das mache ich immer, ich kann es nicht lassen.«

Jetzt, wo ich nichts mehr sagte, war sie noch stiller. Sie versenkte sich ganz in die Betrachtung ihrer Serviette. Sie starrte sie an, als sei sie ein brennender Dornbusch.

Ich überlegte, welchen Namen ich ihr geben könnte. Zaza war schon besetzt und Zouzou auch, aber so einen ähnlichen Klang müßte es schon haben. Eine Geschichte über eine Frau, die von in ihrer Serviette und ihren Händen völlig in Beschlag genommen wird.

»Ich hatte mal mit sieben Männern gleichzeitig ein Verhältnis«, sagte Rebecca plötzlich. Sie hatte schon wieder eine Zigarette im Mund.

Wenigstens sagte sie was. Stille erinnert mich immer an den Tod. Und an das Ausdrücken von Pikkeln. »Sieben Männer, das ist eine ganze Menge, da hast du aber viel zu tun gehabt. Wie viele Apostel gab es doch gleich?«

Ich bestellte noch eine Flasche Wein, sie trank so schnell. Mit der linken Hand fühlte ich in meiner Brusttasche nach dem Stapel Rubbellose. Fromme Juden küssen nach Gebrauch ihr Gebetbuch, ich hatte mir angewöhnt, vor dem Gebrauch die Rubbellose zu küssen. Jeder Heide braucht seinen Götzen.

»Zwölf Apostel«, sagte sie. »Ich war im Konfirmandenunterricht.«

»Ich hab das Neue Testament nie gelesen. Hab ich was verpaßt, deiner Meinung nach?«

»Ich kann's dir ja mal leihen.«

Sie schob ihren Stuhl zurück und schlug die Beine übereinander. »Wenn meine Liebhaber kamen, machte ich in der Wohnung vorher immer erst mal klar Schiff.«

Ich entfernte ein loses Häutchen von meinem kleinen Finger.

»Kamen sie alle gleichzeitig?«

»Nein, immer nur einer.«

»Aber du hast sie immer in einer sauberen Wohnung empfangen?«

»Dreckige Wohnungen hatten sie selber schon.«

Ich friemelte noch ein Häutchen los.

»Kamen sie aus dreckigen Wohnungen?«

Rebecca dachte nach. »Ich glaube schon«, sagte sie. »Fast alle klagten sie über ihre Frauen – daß sie die Wohnung verkommen ließen.«

Meine Gedanken schweiften ab. Ich mußte an den Abend vor nicht allzu langer Zeit denken, als ich mit meiner Frau hier im Restaurant gesessen und sie mir über einen Film mit Marcello Mastroianni erzählt hatte, in dem er eine Frau zum Orgasmus brachte.

»Jeder Mann«, hatte sie gesagt, »sollte sich den Film ansehen.«

»Ich auch?« hatte ich gefragt.

»Ja«, sagte sie, »du auch.«

Wir waren sehr betrunken geworden an jenem Abend, in einer Hotelbar mit einem alten, fast glatzköpfigen Pianisten. Wir applaudierten so laut, daß er sich schließlich zu uns an den Tisch setzte.

Ich schlug vor, daß ich vielleicht mit dem Schreiben aufhören und Toilettenwärter werden sollte. In einem Nachtklub oder einer Stripbar. So ein Mann im Smoking, der Handtücher verteilt und lächelt und den Gästen auf Wunsch After-shave hinter die Ohren sprüht, damit sie nicht allzu verdächtig riechen, wenn sie nach Hause kommen.

»Tu, was du nicht lassen kannst«, hatte meine Frau gesagt.

Als wir spät in der Nacht nach Hause kamen, hatten wir zum letzten Mal Sex miteinander. Am nächsten Morgen fand ich auf der Treppe einen Schuh und die Strumpfhose meiner Frau. Ich mußte sehr darüber lachen, doch jetzt wußte ich beim besten Willen nicht mehr, warum.

»Ja«, sagte Rebecca, »sechs waren verheiratet, und einer wohnte mit seiner Freundin zusammen.« Sie fummelte mit einer Haarnadel an ihrer Frisur herum. Jetzt hatte sie ihr Haar hochgesteckt, am Nachmittag hatte es noch in langen Locken ihr Gesicht umrahmt. Ihr eines Auge war ein wenig entzündet.

»Noch eine Flasche Gavi de Gavi, Mister Mehlman?« fragte der Kellner.

Es ist angenehm, wenn Kellner deinen Namen kennen. Vielleicht eins der wichtigsten Dinge auf der Welt. Daß Frauen deinen Namen vergessen, damit kann man leben, solange nur die Kellner ihn sich merken.

Eine Flasche von dem Wein kostete siebzig Dollar, und die Abrechnung über das erste Quartal hatte etwas zu wünschen übriggelassen. »Zu wünschen übriggelassen« war ein Euphemismus. Sechsundvierzig Bücher waren verkauft worden, wofür ich 137 Gulden und 54 Cent bekommen hatte. Frederik van der Kamp hatte gesagt: »Freu dich über den Segen, im letzten Quartal war dein Saldo negativ.«

Das erste Glas Gavi de Gavi warf Rebecca um. Zwanzig Dollar zum Teufel, dachte ich. Reich sein hat nichts zu bedeuten, es geht darum, daß die Leute einen dafür halten.

»Prost«, sagte ich. »Rebecca, auf dich.«

»Auf dich«, sagte sie.

Ich sagte nichts; ich erinnerte mich daran, wie eines Abends vor langer Zeit meine Frau in den Nachtkauf gekommen war. Mit einer Freundin, einer Psychologin in Ausbildung. Sie waren so ausgelassen, als hätten sie gerade im Lotto gewonnen. Sie begannen zu tanzen, mitten im Nachtkauf. Zu Radiomusik auf Hilversum 3, denn dieser Sender dudelte die ganze Nacht.

»Ich weiß nicht, ob der Chef das so gut findet«, sagte ich und wärmte, ohne zu fragen, zwei Portionen Gemüsequiche auf.

Die Freundin, die Psychiaterin werden wollte, hatte forschende blaue Augen. Sie studierte mich, während sie ihre Gemüsequiche aß. »Machst du auch noch was anderes?« fragte sie. »Oder bist du Fulltime-Nachtkaufverkäufer?«

»Eigentlich bin ich Fulltime-Nachtkaufverkäufer.«

»Eigentlich?«

Ich sagte, daß ich in meinen wenigen freien Stunden an einem Buch arbeitete: *Platz 268 der Weltrangliste*.

Die Freundin mit den blauen Augen bezahlte und fragte: »Komischer Titel. Warum 268?«

»Jede Antwort ist eine Lüge«, sagte ich und zählte das Wechselgeld ab. Ganz langsam. Ich liebte es, das Wechselgeld langsam abzuzählen, auch wenn viel Betrieb war. Ein Geschäft ist ein Geschäft, so klein es auch ist, und dem muß man einen würdigen Rahmen geben.

»Aber ich möchte's doch gern wissen«, sagte die Freundin meiner zukünftigen Frau.

»Okay«, sagte ich, »ich werde dir die schönste Antwort geben.«

Sie steckte das Wechselgeld in ihr Portemonnaie. Ich sah Fotos, ich glaube, auch von einem Baby.

»Warum willst du mir die *schönste* Antwort geben?« fragte die Freundin und sah mich an wie einen Ochsen bei der Tierschau. »Warum sagst du nicht einfach, wie es ist?«

»Wenn alles Lug und Trug ist, muß man sich für die Schönheit entscheiden, findest du nicht?«

Sie zogen ihre Schuhe wieder an. Sie hatten sie ausgezogen, ich verstand nicht, warum, aber ich hatte aufgehört, mir deswegen Gedanken zu machen.

»Wohin geht ihr?« fragte ich.

»Noch etwas tanzen«, sagte meine zukünftige Frau.

»Warte«, sagte ich. Ich packte ein paar Fischstäbchen und einen Rest Gemüsequiche ein und tat noch ein paar Tüten Chips dazu.

»Hier«, sagte ich, »nehmt das mit, Tanzen hilft nicht gegen Hunger.«

Wir tranken noch eine Flasche Gavi de Gavi.

Rebecca trank immer schneller, und ihre Antworten wurden immer einsilbiger. Eigentlich gab sie überhaupt keine Geräusche mehr von sich, und das letzte, was sie gesagt hatte, war: »Kannst du nicht einen einzigen Moment mal still sein?«

Darauf hatte ich ihr die Hälfte meiner Rubbellose gegeben, und wir hatten eine Weile ganz friedlich nebeneinander genibbelt.

Nach Empfang der Abrechnung über das erste Quartal hatte ich sofort bei meinem Verlag angerufen.

»Was soll das«, sagte ich, »sechsundvierzig verkaufte Exemplare und vierhundertzweiundsiebzig Remittenden – was ist da los?«

»Wir haben einen gewissen Grad der Sättigung erreicht«, sagte mein Lektor. Offiziell hieß er Frederik van der Kamp, doch ich durfte ihn Fred nennen.

»Sättigung«, rief ich, »bei wem? Wer ist gesättigt? Denkst du, ich kann von 137 Gulden und 54 Cent satt werden? Hast du schon mal von jemandem gehört, der von 137,54 Gulden leben kann?«

Der Lektor gab zu, daß er noch nie von so jemandem gehört hatte. »Aber du hast doch auch noch andere Einkünfte und deine liebe Frau.«

Ich schnitt ihm das Wort ab. Ich mochte es nicht, wenn andere Männer von meiner lieben Frau anfingen.

»Bringt meinen ersten Roman als Taschenbuch«, sagte ich.

»Das haben wir schon getan.«

»Dann bringt ihn als Luxusausgabe.«

»Das haben wir auch schon getan.«

»Dann macht einen Film draus«, rief ich durchs Telefon.

»Ist auch schon geschehen«, flüsterte der Lektor.

»Dann laß dir was einfallen«, schrie ich. »Macht

ein Kinderbuch draus oder einen Comic, oder habt ihr das auch schon getan? Oder noch besser: Druckt ihn auf Gardinen. Dann brauchen die Leute nicht mehr mit einem Buch ins Bett, dann lesen sie die Gardinen. Und wenn sie das eine Buch durch haben, hängen sie einfach neue Gardinen auf. Die Idee ist Gold wert, glaub mir: Die Zukunft des literarischen Buchs liegt in der Raumgestaltung.« Damit hängte ich auf und lief noch zwei Stunden in meinem Zimmer auf und ab.

Am nächsten Morgen fand ich eine Nachricht des geschäftsführenden Direktors vor. Er wisse meine Ideen sehr zu schätzen, aber er glaube doch, daß der Markt für Literatur auf Gardinen noch nicht reif sei.

Ich rief ihn sofort zurück.

»Meneer Moesman darf nicht gestört werden«, sagte seine Sekretärin.

»Ich bin Robert Mehlman«, rief ich, »Robert G. Mehlman, und für mich kann Meneer Moesman immer gestört werden.«

»Meneer Moolman?« sagte sie. »Davon weiß ich nichts, ich kann Sie wirklich nicht durchstellen.«

»Hören Sie mal, junge Frau, ich weiß nicht, wie Sie heißen, und es ist mir auch egal, aber vielleicht haben sie schon mal von *Platz 268 der Weltrangliste* gehört. Haben Sie da schon mal von gehört?«

Sie gab zu, schon mal davon gehört zu haben.

»Sehen Sie«, sagte ich, »genau das Buch habe ich geschrieben, und darum werden Sie mich jetzt sofort zu Meneer Moesman durchstellen, sonst ist das hier vielleicht der letzte Tag, den Sie für diesen Verlag gearbeitet haben.«

Sie stellte mich durch.

»Meneer Moesman«, sagte ich.

»Sag doch Paul«, sagte er, »wir sagen doch sonst auch immer du.«

»Okay, Paul«, sagte ich, »du sagst, daß der Markt für Literatur auf Gardinen noch nicht reif wäre, und ich sage dir, doch, der Markt ist sehr wohl reif dafür, der Markt ist reif für alles. Für alles, verstehst du?!«

»Ich bin gerade in einer Vorstandssitzung, ich ruf dich zurück.«

»Was soll ich denn eurer Meinung nach tun?« rief ich. »Ich kann doch nichts, soll ich ein Lebensmittelgeschäft aufmachen, wollt ihr das? Daß ich hier um die Ecke ein Lebensmittelgeschäft eröffne?«

»Ich rufe zurück, Robert.«

Ich hängte auf, zwei Minuten später rief ich meinen Lektor an. »Hör mal, Fred«, sagte ich, »du weißt besser als ich: Bücher verkaufen ist Krieg. Und ich sage dir: Meine Bücher verkaufen ist Atomkrieg. Sag das den Vertretern.«

Er versprach, es ihnen zu sagen, doch ob es viel helfen würde, bezweifelte er.

»Bewaffnet sie meinetwegen«, schrie ich, »bis jetzt haben wir meine Bücher noch unbewaffnet an den Mann gebracht, aber wenn's nicht anders geht, dann eben bewaffnet. So leicht kriegen sie einen Robert G. Mehlman nicht unter.«

»Lieber Robert«, sagte der Lektor salbungsvoll, »du bist ein sehr geschätzter Autor, aber Wunder können wir auch nicht vollbringen. Wir haben einen gewissen Sättigungsgrad erreicht, aber ich weiß ganz bestimmt, daß der Verkauf mit einem neuen Roman wieder anzieht. Die Leute warten auf deinen neuen Roman; noch einen Erzählband oder ein paar Gedichte, damit können wir ihnen nicht wieder kommen.«

Ich merkte, wie mir schlecht wurde. Die Eier vom Frühstück kamen mir wieder hoch.

»Ein neuer Roman, darauf kann ich nicht warten. 137,54 Gulden, davon krieg ich hier nicht mal 'nen Nachtisch.«

»Aber Robert«, sagte der Lektor, wieder in einem Ton, als sei er Mitglied eines Vereins für fernöstliche Medizin geworden, »wir haben dir doch schon zweimal Vorschuß gegeben. Ein dritter ist wirklich nicht realistisch.«

»Nicht realistisch?«

Das Rührei stand mir nun echt knapp unterm Gaumen.

»Soll ich dir sagen, was nicht realistisch ist?! Daß ich hier um die Ecke ein Lebensmittelgeschäft aufmache. Oder einen Secondhand-Laden – wollt ihr das von mir? Daß ich meine Klamotten verkaufe und alle Frauen, denen ich mal Kleider gekauft habe, anrufe und ihnen sage: ›Das Kleid, das ich dir letztes Jahr zu Weihnachten geschenkt habe, darf ich das wiederhaben? Ich hab einen Secondhand-Laden aufgemacht.‹ Versteht ihr das unter realistisch? Am Ende des Monats muß ich so an die fünfzigtausend Dollar an American Express bezahlen, und ich bin schon zwei Monate im Rückstand, verstehst du? Und dann red ich noch nicht mal von meinen anderen Schulden. Ist das realistisch?«

Dann hängte ich auf, denn ich mußte schnell ins Bad. Das gesamte Frühstück kam mir hoch. Ein Rührei, Kaffee und Orangensaft.

Ich wartete zwei Minuten, dann rief ich bei

meinem Kardiologen an. Ich hatte schreckliche Schmerzen in den Armen, und meine Mutter hatte mir gesagt, daß Schmerzen in den Armen auf einen herannahenden Herzinfarkt hindeuten konnten. Sie mußte es wissen, ihre halbe Familie war an Herzinfarkt gestorben, und alle hatten immer wieder über Schmerzen in den Armen und in anderen Körperteilen geklagt. Ich hatte sogar einen Großonkel, der in die Nähe seines Hausarztes gezogen war, weil er so oft zu ihm hin mußte.

Als ich den Kardiologen angerufen und einen Termin vereinbart hatte, sprühte ich einen Kakerlaken tot. Ich mußte mindestens drei Minuten sprühen, bis das Biest tot war.

Rebecca sah mich lachend an. Jetzt lachte sie. Das war immerhin schon etwas.

»Woran hast du gedacht?« fragte sie.

»Oh«, sagte ich, »an meine Arbeit. Ist unwichtig. Hast du zufällig Lust, heut abend nach Atlantic City mitzukommen? Wir fahren mit dem Auto, und morgen früh sind wir wieder zurück. Wenn du möchtest, kann ich dich sogar am Museum absetzen.«

Wenn man mit dem Rücken zur Wand steht, fährt man am besten volle Kraft voraus. Mein halbes Leben hatte ich mit dem Rücken zur Wand gestanden und war immer mit voller Kraft voraus gefahren. Ich sah keinen Grund, warum ich dieses Mal anders handeln sollte.

Rebecca dachte nach, oder tat doch so.

Ein Bekannter von mir hatte viermal im Leben

Bankrott gemacht. Als er zum dritten Mal bankrott ging, schrieb er mir:

Ich hoffe, daß dieser Brief Dich schneller erreicht als mein Abschiedsbrief. Der Versuch ist gescheitert. Man hat mich gefunden. Pillen und Champagner scheinen nicht zu genügen.

Wenn man jung ist, hat so ein Bankrott noch einen Beigeschmack von Romantik. So unangenehm es auch ist, hat es doch etwas Aufregendes, und irgendwo im Hinterkopf spielt man schon mit dem Gedanken an Revanche. In meinem Alter jedoch ist ein Bankrott nur noch eine Schande. Ein Gefühl der Scham und der Nichtswürdigkeit, das sich nicht loswerden läßt, weder mit Alkohol noch mit Antidepressiva, und das dich selbst noch im Schlaf verfolgt. Das ganze Leben scheint sich auf deinen Bankrott zu reduzieren, auf den Tag, an dem sie die beschlagnahmten Sachen abholen, die auf der Versteigerung dann nur ein Fünfzigstel von dem bringen, was du mal dafür bezahlt hast.

Man hat die Pfändung meiner Bankkonten beantragt. Morgen tritt die einstweilige Verfügung in Kraft. Das Konkursverfahren ist auch schon gegen mich eröffnet. Dabei habe ich den Leuten, die mich jetzt verklagen, überhaupt erst beigebracht, ihren Namen richtig zu schreiben und mit Messer und Gabel zu essen. Irgend etwas, nein, sehr viel mache ich bestimmt falsch.

Der Brief machte so viel Eindruck auf mich, daß ich ihn auswendig lernte, vielleicht als eine Art Gegenzauber.

Als der Bekannte zum vierten Mal Bankrott machte, kam wieder ein Abschiedsbrief. »Übung macht den Meister«, lautete die erste Zeile. Ich wartete noch auf eine Nachricht, daß auch dieser Versuch gescheitert war, doch so ein Brief kam nicht.

»Atlantic City?« fragte Rebecca. »Ich weiß nicht.«

»Es ist eine Art Las Vegas, nur in klein. Und wir haben mit den Rubbellosen den Einsatz fast wieder rausgeholt – so oft passiert das nicht bei Rubbellosen.«

»Den Einsatz wieder rausgeholt.« Sie lachte höhnisch.

»Glaub mir, ich kenn mich aus mit Rubbellosen.«

»Ich hab kein Geld zum Spielen.«

»Aber du spielst doch gern? Eine Frau, die mit sieben Männern gleichzeitig was gehabt hat, muß doch Freude am Spielen haben?«

»Ich hab kein Geld, ich bin pleite.«

»Wie pleite bist du?«

»Völlig pleite, schau dir nur meine Schuhe an.«

Sie zeigte mir ihre Schuhe. Sie hatten Löcher, groß wie Matsenklöße. Alle guten Menschen waren pleite, so schien es, und gaben Geld aus, das nicht ihnen gehörte.

»Wir können auch mit meinem Geld spielen, wenn du keins hast.«

Sie lächelte. »Das sollten wir besser lassen.«

Meine Seite des Tischtuchs war voller Flecken und gebrauchter Rubbellose. Es sah richtig festlich aus.

»Rebecca«, sagte ich, »das Leben ist schön, findest du nicht?«

Nicht, daß ich mich vor meiner Frau geschämt hätte, weil ich in drei Monaten nur 137,54 Gulden verdient hatte. Sie würde es verstehen. Was mich störte, war mehr die Beschränkung. Ihr Gehalt würde höchstens für die Miete reichen, das Gas – obwohl wir das nie benutzten –, das Telefon, ein paar Schuhe und vielleicht noch ein paar Flaschen Milch, aber weiter auch nicht.

Man gewöhnt sich nicht leicht an Snackbars, wenn man vorher in den besten Restaurants gegessen hat. Schon ein halbes Jahr lebten wir von geliehenem Geld. Oder besser gesagt: von sechs verschiedenen Kreditkarten.

Meiner Frau hatte ich nichts davon erzählt. Ich vertrat den altmodischen Standpunkt, daß Frauen Geld ausgeben, aber sich keine Sorgen darüber machen sollen. Jemand hatte mich mal einen verhinderten Macho genannt. Dabei hatte mein altmodischer Standpunkt doch auch viel Anziehendes zu bieten. Illusion war alles, und – was vielleicht am wichtigsten war – diese Illusion konnte man kaufen.

Ich mußte ein neues Buch schreiben – und keinen Erzähl- oder Gedichtband, sondern einen Roman –, um meine Schulden bei American Express und VISA zu bezahlen. Und dann war da noch der Mietrückstand von sechs Monaten, den ich begleichen mußte. Schon der Gedanke ließ mich würgen. Als Kind tat ich das auch sehr oft. Ich versuchte auszurechnen, wieviel Geld ich sparen könnte, wenn ich nichts mehr äße oder nur noch ein wenig Yoghurt, aber ich kam zu keinem Ergebnis.

»Okay«, sagte Rebecca, »fahren wir zocken.«

An ihrem Hals sah ich kleine Fältchen.

»Ja«, sagte sie, »ich hab lange vor dem Spiegel probiert, aber nichts hat geholfen.«

Redete sie wieder von ihrem mürrischen Gesichtsausdruck? Mußte man das üben? Ich hatte immer gedacht, das ginge von selbst.

»Ich hab's mit Ringen versucht, aber es hat nichts geholfen, sie paßten nicht mal an meine Finger.«

Ich beugte mich vor, studierte interessiert ihre Hände, vielleicht hatte ich etwas übersehen. Ästhetisch konnte man sie nicht nennen. Doch Ästhetik war auch nur so eine Übereinkunft. Oder war auch das biologisch bedingt?

Wenn ich monatlich den Minimalbetrag meiner Schulden auf allen Kreditkarten abstotterte, müßte ich vierhundertsiebzig Jahre alt werden, um alles abzubezahlen, hatte ich ausgerechnet.

»Redest du immer so viel über deine Hände – mit Männern?«

»Nein«, sagte sie, »normalerweise rede ich nie darüber. Du bist der erste. Eigentlich rede ich nie viel mit Männern.«

»Nein?«

Sie schüttelte den Kopf. »Es kommt nie dazu.«

Die Unfruchtbaren wäre vielleicht auch ein guter Titel. Doch keiner, der mir bei meinen Problemen mit VISA und American Express helfen würde. Die Leute wollen etwas über Fruchtbarkeit lesen. »Negative Titel verkaufen sich nicht«, hatte man mir schon öfter versichert.

Wieder dachte ich an die Geschichte, die ich über Rebecca schreiben könnte; die Geschichte würde sehr schön werden, denn alles, was ich noch zu sagen hatte, konnte ich in ihr loswerden. Eine Geschichte über eine Frau, die nicht aufhören konnte, über ihre monströsen Hände zu reden.

»Was so eine Freundin mit Schuppenflechte nicht

alles bewirken kann«, sagte ich lachend. »Nichts für ungut.«

Ich stand auf und ging in den vorderen Teil des Restaurants, wo sie auch Torte und Eis verkauften. Der japanische Manager hinter der Vitrine grüßte mich.

»Ich muß kurz mal telefonieren«, sagte ich leise, »von irgendwo, wo es ruhig ist.«

Er führte mich in einen Raum neben der Küche. Ein älterer Herr mit Brille saß dort gerade über der Buchführung; er blickte nicht auf, als ich hereinkam. Ein Bleistift zitterte in seiner Hand.

Vielleicht würde nun endlich alles anfangen. Man konnte doch nicht bis zum Tod mit dem Gefühl herumlaufen, daß das Leben eigentlich erst noch beginnen müßte.

»Erst eine Neun vorwählen«, sagte der Manager und ließ mich mit dem Buchhalter allein. Ich hatte nicht umsonst ein Vermögen in diesem Restaurant ausgegeben.

Zwei Tage nachdem sie bei mir übernachtet hatte, kam meine zukünftige Frau wieder in den Nachtkauf. Ihr Slip lag immer noch bei mir zu Hause. Sie fragte nicht danach. Sie zog ihre Schuhe aus und massierte sich die Füße und Knöchel. Tagsüber arbeitete sie seit kurzem mit jugendlichen Straftätern, nachts tanzte sie, um die jugendlichen Delinquenten zu vergessen. Das waren ihre eigenen Worte. Ich würde nie jemanden »Delinquent« nennen. Eines Abends hatte ich mir ein Herz gefaßt und sie gefragt: »Und was machst du jetzt, wo du mit dem Studium praktisch fertig bist?«

»Ich arbeite für die Polizei«, hatte sie geantwortet, »mit jugendlichen Delinquenten.«

»Mit Mördern?« fragte ich und holte die Gemüsequiche aus dem Backofen.

»Mit Dieben«, sagte sie, »Vergewaltigern und anderen Gewaltverbrechern.«

»Hast du dabei nie Angst?«

»Nein«, sagte sie, »eigentlich nicht, es ist alles eine Frage des Vertrauens.«

Als sie später am Abend Anstalten machte zu gehen, sagte ich: »Eigentlich bin ich auch ein jugendlicher Delinquent.«

Sie mußte lachen. Damals war ich mit meinen Witzen noch etwas unsicher. Ich hatte ihnen noch keine Form gegeben. Auch für mich selbst hatte ich noch keine Form gefunden. Jetzt schon. Jetzt bin ich mir auch meiner Witze ziemlich sicher. Diese Sicherheit ist eine Falle, doch das merkt man erst, wenn's zu spät ist.

Als sie ein paar Nächte später wiederkam, war sie ganz ausgelassen, meine zukünftige Frau – offenbar hatte sie einen äußerst fröhlichen Abend in der Disko gehabt. Ihr Haar war offen.

»So«, sagte sie, kaum daß sie zwei Schritte in den Laden getan hatte, »du bist also ein jugendlicher Delinquent.«

»Ja«, sagte ich, »das bin ich.«

Vielleicht lag es an meiner Unschuld, daß ich mich wirklich für einen hielt.

Inzwischen kann man mich nicht mehr richtig jugendlich nennen, jedenfalls nicht, ohne daß es peinlich wird. Aus dem Jugendlichen ist schlechthin ein Delinquent geworden. Wenn man sich selbst sein Leben lang als Schuldigen betrachtet hat, beginnt man wahrscheinlich früher oder später, seine Taten dieser Vorstellung anzupassen.

»Und was macht ein jugendlicher Delinquent in einem Nachtgeschäft?« wollte sie wissen.

»Das ist nur Verkleidung«, sagte ich, »meine weiße Schürze, die Plastikhandschuhe – alles nur Tarnung.«

Sie prustete los. Wahrscheinlich war sie betrunken. Es ist ein verwirrender Gedanke, daß dieselbe Frau, die an jenem Abend betrunken mitten im Nachtkauf losprustete, Jahre später auf meine Frage, warum sie so heule, antworten sollte: »Darüber, was du aus dir gemacht hast.« – Fast unvorstellbar, daß die zwei Frauen ein und dieselbe sind, und doch ist es so. Abstreiten hat keinen Sinn, metaphysisches Herumgedeutel noch weniger. Die Wirklichkeit mag der letzten Erkenntnis nicht zugänglich sein, doch so unerkennbar ist sie nun auch wieder nicht.

Natürlich, ihre Haarfarbe war nun anders, auch ihre Frisur, der Blick in ihren Augen; nachts schlief sie, statt zu tanzen. Und ich arbeitete schon lange nicht mehr in einem Nachtkauf. Ich hatte eine Form für mich gefunden, für mich und meine Witze, und war darin liegengeblieben. Wie in einer Badewanne, aus der man nicht mehr herauskommt. Man macht sich nicht mal die Mühe, sich die Pulsadern aufzuschneiden, man bleibt einfach liegen und läßt ab und zu Wasser nach, um nicht abzukühlen. Langsam löst sich die Haut ab, aber man merkt es nicht.

»Aber ich schreibe doch schöne Geschichten?« war meine Antwort an dem Abend, als sie darüber heulte, was ich aus mir gemacht hatte. Ich war nie auf den Gedanken gekommen, daß das, was ich aus mir gemacht hatte, ein Grund zum Heulen sein könnte.

»Schöne Geschichten!« wiederholte sie. »Es gibt doch mehr auf der Welt als schöne Geschichten.«

Das verstand ich nicht. Wenn es auf der Welt mehr gab als schöne Geschichten, hatte ich es noch nicht entdeckt. Wenn schöne Geschichten nicht das Letzte und Höchste waren, dann war das meinem scharfsinnigen Blick entgangen.

Ich wählte die Nummer von Josef Capano, meinem Freund und Sekretär. Freunde hatte ich eigentlich nicht, doch »Sekretär« allein war zu wenig. Und »Bekannter« war auch nicht das richtige Wort.

Der Buchhalter ließ sich nicht stören. Nichts schien ihn zu interessieren außer seiner Buchführung.

Capano hatte einmal viel Geld im Kunsthandel verdient, doch der Marktwert der Künstler, die er vertrat, war unerwartet in den Keller gegangen, und damit hatte sich auch sein eigenes Vermögen in Luft aufgelöst. Danach war er in die Dienste einer steinreichen, älteren Schauspielerin getreten, die der Meinung war, daß ein Leben ohne Sekretär ein nutzloses, auf jeden Fall ein unvollständiges Leben sei. Als die Schauspielerin wegen eines Leberleidens ins Krankenhaus mußte, begann Capano für mich zu arbeiten. Obwohl ich ihn schon einige Zeit kannte, war mir nie richtig klar, wovon er nun genau lebte, doch ich fand, daß mich das auch nichts anging.

Wenn es abends regnete, klapperte er am nächsten Morgen die teuren New Yorker Restaurants ab und sagte: »Gestern abend habe ich hier gegessen und meinen Schirm liegenlassen.« So sammelte er an einem Vormittag gut vierzig Regenschirme ein, die er später wieder verkaufte.

Auch übernahm er das Catering für wohlhabende Damen, die alle nach ihm verrückt waren. Die teuersten Flaschen Wein nahm er hinterher in Plastiktüten mit nach Hause und verkaufte sie weiter – oder trank sie selbst, wenn er trübseliger Stimmung war, was ziemlich häufig vorkam.

Für die Waren hatte er so seine Bezugsquellen. Bei einem Bäcker bekam er kostenlos Kekse, die einen Tag alt waren, manchmal auch älter, und darum nicht mehr zu verkaufen. Am Ende des Dinners sagte er zu seinen Kunden: »Und jetzt die Kekse, die besten Kekse von New York! Ich hab neunzig Dollar dafür bezahlt, so was Göttliches bekommen Sie im Leben nicht mehr zu essen.«

Und dann nickten die Leute; so etwas Göttliches hatten sie in der Tat noch nie gegessen.

»Und das sagen sie aus tiefster Überzeugung«, versicherte mir Capano, »sie denken an das viele Geld, das sie für die Kekse bezahlt haben, und schmecken etwas Göttliches.«

Dabei fand Capano absolut nicht, daß er etwas Unmoralisches tat. Im Gegenteil. Er sagte: »Ich mache Menschen glücklich, wie kann man das unmoralisch nennen?«

Mit eigenen Augen habe ich gesehen, daß seine Catering-Kunden ihn liebten wie ihren eigenen Sohn. Was zählte, war die Illusion von Aufopferung, Fürsorge und Liebe. Und Capano bot höchste Qualität von genau dem Produkt, wonach die Menschen am meisten verlangen: Betrug.

Ich bewunderte ihn, weil es ihm gelungen zu sein schien, von nichts zu leben. Oder wie er selbst es ausdrückte: »von Straße, Wind und Nacht und Nebel.« Das schien mir ideal. Einmal bei einem Lunch sagte er zu mir: »Wenn die Leute fertig gelacht haben, müssen sie sterben.«

»Josef«, sagte ich, »Robert hier, ich bin im St. Ambroeus. Ich brauche deine Hilfe.«

Er lachte. Capano hatte ein ansteckendes Lachen.

»Ich bin im St. Ambroeus. Mit einer Frau. Ich brauche eine extralange Limousine, ich will nach Atlantic City.«

»Auch mal wieder?« fragte er.

»Hör zu«, sagte ich, »der Chauffeur muß so tun, als fahre er ausschließlich für mich. Verstehst du, als sei er mein fester Chauffeur.«

Capano lachte noch lauter. »Kenne ich die Frau?«

»Nein«, sagte ich, »du hast sie noch nie gesehen. Ich kenne sie selbst kaum, ich weiß nicht mal ihren Nachnamen.«

»Dann ist es besser, wenn sie meinen richtigen Namen nicht erfährt«, sagte Josef Capano. »Wie soll ich heißen?«

Ich mußte über diese Frage kichern. Daß mich noch mal jemand fragen würde, wie er heißen sollte.

»Michael Baumgold«, sagte ich. Im Ausdenken von Namen bin ich meist ziemlich gut.

»Michael Baumgold«, sagte Capano, »das ist ein guter Name. Wir reden nur Englisch miteinander.«

Er war in Antwerpen geboren, hatte sich dort unmöglich gemacht und in New York Zuflucht gesucht. Jetzt war New York dran. Manche Leute betrachten es als ihre Lebensaufgabe, sich überall unmöglich zu machen.

»Noch etwas«, sagte ich. »Wenn der Chauffeur mein Privatchauffeur ist, kenne ich natürlich seinen Namen. Wie erfahre ich den?«

»Ich schreib ihn dir auf einen Zettel«, sagte Capano. »In einer Stunde bin ich bei dir.«

»Und bitte nicht so eine dreckige, abgenutzte Limousine, sieh zu, daß sie ein bißchen neu ist.«

»Robert«, sagte Capano, »hab ich dir schon je eine dreckige, abgenutzte Limousine besorgt?«

»Nein«, sagte ich. Im Geist zogen alle Limousinen, die Capano im Laufe der Jahre für mich besorgt hatte, an mir vorbei; es sah aus wie der Beerdigungszug eines bedeutenden Mafiabosses.

»Na, dann beleidige mich auch nicht.«

»Und bring auch ein paar Zigarren mit.«

»Warum das schon wieder?«

»Vielleicht mag sie das. Manche Frauen wollen mitten in der Nacht Zigarren rauchen. Ich möchte auf alles vorbereitet sein.«

»Allerdings.«

»Und Pariser zur Sicherheit, und alles, was dir sonst noch einfällt.«

Von Zeit zu Zeit machte Capano für mich auch Besorgungen. Ich wußte, daß er mir Apfelsinen, die zwei Dollar gekostet hatten, mit acht Dollar in Rechnung stellte. Aber das machte mir nichts aus, denn er brachte mich oft zum Lachen. Leute, die einen zum Lachen bringen, sind selten. Außerdem war es mir egal, wieviel Geld ich ausgab, es kam doch immer wieder zurück. Wenn nicht am nächsten Tag, dann bestimmt am übernächsten. Und wenn nicht dann,

dann eine Woche später. So war es immer gewesen; erst vor anderthalb Jahren war hierin, fast unmerklich zunächst, eine Veränderung eingetreten.

Der Buchhalter blickte nicht auf, als ich den Raum verließ. Der Bleistift zuckte noch immer in seiner Hand. Ich ging zu meinem Tisch zurück.

»In einer Stunde fahren wir, mein Chauffeur holt uns ab.«

»Hast du einen Chauffeur?« fragte Rebecca.

»Natürlich«, sagte ich. »Wie soll man ohne Chauffeur denn auskommen?«

»Hat dir die Skulptur eigentlich gefallen?«

»Ich hab sie noch nicht ausgepackt, sie steht neben dem Kamin. Das macht deiner Freundin doch hoffentlich nichts aus?«

Sie schüttelte den Kopf.

»Meine Mutter«, sagte sie, »fand dich so bleich, als du letztes Mal im Fernsehen warst. Sie fragte sich, ob du auch gesund lebst.«

»Deine Mutter?«

»Als sie hörte, daß ich dich treffen wollte, sagte sie: ›Nimm das hier für ihn mit.‹«

Rebecca schob mir eine Schachtel zu. Sie war nachlässig in Weihnachtspapier verpackt.

»Wie nett«, sagte ich.

Ich packte sie aus.

Es waren Tabletten. »Immunschutz für die kalte Jahreszeit« stand darauf, »Vitamine und Mineralien, hundert Dragees.«

»Wie nett von deiner Mutter«, sagte ich. »Schluckt sie selbst auch viele Tabletten?«

»Sehr viele, und sie möchte, daß ich zur Akupunktur gehe.«

»Warum das denn?«

»Damit ich zu rauchen aufhöre. Sie selbst raucht auch wie ein Schlot, und sie ist schon bei sechs verschiedenen Akupunkteuren gewesen, aber jetzt soll ich unbedingt auch hin.«

»Hast du viel Kontakt zu deiner Mutter?«

»Dreimal im Jahr – je weniger, desto besser. Immerhin hat sie mir ihren alten Mantel geschenkt.«

Ich las die Packungsbeilage der Immundragees. »Gesund und fit durchs ganze Jahr« stand da.

»Sag deiner Mutter vielen Dank von mir«, sagte ich, doch Rebecca antwortete nicht.

Wieder dachte ich an *Die Unfruchtbaren* und die schweigsame Frau mir gegenüber, an die Rubbellose und an den Gürtel aus Krokodilsleder, der bis zu meinem Tod halten würde, und schließlich fragte ich: »Bist du eigentlich unfruchtbar?«

Solche Fragen muß man stellen, als frage man nach der Uhrzeit. Die Frage muß den anderen überrumpeln, aber gleichzeitig muß er denken: Warum hat mich das sonst noch nie jemand gefragt? So selbstverständlich muß es klingen. Meine Konversation lebt von Beiläufigkeit und Überraschung. Wie wenn man von einem Koffer redet, von dem man nicht weiß, was drin ist.

»Ich? Nein«, sagte sie, »ich hab ein paar Abtreibungen hinter mir. So unfruchtbar kann ich also nicht sein.«

»Aha«, hörte ich mich sagen. »Das ist gut.«

Das St. Ambroeus leerte sich zusehends. Sie wollten uns loswerden, doch ich mußte auf Capano und meine Limousine warten.

»Warum so viele Abtreibungen?«

»Ich war gedankenlos.«

»Mit den Männern?«

»Nein, mit der Pille.«

»Ja, mit der Pille, da kann man auch wirklich durcheinanderkommen.« Ich steckte mir ein übriggebliebenes Schokoladentäfelchen in den Mund.

»Bist du öfter gedankenlos?«

Womit war ich gedankenlos? Mit Menschen, ja, mit dem Leben vielleicht, wie eine Bude, in der ich den Dreck immer nur unter den Teppich kehrte. Ich stellte mir vor, daß ich diese riesigen Hände noch oft sehen sollte, auch wenn sie alt und noch monströser geworden wären, und daß ich eines Tages etwas dazu würde sagen müssen. Mein Kopf war vollkommen klar, ich wußte genau, was wichtig war und was nicht. Riesige Hände, das war wichtig.

Doch auch Schecks mit verrückten Aufdrucken. Nicht einfach blaue oder grüne, nein, mit Fischen drauf oder Engelchen oder Katzen. Für ein paar Dollar extra bekam man solche Schecks frei Haus geliefert. Das war sehr wichtig. Wenigstens war es etwas, das mich erheiterte. Ungefähr zehn Tage bevor ich die hohle Nuß kennenlernte, hatte ich solche Schecks bestellt. Zig Sätze mit den verschiedensten Motiven. Als ich sie bestellte, war ich betrunken, und als sie ein paar Tage später geliefert wurden – ich hatte »EILT!« auf die Bestellung geschrieben, das tue ich immer, wenn ich etwas bestelle –, wurde ich wieder betrunken. Von dem bloßen Gedanken, daß ich jetzt Schecks für den Rest meines Lebens hatte. Ich hatte Schecks mit Motorrädern, mit Vögeln, mit Pferden und mit Comicfiguren. So viele waren es, daß ich ein ganzes Fach im Küchenschrank ausräumen mußte, um Platz dafür zu schaffen. Ich war glücklich. Als meine Frau nach Hause kam, öffnete ich den Küchenschrank und sagte: »Schau mal, Schecks für den Rest meines Lebens.«

»Du hast doch 'n Knall«, sagte sie.

»Zu Hause hast du einen Kamin?« fragte Rebecca.

Ich nickte. »Meine Frau wollte unbedingt eine Wohnung mit Kamin. Der Kamin gab den Ausschlag.«

Rebecca lachte und schob sich eine Handvoll Lokken aus dem Gesicht; ein paar kleine Pickel links auf ihrer Stirn wurden dabei sichtbar.

Das Vollkommene stößt ab, mich jedenfalls, es ist gerade das halb Vollkommene, das Unfertige, die Narbe, die einen anzieht. Das Vollkommene ist absolut und darum eigentlich schon tot.

»Ja«, sagte Rebecca, »auf Kamine sind manche Frauen ganz verrückt.«

»Vitamin C, 60 mg«, las ich auf meinem Geschenk.

»Rebecca«, sagte ich, »das ist nicht der richtige Zeitpunkt, um über Kamine zu reden, sprechen wir über dich.«

»Über mich?«

»Ja«, sagte ich, »wie geht's dir?«

Ein paar Tage nachdem ich erfahren hatte, daß die Abrechnung über das erste Quartal 137 Gulden und 54 Cent betrug, rief ein Herr vom Kreditkartenunternehmen bei mir an und wollte mit mir über meine Visa-Karte sprechen. »Geht's nicht ein andermal?« hatte ich noch gefragt. »Ich bin gerade in einer Besprechung.« Doch der Visa-Mann war eindeutig keiner, der sich abwimmeln ließ. Haben sie erst mal einen Fuß in der Tür, wird man sie nicht mehr los. »Wann darf ich Sie dann zurückrufen, in einer Stunde vielleicht, oder gegen Abend?«

»Na, dann bringen wir's halt jetzt hinter uns«, sagte ich.

»Gibt es irgendwelche Probleme, bei denen wir Ihnen helfen können, Mister Mehlman?«

Wenn Leute einem plötzlich helfen wollen, kann man sicher sein, daß man bedroht wird.

»Helfen, wieso helfen? Mir geht's prima.«

»Sie sprechen mit Steve Williams. Wir haben ihre Abrechnungen studiert, und es ist uns aufgefallen, daß Sie schon seit fast drei Monaten nicht mehr bezahlt haben. Kann das stimmen?«

Konnte das stimmen? – Was waren das für Fragen? Natürlich konnte das stimmen. Es stimmte. Das machten sie, um einen zu ärgern: fragen, ob etwas stimmen konnte, obwohl sie genau wußten, daß es so war.

»Das könnte stimmen, Mister Williams«, sagte ich, »sehr gut möglich. Ich warte auf einen Vorschuß.«

»Einen Vorschuß?«

»Oder besser gesagt: eine Abrechnung. Ich bin Schriftsteller. Das Geld kann jeden Moment kommen, dann zahle ich sofort. Ich bin schon seit Jahren Kunde bei Ihnen, und ich habe meine Schulden in all den Jahren nie rechtzeitig bezahlt – nicht rechtzeitig, sondern immer vor dem Fälligkeitsdatum, hören Sie? Davor!«

»Das wissen wir, Mister Mehlman, das wissen wir. Vielen Dank für Ihr Vertrauen.«

»Ich vertraue Ihnen überhaupt nicht.« Es war einer jener Vormittage, an denen ich niemandem vertraute.

»Das tut mir leid.«

»Es braucht Ihnen nicht leid zu tun, es ist nicht persönlich gemeint.«

»Wir wüßten gern, wann wir dem Geld entgegensehen dürfen.«

»Entgegensehen dürfen? Das habe ich Ihnen doch grade gesagt. Ich warte auf einen Vorschuß.«

Was war das für Geld, dem man entgegensehen konnte? Richtiges Geld konnte man überhaupt nicht sehen, richtiges Geld war unsichtbar.

»Können Sie uns ein Datum nennen?«

»Ein Datum? Wofür halten Sie mich? Für einen Dieb? Einen Schurken? Einen Kreditkartenbetrüger, für jemanden, der seine Rechnungen nicht bezahlt, für einen Kriminellen?«

»Mister Mehlman, wir halten Sie für überhaupt nichts, wir stellen nur fest, daß schon seit drei Monaten keine Einzahlungen mehr stattgefunden haben, und es ist unsere Pflicht, Sie darauf hinzuweisen, daß Sie Ihre Karte von heute an nicht mehr benutzen können, bis alles bezahlt ist.«

»Mister Williams«, sagte ich, »ich kann Ihnen versichern, daß in einer Woche alles bezahlt wird. In einer Woche, verstehen Sie? Ich bin Schriftsteller, erfolgreicher Schriftsteller, ich warte auf einen Vorschuß. Sie wissen, wie die Verlage sind, die schieben ihr Geld hin und her, bis sie nicht mehr wissen, wo es ist. Alle kommen vorher dran und erst ganz am

Schluß irgendwann die Autoren. Und wissen Sie, warum? Weil die Leute immer noch denken, daß Armut zu besserer Kunst führt – Wahnsinn, aber das denken sie. Wenn man behauptet, Aderlassen helfe gegen Krebs, erklären sie einen für verrückt, aber behauptet man, Reichtum sei schlecht für die Kunst, dann nicken alle zustimmend.«

»Ach, Mister Mehlman«, hörte ich ihn sagen, »ich betrachte das alles ganz von außen.« Er seufzte. Er mußte natürlich tagein, tagaus mit säumigen Schuldnern telefonieren. Wahrscheinlich war Mister Williams kurz vorm Überschnappen, wie konnte es auch anders sein, wenn man fünf Tage pro Woche acht Stunden lang säumige Schuldner am Telefon zur Ordnung rufen mußte? Doch ich wollte keiner von den säumigen Schuldnern sein, von denen zwölf auf ein Dutzend gingen, sondern etwas Besonderes, ein saumseliger Schuldner, den Mister Williams den Rest seines Lebens nicht mehr vergessen würde.

»Mister Williams«, sagte ich, »mögen Sie denn keine Kunst?«

Wieder hörte ich ihn seufzen.

»Ach«, sagte er, »ich geh gern angeln oder mit den Jungs Baseball spielen.«

Ich hatte ihm ein persönliches Bekenntnis entlockt. Hat man erst mal ein persönliches Bekenntnis, kann man noch mehrere bekommen. Eigentlich ist jedes Gespräch ein Verhör. Jedes gute Gespräch jedenfalls. Ich klemmte mir den Telefonhörer zwischen Schulter und Ohr und schenkte mir ein Glas Calvados ein. Ich roch kurz daran und schüttete alles dann doch wieder in die Spüle. Ich bin sehr diszipliniert. Früh am Morgen mit einem Herrn vom Kreditunternehmen telefonieren und dabei ein Glas Calvados in der Hand halten, das gehört sich nicht.

»Mister Williams«, sagte ich, »in zehn Tagen bezahle ich alles, den gesamten Rückstand mit Zinsen, Vertragsstrafen und allem Heckmeck. Abgemacht?«

»In Ordnung«, sagte er. »Sie müssen nur wissen, daß Sie bis dahin Ihre Karte nicht mehr benutzen können. Es tut mir leid«, fügte er leise hinzu.

Ich triumphierte: Ich wußte genau, daß ich für Mister Williams nicht einer dieser säumigen Schuldner war, wie er sie jeden Tag am Telefon hatte. Darum sagte er so leise: »Es tut mir leid.« Heute abend würde er nach Hause kommen und zu seiner Frau sagen: »Heute hatte ich einen säumigen Schuldner am Telefon, ganz anders als die anderen Säcke, die bloß nicht mit ihrem Geld umgehen können. So gebildet, er wollte mit mir über Kunst sprechen. Mehlman hieß er.«

Ich hatte noch fünf andere Karten – daß ich eine einzige jetzt nicht mehr benutzen konnte, war also kein Beinbruch.

»Danke für Ihr Vertrauen, Mister Mehlman«, sagte er schließlich noch einmal. Wahrscheinlich mußte er das sagen, wahrscheinlich würde er entlassen, wenn er vergäße, sich bei den säumigen Schuldnern für Ihr Vertrauen zu bedanken.

Auf einen Fetzen Papier schrieb ich mit meiner Sauklaue: »Ich bin ein säumiger Schuldner.« Danach schenkte ich mir ein Glas Calvados ein, das ich nun doch mal austrank, denn jetzt, wo ich ein säumiger Schuldner war, konnte ich es mir nicht mehr leisten, dauernd volle Gläser mit Calvados in die Spüle zu kippen.

Ich versuchte, meinen deutschen Verleger anzurufen, doch der war auf Reisen. Als mein Glas Calvados leer war, rief ich bei meinem Buchhalter in Amsterdam an.

»Hallo, Sylvia«, sagte ich, »Robert hier, wie geht's, kann ich Maurice sprechen, es ist ziemlich dringend.«

Es dauerte lange, bis er ans Telefon kam.

»Guten Morgen, Robert«, sagte Maurice, »wie ist es bei euch in New York, merkt man schon was vom Frühling?«

»Nicht richtig.« Meiner Meinung nach hatte er wieder getrunken. »Mir geht's hier nicht so besonders – finanziell, meine ich. Ich habe eine Kreditkarte verloren.«

»Wo – auf der Straße? Gestohlen?«

»Nein, nicht auf der Straße. Sie ist gesperrt. Ich habe zu spät bezahlt.«

»Ja, die Banken sind streng«, hörte ich ihn murmeln. »Und sie werden immer strenger.«

Er war wirklich betrunken. Wenn man selbst nicht betrunken ist, hört man sofort, wenn ein anderer getrunken hat.

»Paß auf«, sagte ich, »ich will meine Aktien verkaufen und das Geld telefonisch auf mein Konto in New York überweisen lassen.«

»Robert, du hast mich schon vor ein paar Monaten beauftragt, dein Aktiendepot aufzulösen, weißt du das nicht mehr?«

»Nicht mehr so richtig. Vage. Und ist nicht vielleicht irgendwo noch eine klitzekleine Aktie übriggeblieben, die sie übersehen haben?«

»Nein, Robert, dein ganzes Depot ist vor ein paar Monaten aufgelöst worden – in deinem Auftrag. Ich kann Sylvia bitten, den Aktenordner herzuholen.«

»Nein, laß den Aktenordner! Was soll ich machen? Ich brauche Geld.«

»Ich bin dein Buchhalter, Robert, kein Kreditinstitut, und ich habe dich schon vor längerer Zeit gewarnt.«

»Maurice, sie betrachten mich hier schon als säumigen Schuldner, hörst du? – Als säumigen Schuldner! Gerade hat ein Mister Williams geschlagene zwanzig Minuten mit mir telefoniert. Ich bin kein säumiger Schuldner, ich will nicht von Leuten angerufen werden, die den ganzen Tag nichts anderes zu tun haben, als saumselige Schuldner anzurufen.«

Mein Buchhalter hustete. »Aber Robert!«

»Ich bezahle dich alle drei Monate, damit du mir sagst, was ich mit meinem Geld machen soll.«

»Vielleicht solltest du einen Erzählband über säumige Schuldner schreiben oder herausgeben?«

Ich explodierte. »Einen Erzählband über säumige Schuldner? Maurice, ich brauche deine Ratschläge nicht, was ich schreiben oder eventuell herausgeben soll. Und ich gebe gar nichts heraus. Lieber fall ich tot um, als etwas herauszugeben.«

»Es ist fast Ostern, Zeit zum Meditieren.«

»Jedesmal, wenn's Probleme gibt, redest du vom Meditieren.«

»In Zeiten der Not habe ich selbst auch immer viel meditiert.«

Mein Buchhalter war übergeschnappt. Ich brauchte unbedingt Geld, und er redete vom Meditieren.

»Du bist kein Buchhalter, Maurice«, rief ich, »du bist ein Wanderprediger.«

»Mit dem Geld von jemand anderem spielen ist doch langweilig«, sagte Rebecca. Sie steckte sich eine Praline in den Mund.

»Vergiß, daß es nicht dein Geld ist, dann ist es nicht langweilig, dann ist es sogar ziemlich aufregend. Geld macht häßliche Männer schön.«

Noch eine Praline verschwand in ihrem Mund.

»Und Frauen?«

»Wie meinst du?«

»Macht es Frauen auch schön – Geld, meine ich?«

»O ja, Geld macht alles schön.«

Das Thema gefiel ihr offenbar nicht besonders, denn gleich darauf fragte sie: »Glaubst du an einen Himmel?«

»Ja, nur daß der Himmel für Leute wie mich eine Hölle ist.«

So redeten wir noch eine Weile über Himmel und Hölle und Petrus' Pforte, bis Josef Capano hereinkam. Er sah gut aus. Er hatte Pomade in den Haaren, und in der rechten Hand trug er einen altmodischen Diplomatenkoffer.

»Mister Mehlman«, sagte er auf englisch, »Ihr Auto steht bereit. Dies ist der Koffer mit den Dingen, um die Sie gebeten hatten.«

Ich öffnete den Koffer. Darin waren eine Flasche Champagner, zwei Gläser, Zigarren, ein paar Haushaltsartikel, eine Familienpackung Pariser und ein Fotoapparat. Einer von der Sorte, die man nach Gebrauch wegschmeißt.

Capano zwinkerte mir zu.

»Moment, ich werd euch miteinander bekannt machen«, sagte ich. »Rebecca, das ist Michael Baumgold, mein Sekretär.«

»Hallo, Michael«, sagte sie und gab ihm die Hand.

»Oh, bevor ich's vergesse«, sagte Capano, »Ihr fester Chauffeur ist krank geworden. Ich habe einen Ersatzmann besorgt. Er heißt Anthony.«

»Danke, Michael. Möchtest du vielleicht ein Glas Wein mittrinken?« Es war noch eine halbe Flasche übrig.

»Nein, vielen Dank«, sagte Capano, »ich trinke nie bei der Arbeit. Ich muß weiter. Viel Vergnügen in Atlantic City, Mister Mehlman.«

Dann stand er auf und ging.

»Ich brauche für morgen neue Zahnbürsten«, rief ich ihm hinterher.

Er kam wieder zurück, machte eine kleine Verbeugung und sagte: »Ich werde dran denken, Mister Mehlman.«

»Sechs Stück«, sagte ich, »in verschiedenen Farben, bitte.« Wenn ich erst mal gut in meiner Rolle drin bin, bin ich wirklich gut drin, manchmal so gut, daß ich nicht mehr herauskomme.

Darauf verschwand Capano, ohne noch etwas zu sagen.

Es waren, so wurde mir plötzlich bewußt, diese kleinen Theaterstücke, die mich glücklich machten. Der Moment, in dem ich selbst an die von mir sorgfältig inszenierte Wirklichkeit zu glauben begann, war der Moment der Euphorie. Der Moment, wenn die Geschichte, die man sich ausgedacht hat, mit einem durchgeht. Wenn man den Eindruck hat, daß endlich jemand auf der anderen Seite des Schachbretts Platz genommen hat, daß man nicht mehr länger nur gegen sich selbst spielt. Dieser Moment, das ist der Moment der Euphorie.

Meine Frau hat mir mal erklärt, das menschliche Hirn produziere ständig eigene Drogen. Die Fabrik in meinem Kopf laufe offenbar auf Hochtouren, ich müsse aufpassen, daß sie nicht eines Tages explodierte.

»Ein seltsamer Mann«, sagte ich zu Rebecca, »aber ein ausgezeichneter Sekretär. Im Grunde kann man ohne überhaupt nicht auskommen, findest du nicht? Ich finde es so deprimierend, selbst einkaufen zu müssen. Gehen wir?«

»Manchmal kann einkaufen doch auch sehr schön sein. Zusammen mit einem geliebten Menschen.«

»Nein«, sagte ich, »das ist überhaupt nicht schön. Schön ist, wenn schon, an einer Frau bankrott zu gehen. Ich meine, stell dir vor, du gehst bankrott, weil du dein ganzes Geld in Hochöfen investiert hast, und plötzlich macht die Firma Pleite. Ich hab meiner Mutter mal geraten, antikes Silber zu kaufen, da ist sie nie drüber weggekommen. Finanziell schon, aber seelisch nicht.«

An der Garderobe wollte sie sich den Mantel selbst anziehen, doch die Garderobiere kam ihr zuvor. Ich gab ihr immer ein gutes Trinkgeld.

»Sie helfen einem hier in den Mantel«, sagte ich zu Rebecca, »das darfst du nicht selbst tun, sonst steht die arme Frau umsonst da. Und das wär doch schade?«

Rebecca nickte, während die Garderobenfrau ihr den löchrigen Regenmantel über die Schultern drapierte, und ich mußte an meine Frau denken, wie sie mir von den Drogen erzählt hatte, die die Menschen in ihrem Kopf produzieren. »Manche Therapeuten«, hatte sie gesagt, »glauben, daß sich alles mit Tabletten lösen läßt. Na ja … Vieles ist eine Frage der Chemie, aber nicht alles, und nicht alle chemischen Probleme lassen sich mit Tabletten allein lösen.«

Wir gingen auf die Straße. Ich ahnte, daß man uns hinterhersah. In diesem Restaurant waren sie zu diskret, sich ihre Meinung über die Kunden anmerken zu lassen. Der Chauffeur hielt uns die Wagentür auf. Wir stiegen ein.

»Liebe Güte«, sagte Rebecca.

Es war in der Tat eine neue Limousine. Eine sehr neue sogar. Im Passagierraum befand sich ein Wasserbett.

Capano war verrückt. Morgen würde ich ihn anrufen und zu ihm sagen: »Josef, ich habe keine Limousine mit Wasserbett bestellt. Einfach eine lange Limousine, aber doch keine mit Wasserbett.«

Und er würde antworten: »Ich dachte, ein Wasserbett würde dir gefallen, du hast's doch im Kreuz?«

»Ich hab's überhaupt nicht im Kreuz.«

»Oh, aber das Mädchen hatte doch Probleme mit dem Rücken?«

»Nein, das Mädchen hat auch keine Rückenprobleme, niemand hat Rückenprobleme. Ich hatte eine Limousine bestellt, und was kriege ich? Für ich weiß nicht wieviel Geld ein Wasserbett auf Rädern.«

»Du schaust doch nicht auf einen Dollar mehr oder weniger. Ich dachte: Ein Wasserbett macht Eindruck. Das ist mal was anderes, ein fahrbares Wasserbett. Wie viele Menschen haben schon je in einem fahrbaren Wasserbett gelegen?«

So oder so ähnlich würde das Gespräch zwischen uns ablaufen, denn wir hatten schon Dutzende von solchen Gesprächen geführt.

Bestimmt hatte einer seiner Kumpel zu ihm gesagt: »He, Capano, ich hab ein fahrbares Wasserbett, wär das nichts für deinen Bekannten? Dieser Mehlman, der hat doch Geld wie Heu.« Und Capano hatte geantwortet: »Das ist genau, was er braucht, ich versteh nicht, wie er es all die Jahre ohne ausgehalten hat.« Denn natürlich fiel wieder mal alles in die Kategorie »Offers you can't refuse«. Und so hatte ich jetzt ein Wasserbett auf Rädern am Hals.

»Ist das ein Wasserbett?« fragte Rebecca und drückte mit der Hand ein wenig in die Matratze, als wollte sie fühlen, ob es wirklich echt sei.

»Ja«, sagte ich, »das ist ein Wasserbett.«

»So was hab ich noch nie gesehen.«

Ich auch nicht, wollte ich sagen, doch ich verbesserte mich: »Ja, das ist der neueste Schrei. Wenn man sich erst mal dran gewöhnt hat, will man nichts anderes mehr.«

Dann wandte ich mich halb kriechend zur Fahrerkabine und sagte: »Tony, wir fahren nach Atlantic City.« Danach flüsterte ich: »Wo ist der Knopf für die Trennscheibe?«

»Hinten«, sagte er, »da, wo sie sitzt.« Er hatte sich zwei Tage nicht rasiert, und auch sonst sah er aus, als habe er lange nicht geschlafen.

Ich kroch wieder nach hinten und schloß das geschwärzte Fenster, das die Fahrerkabine vom Passagierraum trennte. Wenn hinten keine Videokameras installiert waren, konnte er uns nun nicht mehr sehen.

Ich wußte nicht, wieviel dieses Auto mich gekostet hatte, und das war auch gut so; wenn man ein bißchen Spaß haben will, darf man sich für solche Dinge nicht interessieren. Einen Moment mußte ich an Mister Williams denken und den säumigen Schuldner, der ich geworden war. Eigentlich war ich das mein ganzes Leben schon gewesen, mit einer kleinen Verschnaufpause dazwischen, als sich meine Bücher plötzlich gut verkauften und ich meine Rechnungen rechtzeitig bezahlte. Doch schon bald gab ich so viel Geld aus, daß man nicht mehr dagegen anschreiben konnte.

Josef Capano hatte mir einen kleinen Zettel in die Hand gedrückt. Jetzt schien mir die Luft rein, ihn zu lesen:

Guten Morgen, Robert,

es ist Anfang April, und Du bist wieder mal das reinste Tier. Ich habe die Dame eben von weitem beobachtet. Zähne wie Jesus und Haare wie ein Engel.

Wenn Du so weitermachst, gehen deine Finanzen endgültig in den Keller. Hier noch ein paar Unkosten, die ich gehabt habe:

– Zigarren 50 $.
– Trinkgeld Zigarrenhändler 5 $.
– Haushaltsartikel (u.a. Pariser) 25 $.
– Taxi 16 $.
– Fotoapparat 8 $.
– Champagner: kleines Geschenk.
– Gläser: in einer Bar geklaut, du kannst sie ruhig kaputtmachen.

Viel Spaß. Gib nicht alles aus. Soll ich schon mal ein Sparkonto für Dich eröffnen, oder kommt die Frage zu spät?

Du bist ein Menschenverschlinger, weißt Du das?
Gruß,
Josef Capano.

Ich zerriß den Zettel in tausend Schnipsel und deponierte sie im Aschenbecher.

Meine Mutter hatte gequiekt wie ein Schwein vorm Abstechen, als sich herausstellte, daß antikes Silber plötzlich so gut wie nichts mehr wert war. So sind die Menschen: Gib ihnen einen einzigen schlechten Rat, und sie nehmen es dir ein Leben lang übel, und die zwanzig guten Ratschläge vergessen sie.

Eigentlich kannte ich nur eine Strategie: Wenn es einer Firma schlechtging, kaufte ich ihre Aktien. Je schlechter es einer Firma ging, desto mehr Geld steckte ich hinein. Sobald ich in der Zeitung las, daß ein großes Unternehmen Probleme hatte, rief ich meinen Mann bei der Bank an und gab ihm eine Kauforder, als sei ich Experte. Was ich im Grunde natürlich auch bin. Ich glaube an das Gesetz von Angebot und Nachfrage. Wenn jeder Äpfel will, muß man Birnen kaufen. Wenn jeder auf den Berg hinaufwill, muß man selbst hinuntersteigen. Wenn jeder nach Glück verlangt, muß man das Unglück suchen, und wenn jeder die Arme zu Gott erhebt, muß man den Teufel zum Tee bitten. Eigentlich tat ich es mit Menschen genauso; je schlechter es ihnen ging, um so mehr Interesse konnte ich für sie aufbringen.

»Hast du viel Glück im Leben gehabt?« fragte ich Rebecca.

Sie sah aus dem Fenster. Vielleicht dachte sie nach.

»Nein«, sagte sie, »nicht sehr viel.«

Das hörte sich gut an, Leute mit wenig Glück in ihrem bisherigen Leben konnten noch auf Anfängerglück hoffen. Für mich war das Anfängerglück ein

Stadium, das ich schon längst hinter mir gelassen hatte.

Ich öffnete den Champagner, wir tranken eine halbe Flasche. Sie legte sich auf das Wasserbett, ich blieb auf dem Passagiersofa sitzen. Der klassische Radiosender brachte ein Cellokonzert. Es regnete. Rebecca schlief, und ich dachte an meine gesperrte Kreditkarte, an die fünf anderen, die noch nicht gesperrt waren, an Rebeccas sieben Männer und an den Vortrag meiner Frau über Unzurechnungsfähigkeit.

Dann dachte ich an den Tag, an dem sie ihre Slips holen gekommen war, es waren mittlerweile so an die vierzehn zusammengekommen. Sie hatte einen kleinen Koffer dabei, den vergaß sie neben dem Sofa. Die Slips stopfte sie in eine Plastiktüte. Ich fragte nicht, was in dem Koffer war. Slips gingen, Koffer kamen, das Leben war ein unergründliches Rätsel. Wir tranken noch immer viel, aber nicht mehr alles durcheinander.

»Was machen deine jugendlichen Delinquenten?« fragte ich.

»Denen geht's gut«, sagte sie, »sehr gut. Freust du dich, daß ich die Slips abhole?«

»Na ja«, sagte ich, »sie haben mich nicht gestört. Ziehst du zu mir?«

»Möchtest du das?«

»Ja«, sagte ich, »ich glaub schon. Wär doch nett? Das hier ist zwar kein Nachtgeschäft, aber ich kann dir trotzdem alles mögliche warm machen.«

»Darüber muß ich erst mal nachdenken«, sagte sie.

Wir brauchten niemanden außer uns, wir schliefen viel, und dann machten wir uns was zu essen warm. Wir kochten auch Tütensuppen und lachten über alles. Trotzdem kann ich mich an das Glück nicht erinnern. Es war da, das weiß ich bestimmt, aber es ist ein weißer Fleck in meinem Gedächtnis.

Rebecca schlief immer noch, das Cellokonzert spielte weiter. Ich muß auch eingeschlafen sein, denn im Traum klingelte das Telefon, und als ich abnahm, war die Betrugsabteilung von American Express am Apparat. Diese Abteilung hatte mir in der Tat vor nicht allzu langer Zeit einen Brief geschrieben, den ich noch immer nicht beantwortet hatte. Rebecca schnarchte. Ich hatte in Büchern von Leuten gelesen, die das Schnarchen ihres Partners dermaßen störte, daß sie keine Lust mehr auf Sex hatten. Schnarchen hat mich noch nie abgestoßen, es sind vielmehr die nichtmenschlichen Geräusche, die mich abstoßen.

Ich dachte an den Abend im »Russian Tearoom«, als ich meiner Frau vorgeschlagen hatte, Toilettenmann zu werden. Im Wetterbericht hatten sie Schnee vorhergesagt. Die Wolken hingen tief. Eine russische Sängerin sang melancholische Lieder. Sie hatte keine gute Stimme. Ich war von ihren zwei Begleitern im Background-Chor fasziniert. Der eine war eher klein, der andere sehr groß. Sie strahlten vor Vergnügen.

»Literatur hat keine Konsequenzen«, sagte ich, und meine Frau fragte: »Könnten wir bitte über was anderes reden?«

Intimität, die ohne Konsequenzen bleibt, ist vorgetäuschte Intimität. Und das war meine Spezialität, sagte ich zu meiner Frau. Intimität schaffen, die ohne

Konsequenzen blieb, Intimität zusammenlügen, Intimität, die nicht mehr war als ein Versprechen. Und die schließlich, wenn sich die Rauchschwaden der Worte verzogen hätten, nicht mehr sein würde als eine Fußnote in einer Lebensgeschichte. Und wenn sie aus Versehen doch einmal mehr war, dann würde für den anderen auf ewig der bittere Geschmack von Schwindel daran kleben, so bitter, wie vorgetäuschte Intimität nun einmal schmeckt. Die Wut und der Haß, die in einem hochkochten, wenn man merkte, wie verlogen diese Intimität war, hatten denselben Geschmack. Eines Tages würden die Betrogenen sagen: »Das Leben schmeckt nach verdorbenem Thunfisch, aber wenn man sich erst mal dran gewöhnt hat, ist's ganz erträglich.«

Auf halber Strecke nach Atlantic City öffnete ich die Trennscheibe zum Fahrer. »Tony«, sagte ich, »kannst du irgendwo an einer Tankstelle anhalten? Ich muß unbedingt pinkeln.«

Mit dem Mantel überm Kopf rannte ich zum Tankstellenshop. Es gab nur eine Toilette, doch die war besetzt. Ich bestellte etwas zu trinken. Vielleicht war es eine gute Idee, hierzubleiben, mit der Tasse lauwarmem Tee, die ich bestellt hatte, und Tony zu bitten, nach New York zurückzufahren und Rebecca am Museum of Natural History abzusetzen. Dann konnte sie morgen früh ihre Forschungen, unter denen ich mir trotz eines kleinen Vortrags von zwanzig Minuten immer noch nichts vorstellen konnte, wieder fortsetzen. Vielleicht war das nicht nur gut, vielleicht war es sogar das beste. Für alle Beteiligten, wie man so schön sagt. Ich würde eine kleine Nachricht hinterlassen wie: »Atlantic City war ein Irrtum. Hoffentlich hattest du trotzdem einen schönen Abend. Danke für alles.« Oder irgendwas in der Richtung.

»Haben Sie Papier und was zu schreiben?« fragte ich die Frau an der Kasse. Offenbar war das eine ungewöhnliche Frage. Sie suchte in einer Pappkiste und kramte schließlich einen Stift und eine Papierserviette hervor. Auf einer Papierserviette ging's auch.

»Liebe Rebecca«, schrieb ich, »bei näherer Betrachtung war Atlantic City doch ein Irrtum. Hoffentlich hast Du trotzdem einen schönen Abend gehabt.«

»Haben Sie noch eine Serviette?« fragte ich.

Ich war mit meinem Text unzufrieden. Der Inhalt kam zwar klar heraus, doch ästhetisch ließ er noch zu wünschen übrig.

Im dem Moment öffnete sich die Tür. Rebecca hatte ihren Regenmantel im Auto gelassen. Das kleine Stück vom Auto zur Tankstelle hatte genügt, sie völlig zu durchnässen.

»Verdammt noch mal«, meinte sie, »warum hast du nichts gesagt?«

Ich zerknüllte die beschriebene Serviette und nahm die andere, um meinen Plastikbecher mit Tee festzuhalten. »Du hast so fest geschlafen, da wollte ich dich nicht wecken; das liegt bestimmt am Wasserbett. Möchtest du auch einen Tee?«

Sie schüttelte den Kopf und versuchte die Tür zur Toilette zu öffnen, doch die war immer noch fest geschlossen. Ihre Haare waren nur noch zur Hälfte hochgesteckt; wenn man dicht neben ihr stand, roch man Schweiß, alten Schweiß. Was tat sie um Himmels willen hier, an dieser Tankstelle? Sie hätte im Bett liegen sollen und träumen, von einem Mann vielleicht oder einer Abtreibung. Was tat ich hier? Wie sollte ich das jemandem erklären?

Ich war ein Mann im Nachtgeschäft gewesen und hatte mich in eine Frau verliebt, die regelmäßig wegen der Gemüsequiche ins Geschäft kam. Ich wurde Schriftsteller, nicht ganz erfolglos, doch die Schulden wuchsen immer mehr. Manche Leute haben Schwierigkeiten, ihre Wut zu beherrschen, andere haben das Problem mit ihren Finanzen. Und eines Tages, als meine Frau auf einem Kongreß in Wien war, fuhr ich mit einer anderen Frau, einer mit häßlichen Händen und Füßen, nach Atlantic City. Das durfte ich niemandem erzählen. Sie würden mich für verrückt erklären.

»Nein, keinen Tee«, sagte sie, »ich hab so einen komischen Geschmack im Mund.«

In Europa war es jetzt fast sieben Uhr, noch eine Stunde, schätzte ich, und meine Frau würde aufstehen. Ich mußte etwas schreiben, um meine Schulden bei American Express und VISA abzubezahlen. Etwas, das schnell Geld brachte, denn dort hatten sie nicht mehr viel Geduld – aber was sollte das sein? Ein Artikel über Svevo machte den Kohl jedenfalls auch nicht fett.

»Ich hab richtig Lust zu spielen«, sagte sie. »Zuerst wußte ich nicht, ob ich wirklich Lust drauf hätte, aber jetzt schon. Ich fühl's im ganzen Körper. Spielst du auch Blackjack?«

»Nein, nur Roulette, ich möchte nicht die Illusion haben, ich könnte das Spiel beeinflussen.«

»Ach, nein?« Sie schüttelte ungläubig den Kopf.

Ich bestellte noch einen Tee. Nicht, daß er so gut schmeckte oder daß ich Durst gehabt hätte, aber ich wollte etwas zu tun haben, während wir darauf warteten, daß die Toilettentür endlich aufging.

Ich versuchte mir vorzustellen, wie es wäre, an einem Kongreß über Träume teilzunehmen. An Kongressen über Literatur hatte ich schon teilgenommen, ich hatte sogar mal einen kurzen Vortrag über das Tabu in der Literatur gehalten. Die Delegierten, auch alles Schriftsteller, hatten mit milder Zustimmung auf meinen Vortrag reagiert. Ein Slowene hatte sogar gerufen: »Genau, kümmern wir uns nicht mehr um Tabus, die Literatur ist kein Kindergarten.« Ich hatte mir seinen Namen nicht merken können und suchte daher im Veranstaltungsprogramm nach seinem Foto. In Wirklichkeit sah er ganz anders aus. Dem Programmheft zufolge wohnte er in einer einsamen Burg und hatte einen Preis für einen Gedichtband über Pferde gewonnen, der bisher leider nur auf slowenisch erhältlich war. Doch der Slowene hatte eine eigenhändig vervielfältigte englische Übersetzung dabei, die er jedem in die Hand drückte, der auch nur im entferntesten eine Spur von Interesse zeigte.

Ich war interessiert. Selbst vervielfältigte Literatur hat schon immer mein Interesse und meine warme Unterstützung gefunden.

Eines Abends sagte der Slowene: »Ja, Dichten ist schön, selbstverständlich, aber eigentlich bin ich Spieler.«

»Ich spiele ab und zu Blackjack, wenn ich Geld habe«, sagte Rebecca.

»Ach ja?«

Ich glaubte ihr kein Wort, ich glaubte nicht mal mehr, daß sich in der Tüte, die ich vom Museum nach Hause geschleppt hatte, wirklich eine Skulptur befand. Steine wahrscheinlich. Oder eine Bombe.

»Du bist eine Zeitbombe«, hatte meine Frau eines Abends beim Abschminken gesagt. »Ich kann nicht mehr mit dir zusammenleben, ich halt den Streß nicht mehr aus.«

»Sag mal«, meinte ich zu Rebecca, gegen die Kühlbox gelehnt, »wollen wir nicht heiraten?«

Ich strich ihr über die Wange, doch sie nahm meine Hand und schob sie weg. Als schiene ihr die Tankstelle nicht der geeignete Ort, sich von mir über die Wange streichen zu lassen. Doch vielleicht hatte es auch gar nichts mit der Tankstelle zu tun. Vielleicht wollte sie aus Prinzip nicht, daß ich ihr über die Wange strich. Oder hätte ich einfach sagen müssen: »Wie gut dein Schweiß doch riecht!« Es sind die kleinen Dinge, die die Leute beruhigen. Und beruhigen muß man sie, bevor man sie berührt. Man muß sie glauben machen, daß alles in Ordnung kommt, daß alles gut wird, wenn sie sich nur von einem berühren lassen.

Wieder rüttelte ich an der Toilettentür, doch sie blieb geschlossen.

»Was ist mit der Toilette los«, fragte ich die Frau an der Kasse, »ist jemand drin?«

»Wenn die Tür zu ist, ist jemand drin.«

»Das ist mir klar, aber die Tür ist schon sehr lange zu, vielleicht ist jemand in der Toilette gestorben.«

»Nein, nicht in der Toilette«, rief sie bestürzt.

»Das kommt öfter mal vor.«

»Die Putzfrauen kommen um sieben Uhr, die haben einen Schlüssel.«

Ich sah mich zu Rebecca um, doch der schien die Toilette egal zu sein. Vielleicht dachte sie über meinen Heiratsantrag nach.

In einer Zeitschrift hatte ich mal gelesen, daß für einen Flugzeugabsturz immer mehrere tödliche Irrtümer erforderlich waren. Ein einziger Irrtum war nie genug.

»Gibt es vielleicht noch eine andere Toilette?«

Die Frau an der Kasse zuckte mit den Schultern. »Sie müssen Geduld haben.«

»Geduld.« Ich mußte lachen. In diesem Regen auf dem Parkplatz an einen Baum zu pinkeln schien mir nicht besonders erbaulich.

»Komm«, sagte ich zu Rebecca. Wir rannten zum Auto zurück. Tony hörte gerade Walzermusik.

»Und was macht er, solange wir im Kasino sind?« fragte Rebecca.

»Er? Och, er legt sich schlafen, oder er spielt auch.«

Kurz nach zwei waren wir in Atlantic City. Ich weckte Rebecca. Sie lag leise schnarchend auf dem Wasserbett.

»In welches Kasino wollt ihr?« fragte Tony.

»Egal«, sagte ich, »fahr uns irgendwohin.«

Er fuhr uns zum Bally's. Der Regen hatte noch nicht aufgehört, er schien eher noch stärker geworden zu sein.

»Wann soll ich wieder da sein?«

»Halb fünf«, sagte ich, »oder noch besser um fünf.«

Wir gingen ins Kasino. Es war fast leer. Um diese Zeit war ich noch nie in einem Kasino gewesen.

»Was für einen Krach die Spielautomaten machen«, sagte Rebecca.

»Daran gewöhnt man sich.«

Neben dem Geldautomaten hing ein Telefon. Ich rief bei Mastercard an. Ich bekam eine freundliche junge Frau ans Telefon; ich gab ihr meine Kreditkartennummer und alle anderen Informationen, die sie verlangte. Dazwischen versuchte ich einen Witz, über den sie nicht lachte. Ich durfte maximal fünftausend Dollar in bar abheben. »Na, dann muß das eben langen«, sagte ich. Als alle Formalitäten erledigt waren, wünschte sie mir viel Glück.

Ich mußte kichern. Daß eine Frau von Mastercard mir Glück wünschte! »Vielen Dank«, sagte ich, »Ihnen auch.«

Wir gingen die Roulettetische entlang. Ich bot Rebecca meinen Arm. Die meisten Tische waren leer. Immer noch gab es nachts mehr Leute, die schliefen, anstatt zu spielen.

Wir brauchten knapp zwei Stunden, um meine fünftausend Dollar durchzubringen. Daß Rebecca viel Glück hatte, konnte man nicht behaupten. Sie verlor am laufenden Band, doch ich hatte nicht den Eindruck, daß das Verspielen von fünftausend Dollar sie besonders erschütterte. Als wir nur noch zweitausend Dollar hatten, wurde sie so gleichgültig, daß ich es kaum noch ertragen konnte.

»Und wo ist deine Frau jetzt?« fragte sie plötzlich.

Die Cocktailbedienung hatte ich gefragt, ob sie Calvados hätten, doch so was kannten sie hier nicht.

»Meine Frau«, sagte ich und schob zerstreut ein paar Jetons hin und her, »meine Frau ist in Wien auf einem Kongreß. Über Träume.« Ich lachte, wie Leute lachen, wenn sie nichts mehr zu sagen wissen, doch vor der Stille Angst haben.

»Oh«, sagte Rebecca, »ich dachte, sie macht was mit Tieren?«

»Nein, mit Menschen, wie kommst du auf Tiere?«

»Wegen der Dinosaurier, wo sie dich immer hinschleppen wollte.«

»Na ja – immer!« sagte ich. »Einmal!«

Rebecca sah mir ernst in die Augen. »Du hast dir das doch nicht alles nur ausgedacht?«

»Was?«

»Daß du eine Frau hast und daß sie dich zu den Dinosauriern mitschleppen wollte.«

»Nein, natürlich nicht, warum sollte ich mir das ausdenken?«

Ich schaute auf die Jetons in Rebeccas Hand. Irgend etwas mußte geschehen, das Glück mußte erzwungen werden, und zwar schnell. Worauf sollte ich setzen? Meine Telefonnummer hatte ich schon gehabt, meine frühere Telefonnummer auch, meine Postleitzahl, meinen Geburtstag, Rebeccas Geburtstag, den Geburtstag ihrer Mutter, die Daten ihrer Abtreibungen, was blieb noch übrig? Die KZ-Nummer meiner Mutter. Vielleicht war das eine Idee. Vielleicht brachte mir meine Mutter Glück. Schließlich hatte sie auch Glück gehabt.

»Wart mal kurz«, sagte ich zu Rebecca. »Ich bin gleich wieder da.«

Noch nie zuvor hatte ich so gut verstanden, was meine Frau meinte, wenn sie von den Drogenfabriken in den Köpfen der Leute sprach. In meinem arbeitete jetzt eine Dampfmaschine, und zwar auf Hochtouren.

Am Ausgang fand ich ein Telefon. Ich bat um ein R-Gespräch mit den Niederlanden. Es dauerte eine Weile. Der Mann von der Telefongesellschaft arbeitete noch nicht lange dort oder war verschlafen. Endlich kam meine Mutter ans Telefon. Ich hörte, wie sie sie fragten, ob sie bereit sei, das Gespräch zu bezahlen. Zum Glück sagte sie: »Ja.«

»Mama«, sagte ich.

»Wie spät ist es in Amerika, bist du tot?« rief sie.

»Nein, noch nicht«, sagte ich, »ich hab nur eine Frage.«

»Warum schläfst du nicht?« sagte meine Mutter. »Bei dir ist es mitten in der Nacht. Ich wollte gerade duschen.«

»Hör mal: Was war deine Nummer in Auschwitz?«

»Rufst du mich dafür mitten in der Nacht an? Bist du vollkommen übergeschnappt?«

»Bei mir ist es mitten in der Nacht, bei dir ist es Morgen. Ich darf doch noch selbst darüber entscheiden, was ich mitten in der Nacht tue? Ich bin ein erwachsener Mann, Mama.«

»Wo bist du?«

»In Atlantic City.«

»Wo ist das? Ist es dort gefährlich?«

»Was war deine Nummer, schnell, es ist dringend, hinter mir stehen Leute und warten, die wollen auch telefonieren.«

»Denkst du, daß ich meine Nummer von damals noch auswendig weiß? Wir bekamen sie nicht mehr auf den Arm tätowiert, wir kriegten eine Marke um den Hals, und darauf stand sie. Wozu brauchst du die Nummer?«

»Hast du die Marke noch?«

»Die liegt oben.«

»Dann hol sie, schnell, es ist dringend.«

»Wozu brauchst du auf einmal meine Auschwitz-Nummer?« rief meine Mutter. »Was ist passiert? Wo bist du? Bist du krank?«

»Los, beeil dich«, rief ich, »hol die Marke, bevor's zu spät ist, hier warten noch mehr Leute, ich brauch deine Nummer, vielleicht bringt sie mir Glück. Du hättest sie nie abnehmen sollen, dann hättest du vielleicht auch mehr Glück gehabt.«

»›Los, beeil dich‹ – redet man so mit seiner Mutter?«

»Hol die Marke, oder ich krepier«, brüllte ich.

Endlich hörte ich, wie sie den Hörer auf den Tisch legte.

Drei Minuten später war sie zurück.

»Fast hätte ich sie nicht mehr gefunden«, sagte sie.

Auf die Rückseite eines Päckchens Kaugummi notierte ich die Nummer.

»Wenn du meine Auschwitz-Nummer bloß nicht für deine Bücher benutzt«, rief sie noch, »die Nummer ist mehr wert als alles, was du je zusammengeschrieben hast.«

»Keine Angst«, sagte ich, »ich benutze sie nicht für meine Bücher. Ich brauche sie für etwas anderes. Ich erklär's dir später.« Dann hängte ich auf.

Ich rannte zur Toilette, das Päckchen Kaugummi noch in der Hand. Dort kotzte ich alle Cocktails des Tages aus. Danach wusch ich mir das Gesicht und dachte an meine Frau, die inzwischen wohl dabei war, ihre Koffer zu packen.

Rebecca saß am Tisch, wie ich sie verlassen hatte. Sie rauchte. Der Stapel Jetons vor ihr war schon wieder um die Hälfte geschrumpft.

»Wo warst du?« fragte sie.

»Kotzen«, sagte ich. »Riechst du das nicht?«

»Nein«, sagte sie, »ich rieche nichts.«

Auch die Auschwitz-Nummer meiner Mutter brachte kein Glück. Im Gegenteil, mit ihr ging es nur noch schneller bergab.

Als wir nur noch fünfhundert Dollar hatten, sagte Rebecca: »Eigentlich ist es total langweilig.«

Neben uns stand ein Japaner mit einem großen Siegelring. Auch er hatte nicht viel Glück an diesem Abend. Mit dem Bleistift machte er komplizierte Berechnungen auf einem kleinen Taschenkalender, aber es schien nichts zu nutzen.

»Was ist langweilig?«

»Spielen«, sagte Rebecca.

Wir gingen zur Bar.

»Für dich sind fünftausend Dollar doch nichts?« fragte sie neckisch.

»O nein«, sagte ich, »fünftausend Dollar sind für mich nichts.«

Ich legte meinen Arm um sie. Diesmal schob sie ihn nicht weg. Es war auch keine erotische oder auch nur leise flirtende Gebärde, es fiel eher unter die Kategorie »vorgetäuschte Intimität«. In dem Moment jedoch kam es mir so vor, als falle mein ganzes Leben unter diese Kategorie.

Wir mußten das halbe Kasino durchqueren, bis wir eine Bar gefunden hatten. Die meisten Spieltische waren leer. Hier und da fegten Männer Zigarettenkippen und anderen Müll auf dem Boden zusammen.

»Hi, ich bin Peter«, sagte ein gut frisierter junger Mann, »euer Barmann heute abend. Womit kann ich dienen?«

Meine Frau nahm Tanzunterricht. Ein paar Wochen vor Weihnachten war sie nach Hause gekommen und hatte gesagt: »Ich gehe ins Tanzstudio, ich will steppen lernen.« Am nächsten Tag war ich mit ihr Stepschuhe kaufen gegangen. Ich hatte nicht gefragt, warum. Das tat ich nie. Wenn sie steppen lernen wollte, hatte sie bestimmt gute Gründe dafür. Sonntag nachmittag hatte sie Unterricht. Anfangs holte ich sie manchmal noch ab.

»Beim Steppen kann man fünf verschiedene Geräusche machen«, hatte sie einmal gesagt, als ich sie abholte. »Möchtest du unsere Lehrerin kennenlernen?« Ich schüttelte den Kopf. Zu Hause zog sie ihre Schuhe an und machte mir die fünf verschiedenen Geräusche vor, doch ich hörte keinen Unterschied.

Jetzt, an der Bar in Atlantic City, steppte jemand in meinem Kopf – ich wußte nur nicht, wer und wann die Vorstellung vorüber wäre. Rebecca saß gleichgültig hinter einer Tasse Milchkaffee. Sie starrte mich schweigend an. Als ob wir beide nicht glauben konnten, daß wir hier saßen.

»Du bist nicht gerade die aufregendste Gesellschaft«, sagte ich.

»Nein«, sagte sie, »du auch nicht.«

Sie ließ sich vom Barhocker gleiten und sagte: »Ich kann nicht mehr.« Ich war mir nicht sicher, doch ich glaubte Tränen in ihren Augen zu sehen. Ob in ihrem Kopf auch gerade jemand steppte?

Ich wischte schwarze Feuchtigkeit von ihren Wangen. Es waren Tränen. Viele sogar, ein ganzer Sturzbach, der die Reste schwarzer Wimperntusche auf ihrer Haut verschmierte und auch noch Make-up in anderen Farben. Schließlich lief ihr eine ganze Schlammlawine die Wangen hinunter.

»Ich breche zusammen«, sagte sie.

»Nicht zusammenbrechen«, sagte ich, »das tue ich schon.«

Als ich aufhörte, im Nachtkauf zu arbeiten (man hatte mich entlassen), verlor ich meine zukünftige Frau aus den Augen. Sie mußte beruflich viel reisen. Bis ich sie eines Tages im Postamt wieder traf. Sie saß hinterm Schalter.

»Was tust du denn hier?« fragte ich. Ich erschrak dermaßen, daß ich einen Moment lang nicht mehr wußte, zu welchem Zweck ich das Postamt eigentlich betreten hatte.

Es war die Zeit der Einschreiben. Ich verschickte viele Briefe als Einschreiben, um meinen Worten eine gewisse Dringlichkeit zu verleihen. Was Dringlichkeit anging, traute ich meinen Worten nicht.

Später begegnete ich meiner zukünftigen Frau in einem Schuhgeschäft in meiner Gegend. »Das kann kein Zufall sein«, rief ich, ohne zu wissen, was es denn sonst hätte sein sollen.

Wir hatten im Postamt ein paar Worte gewechselt, doch dabei war es geblieben. Offenbar ist ein Nachtkauf doch ein intimerer Ort als ein Postamt.

Als ich ihr dann plötzlich im Schuhgeschäft wiederbegegnete, fragte ich: »Und wie geht die Therapie nun weiter?«

Sie war in Begleitung ihrer Mutter.

»Darüber muß ich erst nachdenken«, sagte sie. »Komm mal im Postamt vorbei. Jetzt geh ich für einen Monat in Urlaub, aber im Oktober bin ich wieder da.« Während sie auf Schuhe in ihrer Größe wartete, fragte sie mich: »Geht's dir immer noch nicht besser?«

Ihre Mutter starrte mich argwöhnisch an; das hätte ich an ihrer Stelle wahrscheinlich auch getan.

»Nicht richtig«, sagte ich. »Ich hab jedenfalls nichts gemerkt. Willst du jetzt bei mir einziehen?«

In Amerika sagte sie später einmal zu Josef Capano: »Manchmal ist er nicht ganz normal, völlig durchgeknallt, aber niemand merkt es.« Das war drei Jahre nach unserem ersten Treffen im Nachtkauf, und ob sie das nun ernst gemeint hatte oder nicht, habe ich nie erfahren.

Für Josef Capano war meine Frau eine Märchenprinzessin. Er sagte auch immer: »Wie geht's deiner Märchenprinzessin?« Doch nie, wenn andere Frauen dabei waren.

Rebecca hatte sich wieder gesetzt. Auf der Milch in ihrem Kaffee hatte sich ein Häutchen gebildet. Ich bestellte neuen. Peter fragte, ob wir mit allem zufrieden seien oder ob er noch etwas für uns tun könne. Ich sagte, daß alles in Ordnung sei, und als er sich diskret zurückgezogen hatte, legte ich meinen Arm um Rebecca und sagte: »So schlimm ist es nun auch wieder nicht.«

Aber vielleicht war es ja doch so schlimm, was

wußte ich, wie schlimm es war? Ich hatte keinen blassen Schimmer.

»Es ist die Müdigkeit«, sagte sie, »ich hab nicht so gut geschlafen.«

Plötzlich kam es mir so vor, als habe sich in all den Jahren, seit ich meine Frau kannte, so gut wie nichts geändert. Und zum Säufer hatte ich offenbar auch wenig Talent.

Rebecca schaute schlaftrunken vor sich hin. Plötzlich tat es mir leid, daß ich den Fotoapparat in der Limousine vergessen hatte. Frauen sind am schönsten, wenn sie gerade aus dem Bett kommen. Männer vielleicht auch.

Irgendwann Anfang dieses Winters hatte mein Freund David, der meine erste Geschichte – *Grüner Tee* – auf der Schreibmaschine seines Vaters für mich abgetippt hatte, bei einem ausgedehnten Lunch zu mir gesagt: »Dein Stern ist im Sinken begriffen, vielleicht mußt du das akzeptieren.«

Er hatte mir auch noch Geld für die Briefmarken geliehen, um die Geschichte an literarische Zeitschriften zu schicken.

»Im Sinken begriffen«, schrie ich, »wieso im Sinken begriffen? Im Sinken begriffen setzt voraus, daß man irgendwo auf einem Gipfel gewesen ist, aber ich bin noch nirgends angekommen, wie kann ich also im Sinken begriffen sein? Im Sinken begriffen von wo aus?«

»Schrei nicht so, Robert«, sagte er, »ich mache keine Feststellung, ich gebe nur zu bedenken, daß dein Stern vielleicht im Sinken begriffen ist, und wenn das so ist, dann solltest du das akzeptieren. Dann wärst du glücklicher.«

Ich schlug auf den Tisch. »Bist du denn glücklicher? Ich bin doch nicht bescheuert. *Dein* Stern war schon mit fünfzehn im Sinken begriffen, David.«

»Darf ich dich dezent darauf hinweisen«, sagte er so leise, daß ich mich zu ihm hinbeugen mußte, um ihn zu verstehen, »daß ich dir seinerzeit als einziger Geld geliehen habe, um deine Geschichte in die Welt zu schicken, daß ich sie auf der Schreibmaschine meines Vaters noch selbst abgetippt und dich dann auch noch ermutigt habe, über diesen verrückten Tennisspieler zu schreiben?«

»Der verrückte Tennisspieler war mein Vater, und keiner hat hier zu behaupten, daß er verrückt war, und du schon gar nicht, David.«

Als meine Frau an dem Abend nach Hause kam, sagte ich zu ihr: »Du kannst dir nicht vorstellen, was David zu mir gesagt hat: Er sagte, mein Stern sei im Sinken begriffen. Aber wie kann mein Stern am Sinken sein? Ich bin doch noch nirgends angekommen.«

»Du bist bei mir angekommen«, sagte meine Frau, die Märchenprinzessin, und legte einen Holzklotz in den Kamin, der damals schon nicht mehr richtig zog.

»Ja, schon, aber das meine ich nicht.«

Gut, sie hatten vor, meinen Sidney-Brochstein-Zyklus zu verramschen, doch das war nicht »im Sinken begriffen sein«, fand ich. »Im Sinken begriffen sein« war etwas viel Schlimmeres.

»Rebecca«, sagte ich, »sag mal ehrlich, warum hast du eigentlich das Stück Pappe für mich vor die Wohnungstür gelegt?«

Wieder hatte sich ein Häutchen auf ihrem Kaffee gebildet.

»Ich sollte ein Päckchen abgeben, und ich dachte, wir könnten uns einen netten Abend machen.«

»Warum dachtest du, wir könnten uns einen netten Abend machen?« Ich packte sie am Arm. Warum, wußte ich selbst nicht, aber plötzlich schien es mir eine unglaublich wichtige Frage zu sein.

»Ich hatte ein Buch von dir gelesen.«

»Welches Buch?«

»Platz 268 der Weltrangliste.«

Ich ließ ihren Arm los.

»Früher hast du immer behauptet, daß es dir nichts ausmachen würde, wenn sie dich verramschen«, hatte meine Frau gesagt. Wir warteten auf ein Taxi, das uns zu einem Restaurant fahren sollte.

Unser Leben führte von Restaurant zu Restaurant. Mit kurzen Zwischenstopps in Kinos, Bars, Cafés und unserer Wohnung, einem Hotel ohne Zimmerservice.

»Früher standen meine Bücher in den Top ten, und nicht für sechs oder zwölf, nein: für achtundsechzig Wochen.«

Endlich hatten wir ein Taxi.

»Du solltest dankbar sein, wenn David versucht, dir die Wahrheit zu sagen«, sagte meine Frau.

»Dafür bin ich ihm auch dankbar. Aber es ist nicht die Wahrheit. Mein Stern ist nicht im Sinken begriffen. Außerdem hab ich seinen Lunch bezahlt. Ich sag dir: Sein eigener Stern ist im Sinken begriffen.«

»Reg dich nicht auf«, sagte die Märchenprinzessin, »niemand entkommt dem Vergessen.«

»Das einzige, worum ich bitte, ist, ob das Vergessen nicht zehn Jahre warten kann, bis ich finanziell saniert bin, danach kann es getrost zuschlagen. Warum hat das Vergessen es so eilig?«

Im Restaurant sagte die Märchenprinzessin: »Vielleicht solltest du aufhören, über Sidney Brochstein zu schreiben.«

Ich bestellte noch einen Cocktail. Normalerweise trinke ich nie welche, doch plötzlich hatte ich schreckliche Lust darauf.

»Du bist«, sagte sie, »deinem Sidney Brochstein ein bißchen zu ähnlich geworden.«

Ich traute meinen Ohren nicht. »Wie kann ich Sidney Brochstein ähnlich werden? Er ist eine Romanfigur, die ich – wohlgemerkt: *ich* – mir selbst ausgedacht habe.«

Sie hatte überlegt. Wir saßen im selben Restaurant, wo ich heute abend mit Rebecca gegessen hatte, oder mußte ich mittlerweile schon »gestern abend« sagen?

»Sidney Brochstein ist jemand, der sich selber haßt; sich selbst zu hassen ist so einfach«, sagte die Märchenprinzessin.

»Wieso einfach?« rief ich und schlug mit der Faust auf den Tisch.

»Glück«, sagte die Märchenprinzessin, »heißt, für sich allein existieren zu können. Das kannst du überhaupt nicht. Du existierst nur für ein imaginäres Publikum. Wie deine Mutter.«

»Ich könnte hier vor allen Leuten über dich drüberkotzen, weißt du das, über dich und deine ganzen schnippischen Weisheiten.«

»Nur zu«, antwortete sie.

Danach sagten wir zwanzig Minuten lang nichts. Doch als die Rechnung kam, legte sie wieder los:

»Wenn du mich jetzt wieder benutzen willst, so wie du mich immer benutzt, dann muß diesmal mein Name aber ins Buch. Du quetschst mich aus, willst alles von mir wissen, und hinterher lese ich meine Antworten wortwörtlich in deinen Geschichten; *wortwörtlich*. Manchmal machst du dir nicht mal die Mühe, auch nur ein einziges Wort zu ändern.«

»Was soll das jetzt?« sagte ich und setzte, ohne hinzusehen, meine Unterschrift auf ein Stück Papier; offenbar hatte ich meine Kreditkarte schon abgegeben. »Soll ich hinten in meine Bücher vielleicht reinschreiben: ›Mit besonderem Dank an die Märchenprinzessin‹?«

»Weißt du, was mit dir los ist? Du bist ein verramschter Mensch, du bist schon als Ramsch zur Welt gekommen. Du hast es dir selber eingebrockt.«

»Aha«, sagte ich, »jetzt hast du's mir aber wieder mal richtig gegeben.«

Die Frau an der Rezeption des Bally's Park Place Resort bediente uns übertrieben freundlich. Als sei es nicht halb sechs Uhr morgens. Als sei kein verschmiertes Make-up in Rebeccas Gesicht zu sehen. Als trage auch mein Gesicht keinerlei Spuren von Verramschung.

»Ein Zimmer für eine Nacht?«

»Vielleicht auch zwei«, sagte ich, »wir wissen es noch nicht genau.«

Ich hatte Tony ein gutes Trinkgeld gegeben und ihn zurück nach New York geschickt.

Ich gab der Rezeptionistin eine andere Mastercard; diese hatte einen Dispokredit von viertausend Dollar, und ich hatte sie lange nicht mehr benutzt. Dann nahmen wir den Lift in den achtzehnten Stock. Das Zimmer bot Blick aufs Meer. Und auf den Boulevard. Es regnete immer noch.

Rebecca lief durchs Zimmer wie durch eine Wohnung, die zum Verkauf stand. Sie guckte in alle Schränke. »Es gibt keine Minibar«, sagte sie.

»Nein«, sagte ich, »in Kasinos nie. Sie wollen nicht, daß du auf dem Zimmer bleibst.«

Es gab zwei Betten. Ich setzte mich auf das am Fenster. Ein wenig blaues und grünes Licht der Neonreklame fiel ins Zimmer.

»Möchtest du noch etwas trinken? Soll ich den Zimmerservice rufen?«

»Ein Wasser«, sagte sie.

Wir mußten eine Viertelstunde auf eine Flasche Mineralwasser warten. Wir schwiegen. Ich blickte auf den verlassenen Boulevard hinunter. Nur ein Mann im Regenmantel war zu sehen; er lief dort herum, als sei es mitten im Sommer und er spaziere im schönsten Sonnenschein.

Nachdem Rebecca ihr Wasser ausgetrunken hatte, zog sie die Schuhe aus und sagte: »Ich stinke.«

»Macht nichts«, antwortete ich, »wir liegen weit genug auseinander.«

Als sie sich im Bad eingeschlossen hatte, um zu duschen, ging ich zurück nach unten.

»Wo kann ich hier telefonieren?« fragte ich die Rezeptionistin. Es war dieselbe, bei der wir eingecheckt hatten.

»Hinter Ihnen«, sagte sie, »aber es gibt auch Telefon auf den Zimmern.«

»Nein, danke«, sagte ich, »ich telefoniere lieber hier.«

Meine Mutter hatte sich im hohen Alter noch einen Hund zugelegt. Gegen die Einsamkeit. Sie stopfte ihn mit Vitaminen voll, denn ihrer Meinung nach hatte er im Tierheim bloß Dreck zu fressen bekommen.

Ich sagte zu ihr: »Es ist ein Hund, du mußt ihm Hundefutter geben, Mama.«

Doch sie gab ihm Gurkenscheiben. Scheiben, die sie sich zuvor aufs Gesicht gelegt hatte, denn von Gurkenscheiben blieb die Haut jung.

Eines Abends rief sie mich an.

»Der Hund und ich haben etwas gemeinsam«, sagte sie.

»Was denn?« fragte ich.

»Wir sind beide Überlebenskünstler«, sagte sie.

Daß der Hund ein Überlebenskünstler war, stimmte nicht ganz. Das Kaninchenfutter meiner Mutter hat er keine drei Monate überlebt.

Ich hatte den Hund nie gesehen, doch sie hatte mir Fotos von seinem Grab geschickt. Ich weiß, es ist ein seltsamer Gedanke, doch als ich dort vor dem öffentlichen Telefon in der Halle des Bally's stand, fragte ich mich plötzlich, wer von meinem Grab wohl Fotos machen würde.

Ich wartete, bis die Hotelrezeption in Wien mich mit dem Zimmer meiner Frau verbunden hatte. Es dauerte lang. Schon geschlagene vier Minuten hörte ich Walzermusik. Endlich kam meine Frau an den Apparat.

»Robert«, sagte sie, »Robert, bist du's? Ich versuch schon die ganze Zeit, dich zu Hause zu erreichen, aber du gehst nicht ran.«

»Nein, ich bin nicht zu Hause.«

»Wo bist du denn?«

»In Atlantic City.«

»Was machst du denn da schon wieder? Mitten in der Nacht?«

»Mich umsehen, Leute beobachten, das Übliche.«

»Hör mal«, sagte sie, »als ich hier mein Hotel bezahlen wollte, war meine Kreditkarte auf einmal blokkiert.«

Mir wurde schwindlig, eine plötzliche Schwäche, die in meinem Kopf begann und sich langsam durch meinen ganzen Körper nach unten ausbreitete.

»Blockiert? Welche hast du benutzt?«

»Die Mastercard.«

»Vielleicht ist der Dispo überschritten.«

»Wie kann der Dispo denn überschritten sein? Wir hatten abgemacht, daß nur ich die Mastercard benutze, und ich benutze sie nie. Es war schrecklich peinlich, ein Psychiater aus Rom mußte die Rechnung vorschießen, ich hatte sonst nichts dabei, nicht mal genug Bargeld. Wenn er nicht gewesen wäre, säße ich jetzt vielleicht im Gefängnis.«

»Ach nein, so schnell geht das nicht.«

»Wie kann eine Kreditkarte auf einmal blockiert sein? Was ist los? Das ist noch nie passiert. Es war peinlich, sechs andere Psychiater standen um mich herum, und ich konnte meine Hotelrechnung nicht bezahlen.«

»Ich dachte, daß die Kammer den Kongreß bezahlt.«

»Nicht die Extras.«

»War das so viel? Was hast du denn alles bestellt?«

»Es läppert sich, einmal im Hotel essen, Bar, Zimmerservice, Reinigung, eh du dich's versiehst, sind es ein paar hundert Dollar. Und mit wem bist du in Atlantic City?«

»Mit meinem französischen Freund.«

»Welchem französischen Freund?«

»Dem aus dem Bistro.«

»Ach – Gérard.«

»Ja, Gérard.«

»Und warum fahrt ihr mitten in der Nacht nach Atlantic City?«

»Er wollte es mal bei Nacht erleben.«

»Was wollte er bei Nacht erleben?«

»Das Leben in einem Kasino.« Ich räusperte mich. »Hast du noch eine andere Kreditkarte?«

»Nein, sagte ich doch. Hörst du mir überhaupt zu?«

»Ich hör dir sehr gut zu, ich bin nur müde, es ist hier mitten in der Nacht.«

»Dann darfst du nachts eben nicht ins Kasino gehen.«

»Ich mache Feldforschungen.«

»Und – kommst du ein bißchen voran mit deinen Feldforschungen?«

»Nur zäh. Wie machen wir das jetzt mit deinem Geld?«

»Ich hab noch meine Girokarte dabei. Ich kann versuchen, damit Geld am Automaten zu holen. Denkst du, daß noch ein bißchen was drauf ist?«

»Das ist dein Konto, da wird schon noch was drauf sein, ich geh da nicht ran.«

»Amüsierst du dich in Atlantic City?«

»Ja, alles in Ordnung.«

»Du klingst so angespannt.«

»Ich bin angespannt, vor Müdigkeit.«

»Müssen wir jetzt weniger Geld ausgeben?«

»Nein, absolut nicht nötig. Alles in Ordnung. Alles steht bestens. Wann fährst du nach Basel?«

Meine Frau hatte Freunde in Basel. Die wollte sie besuchen. Meine Frau hatte Freunde in der ganzen Welt.

»Heut nachmittag, ich fahr gleich zum Flughafen, ich kann mit dem Psychiater aus Rom mitfahren.«

»Oh, das ist nett. Gib mir mal eben die Nummer von deinem Hotel in Basel.«

Ich schrieb die Nummer auf eine alte Rechnung.

»Das mit dem Geld kommt in Ordnung«, sagte ich, »alles wird gut.«

»Und der Rest?«

»Auch.«

»Ja?«

»Du bist doch meine Prinzessin Märchen.«

»Bin ich das?«

»Natürlich bist du das. Aber ich muß jetzt Schluß machen, ich ruf dich in Basel an. Dicker Kuß.«

»Ja, dicker Kuß«, sagte meine Frau, »dicker Kuß.«

Die Frau an der Rezeption lachte, als ich vorbeiging. »Gute Nacht, Mister Mehlman«, sagte sie.

Im Fahrstuhl holte ein Mann Hände voll Jetons aus seinen Hosentaschen. »Das Glück existiert«, sagte er. Dann gingen meine Ohren zu.

Rebecca saß auf dem Bett, mit nassen Haaren. Sie hatte sich wieder angezogen, die Fernbedienung lag lose in ihrer Hand.

»Willst du weg?« fragte ich.

»Nein«, sagte Rebecca, »ich suche die Nachrichten.«

»Gibt's was Neues in der Welt?«

Ich ging zum Fenster. Es regnete immer noch.

»Du warst so lange weg«, sagte Rebecca, »ich dachte schon, du kämst nicht mehr wieder.«

Ich öffnete die Schachtel mit den Winter-Immunpillen und schluckte drei gleichzeitig.

»Grüß deine Mutter von mir«, sagte ich.

»Ich hab dir doch gesagt, daß ich sie fast nie sehe.«

Ich setzte mich in einen Sessel und zog meine Schuhe aus.

Eine Zeitlang hatte ich eine Affäre mit einer Frau gehabt, die in dem Café arbeitete, wo ich jeden Morgen frühstücke. Vielleicht konnte man es nicht direkt eine Affäre nennen. Wir hatten uns nicht viel zu sagen. Vielleicht kennzeichnet das aber gerade eine Affäre, daß man sich nicht viel zu sagen hat.

Ihre Eltern kamen aus Puerto Rico, sie hatte einen Sohn von neun und einen von anderthalb Jahren; und dicke Beine.

Wir trafen uns manchmal im Sheraton, wo auch meine Mutter immer logierte, wenn sie nach New York kam.

Am Anfang machte ich ihr kleine Geschenke, später begann ich, Geschenke für ihre Kinder mitzubringen. Der Ältere war ein schüchterner Junge mit herrlichen Augen. Dem Baby schenkte ich Lätzchen und bunte Rasseln.

In einer anderen, vollkommenen Welt hätten wir vielleicht Käsefondue zusammen gegessen, in dieser etwas weniger vollkommenen Welt jedoch vögelten wir zusammen. Sie hieß Evelyn. Ich nannte sie fast nie so. In meinem Kopf spukte sie namenlos herum.

Sie war nicht gerade, was man eine Schönheit nennt, aber ich habe selten jemanden getroffen, den ich so gut anfassen konnte wie sie. Ihre Berührungen hatten das, was ich mir von meinen Worten immer gewünscht hätte: Sie waren geladen. Man hatte das Gefühl, ihre Hände könnten jeden Moment explodieren, weil zuviel Verlangen in ihnen war.

Ich betrachtete sie gern, wenn sie sich wieder ankleidete, und ihre schwarzen Stiefel mochte ich auch leiden.

Sie kannte die Märchenprinzessin, denn sie machte ihr jeden Morgen den Cappuccino. Das erste, was sie mich immer fragte, war: »Wie geht's deiner Frau?«

Wahrscheinlich war ich nicht ihr einziger Geliebter. Ich fragte nie danach, doch hin und wieder ließ sie etwas über andere Männer fallen, wie aus Versehen. Es kann natürlich auch sein, daß sie das nur tat, um mich eifersüchtig zu machen.

Einmal sagte sie: »Wenn du bei mir in der Nähe wohnen würdest, könnte ich für dich kochen.«

Auch tratschten wir über die andern Gäste des Cafés.

Sie konnte sehr gut Leute nachmachen, so gut, daß mir vor Lachen oft die Tränen über die Wangen liefen.

Durch sie erfuhr ich auch, daß der Besitzer des Cafés, ein sehr dicker Mann, vier Jahre im Bau gesessen hatte. Als er aus dem Gefängnis kam, ging er ins beste Restaurant von New York und aß, bis er nicht mehr konnte. Für sechshundert Dollar.

Seit dem Tag, an dem sie mir das erzählt hatte, betrachtete ich den Besitzer mit anderen Augen. Ich sah ihn im besten Restaurant von New York sitzen, zwischen lauter gut angezogenen, ausgesprochen wohlhabenden Leuten, allein am Tisch und sich bis zum Rand vollstopfend, um seine Freiheit zu feiern.

Ich wollte nicht in ihre Welt und sie nicht in meine. Das wäre übrigens auch unmöglich gewesen. Unsere Welten lagen eine Dreiviertelstunde mit der U-Bahn auseinander, doch die Entfernung war unüberbrückbar.

Ob meine Geliebte mehr von mir wollte, weiß ich nicht genau. Vielleicht heimlich, manchmal, in einem unbeobachteten Moment. Vielleicht war sie zu klug, sich anmerken zu lassen, daß sie etwas wollte, von dem sie wußte, daß es nicht zu haben war. Und sie war keine achtzehn mehr, sie war nicht naiv und vor allem: Sie schien ihre Phantasie unter Kontrolle zu haben.

Wenn ich mit meiner Frau im Café war, schrieb Evelyn manchmal eine kleine Nachricht für mich auf die Rechnung, die sie hinterher diskret zerriß, wenn sie sah, daß ich es gelesen hatte. »Komm heut noch mal vorbei, ich muß dich sprechen, bin bis vier Uhr hier.« Solche Mitteilungen kamen immer öfter. Irgendwann schien sie mich jeden Tag sprechen zu müssen. Die perfekte Affäre ist eine Illusion. Angebot und Nachfrage stimmen selten überein, vielleicht auch nie. Du mußt taub und blind sein, um zu glauben, es sei anders. Daß dein Angebot genau mit der Nachfrage übereinstimmt.

Offenbar war ich eine Zeitlang taub und blind gewesen. Um nichts fühlen zu müssen. Zu Anfang hatte ich sie in die teuren Restaurants ausgeführt, die ich selbst besuchte, doch als ich merkte, wie unwohl sie sich dort fühlte, ging ich mit ihr lieber in billige Bistros, wo es dunkel war und die Brandnarben auf ihren Armen nicht so auffielen. Wie sie dahin gekommen waren, habe ich nie gefragt.

Irgendwann hörten wir ganz auf zu essen. Wir hatten keine Zeit mehr dazu, wir hatten nur noch Zeit zu vögeln.

Um ihre zunehmende Nachfrage befriedigen zu können, perfektionierte ich das Lügen. Ich erhob es zur Kunstform. Das Vögeln verschwand hinter dikken Vorhängen raffinierter Worte. Überzeugungskraft ist eine Frage der richtigen Wortwahl. Vielleicht beruht die ganze Ethik darauf. Meine Ethik jedenfalls reduzierte sich auf Wortwahl und Rhythmus, die Handlanger der Überzeugungskraft.

Meine Geschichten zum Zwecke des täglichen Vögelns mit Evelyn erreichten ein ungeahntes Niveau, und sie ließen, das muß ich zugeben, meine belletristischen Beiträge für Zeitungen, Literaturzeitschriften und Erzählbände weit hinter sich. Alle waren sie für die Märchenprinzessin bestimmt, und eine Geschichte war schöner als die andere.

Ich erlebte die tollsten Abenteuer, während ich in Wirklichkeit in einem Hotelzimmer vögelte. Witzige und rührende Geschichten waren es, mit denen ich meine Frau während des Abendessens amüsierte.

Manchmal dachte ich: Das ist so gut, das müßtest du eigentlich aufschreiben. Doch es kam nie dazu.

Lügen wurde eine Vollzeitbeschäftigung, selbst mein Essen wurde zur Lüge. Es ging schon lange nicht mehr um etwas so Banales wie ein Alibi – es war ein Mittel, die Welt, die meinen Gesetzen nicht gehorchen wollte, auf Distanz zu halten.

Zum Geburtstag schenkte ich meiner Frau ein Notizheft. Wenn sie einen schönen Satz hörte, konnte sie ihn für mich aufschreiben. So dienten die Geschichten, die ich meiner Frau erzählte, einem doppelten Zweck: Sie beruhigten sie und lieferten mir Material.

Die Affäre schlief ein, wie Kriege in den Medien einschlafen. Zuerst sind es dicke Überschriften auf der Titelseite, dann werden die Überschriften etwas weniger dick, dann kommt es auf Seite neun, dann nur noch unter »Vermischtes«, und auf einmal ist der Krieg ganz aus den Nachrichten verschwunden. Als ob er nicht mehr existierte, als habe es ihn nie gegeben.

So war es bei uns auch. Wir hatten nie darüber gesprochen, doch irgendwann gingen wir nicht mehr ins Sheraton und auch nicht mehr in die anderen Hotels, die wir sonst immer besucht hatten. Manchmal, wenn es ruhig im Café war, stellte ich mich noch neben sie hinter die Theke und half ihr beim Einpacken von Torten.

Was von unserer Affäre übrig war, waren Blicke, eine Hand, die einen Arm berührte, ein schön verpacktes Geschenk für ihren Sohn, das an einem warmen Samstag nachmittag über die Theke geschoben wurde. Scherze, die nur wir verstanden. Eine Hand durch mein Haar, ganz kurz nur, wenn niemand es bemerkte. Wenn ich sie morgens beim Hereinkommen ansah, bekam ich manchmal eine Erektion. Mein Gedächtnis befindet sich zum Teil in meinen Eiern.

Ich glaube kaum, daß meine Frau je etwas gemerkt hat. Sie hat mich jedenfalls nie direkt darauf angesprochen.

Sie mochte meine Geliebte gut leiden, als Kellnerin. Die Märchenprinzessin sagte: »Sie ist die beste, niemand macht so guten Cappuccino wie sie.« Beide gaben wir meiner Geliebten gute Trinkgelder.

Wenn wir uns zu dritt gegenüberstanden, fühlte ich mich nie unbehaglich. Vielleicht, weil die Rollenverteilung so klar war und jeder sich daran hielt. Meine Geliebte wußte genau, was sie sagen durfte, und nie hat sie diese Grenze überschritten.

Manchmal fragte sie: »Kommt deine Frau heute auch?« Wenn ich dann den Kopf schüttelte, nahm sie mich mit auf die Straße und begann zu erzählen. Immer öfter redete sie Spanisch mit mir, als ob es nichts ausmache, ob ich sie verstand oder nicht, als gehe es nur darum, diesen Augenblick zu teilen, ohne meine Frau, und einen Moment lang mehr zu sein als nur Kunde und Kellnerin.

Meine Geliebte hat mir ihre Gefühle nie gezeigt. Wenn sie welche hatte. Vielleicht muß ich es so sagen: Sie konnte es sich nicht leisten, ihre Gefühle zu zeigen, darum habe ich nie etwas darüber erfahren. Wahrscheinlich war mir das auch lieber so.

Manchmal spürte ich ein leises Bedauern, daß ich nicht ein wenig mehr zu ihrem Glück beitrug, doch wie das so ist mit Bedauern: Es bleibt nicht haften. Bedauern ist ein Sieb, durch das alles hindurchrauscht.

Ich zog jetzt auch mein Hemd und meine Hose aus und legte mich auf das Bett am Fenster. Rebecca suchte immer noch die Nachrichten. »Was hast du eigentlich gemacht«, fragte ich, »bevor du nach New York kamst?«

»Oh«, sagte sie, ohne ihren Blick vom Fernseher zu wenden, »ich hab geflirtet.«

»Mit wem?«

»Mit allen.«

»Wie hast du das gemacht?«

»Ich hab sie angelacht.«

»Und sonst?«

»Ich hab schelmisch geguckt.«

»Guckst du jetzt auch schelmisch?«

»Nein«, sagte sie, »jetzt gucke ich nicht schelmisch.«

Sie stellte den Fernseher aus und ging ins Bad. Als sie zurückkam, trug sie nur noch ein T-Shirt und einen Slip. Sie legte sich ins andere Bett.

»Schlaf gut«, sagte ich.

»Ja«, sagte sie.

In Europa war es jetzt ein Uhr mittags.

Ich tat, als würde ich schlafen, so lange, bis ich wirklich einschlief.

Ich wurde vom Telefon geweckt. Eine muntere Stimme fragte: »Bleiben Sie noch eine Nacht?«

Ich versuchte herauszufinden, wie spät es war. Am Fernseher befand sich eine Uhr. Es war halb eins am Mittag.

»Ja«, sagte ich, »wir bleiben noch eine Nacht«, und hängte auf.

Rebecca saß aufrecht im Bett und sah mich an. Sie mußte schon eine Weile wach sein.

»Gut geschlafen?« fragte ich.

Sie nickte. »Tut es dir leid?«

»Was?« fragte ich.

»Daß du hier mit mir in einem Zimmer bist.«

Ich sah aus dem Fenster. Der Regen hatte aufgehört, doch die Wolken hingen immer noch niedrig. Der Boulevard machte einen trübseligen Eindruck.

»Leid … leid tun? – Nein. Was denn?«

»Daß du mich jetzt vor dir hast.«

Kaum zehn Tage zuvor hatte einer der Patienten meiner Frau einen Stuhl nach einem Sozialarbeiter geworfen. Der Sozialarbeiter mußte ins Krankenhaus. Es gab einen Riesenaufstand in der Tagesklinik, denn sofort stürzten sich vier Sicherheitsbeamte auf den Patienten.

»Aggressionen von Patienten«, hatte meine Frau gesagt, »darf man nie persönlich nehmen, sonst geht man daran kaputt. Und man muß eine Menge Aggressionen aushalten. Einer der Patienten denkt, ich wäre der Teufel.«

»Das denke ich manchmal auch«, sagte ich. »Wenn ich du wäre, würde ich mich nur noch mit dem Helm zur Arbeit trauen.«

»Es war tatsächlich jemand, von dem ich es nicht erwartet hätte«, sagte meine Frau.

Jetzt, in diesem Zimmer des Bally's Park Place Resort, fühlte plötzlich auch ich eine unbändige Lust, mit Stühlen um mich zu werfen, Gemälde von den Wänden zu zerren und sie in Stücke zu reißen. In unserem Zimmer hingen zwei Bilder, das eine mit einer Landschaft, das andere mit einem Vogel darauf. Niemand durfte das persönlich nehmen. Das würde ich der Hotelleitung später auch sagen, daß sie es vor allem nicht persönlich nehmen sollten.

»Ich habe noch zwölf Dollar und vierundsechzig Cent«, sagte Rebecca. Sie saß immer noch aufrecht im Bett und schaute, als seien wir schon drei Jahre verlobt.

»Na«, sagte ich, »da kommst du doch noch eine ganze Weile mit hin.«

Ich wollte das Leben verlassen, das ich in den letzten fünf Jahren geführt hatte, so wie man einen Urlaubsort verläßt, an dem man schon zu oft gewesen ist, doch ich wußte nicht, wie.

Ich ging ins Badezimmer und pißte. Danach hängte ich das Bitte-nicht-stören-Schild an die Tür.

Ungefähr ein halbes Jahr zuvor hatte ich einen neuen Bücherschrank bekommen, ein wahres Ungetüm, das Hunderte von Dollar gekostet hatte. Die Bücherstapel an den Wänden waren so hoch geworden, daß sie immer wieder umfielen. Das konnte nicht so weitergehen, fand die Märchenprinzessin.

Rebecca stand vor dem Fenster in einem großen, weißen Schlüpfer. Ein besonders altmodisches Modell, wie mir schien, am Morgen war er mir nicht weiter aufgefallen. Sie rüttelte am Fenster.

»Es geht nicht auf«, sagte ich.

»Wieso nicht?«

»Weil sonst Leute rausspringen würden. Und springende Kunden mögen sie in Kasinos nicht besonders. Wenn dir warm ist, können wir die Klimaanlage anstellen.«

»Nein, nicht nötig. Weißt du, wer meine Heldin ist?«

»Nein, wer denn?«
»Mata Hari.«
»Mata Hari?«
Weil sie immer noch am Fenster rüttelte, wiederholte ich: »Die Hotels wollen nicht, daß man Selbstmord begeht.«
»Ich wollte wie Mata Hari sein, darum hab ich studiert.«
»Wie bitte?«
»Zuerst hab ich Pferde gestriegelt und Bücher über Mata Hari verschlungen, und dann hab ich Geschichte studiert, um noch mehr über Mata Hari zu erfahren.«
»Und dann?«
Ich setzte mich aufrecht hin und betrachtete die Frau, die eine Mata Hari unserer Zeit sein wollte.
»Aber meine Dozenten wußten nichts über sie. Wie Mata Hari habe ich viele edle Teile von Männern zu mir genommen, denn das hatte sie auch getan.«
»Edle Teile«, wiederholte ich mechanisch. Ich stellte mich vors Fenster, und mir wurde klar, daß es für Rebecca kein Zurück gab: Wenn man einmal angefangen hatte, Mata Hari zu sein, mußte man weitermachen.
»Mata Hari war ein Genie«, sagte Rebecca.
»Hast du viel Verwandtschaft?« fragte ich.
»Hier und da. Und du?«
»Meine Mutter«, sagte ich. »Der Hund meiner Mutter ist vor ein paar Monaten an Kaninchenfutter gestorben.«
»Wie traurig.« Sie setzte sich aufs Bett, genauso, wie sie am Morgen dagesessen hatte. Vor dem Fernseher.

Mein Leben war im Laufe der Zeit wie ein Dorf am Meer geworden, kein unangenehmes Dorf zwar, doch eins, in dem ich jeden Pflasterstein kannte und jede Düne unzählige Male bestiegen hatte. Natürlich hatte ich das Dorf selbst geschaffen, doch das machte den Wunsch, es zu verlassen, nicht kleiner.

»Warum willst du mit dem Schreiben aufhören?« hatte meine Frau mich gefragt.

»Schau«, hatte ich geantwortet, »jemand, der immer nur Schwachsinnige zur Welt bringt, Mongoloide, Mädchen mit zwei Köpfen, siamesische Zwillinge, der hört irgendwann doch auch auf, Kinder in die Welt zu setzen.«

»Findest du deine Bücher siamesische Zwillinge, Mädchen mit zwei Köpfen oder Mongoloide?«

»Das würde ich natürlich nie laut sagen, aber wenn du's ehrlich wissen willst: manchmal schon.«

»Hast du eine Geliebte?« fragte Rebecca.

Die Frage überraschte mich. Es sah Rebecca nicht ähnlich, das zu fragen. Dieses Wort jetzt auszusprechen.

»Platonisch«, sagte ich.

»Platonisch. Eine platonische Geliebte?«

Sie begann zu lachen, sie prustete los, Speichel lief ihr aus dem Mund. So hatte ich sie noch nicht erlebt.

»Wie alkoholfreies Bier?«

Rebecca stellte sich dicht vor mich. Ich roch ihren Atem, er roch wie der Atem von Leuten, die rauchen, trinken, schlafen und zwischendurch noch ein paar Zwiebelchips essen.

»Vielleicht sollte ich einen Sandwich-Laden aufmachen«, hatte ich meiner Frau vorgeschlagen.

Sie tippte sich an die Stirn. »Du in einem Sandwich-Laden, nach zwei Monaten hast du noch kein einziges Sandwich verkauft, und der Laden ist pleite.«

»Schau«, sagte ich, »ohne Sprache existiert überhaupt nichts. Alles ist Sprache, also kann ich genausogut einen Sandwich-Laden aufmachen. Sprache ist ein Gefängnis, auch das Gefängnis, in dem deine Patienten sitzen.«

Die Märchenprinzessin kniff mich in die Wange. »Nein, mein Schäfchen«, sagte sie, »das Gefängnis meiner Patienten ist ein ganz anderes Gefängnis als deins. Mach dir nichts vor.«

Rauchen, trinken, schlafen und Zwiebelchips, ja, so roch Rebeccas Atem. Nicht eklig. Menschlich eigentlich.

»Du bist vollkommen unzugänglich, weißt du das?« sagte Rebecca.

Ich trat einen Schritt zurück. »Ich – unzugänglich? Ich habe Telefon, ein Postfach, jeder, der was von mir will, kann mich jederzeit erreichen.«

Aber nur die Banken brauchen dich noch, schoß es mir durch den Kopf. Und gleich danach: Solange die Gläubiger dich noch brauchen, hast du einen Grund zu leben.

»Sie wird bald sterben«, sagte Rebecca. Sie suchte etwas unterm Bett.

»Wer?«

»Meine Mutter. Aber wenigstens hat sie jetzt jemanden, der für sie bügelt. Der kommt zweimal die Woche bei ihr vorbei.«

»Das ist schön. Was suchst du?«

»Streichhölzer«, sagte Rebecca und kroch unter dem Bett hervor.

Es klopfte an unsere Tür. Jemand rief: »Kann ich das Zimmer machen?«

»Geben Sie uns noch eine halbe Stunde«, rief ich zurück. »Es hängt ein Schild draußen, ›Bitte nicht stören!‹, das hängt doch nicht umsonst da.«

Dann ging Rebecca ins Bad. »Ich geh duschen«, sagte sie.

Ich nahm mein Notizbuch und schrieb: »Mata Hari. Mutter wird bald sterben.«

Damit konnte man arbeiten.

Rebecca sagte: »Ich brauch Mittel für meine Kontaktlinsen.«

Wir liefen über den Boulevard von Atlantic City, auf der Suche nach einem Frühstücks-Café. Zu guter Letzt kauften wir zwei Hot dogs, dem Verkäufer zufolge aus hundert Prozent Rindfleisch. Das mit den hundert Prozent wollte ich gern glauben, doch das mit dem Rindfleisch war unmöglich. Wir aßen sie im Gehen auf. Uns war kalt.

Bei den Autoskootern blieben wir stehen. Ein Mann rief uns hinterher, ob wir unser Glück im Bällewerfen versuchen wollten, doch das wollten wir nicht.

»Zahnbürsten braucht man immer«, sagte ich.

»Und Zahnpasta.«

»Nein«, sagte ich, »jetzt übertreibst du.«

Es war Viertel nach drei, bald sollte es wieder regnen. In Europa war es jetzt Viertel nach neun am Abend. Ich mußte in Basel anrufen.

An dem Tag, als die Bücherschränke gekommen waren, sagte ich zu meiner Frau: »Vielleicht sollten wir verschwinden.«

Wir saßen in einem Taxi. Die Sonne schien.

»Wie – verschwinden?«

»Vielleicht sollte ich aus deinem Leben verschwinden«, sagte ich. »Vielleicht stehe ich deinem Glück im Wege.«

»Was ist das für eine schlappe Lösung?«

»Du sagst doch selbst, daß es dir nicht gutgeht.«

»Das liegt an den Patienten, an der Arbeit, ein Therapeut hat Selbstmord begangen.«

»Siehst du«, sagte ich, »das ist der Anfang vom Ende. Daß die Patienten aus dem Fenster springen, daran haben wir uns ja allmählich gewöhnt, aber wenn die Therapeuten sich jetzt auch noch um die Ecke bringen, dann ist es ganz aus.«

»Ja, es ist schwierig, vor allem für die Patienten.«

»Das ist ja wie eine Epidemie, ich kann mich an kaum eine Mahlzeit in den letzten drei Monaten erinnern, bei der nicht gerade jemand gestorben war oder sterben wollte oder die falschen Tabletten geschluckt hatte.«

»Falsche Medikamente, das ist ein großes Problem. Heute erzählte mir ein Patient, er glaubte, seine Medikamente dienten nur dazu, ihn zu kontrollieren. Damit der Präsident ihn besser überwachen könnte.«

»Welcher Präsident?«

Ich zahlte, und wir stiegen aus.

»Der Präsident der Vereinigten Staaten; er dachte, daß der Geheimdienst seine Gedanken überwacht durch die Medikamente, die wir ihm verschreiben.«

»Vielleicht hat er recht. So verrückt ist das gar nicht.«

»Fängst du jetzt auch noch an!? Ich hör solche Geschichten den ganzen Tag. Wenn ich nach Hause komme, will ich nichts mehr davon hören.«

Meine Frau blieb stehen.

»Weißt du, was das Problem mit euch Männern ist?« fragte sie. »Daß ihr nicht vögeln könnt, wenn man euch nicht dauernd in den Himmel preist.«

Ein wenig Senf lief aus Rebeccas Mund. Mit meiner Papierserviette wischte ich ihr die Lippen ab.

»Du siehst besser aus ohne Make-up.«

»Danke«, sagte sie.

»Möchtest du hier irgendwas Jahrmarktsmäßiges unternehmen?«

Sie sah sich um.

»Autoskooter?«

Sie schüttelte den Kopf.

»Mit Bällen werfen?«

»Nein, danke.«

»Riesenrad?«

Sie schaute zum Riesenrad. Es war ein sehr kleines Riesenrad, ein Mini-Riesenrad, um genau zu sein, und auch noch ziemlich verrostet. Sie nickte. Mit dem Riesenrad konnte sie sich einverstanden erklären.

Der Kartenverkäufer riß auch selbst die Karten ab. Wir waren die einzigen Kunden. Als wir ganz oben waren und das Riesenrad stillstand, fragte sie: »Woran denkst du?«

»An fünfzigtausend Dollar«, sagte ich.

»Wieso fünfzigtausend?«

»Die muß ich nächste Woche an American Express bezahlen.«

»Wie hast du denn das geschafft, daß sie dir so viel geliehen haben?« Sie fand es offenbar eine besondere Leistung.

»Ganz einfach«, sagte ich, »wenn sie erst mal die Illusion haben, daß man kreditwürdig ist, sind sie kaum noch davon abzubringen, dann muß man sich schon sehr anstrengen, um ihnen diese Illusion wieder zu nehmen.«

Das Riesenrad setzte sich wieder in Bewegung, und Rebecca fragte: »Küßt du eigentlich jede?«

»Glück«, sagte meine Frau an dem Tag, als die Bücherschränke gekommen waren, »ist kein mildernder Umstand.«

»Du irrst dich«, antwortete ich, »Glück ist sehr wohl ein mildernder Umstand. Oder besser gesagt: Alle mildernden Umstände zusammen – das ist Glück. Wenn du anders darüber denkst, hast du unrealistische Vorstellungen von der Welt und dem Leben. Und was meinst du eigentlich, wenn du sagst, Männer müßten dauernd in den Himmel gepriesen werden, weil sie sonst nicht vögeln können?«

Sie blieb vor einem Antiquitätengeschäft stehen. »Daß du ein Haustier aus mir gemacht hast, meine ich. Weil ich nicht dauernd ehrfürchtig vor dir in den Staub sinke. Ein Haustier, lebend unter mildernden Umständen.«

»Wieso Haustier? Du hast deine Arbeit, in der du Bestätigung findest, die du immer tun wolltest, du hast eine für New Yorker Verhältnisse komfortable Wohnung, und du hast einen Kamin, einen gottverdammten Kamin. Du gehst jeden Tag ins Restaurant, du kannst dir Kleider kaufen, soviel du willst, du kannst verreisen, wann immer du möchtest –«

»Verdammt noch mal, Robert«, unterbrach sie mich. »Willst du mich denn nicht verstehen? Bist du wirklich so dämlich? Verstehst du so wenig von Menschen? Ich will dein Geld nicht, ich will Gefühle.«

Jetzt war ich an der Reihe stehenzubleiben.

»Gefühle willst du? Dann lies doch einen Arztroman, da hast du Gefühle.«

Sie packte mich am Arm. »Weißt du, was so ein Jammer ist, Robert?« sagte sie. »Daß Gott dir all den Verstand geschenkt hat. Du brauchst ihn nämlich überhaupt nicht, für dich ist dein Schwanz doch das Epizentrum der Welt.«

Mein Arm blutete.

»Du bist ja gewalttätig«, sagte ich, »und das bei einer Psychotherapeutin!«

»In deiner Nähe wird früher oder später jeder gewalttätig. Deine Worte provozieren Gewalt. Und weißt du, warum? Weil du dich von deinen Worten abgekoppelt hast, von dem, was du sagst. Die Leute denken, daß hinter deinem Gerede ein lebendiger Mensch steckt, aber das ist ein Irrtum, hinter deinen Worten ist nur ein schwarzes Loch. Und wenn einem das erst mal aufgegangen ist, dann wird man tatsächlich gewalttätig.«

Das Riesenrad hatte noch eine Runde gedreht. Wir standen wieder auf dem höchsten Punkt.

»Rebecca«, sagte ich, »glaubst du, daß wir ... daß dies hier mildernde Umstände sind?«

Wir betrachteten die Hotels am Horizont, die Kasinos, den Boulevard unter uns und die paar Leute, die auf ihm entlangliefen.

»Ich könnt mir was Mildernderes vorstellen«, sagte sie. Dann zog sie ihren rechten Schuh aus und warf ihn hinunter. Danach tat sie das gleiche mit ihrem linken.

»Sie waren voller Löcher«, sagte sie, »ich hätte sie schon viel früher wegschmeißen sollen.«

Das Riesenrad setzte sich langsam wieder in Bewegung. Ich starrte vor mich hin, und weil Gefühle mir unangenehm waren, suchte ich nach den richtigen Worten, die ich zu jemandem sagen könnte, der gerade seine Schuhe aus dem Riesenrad geworfen hatte.

Ich fand die Worte nicht, und dann küßten wir uns. Zuerst vorsichtig, dann immer weniger vorsichtig, als müßten wir die Enttäuschung von uns abküssen, ganz energisch, wie man Kloschüsseln saubermacht, die schon seit langer Zeit nicht mehr gereinigt worden sind. Der Dreck hat sich in das Porzellan regelrecht eingefressen.

Wir stiegen aus dem Riesenrad und liefen über den nassen Boulevard, Rebecca ohne Schuhe in Strumpfhosen.

»Geht es?« fragte ich.

»Ich bin's gewohnt«, sagte sie.

In einem Sportgeschäft, wo wir Schuhe anprobierten, sagte Rebecca: »Sie sind freundlich.«

»Wer?«

»Meine Eltern.«

»Ich dachte, du meinst die Verkäufer.«

»Ja, die sind auch freundlich.«

»Freundliche Eltern sind viel wert«, stellte ich fest. »Wie nett von deiner Mutter, daß sie mir Pillen schickt, obwohl sie selbst im Sterben liegt.«

»Sie hörte, daß ich dich treffen wollte. Da sagte sie: ›Als ich ihn letztes Mal im Fernsehen gesehen habe, sah er schrecklich aus, so bleich und ungesund, nimm das hier für ihn mit.‹ Sie kann auch sehr lieb sein, meine Mutter, aber sie selbst sieht auch ganz bleich und ungesund aus.«

In Europa war es jetzt Viertel nach elf. Bald würde meine Frau sich in ihrem Basler Hotel schlafen legen. Sie würde vielleicht noch etwas lesen oder versuchen, mich in New York anzurufen, um nachzusehen, ob ich schon zu Hause war. Vielleicht war sie auch mit ihren Basler Freunden ausgegangen, dann käme sie jetzt bald, leicht angesäuselt, ins Hotel zurück. Vielleicht würde sie vor dem Zubettgehen noch ein Bad nehmen, um sich zu entspannen.

Ein paar Tage nachdem ich meiner zukünftigen Frau und ihrer Mutter im Schuhgeschäft begegnet war, rief sie mich an. Es war das erste Mal, daß sie bei mir anrief.

»Das Nachtgeschäft ist nicht mehr das, was es mal war, seit du nicht mehr dort bist.«

Sie nannte nicht mal ihren Namen, doch das war auch nicht nötig. So oft wurde ich nicht angerufen.

»Nein? Ich weiß nicht. Ich bin nie mehr dort gewesen.«

»Ärger?«

»Das nicht, aber manchmal verschwinde ich eben für kurz, und manchmal verschwinde ich für immer.«

»Und was tust du jetzt?«

Ich zögerte. »So dies und das.«

»Und – hast du mit dies und das viel zu tun?«

»Nein«, sagte ich, »mit dies und das hat man nie viel zu tun.«

»Ich dachte, vielleicht könnten wir uns wieder mal sehen?«

»Um die Therapie fortzusetzen?«

»Ja, wenn du es so nennen willst.«

Wir verabredeten uns in einem Delikatessengeschäft. Wir wollten zusammen kochen. Kochen, dachte sie, würde mir guttun. Ich kochte nie, es war also nicht ausgeschlossen, daß es mir tatsächlich guttun würde.

Sie ließ mich warten. Seit geschlagenen zwanzig Minuten lief ich durch das Delikatessengeschäft, ich begann schon aufzufallen, doch ich dachte: Jetzt muß ich durchhalten, sonst verpassen wir uns. Ich tat so, als könne ich verschiedene Dinge nicht finden, und wenn es gar nicht anders ging, legte ich etwas in meinen Einkaufskorb. Wenn Verkäuferinnen mir beflissen zu Hilfe eilen wollten, sagte ich freundlich, das sei nicht nötig.

In einer Kneipe hatte ich einem Jugoslawen einen Pelzmantel abgekauft. Der Pelzmantel roch ein wenig nach totem Jugoslawen. Das machte mir nichts. Der Geruch nach totem Jugoslawen war ein Geruch, der vorzüglich zu mir paßte.

Endlich kam sie, meine zukünftige Frau. Sie sah sehr seltsam aus. Sie trug einen Regenmantel mit Blumen drauf. Einen sehr auffälligen Mantel. Damals mochte ich auffällige Kleidung nicht besonders.

»Was hast du alles gekauft?« fragte sie.

»Ich hab einfach was aus den Regalen genommen.«

Es war ein merkwürdiges Sammelsurium, das ich in meinem Einkaufskorb hatte, von Backpulver über Geburtstagskerzen bis zu Forelleneiern.

»Weißt du«, sagte sie, »ich glaube, wir sollten das mit dem Kochen heute besser lassen.«

»Oh«, sagte ich, »und wie geht das dann mit meiner Therapie weiter? Ich dachte, Kochen wäre Therapie.«

»Ja«, sagte sie, »Kochen und Einkaufen. Du mußt auch einkaufen lernen.«

»Ich kauf nicht oft ein.«

»Eben.«

Ich stand immer noch mit dem Backpulver, den Forelleneiern und den Geburtstagskerzen mitten im Laden.

»Stellen wir die Sachen zurück.«

Ich konnte mich absolut nicht mehr erinnern, wo ich die Waren überall herausgenommen hatte. Ich wollte alles in einer dunklen Ecke verstecken, doch sie bestand darauf, daß wir alles wieder ordentlich zurückstellten.

»Was für einen schönen Mantel du anhast«, sagte sie.

»Du auch.«

»Woher hast du ihn?«

»Von einem toten Jugoslawen.«

»Aus einem Laden?«

»Nein, aus einer Kneipe auf dem Zeedijk.«

»Kaufst du deine Kleidung in Kneipen?«

»Manchmal schon, momentan versuchen sie ja, einem die verrücktesten Sachen anzudrehen. Und ich sag nicht gern nein.«

Wir verließen den Delikatessenladen.

»Eigentlich ist es sehr gut, Kleidung von Toten zu tragen. Bloß weil die Leute auf dem Müll landen, heißt das doch noch lange nicht, daß ihre Kleidung automatisch auch da landen muß.«

Das fand sie auch. Sie war ganz meiner Meinung.

Ich sagte: »Wenn ich sterbe, langt mir ein Tierfriedhof, ich muß nicht unbedingt zwischen Leuten liegen, und ein Tierfriedhof ist bestimmt auch viel billiger.«

Dann suchten wir einen Tierfriedhof. Es war noch ziemlich schwierig, einen zu finden.

Ein Wächter wollte wissen, ob tote Tiere von uns auf dem Friedhof lägen.

»Ja«, sagte ich, »drei Stück.«

Dort auf dem Tierfriedhof, zwischen begrabenen Hunden, Katzen und Kaninchen, haben wir uns verlobt. Ich fragte meine zukünftige Frau: »Ist das jetzt auch Therapie oder nicht?« Eine endgültige Antwort auf die Frage war ihrer Meinung nach noch nicht möglich. Später würde es sich vielleicht zeigen.

»Und was reizt dich so an der Psychotherapie?« fragte ich, während wir die Gräber von Hunden und Katzen bewunderten.

Sie blieb stehen. Sie fummelte an ihrem Ohrring herum.

»Ich arbeite mit Gefühlen«, sagte sie. »Das reizt mich daran. Davor hab ich Wirtschaft studiert, aber da kriegte ich die Krise.«

»Gefühle? Witzig – ich hätte nie gedacht, daß man damit arbeiten kann.«

»Und was hat dich an dem Nachtgeschäft gereizt?«

Ich wischte etwas Schlamm von meinem Schuh. Was sollte ich antworten?

»Ich war dafür qualifiziert«, sagte ich nach einer langen Pause. »Und das Bewerbungsgespräch verlief sehr angenehm.«

»Was wollten sie denn alles von dir wissen?«

»Der Besitzer fragte, ob ich vorhatte, viel zu stehlen, das war eigentlich alles.«

Ich hörte mich selber reden, und ich hörte sie Fragen stellen, doch fühlte ich ein seltsames Unwohlsein in mir aufsteigen und das ebenso seltsame Verlangen, mich meiner zukünftigen Frau zu Füßen zu werfen, mitten dort auf dem Tierfriedhof.

»So«, sagte ich, als wir uns Richtung Ausgang bewegten, »jetzt mußt du aber bei mir einziehen, sonst kommt die Therapie durcheinander.«

Sie kam noch am selben Tag mit zwei Koffern und einem Korb. So wohnte ich zum ersten Mal seit der Zeit bei meinen Eltern wieder mit einem anderen Menschen zusammen.

Glück wurde Gegenwart, und Glück, das Gegenwart ist, wird beängstigendes Glück, Glück in der Vergangenheit oder Zukunft ist da schon viel erträglicher.

Ein Jahr später sagte sie zu mir: »Ich muß beruflich in die Vereinigten Staaten.« Da sagte ich: »In Ordnung, ich komm mit, da gibt es bestimmt auch Nachtgeschäfte.«

Rebecca nahm ein Paar Turnschuhe für fünfundzwanzig Dollar.

»Die alten waren doch nichts mehr«, sagte sie.

Die Verkäuferin schien nicht erstaunt, daß eine Frau den Laden ohne Schuhe in Strumpfhosen betreten hatte. Das schien öfter vorzukommen.

»Jetzt noch deine Kontaktlinsenmittel«, sagte ich, »dann sind wir wieder fein.«

Wir standen auf dem Boulevard. Es hatte wieder angefangen zu regnen. Ein lauwarmer Frühlingsregen.

In Europa war es gleich Mitternacht. Ich mußte ein Telefon finden. Langsam wurde es dringend.

Die Bikini-Bar hatte Happy Hour zwischen zehn und zwölf Uhr morgens. Wer die Happy Hour hier erleben wollte, mußte früh aufstehen oder spät ins Bett. Der Name Bikini erinnerte an eine Vergangenheit, die nicht mehr existierte. Es gab hier keine Bikinis, nur einen dicken Mann hinterm Tresen, der die Happy Hour vom Vortag gerade noch einmal überlebt zu haben schien.

Rebecca bestellte ein Glas Wein, ich wollte etwas Stärkeres, doch ich wußte nicht, was. Seit ein paar Monaten vergällte ein hartnäckiges Sodbrennen mir immer häufiger das Leben. Es gab Abende, an denen die Magensäure mir direkt in den Mund schoß. Ich dachte, ein roter Portwein würde mir helfen.

Seit dem Tag, an dem die Bücherschränke gekommen waren, hoffte ich, daß meine Frau mich verlassen würde. Daß ich eines Nachmittags nach Hause käme und eine Nachricht auf dem Anrufbeantworter fände:

»Hier die Märchenprinzessin. Ich komme nicht mehr nach Hause. Schick mir bitte meine Sachen.«

Doch die Märchenprinzessin hinterließ mir keine solche Nachricht auf dem Anrufbeantworter. Auch auf der Anrichte hinterließ sie mir nichts. Keinen Abschiedsbrief jedenfalls.

Jeden Nachmittag kam sie wieder von der Arbeit zurück. Ab und zu warfen wir mal was kaputt. Ich verbot ihr, im Wohnzimmer Kekse zu essen, weil ich mich bei ihrem Schmatzen nicht konzentrieren konnte; sie wollte nicht mehr mit mir in einem Bett schlafen, weil ihr von dem Gestank, den ich nachts verbreitete, schlecht würde. Doch keiner ging.

Ich glaube, wir versuchten beide die idealen Umstände zu schaffen, die dem anderen das Gehen erleichtern würden. Doch der andere ging nicht. Der andere blieb. Wir machten sogar Pläne für einen gemeinsamen Urlaub in Acapulco, während Vasen zu Bruch gingen und die psychologische Kriegsführung von Tag zu Tag raffinierter wurde.

Schornsteinfeger wurden angerufen und in der Wohnung zusammengetrommelt, während die Märchenprinzessin brüllte, daß ich ein Virus sei, den man ihr völlig gegen ihren Willen injiziert hatte.

»Ich packe meine Sachen!« schrie meine Frau in solchen Momenten. Und ich antwortete: »Ja, tu das – bitte: Pack deine Sachen!«

Dann zerrte sie ein paar Koffer aus dem Schrank, und ich fragte: »Soll ich dir packen helfen?«

Doch ihre Sachen blieben uneingepackt, und auch meine Sachen verschwanden in keinem Koffer.

Wir begannen Kleidung zu kaufen, als sei das die einzige Möglichkeit, uns vor dem nächsten Bombardement eine Atempause zu verschaffen. In unserer neu erworbenen Kleidung besuchten wir Nachtklubs, wo wir uns Gläser Wein ins Gesicht schütteten.

In einem Bistro trafen wir einmal einen befreundeten Psychiater. Bei der Vorspeise sagte ich: »Märchenprinzessin, könntest du bitte aufhören, in der Nase zu bohren? Deine Nase ist so schon nicht allzu schön, aber wenn du jetzt auch noch darin herumbohrst, sieht sie endgültig aus wie eine Kartoffel.«

»Du hast's nötig«, sagte sie, »deine Nase sieht doch aus wie eine genmanipulierte Salatgurke.«

Der befreundete Psychiater sagte: »Was seid ihr doch für ein tolles Pärchen, ihr geht so frisch miteinander um, als hättet ihr euch eben erst kennengelernt.«

Wir warfen mit Geld um uns, mit Kerzen und Büchern. Unser Kalter Krieg war ein romantischer Krieg. Doch niemand ging.

Unbemerkt war die Zeit gegenwärtigen Glücks Vergangenheit geworden, doch war nicht klar, wann genau das geschehen war. Ab und an trafen wir uns noch in der Zeit, die es eigentlich schon nicht mehr gab, doch so springlebendig waren unsere Erinnerungen, daß sie Gegenwart wurden, daß alles immer wieder zum ersten Mal zu geschehen schien.

»Machst du dir Sorgen?« fragte Rebecca.

»Weswegen?«

»Wegen American Express. Wegen der fünfzigtausend Dollar.«

»Sorgen – nein. Sorgen ist nicht das richtige Wort. Es ist mehr eine Unannehmlichkeit, die mir bevorsteht.«

»Bin ich auch eine Unannehmlichkeit?«

»Du? Nein, du bist keine Unannehmlichkeit.«

»Warum tust du dann so, als würde es dir nicht gefallen?«

»Was?«

Sie zuckte mit den Schultern und kramte in ihrer Handtasche auf der Suche nach Zigaretten. »Na was wohl? Mich zu küssen halt.«

»Ich tue immer so, als wäre ich nicht begeistert – selbst wenn ich nackt mit jemandem im Bett liege, tu ich noch so, als liege ich eigentlich gegen meinen Willen da. Für mich ist das normal, ich denke, das muß so sein.«

Sie schaute zum Barkeeper und sagte: »Olivenöl ist ein furchtbar ekliges Gleitmittel. Vor allem, wenn du zwischendurch einem noch einen blasen sollst. Hast du schon mal einen Schwanz geschmeckt, der in Olivenöl getaucht war?«

So einen Schwanz hatte ich in der Tat noch nie geschmeckt. Doch was nicht war, konnte noch kommen.

Vielleicht hätte ich in dem Moment sagen müssen, daß ich sie liebe, daß wir zusammenbleiben würden, wenn nicht für immer, dann doch für die kommenden vierundzwanzig Stunden – und waren vierundzwanzig Stunden nicht schon ein bißchen wie für immer? Doch das einzige, was ich sagen konnte, war, daß ich über sie schreiben wollte, daß American Express auf fünfzigtausend Dollar wartete, daß ich Worte für sie suchen wollte, wie sie über Olivenöl redete, und daß am Ende sogar Mord nur noch ein sprachliches Problem zu sein schien. Eine Frage der richtigen Worte und des richtigen Rhythmus, der richtigen Formulierung im richtigen Moment. Doch was sind die richtigen Worte?

Im hinteren Teil der Bikini-Bar befanden sich die Toilette und ein Telefon. Das Telefon roch nach Urin. In meiner Hosentasche fand ich die Nummer des Hotels in Basel. Ich roch den Urin noch stärker, als ich das Mädchen von der Telefongesellschaft an den Apparat bekam und sie um ein R-Gespräch mit Basel bat.

»Sind Sie bereit, ein R-Gespräch von Robert Mehlman anzunehmen?« hörte ich eine Stimme fragen. Meine Frau sagte: »Ja.«

Das Unglück begann mit den Bücherschränken. Oder besser gesagt: Als die roten Bücherschränke kamen, brach der Krieg erst richtig aus.

Meine Frau war in der Tagesklinik, als sie geliefert wurden, ich mußte sie selbst in Empfang nehmen. Sie hatte mir aufgeschrieben, worauf ich zu achten hatte. Den Notizzettel hatte sie an den Kühlschrank geheftet. Wenn alles in Ordnung war, durfte ich sie bezahlen.

Sie sollten zwischen zwölf und eins kommen, doch sie kamen erst um halb vier. Zwei Latinos, noch ganz neu in New York, wie mir schien. Sie brachten die Schränke hoch.

Meine Frau hatte sie entworfen; sie entwarf Bücherschränke in ihrer Freizeit, und Spiegel. Einen Beistelltisch hatte sie auch schon entworfen. Ich hatte noch gesagt: »Einer von uns ist doch schon kreativ, ist das nicht genug?« Doch offenbar war das nicht genug.

Beim Aufbauen der Bücherschränke entstand ein Blutbad. Sie waren gerade dabei, die Griffe an die Türen zu schrauben, als einer der Arbeiter sich in den Finger bohrte. Ich wußte nicht, wo die Pflaster lagen, denn ich bohre mir nie in die Finger. Ich durchsuchte das Badezimmer, alles fiel auf den Boden: Lippenstift, Zahnseide, Rasierklingen, Antifaltencreme, aber keine Pflaster. Im Wohnzimmer war ein unschuldiger Illegaler am Verbluten. Das fand ich zuviel des Guten. Für meinen Bücherschrank brauchte niemand zu sterben. Als ich die Pflaster endlich gefunden hatte, klebte überall Blut – an der Wand, auf dem Boden, auf den Bücherschränken, auf der Kleidung des Arbeiters, auf dem Sofa. Letzteres würde meine Frau ganz besonders freuen.

»Geht's?« fragte ich und reichte ihm die Pflaster.

Er fluchte auf spanisch. Es sah aus, als würde er den Finger jeden Moment verlieren. Ich wollte lieber nicht, daß das in meiner Wohnung passierte.

»Geht ruhig«, sagte ich, »den Rest mache ich allein.«

Ich bezahlte ihnen den vereinbarten Preis in bar. Ich hatte wählen können zwischen Preisnachlaß bei Barzahlung oder keinem Preisnachlaß bei Überweisung.

Der nicht verwundete Lieferant unterzeichnete die Quittung. »Betrag empfangen. Der Junior«, schrieb er.

Ich hoffte, daß sein Chef mir glauben würde. Sie sagten nicht einmal »Auf Wiedersehen«.

Als meine Frau nach Hause kam, fragte sie: »Was ist denn hier passiert?«

Eine Spur von Blut und Sägespänen bedeckte das Parkett. Hier und da lagen Werkzeuge, die die Arbeiter vergessen hatten. Und Türgriffe. Meine Frau hatte einen Bücherschrank mit Türen entworfen, damit die Bücher nicht einstaubten.

»Ein Blutbad«, sagte ich, »nur ein Blutbad, nichts, worüber du dich aufregen müßtest.«

Die Frau, die mit jedem flirtete, wartete an der Bar auf mich – ohne zu flirten. Der Besitzer der Bikini-Bar hielt offenbar nicht viel vom Flirten.

»Wo warst du?«

»Telefonieren«, sagte ich.

Sie fragte nicht weiter. Sie fragte nie weiter, am Anfang jedenfalls. So daß ich dachte, daß sie das auch später nie tun würde. Die Welt so hinnehmen, wie sie ist, ist ein wichtiger Bestandteil des Glücks – auf jeden Fall die Voraussetzung für mildernde Umstände.

So lief ich durch die Straßen von Atlantic City, mit einer Frau, die ich kaum vierundzwanzig Stunden zuvor im Museum of Natural History erst kennengelernt hatte und von der ich nicht viel mehr wußte, als daß sie riesige Hände hatte, eine Mutter, die bald sterben würde, und eine Freundin mit Schuppenflechte.

Dieses Nichtwissen war ein Vorteil; wenn ich alles gewußt hätte, alles, was ich hätte wissen können, wäre ich dort nicht mit ihr auf der Suche nach Kontaktlinsenkram herumgelaufen und sie nicht mit mir.

Vor einem Brillenladen blieben wir stehen.

»Es gab mal eine Zeit«, sagte Rebecca, »da dachte ich, ich wäre nur Körper.«

»Aber doch mit einem Kopf drauf?«

»Ja«, sagte sie, »das schon: mit einem Kopf drauf natürlich.«

Ich schlug vor, etwas Anständiges essen zu gehen. Doch Rebecca sagte, daß die Winter-Immunpillen ihr genügen würden. Ich kaufte Plastikteller dazu, um dem Ganzen einen festlichen Anstrich zu geben. Ich wollte sagen: »Ich bin hier, um über dich zu schreiben, Rebecca. Das ist die Wahrheit, ich bin hier, weil ich vermute, daß eine Geschichte in dir steckt, und wenn in dir eine Geschichte steckt, steckt auch Geld in dir, und wenn Geld in dir steckt, muß ich es herausholen. Zum Tausch kann ich dir meine Obsessionen und bedingungslose Aufmerksamkeit anbieten, vorübergehend natürlich, ich kann dir Kleider kaufen, und meine Gesellschaft kannst du auch haben, für eine Weile, ich kann Worte auf dich loslassen, die in der Vergangenheit ihre Effektivität bewiesen haben; wie Jäger ihre Hunde loslassen, so lasse ich meine Worte auf dich los. Doch was ich fühle, ist nichts, oder besser gesagt: Dort, wo ich etwas fühlen sollte, fühle ich nur, daß etwas fehlt. Natürlich werden wir einander fremd bleiben, doch ist das nicht die Voraussetzung für Verliebtheit, Rebecca, und dafür, was Leute mit so viel unterdrückter Leidenschaft ›Liebe‹ nennen? Daß man sich fremd bleibt, daß man sich eben nicht kennenlernt, daß der andere ein schwarzes Loch bleibt, von dem nur die Konturen sichtbar sind, ein schwarzes Loch, das mit Phantasien gefüllt werden muß? Ist das nicht das unausgesprochene Versprechen des Verliebtseins: ›Ich bin deine Phantasie, die Gestalt annimmt. Wer ich tatsächlich bin, wird ein Geheimnis bleiben.‹ Gesetzt den Fall, daß man überhaupt etwas tatsächlich sein kann.«

Das war, was ich ihr sagen wollte, und auch, daß sie nicht erstaunt zu sein brauchte, sich eines Samstagnachmittags in einem Secondhand-Buchlanden wiederzufinden. Vielleicht hatte sie dann ja ein Kind dabei, im Kinderwagen, und einen Mann. Sie durfte nicht vor sich erschrecken, sie durfte nicht böse sein, sie wußte doch, was sie tat, als sie mit mir mitging, sie kannte die Gründe für meine Aufmerksamkeit, sie wußte, was ich ihr anbot und was ich haben wollte, und sie war klug genug zu wissen, daß sie ihr Leben zum Schlußverkauf freigegeben hatte. Und sie hätte wissen können, daß ich der Schnäppchenjäger war, auf der Suche nach Leben im Ausverkauf. Der Schnäppchenjäger, auf den sie vielleicht heimlich gewartet hatte. Darum war sie zu mir gekommen, mit der Skulptur der Schuppenflechtlerin. Vielleicht hatte sie gehofft, daß ich über sie schreiben und sie als Königin der Nacht verewigen würde. Doch diese Geschichte interessierte mich nicht, außerdem war an ihr mehr Nacht als Königin.

Ich wollte sagen, daß meine stummen Versprechen Lüge waren, daß selbst meine Anwesenheit eine Lüge war, genau wie die ihre. Sie war genausowenig hier wie ich; jemand, der die Sehnsüchte des anderen widerspiegelt, bloß in der Hoffnung, gerettet zu werden, existiert selbst überhaupt nicht.

Wir hielten einander fest umarmt, als hätten wir Angst, sonst wegzulaufen, in einem unbeobachteten Augenblick, und nie mehr zurückzukommen.

Sie sagte: »Man denkt immer, man wäre die Ausnahme.«

»Wer denkt das?«

»Ich.«

»Das denkt jeder«, sagte ich, »darum heiraten Leute, darum machen sie Kinder, darum leben sie weiter, weil sie denken: ›Das gilt für alle, nur nicht für mich‹, weil sie denken, daß sie die Ausnahme sind.«

Meine Frau war wütend. Ganz abgesehen von all dem Blut auf Tapeten und Sofa – die Bücherschränke waren nicht richtig montiert.

»Wie kannst du so was annehmen?« fragte sie. »Hast du keine Augen im Kopf?«

»Ich dachte, sie wären in Ordnung, ich bin kein Experte.«

»Hier, schau dir das an, du Trottel«, rief sie, »schau, wie sie sie zusammengebaut haben.«

Ich sah nichts.

»Laß mich in Ruhe«, sagte ich, »ich hab andere Sorgen, als mich wegen Bücherschränken aufzuregen. Wenn sie nicht in Ordnung sind, stellen wir sie zum Sperrmüll und kaufen neue, was interessiert das mich. Ich will kein Gemecker.«

Sie fegte meine Papiere vom Tisch. Ich hatte enorm viele, und ich legte sie immer auf den Tisch, es war also eine ganze Menge, was da vom Tisch gefegt wurde.

»Hör auf«, sagte sie, »hör auf, immer zu denken, daß nur deine Scheißgeschichten wichtig sind. Hör auf, die Menschheit zu terrorisieren.«

»Ich terrorisiere niemanden. Ich werde terrorisiert – von dir. Wenn du nicht geboren wärst, wäre ich glücklich. Denk mal darüber nach. Ich hab für diese Bücherschränke bezahlt, das ist mein Beitrag, weiter will ich nichts damit zu tun haben.«

»Aber es sind deine Bücher, die da reinkommen, verdammt. Deine Bücher!«

»Weil du nicht willst, daß ich sie an der Wand stapele. Von mir aus können sie da ruhig gestapelt bleiben, sehr gern sogar. Aber du willst es hier ja gemütlich haben – ich hab kein Bedürfnis nach Gemütlichkeit. Mach's dir doch bei deinen Irren gemütlich.«

»Wenn du nicht sofort den Möbelschreiner anrufst und dich beschwerst, zieh ich hier aus«, sagte die Prinzessin.

»Ich rufe niemanden an, und sofort schon gar nicht.«

»Dann zieh ich aus«, sagte sie. »Dann kannst du deinen Schwanz in so viele Frauen stecken, wie du willst. Bei mir kommst du doch nicht mehr rein. Dann kannst du lauter Jasager um dich versammeln, das ist dir doch am liebsten, Leute, die dir in blinder Bewunderung zu Füßen liegen. Dir ist nicht mal klar, wie dankbar du mir eigentlich sein müßtest, daß ich dir ab und zu noch mal widerspreche. Sonst traut sich doch niemand mehr! Es kostet viel mehr Energie, jemandem zu widersprechen, als einfach ja und amen zu sagen. Aber das merkst du nicht einmal. So verblendet bist du schon.«

»Wo ich meinen Schwanz reinstecke, ist meine Sache, und wär's der Schornstein.«

»Ich ekle mich vor deinem Schwanz«, sagte die Märchenprinzessin. »Weiß der Himmel, wo du ihn schon alles reingesteckt hast. Vielleicht könntest du ihn in Zukunft etwas besser waschen, damit andere

Frauen nicht erst alte Pisse zu lecken brauchen, wenn sie dir einen blasen.«

»Findest du mein Sperma eklig?«

»Dein Sperma ist noch das wenigste. Ich rede von deinem Schwanz, der schmeckt nach alter Pisse und Thunfischsalat, der zu lang in der Sonne gestanden hat.«

»Vielen Dank.«

»Mir ist es ja egal, ich nehm ihn doch nicht mehr in den Mund, aber es tut mir leid für die anderen.«

»Ich find es ja rührend, daß du dich um andere Frauen sorgst, aber eigentlich ist nicht mein Schwanz das Thema, sondern die Bücherschränke, die du bestellt hast, hörst du: die du bestellt hast. Du hast sie bestellt, du wolltest neue Bücherschränke.«

»Für deine Bücher, deine verdammten Bücher, Meneer Mehlman.«

»Ich hab keine Zeit, mir den Kopf über Mängel an Bücherschränken zu zerbrechen, mehr noch: Es interessiert mich nicht! Ich muß ein neues Buch schreiben, sie warten auf ein neues Buch.«

Meine Frau begann zu lachen. »Ein neues Buch! Ein neues Buch! Wer wartet auf ein neues Buch? Sie verramschen gerade deinen Sidney-Brochstein-Zyklus. Ich hab von verschiedenen Leuten gehört, daß sie den Zyklus abartig fanden, na, du bist jedenfalls auch ganz schön abartig. Aber das sagt dir niemand, weil sie denken: Vielleicht brauchen wir den Mehlman noch mal, damit er einen Erzählband zusammenstellt oder in irgendeiner blödsinnigen Jury sitzt.«

»Wer sagt, daß der Sidney-Brochstein-Zyklus abartig ist, wer sagt das?«

»Was macht das, wer es sagt? Alle sagen es.«

»Ich will Namen und Adressen von allen Leuten, die behaupten, mein Sidney-Brochstein-Zyklus wäre abartig, Namen und Adressen, hörst du? Dann werd ich mal bei ihnen vorbeigehen und ihnen zeigen, was abartig ist. Haben die denn überhaupt kein Urteilsvermögen mehr?«

»Weißt du, was, Robert?« sagte die Märchenprinzessin. »Am besten, du ziehst wieder zu deiner Mutter. Das ist wirklich das beste. Ihr seid beide gleich gestört, da denke ich, daß ihr unter einem Dach zusammen ganz glücklich werdet. Aber außer mit deiner Mutter darfst du nie wieder mit jemandem zusammenziehen, hörst du? – Das ist kriminell.«

Ich begann, meine Papiere vom Boden aufzulesen. »Okay, ich ruf den Bücherschrankkönig an«, sagte ich. »Der Bücherschrankkönig«, so hieß die Firma, bei der wir die Bücherschränke bestellt hatten.

Der Besitzer wollte noch am selben Tag vorbeikommen, um den Schaden aufzunehmen. Trost kam anderthalb Stunden später in der Person von George, einem redseligen Griechen, dem Besitzer des Bücherschrankkönigs. Er nahm die Mängel auf. Die Spuren des Blutbads waren noch sichtbar. »Ja«, sagte er, »manche meiner Leute sind ein bißchen durcheinander. Dieser durfte eine Weile nicht arbeiten. Dann kam er wieder und sagte, daß der Doktor es ihm wieder erlaubt hätte, aber es geht ihm doch noch nicht wieder richtig gut.« Er versprach, alle Beanstandungen innerhalb von zwei Wochen zu beheben. Er wollte ein paar Leute vorbeischikken.

Rebecca konnte nicht schlafen. Um elf stand sie wieder auf und wollte nach unten. »Ich bin so unruhig«, sagte sie, »am liebsten würd ich mit dem Kopf gegen die Wand rennen.«

»Nein, Rebecca«, sagte ich, »laß das mal besser.«

Ich gab ihr ein paar Winter-Immunpillen.

»Und dein Vater«, fragte ich, »liegt der auch im Sterben?«

»Nein«, sagte sie, »der ist verrückt auf Pornos. Wenn ich bei ihm bin, finde ich an den unmöglichsten Stellen welche: im Wäschekorb, zwischen seinen Kontoauszügen, selbst auf dem Schreibtisch zwischen seinen Fachbüchern.«

»Im Wäschekorb, da läßt er sich ja richtig was einfallen.«

Sie zuckte mit den Schultern.

Ich legte ihr tröstend die Hand auf den Kopf. »Ältere Männer und ihre Hobbys, das hält den Tod auf Distanz.«

Wir zogen uns wieder an und gingen nach unten.

Ich fragte, ob es ihr was ausmachte, heute abend mal nicht oder vielleicht nur mit Vierteldollars am einarmigen Banditen zu spielen.

»Okay«, sagte sie, »spielen wir eben mit Vierteldollars.«

Am Sonntag, nachdem die Bücherschränke gekommen waren, hatten wir überraschend strahlendes Wetter. Meine Frau wollte spazierengehen.

Ich hatte den Morgen über gearbeitet. An einer Fernsehserie für Jugendliche. Ich hatte wegen des Geldes ja gesagt. Ich sagte oft ja wegen des Geldes. American Express klopfte auch da schon an die Tür, und VISA kratzte am Fenster, und ich dachte: Eine Fernsehserie für Jugendliche, warum eigentlich nicht?

Warum sie mich gefragt hatten, war mir ein Rätsel. Offenbar dachten sie, ich sei komisch. Wenn Leute erst mal ein bestimmtes Bild von einem haben, korrigieren sie es meist lieber nicht mehr. Darum bleibt man besser gleich der, für den die Leute einen halten, jedenfalls, wenn man sie nicht in Verwirrung stürzen will.

Ich hatte an dem Sonntag morgen eine Folge geschrieben und freute mich schon mal auf eine Auseinandersetzung mit der Auftraggeberin, denn es sollte nicht zu absurd werden, hatte sie gesagt. Und nicht einmal, nein: Dreimal hatte sie es gesagt. Früher oder später verraten die Leute sich durch ihre Sprache: wie wichtig sie gern wären, wie ehrgeizig sie sind.

Jemand hatte mal zu mir gesagt: »Reib den Leuten doch nicht immer unter die Nase, daß sie kein Talent haben, sie können's doch auch nicht ändern.« Doch ich rieb ihnen nicht unter die Nase, daß sie untalentiert waren; was ich ihnen unter die Nase rieb, war vielmehr, daß sie die Rolle, die sie spielen wollten, so schlecht einstudiert hatten.

Um halb eins sagte meine Frau: »Wollen wir spazierengehen?«

Wir nahmen ein Taxi und fuhren zu einem italienischen Restaurant in Soho. Denn vor dem Spazierengehen mußte erst noch gegessen werden. Das Restaurant hatte einen Garten. Für den Garten war es noch etwas zu kalt, doch wir saßen bei den offenen Terrassentüren. Ich hatte einen Kir Royal bestellt, meine Frau wollte nur ein Wasser.

Es begann, glaube ich, mit einer doppelten Verabredung. Sie hatte sich für den Mittwoch mit einem anderen Therapeuten in einem Jazzklub verabredet, und ich hatte gesagt, daß ich mitkommen wollte. Ich konnte mich nicht erinnern, daß ich das gesagt hatte, aber es gab so viel, woran ich mich nicht erinnern konnte.

Ich war am Mittwoch abend mit meiner Geliebten verabredet, zum ersten Mal seit Wochen. Nicht zum Vögeln. Sie hatte gesagt, es gebe etwas, worüber sie mit mir sprechen wolle. Ich hatte geantwortet, daß wir dann am Mittwoch abend eine Kleinigkeit essen gehen könnten. Aus Pietät. Nein, nicht aus Pietät. Ich will mich nicht besser machen, als ich bin. Ich sagte ja aus Neugier, aus Interesse, ich dachte: Vielleicht erzählt sie mir etwas, das ich gebrauchen kann. Vielleicht war ich sentimental. Andererseits: Was meines Nachbarn tiefe Not, war morgen mir vielleicht mein Brot.

Ich konnte also nicht in den Jazzklub kommen. Ich hatte mich mit Evelyn verabredet. Als Evelyn und ich aufhörten, uns in nahe gelegenen Hotels zu treffen, begannen die Unannehmlichkeiten. Zwei Leute, die etwas voneinander wissen, was sie nicht hätten erfahren dürfen, und die sich jetzt unter anderen Umständen wieder begegnen.

Leute, die nicht aus deinem Leben verschwinden, so wurde mir klar, sorgen für Unannehmlichkeiten. Das beste ist, sich aus dem Leben der Leute davonzumachen und dann im Leben anderer wieder aufzutauchen, für die alles noch neu, für die dein Glanz noch nicht verblichen ist, die noch die Kraft haben, in deinem Goldanstrich echtes Gold zu erkennen, in deiner rauhen Stimme den sonoren Ton eines Opernsängers zu hören und in deinen Geschenken, die jeden Tag mit der Post ankommen, Liebe zu sehen, die Fleisch geworden ist.

»Du warst einverstanden«, sagte meine Frau. »Ich hab noch gefragt, ob du es eine gute Idee findest, und du sagtest ja.«

»Ich hab nicht gut zugehört.«

»Du hörst nie gut zu, wenn ich etwas sage, du bist mit deinen Gedanken immer woanders, es geht alles an dir vorbei – so will ich nicht mehr behandelt werden! Hörst du?«

»Schrei nicht so, wir sind nicht zu Hause.«

»Warum machst du doppelte Verabredungen? Warum haben die anderen bei dir immer Vorrang?«

Ich nahm einen Schluck von meinem Kir. Ein Kellner fragte, ob wir schon gewählt hätten, und ich sagte: »Geben Sie uns noch ein paar Minuten.«

»Ich bin kein Hund, den du eben mal mitschleppen kannst, wenn du zufällig nichts anderes zu tun hast.«

»Ich schlepp dich nicht mit wie einen Hund – du läufst so hinter mir her. Wenn du in der Stadt bist und gerade nicht bei deinen Irren, bin ich keine Sekunde allein, keine Sekunde.«

»Alle sollen danach sabbern, deinen Schwanz in den Mund zu kriegen, die Männer eingeschlossen, aber ich scheiß drauf.«

»Okay«, sagte ich, »was wollen wir essen?«

»Weißt du, was so schade ist? Daß dein Ego größer ist als Rußland und China zusammen, vielleicht könntest du da mal was dran ändern? Und vielleicht könntest du auch mal aufhören zu denken, daß du dich immer und ständig mit anderen messen mußt.

Du brauchst nicht mit jedem zu kämpfen, du brauchst nicht jeden zu besiegen.«

Ich klappte die Speisekarte zu. »Die Welt kämpft gegen mich, nicht umgekehrt. Und was mein Ego angeht, wenn es dir zu groß ist, dann geh doch. Hau doch ab, und gib mir endlich auch die Chance, glücklich zu werden.«

Ich bekam ein Glas Mineralwasser ins Gesicht. Es prickelte mehr, als ich gedacht hatte. Ich hatte lange kein Mineralwasser mehr im Gesicht gehabt. Wein schon, auch Champagner und eiskalten Tee, aber kein Mineralwasser.

Ich bezahlte das Wasser und den Kir Royal, und wir verließen das Lokal. Auf der Straße war viel Betrieb. Leute spazierten im Sonnenschein, wir schlossen uns ihnen an, schweigend, bis wir an den Hudson River kamen. Dort setzten wir uns auf eine Bank und schauten nach New Jersey. Und auf die Passanten. Radfahrer, halbnackte Jugendliche auf Rollschuhen, Familien mit Kindern, alte Männer, schwitzend und rennend auf dem Weg zur vollkommenen Gesundheit, verliebte Paare, Frauen in Rollstühlen.

So ging der Sonntag langsam vorüber, doch wir hatten keinen Hunger.

»Was für ein herrlicher Tag«, sagte ich.

Und die Märchenprinzessin sagte: »Ja, was für ein herrlicher Tag.«

»So geht es nicht weiter«, sagte ich.

Und die Märchenprinzessin antwortete: »Nein, so geht es nicht weiter.«

Ich fuhr fort: »Was für ein herrlicher Tag, wie früh der Frühling in diesem Jahr beginnt.« Und ich dachte an die Fernsehserie für Jugendliche, die nicht zu absurd werden durfte. »Ein bißchen absurd ist sehr gut«, hatte die Auftraggeberin geschrieben, »aber nicht zuviel, es muß realistisch bleiben.« Diese Aussage hatte sie rot unterstrichen.

Ich wünschte mich in ein anderes Land, um nie mehr auf Briefe und Anrufe reagieren zu müssen. Sollten sie doch warten bis zum Sankt-Nimmerleins-Tag auf ihre Fernsehserie für Jugendliche, die nicht zu absurd werden durfte, und auch auf meinen neuen Roman sollten sie warten, bis sie schwarz werden, denn jetzt war es vorbei. Ich würde mich davonstehlen, um irgendwo anders wieder aufzutauchen, als Damenfrisör zum Beispiel.

»So geht es nicht weiter«, sagte die Märchenprinzessin, »das ist die Hölle.«

Wenn ich mich selbst porträtieren sollte, würde ich mich bis zur Unkenntlichkeit verstümmeln, alle würde ich verstümmeln, die ganze Welt, bis zur Unkenntlichkeit, mit Hammer und Schere würde ich zu Werke gehen, und viel würde auseinandergerissen werden von meinen bloßen Händen.

»Ach«, sagte ich, »diese Hölle ist aber immer noch ganz erträglich.«

Wir gingen nach Hause. Ich sagte: »Ich werd heut abend noch eine Folge für diese Fernsehserie schreiben, die nicht zu absurd werden darf, damit's schön glaubhaft bleibt.«

»Das ist wichtig für so eine Fernsehserie«, sagte die Märchenprinzessin, »der Wiedererkennungseffekt.«

»Alles steht und fällt mit dem Wiedererkennungseffekt«, bestätigte ich. »Sie müssen zu sehen bekommen, was sie schon lange wissen, aber so, als hörten sie es zum ersten Mal, dann sind alle zufrieden.«

Mein Mut war begrenzt. Mein Mut paßte in einen Luftpostbrief. Dort hatte ich ihn hineingetan und in den Briefkasten gesteckt.

»Ich hab gewonnen«, sagte Rebecca, »mindestens hundert Dollar.« Das Geräusch der klingenden Münzen im Automaten erinnerte mich an einen Totenmarsch.

»Herzlichen Glückwunsch«, sagte ich und umarmte sie. »Endlich braut sich das Glück über uns zusammen.«

An besagtem Mittwoch ging ich mit meiner Frau und dem Therapeuten also nicht in den Jazzklub. Ich sagte, ich hätte eine Verabredung mit einem ausländischen Verleger. In einem Hotel. Ausländische Verleger übernachten nun einmal in Hotels.

»Aus welchem Land kommt denn der Verleger?« wollte meine Frau wissen.

»Aus Frankreich«, sagte ich.

»Frankreich?«

Sie kniff die Augenbrauen zusammen. »Wirst du da überhaupt noch verlegt?«

»Aber natürlich.«

»Und sie haben dich dort noch nicht verramscht?«

»Nein, nicht daß ich wüßte.«

»Was ist bloß los mit diesen Franzosen?«

»Ich weiß es nicht.«

Ich klopfte etwas Staub und ein paar Schuppen von meinem dunkelblauen Jackett.

»Und jetzt geht dein Verleger mit dir essen?«

»Ja, er hat große Pläne mit mir.«

»Große Pläne?«

»Er sagt, ich wäre ein wichtiger Schriftsteller.«

Meine Frau begann zu lachen; sie öffnete das Fenster.

»Und wenn du fertig bist, kommst du noch in den Jazzklub?«

»Natürlich«, sagte ich, »wenn ich fertig bin, komm ich nach.«

Ich zog meine Schuhe an. Ich hatte sie sicherheitshalber geputzt. Man weiß nie.

»Du hast dich aber feingemacht«, sagte meine Frau.

»Du weißt doch«, sagte ich, »wie die Franzosen sind.«

»Na, ich hoffe, er hat dir was Nettes vorzuschlagen. Wie heißt er eigentlich?«

»Mastroianni.« Es war mir einfach so herausgerutscht.

»Mastroianni«, sagte meine Frau, »wie der Schauspieler – witzig.«

»Ja, wie der Schauspieler. Sie sind entfernt verwandt, glaube ich. Sein Vater ist Italiener, seine Mutter Französin, er ist in Paris aufgewachsen.«

»Hieß dein französischer Verleger nicht Nabokov?«

Natürlich hieß er Nabokov – wie konnte ich nur Mastroianni sagen, wenn ich Nabokov meinte?

»Nabokov ist der Direktor. Aber Mastroianni ist der Lektor, mit dem ich meistens zu tun habe. Er ist für ausländische Literatur zuständig.«

»Das ist ja putzig«, sagte meine Frau, »Nabokov und Mastroianni – bei ein und demselben Verlag.«

»Offenbar mögen sie dort berühmte Namen. Aber

jetzt muß ich wirklich los, sonst muß der arme Mann noch auf mich warten.«

Sie begleitete mich in den Flur. »Viel Spaß, mein kleiner Schatz«, sagte sie.

»Dir auch, Prinzessin«, sagte ich, »viel Spaß im Jazzklub. Ich komm, sobald ich fertig bin.«

»Nimm dir was mit, was Glück bringt«, sagte die Märchenprinzessin. Sie sah sich um. »Hier, nimm das.« Sie gab mir eine Haarnadel mit einem Schmetterling.

»Nur ein kleines Treffen mit einem französischen Verleger.«

»Man weiß nie«, sagte sie, »jetzt nimm sie schon mit!«

Ich warf meiner Frau einen kurzen Blick zu, dann steckte ich die Haarnadel in meine Brusttasche.

Das Programm des Abends hatte ich von Josef Capano arrangieren lassen. Ich organisierte nicht gern. Autos, Restaurants, Geschenke. Wir hatten nicht vor zu vögeln, aber sicherheitshalber hatte ich doch fünf Kondome mitgenommen. Man wußte nie, was die Leute von einem erwarteten. Capano schickte mir den geheimen Ablauf des Abends immer per Eilboten, in einem braunen Umschlag mit der Aufschrift »Printed Matter«. Kurz vor Ankunft des Briefs rief er zur Sicherheit immer noch einmal bei mir an. »Bist du zu Hause?« fragte er dann. »Es kommt eine geheime Nachricht.« Dann erhielt ich sie:

Hallo Robert,

die Göttin kommt um 5.15 Uhr ins Kitano. Ich warte vor der Tür in der Limousine auf sie. (Auto für acht Personen, siebzig Dollar die Stunde plus Trinkgeld.) Danach fahre ich sie ins Waldorf-Astoria, wo Du sie ab 5.20 Uhr an der Bar erwartest. Komm nicht zu spät, und denk daran, daß um die Zeit kaum Taxen zu bekommen sind.

Ich sage ihr, wo Du sitzt, ich gehe nicht mit rein. Also: Wenn Du zu spät kommst, ist sie am Arsch! Danach lasse ich mich nach Hause bringen und schicke den Wagen wieder ins Waldorf-Astoria. Wenn er wegen der Polizei o.ä. nicht vor der Tür warten darf, fährt er ab 6.30 h alle fünfzehn Minuten vor. Nimm Deine Armbanduhr mit!

Nun zum Dinner: The Terrace, 400 West 119th Street, Tel. 6669490, zwischen Amsterdam-Avenue und Morningside Drive. Reserviert ist für sieben Uhr. Wenn Du es verschieben möchtest, z.B. weil's im Waldorf-Astoria noch so nett ist, ruf sie von dort aus an.

Ich schätze, vom Hotel bis ins Terrace seid ihr ungefähr eine halbe Stunde unterwegs.

Bist Du mit dem Programm einverstanden?

Herzlicher Gruß,

Josef Capano.

PS: *Auswendig lernen und aufessen.*

Ich war Produzent von Wahnvorstellungen. Wer an mich rankommen wollte, mußte sich in den dafür maßgeschneiderten Wahn begeben. Die Getränke waren gratis, das Essen eins a und die Bettlaken aus ägyptischer Baumwolle.

»Rebecca«, sagte ich, »wenn niemand einen mehr an was hindert, das ist Einsamkeit, denkst du nicht?«

Sie schüttete die gewonnenen Vierteldollarstücke in große Plastikbecher.

»Wer hindert dich denn an was?«

»Niemand«, sagte ich, »gar niemand. Du hast sexy Augen, weißt du das?«

Ich dachte an Evelyn, denn die hatte das eines Morgens auf der Toilette zu mir gesagt, und ich hatte ihr nicht geglaubt. Nicht an jenem Morgen, und auch nicht an den Vormittagen, die darauf folgten. Und jetzt, wo ich selbst ihre Worte wiederholte, glaubte ich sie immer noch nicht.

»Evelyn«, sagte ich.

»Rebecca«, sagte sie, »Rebecca heiße ich.«

Meistens ging ich morgens um halb neun ins Café. Manchmal allein, manchmal zusammen mit meiner Frau, der Märchenprinzessin. Es gab auch Tage, an denen sie nicht mitkam; wenn sie frei hatte, schlief sie immer gern aus.

Es war einer der Vormittage, an denen sie nicht mitkam. Am Abend zuvor war es spät geworden. Wir hatten in einer Bar aus Gläsern in Herzchenform Wodka getrunken, zusammen mit einer Freundin der Märchenprinzessin, die ebenfalls in der Psychiatrie arbeitete, wenn auch in der geschlossenen Abteilung. Am nächsten Morgen ging ich allein ins Café, die Zeitung unterm Arm. Es schien, als habe der Alkohol mich doch noch untergekriegt. Ich setzte mich an meinen festen Platz. Evelyn brachte mir Kaffee und Orangensaft. Sonst war niemand zu sehen.

»Ein Croissant?« fragte sie.

»Nein«, sagte ich, »heute nicht.« Nach so einem Abend darf man sich keine fetten Croissants reinschieben, sonst kommt einem alles wieder hoch.

Ich las die Zeitung.

Evelyn ging auf die Toilette, kurz darauf kam sie wieder heraus. »Kannst du mir mal helfen?« fragte sie. »Ich muß die Glühbirne auswechseln, und es ist keine Leiter da. Wenn du mich festhältst, kann ich mich auf die Toilettenschüssel stellen.«

»Bist du nicht schwindelfrei?«

»Nicht richtig.«

Ich hätte ihr natürlich anbieten können, selbst die Glühbirne auszuwechseln, doch darauf kam ich nicht. Ich bin nicht groß im Glühbirnenauswechseln. Ich sagte: »Okay, ich halt dich fest.«

Sie stellte sich auf die Schüssel; mit dem linken Bein hielt ich die Tür auf, damit Licht hereinfiel, und mit beiden Händen hielt ich sie an den Waden fest. Sie wechselte die Birne. Es war ziemlich schwierig, denn die kaputte Glühbirne war sehr fest eingeschraubt. Irgendwann sah sie nach unten und sagte: »Du hast sexy Augen.«

Ich mußte lachen. Sie auch.

»Vielen Dank«, sagte ich, »das hat mir noch nie jemand gesagt.«

»Stimmt aber trotzdem«, sagte sie, reichte mir die kaputte Glühbirne und schraubte die neue ein.

Ich betrachtete mich im Spiegel, echt sexy fand ich mich nicht.

Plötzlich sagte Evelyn: »Quäl mich nicht so, ich

hab schon seit zwei Monaten keinen Mann mehr gehabt.« Sie kletterte von der Toilettenschüssel. Das Licht funktionierte wieder. Doch mit dem Fuß hielt ich immer noch die Tür auf.

»Aber du hast doch einen Mann?«

»Ach, wir machen nichts mehr miteinander, das letzte Mal war zu Valentinstag. Es dauerte zwei Minuten.«

»Oh«, sagte ich, »machst du's dir dann nicht selbst?« »Nein«, sagte sie, »davon wird's nur noch schlimmer. Es ist ja doch bloß so eine Hand, da unten.«

Vielleicht hätte ich die Tür in dem Moment ins Schloß fallen lassen sollen, doch ich blieb stehen und wartete, bis sie die Toilette wieder in Ordnung gebracht hatte; dann ging ich zurück an meinen Platz und las weiter die Zeitung.

Beim Zahlen sagte sie: »Seh ich dich heute noch mal?« »Vielleicht«, sagte ich, »vielleicht zum Lunch.« Am Tag, als Evelyn zu mir gesagt hatte, daß ich sexy Augen hätte, mußte sie eine Glühbirne in der Toilette auswechseln. Am Tag, als die hohle Nuß in mein Leben trat, hatte der Schornsteinfeger vergeblich versucht, meinen Schornstein zu fegen. Zwischen diesen beiden Tagen lag eine Vielzahl anderer Tage, Begegnungen und Rechnungen, doch dort im Bally's Casino, mit all den gewonnenen Vierteldollars in Plastikbechern, kam es mir plötzlich so vor, als ob die beiden Tage direkt miteinander zusammenhingen. Als ob aus der einen Begegnung automatisch die andere hervorging.

Ich war mit zwei Cappuccino für meine Frau nach Hause gegangen.

Die Arbeit wollte an dem Morgen nicht vorankommen, und ich schrieb auf einen Zettel: »Quäl mich nicht so, ich hab schon seit zwei Monaten keinen Mann mehr gehabt.«

Es dauerte ein paar Wochen, bis ich eines Morgens wieder allein mit Evelyn im Café war. »Was ißt du gern?« fragte ich.

»Etwas Einfaches«, sagte Evelyn. Sie zählte Wechselgeld ab.

»Was ißt du am liebsten?«

»Ich esse nur, wenn ich Zeit habe. Welche Küche magst du gern?«

»Französisch, italienisch, spanisch.«

»Eigentlich sollte ich es dir ja nicht sagen«, meinte sie plötzlich, »aber ich beobachte dich: wie du reinkommst, wie du Kaffee trinkst, wie du dein Päckchen Zucker aufreißt, wie du mit deiner Frau redest, wie du dir dein Jackett anziehst, alles. Ich sehe Dinge, die ich nicht sehen sollte.«

»Wie meinst du das?«

Doch in dem Moment kamen Kunden herein, und sie sagte: »Bis später.«

An jenem Vormittag schrieb ich eine Geschichte mit dem Titel: »Quäl mich nicht so, ich hab schon seit zwei Monaten keinen Mann mehr gehabt.« Die Zeitschrift, für die sie bestimmt war, berichtete mir später, daß ihnen die Geschichte gefallen hätte, aber daß sie den Titel zu lang fanden.

Von zwölf bis eins hatte die Prinzessin Mittagspause. Oft ging ich zu ihr in die Klinik, damit wir zusammen lunchen konnten. Schließlich war unser ganzes Leben eine einzige verlängerte Lunchpause. Bei schönem Wetter kauften wir ein Sandwich und aßen es im Freien auf. Wir beobachteten die Passanten und redeten über sie. Ich mochte es, Leute zu beobachten und mit der Märchenprinzessin über sie zu reden.

An dem Tag redeten wir nicht über die Passanten. Die Märchenprinzessin fragte: »Was hast du heute gemacht?«

»Gearbeitet«, sagte ich.

Wir aßen schweigend.

»Gehst du jetzt nach Hause?«

»Ja, noch ein bißchen arbeiten.«

Doch ich hatte vor, in einen Laden zu gehen und ein kleines Geschenk zu kaufen. Ein Schminktäschchen, eine kleine Vase, ein Kästchen aus Schilf zum Aufbewahren von Ohrringen. Kerzen, die man ausblasen konnte und die dann von selbst wieder angingen.

Ein Produzent von Wahnvorstellungen kennt keine Pausen. Eine Wahnvorstellung folgt auf die andere, um etwas zu fühlen, ohne wirklich fühlen zu müssen – gerade genug, doch nicht so viel, daß es weh tut. Eigentlich hätte ich Annoncen aufgeben müssen: »Wählen Sie 212-5739653, Robert Mehlman. Machen Sie aus Ihrem Leben einen einzigen Wahn! Maßgeschneidert, nur für Sie!!!«

Denn will das im Grunde nicht jeder? Träumen und denken, daß man jederzeit aufhören kann, daß man nur die Augen zu öffnen braucht, um alles zu sehen, wie es wirklich ist.

Wir tauschten die Münzen gegen Banknoten ein. Rebecca hatte hundertzwanzig Dollar gewonnen. Danach gingen wir auf den Boulevard zurück. Es hatte endlich aufgehört zu regnen, jetzt war es nur noch kalt. Wir setzten uns auf eine Bank. Alle Spirituosenhändler hatten schon geschlossen. Also tranken wir Wasser und Ice-Tea.

»Woran denkst du beim Schreiben?« fragte Rebecca plötzlich. Die Frage überraschte mich.

»Woran denkst du beim Flirten?« fragte ich. Dann stellte ich mich hinter sie und umfaßte sie mit beiden Armen.

»Bin ich deine erste Geliebte?« fragte sie.

Ich antwortete: »Ja.«

»Lügst du auch nicht?«

Ich schaute zu den Hotels, auf ihre Turnschuhe und die halbleere Flasche Wasser.

»Nein, ich kann überhaupt nicht lügen.«

»Und all die Geschichten, die du schreibst?«

»Die sind auch nicht gelogen«, sagte ich, »die sind alle wahr. Geschichten können auf viele verschiedene Arten wahr sein.«

Manche Leute sahen einen komisch an, wenn man behauptete, daß jeder menschliche Kontakt sich als eine Transaktion erklären ließ, bei der irgend etwas ge- und etwas anderes verkauft werden mußte. Doch wenn man die Gesetze der Ökonomie auf überhaupt etwas anwenden kann, dann auf Gefühle.

Die kleinen Geschenke für Evelyn kaufte ich bei einem Russen, der nach altem Pferd roch. Sein ganzer Laden roch danach. Draußen war Frühling und schien die Sonne, doch im Laden des Russen war Winter und roch es nach altem Pferd. Es war billiger Schnickschnack, sah aber hübsch aus. Ich packte alles schön ein. Dann ging ich ins Café. Zwischen drei und vier kam meine Frau von den Irren nach Hause. Der Zeitpunkt schwankte, manchmal blieben die Irren noch in der Klinik hängen, oder sie wollten nicht in den Bus einsteigen, oder einer wurde gewalttätig, und dann mußte meine Frau auf die Polizei warten, um den Patienten ins Krankenhaus zu bringen. Manchmal mußten für einen Irren gut und gern sechs Polizisten anrücken.

Im Café setzte ich mich auf meinen festen Platz und las eine Zeitschrift. Nach einer halben Stunde und einer halben Flasche Mineralwasser stand ich auf, ging zur Kasse und sagte: »Unter meinem Tisch steht eine Tüte, die ist für dich. Du kannst sie auch wegwerfen. Überleg's dir.«

Sie lächelte. Eine kleine Narbe fiel mir auf, rechts an ihrem Kinn. »Ich überleg's mir«, sagte sie. Dann schaute sie sich um, ob uns niemand beobachtete, und sagte: »Du bist mein erster Cappuccino.«

»Wie meinst du das?«

»Vormittags«, sagte sie. »Marvin kommt zuerst, aber der will immer nur normalen Kaffee, Gertrude trinkt Tee, und dann kommst du um halb neun. Du bist mein erster Cappuccino. Und was auch geschieht, du wirst immer mein erster Cappuccino bleiben.«

Ich rollte meine Zeitschrift langsam zusammen.

Das Papier klebte an meinen Händen. »Dein erster Cappuccino«, sagte ich, »das ist nett.«

»Schmeckt er dir eigentlich?«

»Dein Cappuccino? Nicht besonders.«

Sie begleitete mich zur Tür. »Weißt du, daß andere Kunden extra nach mir fragen, wenn sie ihren Cappuccino bestellen, damit ich ihn für sie zubereite?«

»Die anderen Kunden sind verrückt.«

»Gut, ich werde Sonya bitten, daß sie in Zukunft deinen Cappuccino macht.«

Sonya arbeitete auch im Café. Sie war eine Obdachlose aus Algerien, die behauptete, aus Paris zu stammen und dort Modezeichnerin gewesen zu sein. Der Besitzer nahm gern Obdachlose, denn die waren billig und hatten es nie eilig, nach Hause zu kommen.

»Vielleicht könnten wir mal nach Atlantic City fahren?« sagte ich zu Evelyn.

»Warum?«

»Um dir beizubringen, wie man Cappuccino macht.«

»In Ordnung«, sagte sie, »dann bring ich dir bei, wie man Salsa tanzt.«

Damals redete noch niemand vom Verramschen meines Sidney-Brochstein-Zyklus. Die Schulden auf meinen Kreditkarten waren noch keine Berge, sondern kleine, freundliche Hügel voll fruchtbarer Täler. Man hielt mich noch für jemanden. Manche jedenfalls. Doch ich selbst wußte es schon besser. Die Spreu stand kurz davor, vom Weizen getrennt zu werden. Ab und zu bekam ich Drohbriefe von Leuten, die so töricht gewesen waren, das geschriebene Wort persönlich zu nehmen. »Daß Ihre Bücher sich gut verkaufen«, schrieb mir mal einer, »läßt mich an der Intelligenz der Menschheit zweifeln.«

Ich schrieb zurück: »Daß erst die Verkaufszahlen meiner Bücher Sie an der Intelligenz der Menschheit zweifeln lassen, gibt mir Anlaß, an Ihrer Intelligenz zu zweifeln. Dennoch wünsche ich Ihnen alles Gute. Übrigens verkaufen sich meine Bücher schon lange nicht mehr gut. Sie sind nicht auf dem neuesten Stand.«

Kurz zuvor hatte ich einen Vertrag für ein Kochbuch unterschrieben. Der Vorschuß war ein ganzer Batzen gewesen. Im Vertrag war von einem »literarischen Kochbuch« die Rede, um die Sache weniger peinlich zu machen. Doch literarische Kochbücher sind eine Fiktion. Kochbücher sind Kochbücher. Nicht daß ich etwas vom Kochen verstanden hätte, doch das schien mir auch absolut unnötig.

Wochen später waren wir tatsächlich nach Atlantic City gefahren, Evelyn und ich.

»Vergiß das Spielen«, hatte sie im Auto gesagt, »konzentrieren wir uns auf die Liebe.«

»Wie du willst«, hatte ich geantwortet. Also konzentrierten wir uns auf die Liebe. Und es stimmt, Liebe erfordert viel mehr Konzentration als Spielen. Die Wahnvorstellungen ähneln sich, was sich ändert, sind die Objekte.

Ich wollte aus der Sprache eine Peitsche machen, um die Leute zu dressieren. Ein Dompteur, das war ich eigentlich, doch mein Zirkus kämpfte mit einer unfähigen Buchhaltung und einem Zelt, das der Wind davongeweht hatte.

Das Café schloß um elf Uhr abends. Um halb elf sagte ich zur Märchenprinzessin: »Ich geh noch einen trinken.«

Es war der Abend, nachdem ich die Kerzen gekauft hatte, die man ausblasen konnte und die dann von selbst wieder angingen, und das Kästchen für Ohrringe. Meine ersten Geschenke für Evelyn.

»Soll ich mitkommen?« fragte die Prinzessin.

»Nicht nötig«, sagte ich, »leg dich schön ins Bett, du mußt morgen wieder früh raus zu deinen Irren.«

»Ja«, sagte die Märchenprinzessin, »das ist wahr. Viel Spaß.«

Zweimal pro Woche schloß Evelyn das Café ab.

»Ich dachte schon, du kommst nicht mehr«, sagte sie.

Es waren noch ein paar Kunden da. Vier Touristen, die sich über riesige Portionen Apfelkuchen hermachten. Ich setzte mich auf meinen Platz neben dem Eingang zur Toilette. Die Touristen zahlten. Sie schaltete die großen Lichter aus, schloß die Tür und stellte die Stühle auf die Tische. Dann setzte sie sich neben mich und sagte: »So.«

Einem Artikel in der Zeitung zufolge schlug Nihilismus unausweichlich in Gewalt um. Wenn das stimmte, führte Pornographie zu Liebe.

Rebecca lag auf dem Bett und sah fern. Ich saß in der Unterhose auf einem Stuhl am Fenster, auf dem frühere Bewohner undefinierbare Flecken hinterlassen hatten, doch das störte mich nicht.

In Europa war meine Frau jetzt dabei aufzustehen. Sie würde duschen, ihren Koffer packen und sich dann langsam zum Rückflug bereit machen. Ich würde nicht zu Hause sein. Niemand würde zu Hause sein. Im Kühlschrank würde nur eine geräucherte Entenbrust liegen, die ich nicht aufgegessen und auch nicht weggeworfen hatte.

Ich war zu feige, mich vor die Märchenprinzessin hinzustellen und ihr zu sagen, daß, wer vor sich selbst fliehen wollte, zuallererst aus den Leben derer verschwinden mußte, die ihn am besten kannten. Die ihm am meisten bedeuteten. Ich würde einen Brief schicken, per Eilboten.

Ich ließ die Zeitung auf den Boden fallen.

»Kann Porno in Liebe umschlagen?« fragte ich Rebecca.

Ich bekam keine Antwort. Sie hatte Kopfhörer auf. Sie hörte mich nicht. Sie war guter Stimmung, weil sie etwas gewonnen und ich gesagt hatte, daß das Glück sich über ihr zusammenbraute und auch noch eine ganze Weile dort hängen bleiben würde.

Ich nahm das Briefpapier des Hotels und schrieb, so schön ich konnte:

Liebe Prinzessin Märchen,

hoffentlich hattest Du einen guten Flug und hat Dich der Kongreß über Träume nicht zu sehr angestrengt. Entschuldige, daß mit der Kreditkarte etwas schiefging, ich werde den Grund herausfinden und es in Ordnung bringen.

Gerade las ich in der Zeitung, daß Nihilismus zu Gewalt führt. Die Theorien werden immer merkwürdiger. Hast Du noch Theorien, oder schneiderst Du jedem Patienten seine Behandlung auf den Leib?

Manche Menschen – wie ich gemerkt habe, vor allem Frauen – denken, der Weg zur Liebe führe über den Sex. Wir glauben das schon lange nicht mehr, Du und ich –

zum Glück, wenn wir es je geglaubt haben. Welcher Weg dann allerdings überhaupt dorthin führt, ist mir schleierhaft.

Entschuldige, daß ich die Entenbrust nicht aufgegessen und auch nicht entsorgt habe. Ich war zu sehr mit einem neuen Buch beschäftigt. Arbeitstitel: ›Briefe an meinen Schornsteinfeger‹. Obwohl ›Briefe an den Wetterfritzen‹ auch eine gute Alternative wäre.

Der Weg, den ich genommen habe, führt an Deadlines entlang. Oder besser gesagt: Der Weg war ein Fluchtweg, und die Deadlines waren die Rettungsbuchten, der Halt in meinem Leben, die Antwort auf fast alle Fragen.

Was tue ich hier in Atlantic City? Ich habe eine Deadline, ich muß eine Geschichte schreiben. Eigentlich sind Deadlines die Antwort auf mein Leben. Andere Menschen haben Ideale, Familie, Kinder ... mein Gott, vielleicht sogar etwas, das das Wort »Zukunftsvision« verdient – ich habe Deadlines. Aber diese Deadlines beginnen mich zu langweilen.

Oh, der Bücherschrankkönig hat endlich angerufen. Die Extrabretter, die Du bestellt hast, werden nächste Woche geliefert. Wurde auch Zeit! Entschuldige, daß ich hin und her springe, aber es ist spät, und in meinem Kopf schwirrt es.

Ich komme vorläufig nicht mehr nach Hause. Es steht Dir frei, Dich aus meinem Leben davonzumachen. Ich habe nicht den Mut, aus Deinem zu verschwinden, darum komme ich vorläufig nicht nach Hause. Ich schreibe ein Kochbuch. Ich habe einen Vertrag unterzeichnet, vor einiger Zeit schon, für ein Kochbuch, ein literarisches Kochbuch – hast Du eine Ahnung, was das ist? Ich auch nicht, aber ich finde es schon noch heraus. Im

Mittleren Westen sollen Motelzimmer angeblich spottbillig sein. Der Vorschuß – ein ganzer Batzen! – hat ein paar Monate lang für die Miete gereicht. Das ist auch schon wieder zwei Jahre her. Offenbar gibt es einen Markt für literarische Kochbücher.

Geld ist unwichtig, was nicht verhindert, daß nur ein Bestseller uns vor dem finanziellen Ruin retten kann. Obdachlos werden spart auch viel Geld, aber damit haben wir noch keine Schulden abbezahlt.

Doch wo nimmt man so schnell einen Bestseller her? Die fallen ja nicht vom Himmel. Das wissen wir nur zu gut, nicht wahr? Ein reicher Patient von Dir, der uns in sein Testament aufnimmt, würde uns weiterhelfen, gesetzt den Fall, daß er dann auch schnell stirbt.

Ich bin hier mit einer Frau, aber wir haben noch nichts miteinander gemacht. Geküßt schon. Mit anderen Frauen habe ich alles mögliche gemacht. Vielleicht hast Du das schon lange vermutet, ich habe keine Ahnung, was Du vermutet hast und was nicht. Man muß ja nicht alles aussprechen.

Die Deadlines von anderen gingen mir auf die Nerven, oder schrieb ich das bereits? Also fing ich an, mir meine eigenen Deadlines zu setzen. Ich beklage mich nicht. Ich war bei vollem Verstand, als ich anfing, meine Worte auf die Probe zu stellen. Meine Worte waren verführerisch, und mein Geld war es auch, welches von beiden verführerischer war, müssen andere entscheiden.

Entschuldige, daß mein Schwanz nach alter Pisse schmeckte, ich werd ihn in Zukunft besser waschen.

Paß auf Dich auf. Ich ruf bald an oder schreibe.

Kuß,

Dein Robert, Autor literarischer Kochbücher.

PS: Findest Du es richtig, daß sie mich verramscht haben? Weißt Du, was Kunst ist und ob Nihilismus in Gewalt umschlagen kann? Pornographie, die in Liebe umschlägt, das ist Kunst. Jetzt gehe ich schlafen.

Doch der Brief, den ich schließlich verschickte, lautete folgendermaßen:

Liebe Prinzessin Märchen,

wie war Dein Flug? Wie war Basel? Wie der Kongreß?

Entschuldige den Ärger mit der Kreditkarte.

Wie Du siehst, bin ich immer noch in Atlantic City, ich mache Feldforschungen für ein neues Buch. Werde Dir später alles erklären.

Ich habe vergessen, die Entenbrust wegzuwerfen oder aufzuessen. Vielleicht ist sie noch gut. Ich weiß nicht, wie lange Entenbrüste sich halten.

Viele kleine und liebe Küsse,

Dein Robert, Kochbuchautor und professioneller Hedonist.

Ich zerriß den ersten Brief und deponierte die Schnipsel in einem Papierkorb in der Eingangshalle des Hotels. Mit dem zweiten Brief ging ich zur Rezeption. Dort saß dieselbe Frau wie am Morgen zuvor. Ich gab ihr den Brief und sagte: »Er muß per Eilboten weg.«

Sie lächelte höflich.

Wenn ich die Kraft hätte, mir eine Geschichte auszudenken, wenn ich die Kraft hätte, die Rezeptionistin zum Lachen zu bringen, würde alles gut werden.

»Geht in Ordnung, Mister Mehlman«, sagte sie.

»Mögen Sie Kochbücher?« fragte ich. »Kochen Sie viel?«

Sie antwortete nicht, sie starrte mich einfach nur an.

Rebecca war in ihrer Kleidung eingeschlafen; sie trug noch immer den Kopfhörer. Ich stellte den Fernseher aus und nahm ihr vorsichtig den Kopfhörer ab. Sie wurde nicht wach. Ich zog ihr auch die Schuhe aus. Den Rest ließ ich ihr an. Sicherheitshalber legte ich eine Decke über sie.

Ich ging an die Bar, wo wir gestern früh gesessen hatten und wo Rebecca ihren Kaffee mit Häutchen getrunken hatte. Niemand saß da. Der Barkeeper war derselbe.

»Peter«, sagte ich.

Er blickte überrascht auf.

»Du weißt noch, wie ich heiße?«

»Ich habe ein gutes Gedächtnis.«

Ich bestellte einen doppelten Espresso mit etwas geschäumter Milch.

In diesem Kasino war ich auch mit Evelyn gewesen, vor nicht allzu langer Zeit, und jetzt schlief in meinem Zimmer eine Frau, von der ich nichts wußte, nicht einmal die Adresse, und die selbst wahrscheinlich auch nicht genau wußte, was sie dort eigentlich tat. Vielleicht dachte sie, daß ich aus ihrem Leben etwas machen könnte. Ich war nicht verantwortlich für die Mißverständnisse, die die Leute sich selbst einbrockten – gut, ich setzte dem Mißverständnis nichts entgegen, doch war das das gleiche wie Verantwortung? Konnte ich etwas dafür, daß die anderen blind waren?

Kurz darauf fuhr ich mit meiner Frau für eine Woche nach Florida, denn dort hatten wir geheiratet. Sie mußte sich von ihren Irren erholen. Eine Kette von Selbstmordversuchen, teilweise geglückt, hatte sie vollkommen erschöpft.

Wir stiegen in einem teuren und angesagten Hotel ab. Meine Frau sah überall berühmte Leute. Nicht, daß sie so prominentenversessen wäre, aber es machte ihr schon Spaß, sie zu sehen. Und sie sah sie überall.

»Da ist wieder einer«, sagte sie. Ich schaute von meiner Zeitung auf. Ich bin nicht so gut im Erkennen von berühmten Leuten.

Das war nicht lange nach dem Morgen, an dem ich Evelyn geholfen hatte, die Glühbirne auf der Toilette zu wechseln. Der Morgen, an dem sie gesagt hatte, ich hätte sexy Augen.

Ich hatte Josef Capano beauftragt, an jedem Tag meiner Abwesenheit einen Koffer voll Rosen im Café abzugeben. Für Evelyn. Noch nie hatte ich jemandem Rosen in Koffern geschickt, ich fand es mal was anderes als bloß einen Strauß.

»Mein Name braucht nicht dabeizustehen«, hatte ich zu Capano gesagt. »Wenn sie klug ist, weiß sie auch so, von wem die Koffer mit den Rosen stammen.«

Die sechs Koffer und der Gedanke, daß sie bis zum Rand mit schönen, langstieligen Rosen gefüllt würden, versetzten mich in frohe Stimmung. Insgesamt ging es um rund dreihundertfünfzig Rosen, verpackt in Koffer. Wie würde sie darauf reagieren?

In Florida saß ich mit meiner Frau am Rand eines Swimmingpools. Ich hatte eine kleine Tasche aus

Kuhfell für sie gekauft; die Märchenprinzessin liebte Taschen.

Wir schliefen nicht ein einziges Mal miteinander, wir waren zu sehr mit anderen Dingen beschäftigt. Wir stritten. Streit war unsere tägliche Dosis Beruhigungsmittel; solange wir uns stritten, hatten wir nichts zu befürchten. Diese negative Form der Liebe, die umgekehrte Liebe, war unsere Intimität. Daneben hörten wir viel Musik von Abba, und nachmittags schliefen wir, während draußen am Strand junge Leute, nicht viel jünger als wir, manchmal sogar älter, sich mit den verschiedensten Ballspielen amüsierten. Wir liehen uns Fahrräder, analysierten die Welt und unser eigenes Seelenleben. Analysen, die alle nicht viel Hoffnung ließen. Wir kamen zu dem Schluß, daß Analysen selten hoffnungsvoll waren.

Einmal beim Abendessen sagte die Märchenprinzessin: »Weißt du noch, wie du damals in dem Nachtgeschäft gearbeitet hast?«

»Der Tierfriedhof«, sagte ich.

Doch gemeinsame Erinnerungen waren ein zu prekäres Thema. »Gemeinsam« konnte man sie auch nicht wirklich nennen. Jeder erinnerte sich an etwas anderes, und die Unterschiede waren dann wieder Anlaß zu Streit.

Capano rief ich an, wenn meine Frau gerade auf der Toilette war oder mit einem Buch in der Badewanne lag.

»Sind die Rosen gut angekommen?« fragte ich.

»Jeden Tag ein Koffer«, sagte er, »alles läuft wie geschmiert.«

»Und – hat sie noch was gesagt?«

»Sie ruft fast jede Stunde an und fragt, wo sie dich

erreichen kann«, sagte Capano. »Ich werd noch verrückt.«

An zwei Nachmittagen, während meine Frau am Swimmingpool saß, schloß ich mich im Zimmer ein, die Vorhänge der Hitze wegen geschlossen, und schrieb meine Geschichten, denn die Deadlines gaben auch hier keinen Moment Ruhe. Die Deadlines, die mir in meinem Leben einen gewissen Halt gaben und mir vorgaukelten, daß alles einen Sinn hatte.

Am letzten Tag in Florida sagte meine Frau: »Du hast unser Glück systematisch kleingemacht.«

Das Wort »systematisch« hallte in mir wider. Es erinnerte mich an meinen Vater. Der hatte immer gesagt: »Man muß alles systematisch tun.«

»Systematisch«, sagte ich, »was soll man mit Glück denn anderes tun, als es systematisch kleinzumachen? Das ist doch die einzig logische Antwort auf Glück.«

Wir beschlossen, für unsere letzten paar Stunden in Florida noch einmal Fahrräder auszuleihen. Dann flogen wir nach New York zurück, wo es fast genauso heiß war wie in Florida.

»Ich hoffe, daß deine Patienten sich in Sachen Selbstmord jetzt ein bißchen zurückhalten«, sagte ich im Taxi nach Hause.

Am nächsten Tag gingen wir wie immer zusammen ins Café.

»Was ist denn hier passiert?« fragte die Märchenprinzessin.

Das Café sah aus wie ein Blumengeschäft. Überall standen Rosen. Auf den Tischen, auf der Theke, auf dem Kühlschrank, sogar auf der Espressomaschine.

»Es wird jemand Geburtstag gehabt haben«, sagte ich und vertiefte mich in meine Zeitung.

Die Märchenprinzessin bestellte zwei Cappuccino bei Evelyn und nahm dann das Taxi. Fünf Minuten später stand Evelyn neben mir.

»Danke für die Geschenke«, sagte sie. Sie trug die Haare offen an jenem Morgen. Normalerweise hatte sie sie hochgesteckt. Der Hygiene wegen. Für die Kunden.

»Gern geschehen«, sagte ich.

»Ist mein Cappuccino immer noch so schrecklich?«

»Noch schrecklicher«, sagte ich, »dein Cappuccino ist noch nie so schrecklich gewesen wie heute.«

Jetzt war es halb vier Uhr nachts, und ich saß an der Bar des Bally's. Ich trank einen doppelten Espresso mit schlampig geschäumter Milch, einige Stockwerke über mir schlief Rebecca. Meine Frau war unterwegs zum Flughafen nach Zürich, und wo Evelyn war, wußte niemand.

Peter stellte sich zu mir. »Noch einen?« fragte er. »Wie heißt du übrigens?«

»Robert«, sagte ich. »Ich nehm noch einen Espresso, und könntest du die Milch diesmal ein bißchen besser aufschäumen?«

»Ich werd's versuchen.«

»Einfach ein bißchen länger schäumen lassen. Sonst ist doch niemand da, laß dir ruhig Zeit.«

Er kam mit einem Espresso und ordentlich aufgeschäumter Milch zurück, fragte: »Arbeitest du mit Computern?«

Ich sah ihn an. Seine Haut war leicht gebräunt. Ich fragte mich, ob man ihn einen gutaussehenden Mann nennen konnte und wo seine Vorfahren wohl herkämen.

»Computer? Nein, ich schreibe Kochbücher.«

Ich rührte braunen Zucker in meinen Kaffee. Meiner Mutter zufolge lebte man länger, wenn man braunen Zucker benutzte.

Peter schien sich über meine Antwort nicht zu wundern.

»Kochbücher«, sagte er. »Schön!«

»Ich kann meine Miete davon bezahlen. Jedenfalls konnte ich das. Bei Kochbüchern weiß man nie, wie lange es gutgeht.«

»Die Miete – tja«, sagte Peter, »ich hab eine Weile in einem Caravan gewohnt. Aber das ist auch keine Lösung. Bist du hier auf Urlaub?«

Ich wollte schon ja sagen, doch dann dachte ich daran, daß mein Leben ein Dorf am Meer geworden war, wo ich jeden Pflasterstein kannte.

»Urlaub, na ja, nicht richtig«, sagte ich. »Ich bin dabei, meine Frau zu verlassen.«

»Dabei?«

»Ja, ich bin sehr damit beschäftigt.«

»Und weiß sie, daß du damit beschäftigt bist?«

»Noch nicht. Sie sitzt gerade im Flugzeug.«

Peter schenkte mir noch etwas geschäumte Milch ein. Es war hoffnungslos. Das Prinzip der geschäumten Milch war ihm einfach nicht beizubringen.

»Das nennt man einen Macchiato«, sagte ich.

»Ich hab auch schon mal über Selbstmord nachgedacht«, sagte Peter.

Herrgott, mußte mir das wieder passieren!

»Ich habe nicht gesagt, daß ich über Selbstmord nachdenke, ich sagte, ich bin dabei, meine Frau zu verlassen. Das ist etwas ganz anderes.«

»Ich sag ja auch nur, daß ich mal darüber nachgedacht habe«, antwortete Peter.

Ich sah ihn an. »Man sagt«, entgegnete ich, »Selbstmord ist eine endgültige Lösung für vorübergehende Probleme. Das ist nichts für mich. Ich mag keine endgültigen Lösungen.«

»Und wenn deine Probleme nun aber nicht vorübergehend wären?«

Das hier war kein Barmann, eher ein Fall für die Märchenprinzessin. »Hör mal«, sagte ich, »ich kenn mich da nicht aus – meine Frau schon, die versteht was davon.«

»Wovon?«

»Von Selbstmord.«

»Und du bist dabei, sie zu verlassen.«

»Ja.«

»Weil sie sich mit Selbstmord auskennt?«

»Vielleicht, ja.«

»Ich könnte auch nicht mit einer Frau zusammenleben, die sich mit Selbstmord auskennt. Noch einen Espresso?«

»Nein, danke, ich fang schon an zu zittern.«

»Cola?«

»Nein, wirklich nichts.«

Er beugte sich zu mir. »Jeder muß irgendwann mal durch so eine Phase«, flüsterte er.

»Wie meinst du das?«

»Wie ich es sage. Jeder muß irgendwann mal so eine Phase durchmachen. Ich hab eine Weile auf der Straße gelebt, da mußte ich eben durch.«

»Willst du etwa behaupten, ich soll auf der Straße leben?«

»Ich behaupte gar nichts. Ich seh dich nur hier sitzen und spüre, daß es dir nicht gutgeht, so was spürt man, wenn man bestimmte Phasen durchgemacht hat.«

»Das einzige, was ich sage, ist, daß ich meine Frau verlassen will, und du fängst von Selbstmord an. Keine Ahnung, warum. Weil du nichts von geschäumter Milch verstehst, darum wahrscheinlich.«

Ich redete zuviel. Normalerweise redetete ich nie so viel mit Fremden. Das lag an der Müdigkeit, der schlecht geschäumten Milch, dem Espresso und dem Gedanken, daß ich mich schon bald schachmatt setzen würde. Auf dem Spielbrett war eine Situation entstanden, in der ich nicht mehr gewinnen konnte.

Peter nahm ein Tuch und wischte den Tresen. »Wie meinst du das mit der geschäumten Milch?«

»Ich sage, daß du nichts von geschäumter Milch verstehst. Das ist die Phase, durch die du jetzt durch mußt. Die Geschäumte-Milch-Phase.«

»Und du behauptest, daß du dich mit geschäumter Milch auskennst? Bloß weil du zufällig Kochbücher schreibst?«

Ich mußte lachen. Er begann kumpelhaft zu werden. Das kommt davon, wenn man der einzige Gast an der Bar ist.

»Ich kannte mal eine Frau, die sich richtig gut mit geschäumter Milch auskannte, und wenn ich ›richtig gut‹ sage, dann meine ich auch richtig gut.«

»Ist das dieselbe, die sich mit Selbstmord auskennt?«

»Nein, das ist eine andere.«

Er streckte seine Hand aus und zählte. »Du kennst also eine Frau, die sich mit Selbstmord auskennt, und eine, die was von geschäumter Milch versteht?«

Ich nickte.

»Du bist mies dran«, sagte der Barkeeper. »Und wer ist die Frau, mit der du gestern hier warst?«

»Oh«, sagte ich, »das ist wieder eine andere. Die hab ich aus dem Museum. Sie hat häßliche Hände. Jetzt schläft sie oben auf meinem Zimmer.«

Peter legte einen Keks auf meinen Unterteller. »Iß«, sagte er. »Ich laß dich nicht gehen, ehe du nicht was Ordentliches gegessen hast.«

Ich aß den Keks. Seine Stimme hatte auf einmal etwas zwingend Autoritäres für mich. Zuerst wurde mir schlecht, dann begann ich zu heulen. Es kam in langen Wogen. Diese Nacht kam die Übelkeit mit Tränen.

»Du mußt durch diese Phase durch«, sagte Peter. Wie ein Kummerkastenonkel im Radio. Er legte seine Hand auf meinen Arm, doch das machte mich aggressiv.

»Hör mal, du Arschloch«, sagte ich, »ich will durch überhaupt nichts durch, ich will, daß du endlich lernst, ordentlich Milch aufzuschäumen, das ist das einzige, was ich in diesem Moment will.«

Doch er sagte: »Damit kannst du mich nicht beeindrucken. Ich hab schon ganz andere Sachen erlebt.«

Sobald meine Frau mit zwei Cappuccino und – wenn sie Hunger hatte – einem Croissant das Café verlassen hatte, setzte Evelyn sich neben mich und rauchte eine Zigarette. Zum Zeitunglesen kam ich kaum noch.

Sie trug ihre Haare von Mal zu Mal offener, und ihre Fingernägel änderten alle zwei Tage die Farbe.

Meine Frau sagte: »Was tut die bloß mit ihren

Haaren?« »Ach«, sagte ich, »vielleicht hat sie einen neuen Liebhaber – Hauptsache, der Cappuccino ist gut.«

»Ja«, sagte die Märchenprinzessin, »das ist das wichtigste.«

Evelyns älterer Sohn hieß José, doch sie nannte ihn immer nur »J«. Und der Kleine hieß einfach »mein Baby«, genauso wie ihr Jeep.

Sie sagte: »Ich lese die Zeitungen, die du hier liegenläßt, um zu wissen, was du denkst.« Sie begann kurze Nachrichten für mich auf die Rechnungen zu kritzeln, in einer kindlichen Handschrift mit großem Kringel über dem »i«. Über Stücke ihres Herzens, die ich mitnahm, wenn ich das Café verließ. Vielleicht meinte sie es ernst. Vielleicht auch nicht. Es war die Art Fragen, über die ich lieber nicht nachdenken wollte.

Ich blieb immer länger im Café. Zuerst nur eine halbe, dann eine ganze Stunde und zuletzt anderthalb, manchmal sogar zwei Stunden. Meine Arbeit litt darunter, doch das machte mir nichts aus. Soll die Arbeit doch leiden, dachte ich, wer sein Kind liebt, der züchtigt es.

Wenn meine Frau nicht zu den Irren mußte und wir im Café zusammen die Zeitung lasen, ließ Evelyn sich nichts anmerken. Sie konnte gut schauspielern.

Einmal fragte sie: »Du bist nicht soweit, deine Frau zu verlassen, stimmt's?«

»Nein«, sagte ich, »so weit werd ich nie sein.«

Sie wußte, daß sie meine Frau nicht ersetzen konnte, und sie wollte nichts, was sie nicht konnte.

Die Märchenprinzessin schien nichts zu ahnen. Warum sollte sie auch? Warum sollte ich mich für eine leicht dickliche Cappuccinokellnerin aus Puerto Rico interessieren? Die, bevor sie sich auf das Cappuccinoservieren stürzte, in einer Wäscherei gearbeitet hatte. Die mir erzählt hatte: »Mein Leben ist ganz einfach: Ich habe keins.«

Eines Morgens war ich erkältet. Das liege an der Klimaanlage, hatte die Märchenprinzessin gesagt. Im Café war viel Betrieb. Zum Aufwärmen bestellte ich einen Tee mit Rum. Jedesmal, wenn Evelyn sich zu mir setzen wollte, kam ein Kunde herein.

»Was ist nur los heute morgen?« rief sie.

Die Zeitung war meine Tarnung. Ich blieb sitzen. Sobald sie aufstand, nahm ich die Zeitung, sobald sie sich setzte, legte ich sie wieder beiseite.

Um elf wurde es für eine Weile ruhig. Sonya, die halb oder ganz Obdachlose, zog sich in der Küche um. Die Toilette war ihr zu klein.

Evelyn rauchte ihre Mentholzigarette und fragte: »Was ist los? Warum guckst du so?« Das fragte sie immer.

»Nichts«, erwiderte ich. »Aber sollten wir auf der Toilette nicht mal wieder 'ne Glühbirne wechseln? Ich glaube, die Glühbirne muß dringend ausgewechselt werden.«

»Okay«, sagte sie.

Mit der Zigarette im Mund ging sie auf die Toilette. Ich folgte ihr.

Es gibt viele kleine Toiletten auf der Welt, doch selten habe ich eine so kleine gesehen wie in diesem Café.

»Was machen wir hier?« fragte sie und kicherte. Dann zeigte sie mir ihre Brüste. Und quetschte mich zu Mus. Doch vielleicht lag das auch nur an der kleinen Toilette.

»Sei vorsichtig mit meiner Brille«, sagte ich, »ich hab kein Ersatzgestell.«

»Dann nimm sie ab.«

Ich nahm meine Brille ab.

»Ich hab meinen Körper vernachlässigt«, sagte sie. Sie zeigte mir ihre Speckröllchen.

Manche Leute vernachlässigten ihren Körper, andere ihren Geist. Es gab auch welche, die Geist und Körper vernachlässigten. Ich bevorzugte einen vernachlässigten Geist in einem relativ gepflegten Körper. Doch eigentlich zogen auch vernachlässigte Körper mich an. Ich fühlte mich zu Hause bei allem, was vernachlässigt war.

»Mein Mann ist Busfahrer«, sagte sie. »Wenn er uns findet, ermordet er zuerst mich und dann dich.«

»Tolle Aussichten«, sagte ich. »Was für einen Bus fährt er?«

»Den M1, er kommt zwanzigmal am Tag hier vorbei. Ich will dich«, sagte sie.

»Und wenn er uns jetzt ermordet?«

»Ist mir egal, wenn ich nur meine Kinder mitnehmen darf.«

Es war eine kleine Toilette, doch wenn man etwas wirklich will, läßt man sich von nichts aufhalten, schon gar nicht von einer kleinen Toilette. So wurde die Toilette des Cafés der Ort, wo wir Gott unsere Opfer brachten, in den ersten Wochen unserer Romanze.

Vom Hamburgerzubereiten verstand Peter genausowenig wie von geschäumter Milch. Trotzdem aß ich den Hamburger. Ich bin ein höflicher Mensch. Ich hoffte, daß Rebecca verschwunden wäre, wenn ich wieder aufs Zimmer käme. Ich hatte etwas Bargeld auf dem Schreibtisch liegenlassen. Hoffentlich hatte sie es genommen. Es war mehr als genug, um ein Auto zu mieten und nach New York zurückzufahren. Sie sollte nicht den Bus nehmen müssen.

Wenn man dabei ist, seine Frau nebst dazugehörigem Leben zu verlassen, muß man das allein tun. Und nicht in Gesellschaft von Frauen, die einem Skulpturen von Schuppenflechtlerinnen zustellen wollen. Doch wahrscheinlich – leider – würde sie immer noch genauso auf dem Bett liegen, wie ich sie dort zurückgelassen hatte. Manche Leute sind hartnäckig. Sie binden ihr Leben an deins, und sich dann wieder voneinander zu lösen wird ein mühsamer Prozeß.

»Wie war der Hamburger?«

Ich nickte.

»Ich sagte doch, daß du was essen mußt.«

Ich nickte. »Hast du Mineralwasser ohne Bläschen?«

»Leitungswasser?«

»Mineralwasser ohne Bläschen«, wiederholte ich.

»Ich mach dir die Bläschen schon raus.«

Werktags vögelten wir in der Toilette des Cafés. Natürlich nicht an allen Werktagen, denn manchmal war zuviel Betrieb. Dann blieb es beim Küssen. Es war eine schöne Zeit. Wir kicherten viel. Nicht weil es verboten war, sondern weil wir uns oft so beeilen mußten – schließlich konnten jeden Moment Kunden hereinkommen, und die hatten auch ein Recht auf ihren Cappuccino. Eile führt zu Mißverständnissen, und das wieder führt zu Gekicher.

Vielleicht ist »vögeln« nicht das richtige Wort, vielleicht sollte ich es lieber bei »Gott unsere Opfer bringen« belassen. Vor allem, weil Evelyn es immer wieder fertigbrachte, Sex und Gott miteinander zu verbinden. Die Flüge verkehrten nur dreimal wöchentlich, dafür aber nonstop. Direkt von Evelyns Körper zu Gott. Und sie fügte immer hinzu: »Ich bin kein Engel im Bett.«

Doch wer wollte auch einen Engel im Bett? Unsere Intimität war anonym. Nicht, daß wir die Namen voneinander nicht gewußt hätten, das nicht, die Namen kannten wir ja, und Evelyn wußte sogar, wo ich wohnte.

Anonym waren die Brandnarben auf ihrem Arm, anonym waren ihre lackierten Nägel, anonym war ihre Uniform. Immer schwarzweiß, denn das wollte der Chef so. Was Anonymität letztlich ausmacht, ist, daß man nicht ständig zu fragen braucht: »Woher hast du diese Narben?« Daß man nicht dauernd an die Herkunft der Narben erinnert wird. Die Narben auf ihrem Arm waren wirklich, und ich sah sie auch, doch sie spielten einen Moment lang mal eben keine Rolle.

Anonymität heißt keine Vergangenheit, keine Toten, keine Geburten, keine Mahnungen, keine Verkaufszahlen, keine Wartezimmer, keine Krankenhäuser, keine Verwandtschaft, nur die Gegenwart einer Toilette in einem Café. Eine Gegenwart, die sich immer mehr ausdehnt, bis sie zerplatzt. Die Seifenblase als Bunker.

Unsere Intimität war ohne Zukunft. Wir erhoben

keinen Anspruch auf die Zukunft des anderen. Ich habe Leute getroffen, die sind der Meinung, anonyme Intimität ohne Zukunft sei lieblos. Was für ein Wahnsinn. Was ist lieblos daran, jemandem die Illusion zu geben, daß er attraktiv ist und begehrt wird?

Sie wußte, daß ich Schriftsteller bin, doch für sie war das so etwas Ähnliches wie Astronaut. Einmal fragte sie, ob meine Bücher in Buchhandlungen zu finden seien.

»In einigen«, antwortete ich.

Sie ging nicht weiter darauf ein. Zum Lesen hatte sie eh keine Zeit. Sie hatte ja kaum Zeit zu leben.

Einmal gingen wir mit ihren Kindern Brombeeren pflücken. Ich trug das Baby. Das Kleine war ziemlich dick. Es war eine Mordsschinderei, das Baby zu tragen. Ich pflückte nicht viel, denn ich trug ja das Baby, das dicke Baby. Außerdem bin ich kein großer Brombeerpflücker.

Danach aßen wir die Brombeeren auf, in ihrem Jeep, den sie nicht weit vom Strand geparkt hatte. Ich hatte immer noch das Baby auf dem Schoß.

Als die Brombeeren alle waren, sagte Evelyn, zum ersten und zum letzten Mal: »Ich bin deine Frau.«

»Nein, Evelyn«, antwortete ich, »du bist nicht meine Frau. Du bist die Frau des Busfahrers.«

Später, als unsere Romanze wieder ein paar Monate älter war, kam ich einmal zu ihr nach Hause. Es roch nach Putzmitteln. Sie putzte sehr viel, meine Evelyn.

Wir landeten im Bett, wo hätten wir auch sonst landen sollen? Jeder Mensch hat ein Recht auf relativ anonyme Intimität ohne Zukunft. Intimität, die nicht fragt: »Liebst du mich auch wirklich?«, weil das Wort

»wirklich« in dieser Konstellation nichts bedeutet. Intimität, die nicht sagt: »Ich möchte auch mal gern am Strand liegen« oder über eine Putzfrau meckert, die sich nicht genug Mühe gibt.

Meine Liebe war tragbar. Handgepäck, das man nirgendwo verlieren konnte, nicht mal bei häufigem Umsteigen. Wo kriegt man das heutzutage noch, tragbare Liebe, in einer Welt, wo jeder am liebsten schon nach drei Tagen um seine Liebe einen Wohnblock von sechzig Stockwerken baut?

Die Autovermietung hatte nur noch einen weißen Wagen mit offenem Verdeck. »Na, dann nehmen wir eben den«, antwortete ich.

Rebecca hatte gesagt: »Ich liebe Schnee.« Darum fuhren wir in den Norden. Dort lag vielleicht noch welcher.

Ich hatte vorgeschlagen, sie nach New York ins Museum of Natural History zurückzubringen, damit sie dort ihre Forschungen fortsetzen könnte.

»Vielleicht sollten wir die Reise hier abbrechen«, hatte ich gesagt, als ich morgens in aller Frühe das Hotelzimmer betrat, in dem sie noch verschlafen im Bett lag.

»Schick mich nicht weg«, sagte sie.

»Ich schick dich nicht weg«, sagte ich. »Ich dachte nur, daß es vielleicht besser wäre.«

»Daß was besser wäre?«

»Wenn du wieder ins Museum zurückgingst und da mit deinen Forschungen weitermachtest.«

»Ich will nicht zurück«, sagte sie.

Ich bin nicht gut im Wegschicken.

Wir blieben noch ein paar Stunden in Atlantic City. Zu guter Letzt beschlossen wir, Richtung Norden zu fahren.

»Und deine Frau?« fragte Rebecca. »Macht die sich keine Sorgen, wenn du so lange wegbleibst?«

»Die sieht den ganzen Tag über Patienten, da fällt es ihr kaum auf, ob ich da bin oder nicht.«

Rebecca nickte zustimmend. Meine Antwort schien ihr zu gefallen.

»Hast du mit deiner Frau schon mal eine romantische Reise gemacht?«

Romantisch verreist mit meiner Frau … Eine seltsame Frage für jemanden, der sich mit Mata Hari identifizierte. Ich mußte einen Moment nachdenken.

»Ich bin mal in Lissabon gewesen.«

»Und wie war das?«

»Schöne Stadt, schöne Straßenbahnen, herrliche Straßenbahnen, die schönsten, die ich je gesehen habe. Bloß zum Vögeln kam's nicht.«

Ich begann das Zimmer aufzuräumen, ich wollte es doch ein wenig ordentlich hinterlassen.

»Hattet ihr keine Zeit dazu?«

»Es war zu lustig. Vögeln ist nicht lustig, es ist sogar ziemlich unlustig.«

»Nein«, sagte Rebecca, »lustig kann man es nicht nennen.«

»Und du, bist du mal mit deinen Männern verreist?«

Sie schüttelte den Kopf. »Weiter als Zandvoort sind wir nie gekommen.«

Dann mieteten wir das Auto. Wir versuchten vergeblich, im Radio einen Sender mit Musik zu finden, die Rebecca gefiel. Doch es gab keine Musik, die ihr gefiel.

Nach zwei Stunden am Lenker wurde sie müde. »Warum fährst du eigentlich nicht?« fragte sie.

»Ich kann nicht fahren, ich hab es nie gelernt.«

Wir hielten an einem Burger King. »Richtig lecker ist es nicht«, sagte sie, »aber man erlebt wenigstens keine Überraschungen.« Ich mußte an Peter denken und an die geschäumte Milch.

Wir beschlossen, in Albany zu übernachten.

Schnee hatten wir noch keinen gesehen, doch sie war zu müde, um weiterzufahren.

»Es sieht aus wie eine Stadt im Ostblock«, sagte Rebecca.

Die Straßen waren verlassen. Nur an einer Bushaltestelle standen ein paar Schwarze. Wir mußten dreimal durchs Zentrum fahren, bis wir ein Hotel fanden. Von außen sah es aus wie ein modernes Gefängnis.

»Ich geh erst mal fragen«, sagte ich. Ich zog meine Jacke an und ging zur Rezeption. In der Hotellounge war ein riesiger Osterhase hinter einem Zaun aufgebaut. Ein Mann mit Cowboyhut stand an der Rezeption und beschwerte sich über sein Zimmer.

»Womit kann ich dienen?« fragte ein Mädchen mit Brille.

»Ich brauche ein Zimmer für eine Nacht, für mich und meine Frau.«

Durchs Fenster sah ich unser weißes Auto stehen. Immer noch etwas zu auffällig für meinen Geschmack, aber Rebecca hatte gesagt, daß sie weiße Autos mochte. Sie mochte auch Schnee, das mit dem Weiß konnte also stimmen.

»Ich habe noch ein Zimmer mit zwei getrennten Betten.«

»Ich möchte lieber ein Doppelbett.«

»Dann haben wir nur noch eine Suite.«

Ich brauchte nicht lange nachzudenken. »In Ordnung«, sagte ich. Je länger man über Geldausgaben nachdenkt, desto peinlicher wird es. Das gilt nicht nur für Geldausgaben. Mein Lehrer in der Grundschule hatte immer gesagt: »Erst denken, dann handeln.« Doch wenn man das machte, riskierte man, irgendwann gar nichts mehr zu tun.

»Ihr Name?«

Ich gab ihr meine Kreditkarte, die American Express. Die war noch nicht so sehr überzogen.

»Wo kann ich meinen Wagen abstellen?«

»Wenn Sie die Schlüssel hierlassen, kümmern wir uns darum.«

»Es ist der weiße«, sagte ich und zeigte auf das Auto. Ich sah, daß Rebecca ausgestiegen war. Sie rauchte eine Zigarette und hatte die Pelzmütze aufgesetzt, die ich in Atlantic City bei einem griechischen Hutzelweibchen für sie gekauft hatte. So von weitem mit dieser Mütze hatte sie etwas Russisches.

»Können Sie mir das Kennzeichen sagen? Für unseren Garagenservice.«

»Nein«, sagte ich, »ich hab den Wagen gerade erst gemietet.«

Vor etwas weniger als drei Tagen hatte ich ein Päckchen mit einer Skulptur von einer Frau bekommen, die Schuppenflechte hatte und Skulpturen von Leuten machte, die sie im Fernsehen sah. Und jetzt stand ich in einem Hotel in Albany, das stark an ein modernes Gefängnis erinnerte.

»Brauchen Sie Hilfe mit Ihrem Gepäck?«

»Ja«, sagte ich. Doch ich verbesserte mich sofort: »Nein, nein, wir haben nur ganz wenig, wir bleiben nicht lange.«

Ich wartete auf die Schlüssel, es waren solche Karten aus Plastik.

Als das Geld begann, die Form kleiner Berge anzunehmen, dachte ich noch an meine Altersversorgung. Das war die Zeit, als ich von *Platz 268 der Weltrangliste* lebte, nicht als Geizhals, eher schon, was bestimmte Leute »sparsam« nennen würden.

Ich habe meine Frau in Miami geheiratet. Ohne Verwandte, nur mit meiner Mutter, einer Tante, ihren Eltern und meinem Zahnarzt, doch der kam nur, weil ich ihm zufällig in die Arme gelaufen war; er wohnte im selben Hotel. Als er fragte: »Was tust du denn hier?«, hatte ich geantwortet: »Ich heirate.« Darauf sagte er: »Dann komm ich auch.« Da konnte ich natürlich keinen Rückzieher machen. Mein Zahnarzt lud sich häufiger selbst ein. Ich glaube, das war so etwas wie seine Devise. Wenn die anderen dich nicht einladen, mußt du es selber tun. Es ist komisch, aber wenn ich an meine Hochzeit denke, sehe ich meinen Zahnarzt vor mir. In einem weißen Anzug, er redete ununterbrochen. Doch das tut er immer. Meiner Meinung nach ist er der einzige Amerikaner, der meine Bücher liest. Er behauptet, europäische Literatur zu lieben. Wahrscheinlich ist es bei ihm eher Snobismus als wirkliche Leidenschaft. Doch ich bin der letzte, der über den Unterschied zwischen Snobismus und Leidenschaft richten könnte. Ich heiße alles, was sich als Liebe andient, von Herzen willkommen.

»Es dauert ein bißchen mit Ihrer Kreditkarte«, sagte das Mädchen mit der Brille.

Ich werde schnell rot. Ich hoffte, daß mir das jetzt nicht wieder passierte.

»Ich hab noch eine andere«, sagte ich.

Das mit dem Heiraten war eine Eingebung gewesen. Vieles in meinem Leben war eine Eingebung. Meine Mutter war krank, und ich dachte: Sie wird sich freuen, wenn wir heiraten. Doch wie sich hinterher herausstellte, freute sie sich überhaupt nicht, sie wurde davon nur noch kränker.

Es hat ein Vermögen gekostet. Ich würde es nicht noch einmal tun.

Meine Hochzeit endete in einem Streit mit dem Fotografen. Er wollte nicht aufhören, obwohl ich ihn selbst bezahlte. Er machte meine Mutter verrückt. Er war ein eigenartiger Mann. Meistens fotografierte er Tiere, doch ab und zu übernahm er auch Hochzeiten. Alles, was wir stehenließen, aß er auf. Meine Mutter fand das ungehörig, und auch ich fand es etwas merkwürdig, doch nichts, worüber man sich aufzuregen brauchte. Meine Mutter kann es nicht leiden, wenn andere Leute ihr Essen aufessen, sie kann darüber sogar fuchsteufelswild werden. Ich selbst kann mich nicht mehr gut erinnern, ich war ziemlich betrunken an dem Abend, doch mein Zahnarzt hat mir später brühwarm alles erzählt. Er sagte: »Diese Hochzeit werde ich nie vergessen.«

»Na«, sagte ich, »das war ja auch die Absicht.«

»Zimmer 429«, sagte die Rezeptionistin. »Viel Vergnügen.«

Ich ging wieder nach draußen. Rebecca stand immer noch am Auto und rauchte. Ich fragte mich, ob sie überhaupt wußte, wo sie sich befand, und wenn ja, ob es ihr nicht eigentlich piepschnurzegal war.

»Ich hab eine Suite genommen«, sagte ich.

Sie trat ihre Zigarette aus. »Das trifft sich gut. Ich hab wahnsinnige Schweißfüße.«

»Ach ja?«

Sie nickte. »Normalerweise benutze ich eine Creme dagegen, aber ich hab sie vergessen. Ich nehm sie nicht jeden Tag, nur wenn jemand meine Füße riechen könnte.«

»Ich hab mit Schweißfüßen kein Problem.«

Ich nahm eine Plastiktüte aus dem Wagen. Mehr Gepäck hatten wir nicht. Die Frau an der Rezeption sah uns hinterher.

Ich weiß nicht, ob ich je in Rebecca verliebt gewesen bin. Viele sind nur allzu geneigt, jeden erhöhten Hormonspiegel mit Verliebtheit zu verwechseln. Ich habe gelernt, meinen Gefühlen zu mißtrauen, was manche Leute zu der Annahme gebracht hat, daß ich gar keine Gefühle hätte. Doch wenn ich je in Rebecca verliebt war, dann begann das mit der Creme gegen Schweißfüße. Und wenn ich eine Metapher für diese Verliebtheit finden müßte – zum Glück ist das nicht nötig –, würde ich mich für Antischweißfußcreme entscheiden.

Die Suite war das traurigste Apartment, das ich je gesehen hatte. Das Fenster im Schlafzimmer zeigte auf eine Brandmauer; es war das einzige Fenster. Die Einrichtung des Wohnzimmers weckte vage Reminiszenzen an die fünfziger Jahre. Ein Konferenztisch, eine Bar, zwei Barhocker, ein Kühlschrank, eine Kaffeemaschine.

Rebecca ließ sich auf das Bett fallen. Sie stellte den Fernseher an. »Wir müssen Slips kaufen«, sagte sie.

»Schon wieder?«

Ich ging ins Badezimmer und hielt den Kopf unter

den Wasserhahn. Rebecca stellte sich hinter mich. »Die Handtücher haben auch schon mal bessere Zeiten gesehen.« Sie rieb die Tücher zwischen ihren Handflächen, als testete sie sie für eine Verbraucherzeitschrift.

»In einem Jahr sagen sie das auch von mir.«

»Das tun sie doch jetzt schon.«

Ich hatte vier Preise gewonnen. Den letzten vor drei Jahren. Wenn sie Gäste hatte, las meine Mutter ihnen die Preisbegründungen vor. Schöner als alles, was ich je geschrieben hatte. Fand meine Mutter. Manchmal sagte die Nachbarin: »Aber die haben Sie mir doch schon mal vorgelesen.«

»Das schon«, sagte meine Mutter, »aber beim ersten Mal kann man nicht gleich alles behalten.«

Ich hielt mich für einen wichtigen Schriftsteller, doch langsam wurde es ein bißchen peinlich. Wenn man der einzige ist. In der Klinik meiner Frau war ein Patient, der sich auch für einen wichtigen Schriftsteller hielt. Und für einen wichtigen Philosophen. Meine Frau hatte erzählt, er habe zu ihr gesagt: »Wenn ich genug Zeit gehabt hätte, wäre ich auch ein wichtiger Politiker geworden.«

»Ja«, hatte meine Frau gesagt, »das kann ich mir vorstellen, aber du hattest eben zu wenig Zeit.« Denn mit Patienten darf man sich nicht auf zu viele sinnlose Diskussionen einlassen.

Wenn man der einzige ist, der einen für einen wichtigen Schriftsteller hält, ist das eine peinliche Angelegenheit, doch wenn zehntausend andere das auch tun, ist man ein Erfolg.

»Schau, Rebecca«, sagte ich, »mein erstes Buch, *Platz 268 der Weltrangliste,* hat der niederländischen

Literatur ein anderes Gesicht gegeben, und mein Sidney-Brochstein-Zyklus hat das gleiche mit der ganzen westeuropäischen Literatur gemacht.«

»Oh«, sagte Rebecca.

»›Oh‹ – was bedeutet ›oh‹?«

»›Oh‹ bedeutet ›oh‹«, sagte Rebecca störrisch. »›Oh‹ bedeutet, daß ich andere Dinge über deinen Sidney-Brochstein-Zyklus gehört habe.«

»Nur weil die ganze Welt gegen mich ist, mein Schäfchen. Die Verleger, die Literaturagenten, die Kritiker, die Kolumnisten, die Philosophen, die Literaturwissenschaftler, die Soziologen, die Literaturzeitschriften, die politischen Magazine, die Fernseh- und Frauenzeitschriften, mein bester Freund David, mein Verleger, der Millionen an mir verdient hat – mein eigener Verleger will mich nicht mal bei seinem Neujahrsempfang dabeihaben. Kannst du dir vorstellen, daß dein eigener Verleger dir im März eine Einladung zu einem Neujahrsempfang am 8. Januar schickt, bloß weil er sich in die Hosen scheißt, du könntest das Flugzeug nehmen und tatsächlich auf seinem Empfang erscheinen?«

»Das kann doch auch ein Irrtum sein.«

»Ein Irrtum? Ich weiß aus zuverlässiger Quelle, daß es kein Irrtum war – die haben zum Mädchen in der Poststelle einfach gesagt: ›Steck die Einladung für den Mehlman lieber erst im März in den Briefkasten, dann sind wir wenigstens sicher, daß er nicht kommt.‹ Das einzige, was ich jetzt noch will, ist, meinen Nachruf schreiben, damit sich nicht am Ende irgendein drittklassiger Journalist daran vergreift und sie mich irgendwo auf Seite zehn unter ›Ferner liefen‹ bringen.«

»Stirbst du denn bald?«

»Das nicht, aber mit dem Nachruf darf man auch nicht warten bis zum letzten Moment.«

Als der Verlag mir mitteilte, daß er sich gezwungen sehe, meine Bücher zu verramschen, habe ich nicht mehr reagiert. Ich hatte beschlossen, mich auf keinen Fall wie die Patienten meiner Frau zu verhalten.

Jetzt, wo ich ein Kochbuch schreiben wollte, würden sie bestimmt sagen, daß ich eigentlich mein ganzes Leben schon ein Kochbuchautor gewesen sei.

Die Märchenprinzessin sagte, daß, wer darauf aus war, verstanden zu werden, früher oder später verrückt werden mußte. Vom Mißverständnis auszugehen war das beste. Davon auszugehen, daß alles ein einziges großes Mißverständnis war, das allergesündeste.

Wenn sie der Nachbarin keine Preisbegründungen vorlas, spülte meine Mutter Geschirr. Nichts erfüllte sie mit einem so tiefen Glück wie Geschirrspülen. Manche Gläser spülte sie bis zu viermal, weil noch kleine Flecken darauf waren. Am liebsten hätte sie auch bei der Nachbarin gespült, doch die hatte sich zwei Jahre bevor ihr Mann starb, eine Geschirrspülmaschine zugelegt. Und mit der Maschine konnte nicht einmal meine Mutter konkurrieren. Jeder hat seine eigenen Methoden, keinen Schmerz empfinden zu müssen. Meine Mutter spülte Geschirr.

Ich wandte mich zu Rebecca. Sie stand dicht vor mir.

»Deine Pickel haben ihre Ardennenoffensive gestartet«, sagte ich.

»Die Ardennenoffensive, das war doch eine Verzweiflungsoffensive?«

»Das stimmt«, sagte ich, »es war eine Verzweiflungsoffensive, es hat nicht mehr viel genutzt. Gehen wir essen.«

Wir gingen in das einzige Restaurant von Albany, das noch offen hatte. Ein älterer Mann begrüßte uns, als seien wir seine Lieblingsgäste.

»Sind die hier immer so freundlich, oder ist er verrückt?« fragte Rebecca.

Wir bekamen einen Platz neben einer dicken Frau, die ihren Geburtstag feierte. »Woher kommt ihr?« fragte das Geburtstagskind. Offenbar war ihr Gesprächsstoff mit den anderen Gästen erschöpft.

»New York City«, sagte ich.

»Und was tut ihr hier?«

»Wir suchen Schnee.«

»Manchmal liegt er noch kniehoch um diese Zeit, das ist ganz unterschiedlich.«

Dann ertönte das »Hoch soll sie leben!«, und sie mußte das Gespräch beenden.

Rebecca bestellte einen Fisch, den sie nicht aufaß.

»Der Fisch guckt mich an und redet mit mir.«

Ich betrachtete mir das Tier genauer. »Der Fisch guckt dich überhaupt nicht an, und reden tut er schon gar nicht.«

Später am Abend spielten wir an der Hotelbar Dart. »Es ist ruhig heute«, sagte der Barmann. Ein Liliputaner aus Südamerika suchte unsere Gesellschaft. Er war auf Familienbesuch.

»In Paris«, sagte er in gebrochenem Englisch, »in Paris, da wissen die Leute zu leben. Seid ihr schon mal in Paris gewesen?«

Als der Liliputaner auf der Toilette war, sagte Rebecca: »Dein erstes Buch war gut, danach hast du nachgelassen.«

Ich sah sie an. Ich mußte an meinen Lektor Frederik van der Kamp denken und an das literarische Kochbuch, das ich schreiben sollte.

»Warum?«

»Warum was?«

»Ach«, sagte ich, »laß gut sein.«

Sie drehte sich um.

Ich legte ihr die Hand auf die Schulter. »Warum hast du eigentlich das Stück Pappe vor meine Wohnungstür gelegt?«

Sie zuckte mit den Schultern. »Ich dachte, wir könnten uns einen netten Abend machen. Sagte ich doch.«

Ein netter Abend. Von wegen! Von Anfang an, ab dem Moment, da wir uns im Museum of Natural History getroffen hatten, steckte immer noch mehr hinter ihren Worten. Eine Schuppenflechtlerin, die Skulpturen von Leuten macht, die sie im Fernsehen sieht – was steckte da für ein Sinn dahinter?

Der Liliputaner kam zurück. Er begann wieder zu reden, doch ich konnte mich nicht auf seine Worte konzentrieren. Bis er mir auf die Hand tippte. Ich mußte an einen Vogel denken. Sein Zeigefinger erinnerte an den Schnabel eines Vogels.

»Kollege«, sagte er, »deine Frau ist gegangen.«

Sie stand am anderen Ende der Bar neben dem

Mann mit dem Cowboyhut, den ich zuvor schon an der Rezeption gesehen hatte.

»Das ist nicht meine Frau.«

»Was ist sie dann?«

»Meine Schwester.«

»Deine Schwester?« Er machte Geräusche, als gebe er einem Pferd Kommandos. Dann holte er ein Foto aus seinem Portemonnaie. »Meine Frau«, sagte er, »aus Paris.«

Ich konnte auf dem Foto nicht erkennen, ob seine Frau auch kleinwüchsig war. Sie hatte etwas von einer Französischlehrerin. Vielleicht kam sie wirklich aus Paris.

Vom anderen Ende der Bar rief Rebecca: »Ich gebe dem Herrn hier einen aus, ist das in Ordnung?«

»Okay«, rief ich. »Nimm's auf die Zimmerrechnung.«

Wenn deine Schulden in die Hunderttausende gehen, darfst du nicht auf zwanzig Dollar mehr oder weniger achten. Das ist kleinlich. Ich wußte nicht genau, wieviel ich heute abend schon auf meine Rechnung genommen hatte. Ich war mir nur sicher, daß es viel war.

Wieder tippte der Liliputaner mit seinem scharfen Zeigefinger auf meine Hand. »Du hast Probleme«, sagte er.

»Wieso?« Ich mußte ihn erschrocken angesehen haben, denn er begann zu lachen.

»Nimm's nicht so ernst«, sagte er, »ich sag öfter solche Sachen. Wenn man den Leuten sagt, sie hätten Probleme, glauben sie das fast immer, komisch, was?«

»Sehr komisch. Entschuldige mich einen Moment.« Ich stand auf und ging zum Ausgang.

»Wo ist hier das Telefon?« fragte ich den Portier.

Er zeigte zur Herrentoilette.

Ich bat um ein R-Gespräch mit New York.

»Name?«

»Mehlman, Robert Mehlman.«

»Sind Sie bereit, ein R-Gespräch von Robert Mehlman anzunehmen?« hörte ich einen Mann fragen und danach die Stimme meiner Frau, die nervös ja sagte. Noch bevor ich Gelegenheit hatte, irgend etwas zu sagen, rief sie: »Wo bist du um Himmels willen, was ist bloß wieder los?«

»Nichts, nichts, ich mache Feldforschungen.«

»Feldforschungen? Wieso Feldforschungen? Was für Feldforschungen?« Sie schien sich am Rande eines Nervenzusammenbruchs zu befinden. Das sah ihr gar nicht ähnlich.

»Ich erklär dir alles später. Ich hab einen Liliputaner kennengelernt.«

»Einen Liliputaner? Was für einen Liliputaner?«

»Einen mit einer interessanten Geschichte. Ich bin mit ihm nach Albany gefahren, er hat hier Verwandte.«

»Schreibst du jetzt über Liliputaner? Hast du endgültig den Verstand verloren? Du erinnerst mich immer mehr an meine Patienten! Man reist doch keinem Liliputaner hinterher!« Sie sprach nicht mehr, sie schrie.

Ich hörte Schritte, ich hielt meine Hand vor den Hörer, doch es war weder Rebecca noch der Liliputaner, es war ein junger Mann.

»Hast du meinen Brief nicht bekommen?«

»Natürlich habe ich deinen Brief bekommen, aber es stand nichts drin. Wie immer. Alles, was du zu mir sagst, ist leeres Gefasel.«

»Ich war in Atlantic City.«

»Und da hast du den Liliputaner kennengelernt?«

»Das ist nicht irgendein Liliputaner, ich erklär dir alles später.«

»Und warum bist du ihm dann um Himmels willen hinterhergereist, wenn ich fragen darf?«

»Um seine Geschichte zu hören. Er sagte zu mir: ›Komm mit nach Albany, ich hab da Verwandte.‹ Es war so ein Impuls, aber glaub mir, die Geschichte von diesem Liliputaner ist die Geschichte des Jahrhunderts.«

»Du bist vollkommen übergeschnappt. Mit deiner Geschichte des Jahrhunderts. Weißt du, daß meine Kreditkarte gesperrt ist? Alles ist blockiert.«

»Nicht alles! Nicht alles!«

»Fast alles.«

»Ich brauche Ruhe. Ich muß etwas schreiben, und zwar schnell, sonst wird wirklich alles gesperrt.«

Sie schien ein klein wenig beruhigt. Die perfekte Lüge besteht aus fünfundneunzig Prozent Wahrheit. Nur die entscheidenden Details muß man etwas umfrisieren oder weglassen, ansonsten aber soweit wie möglich die Wahrheit sagen. Je mehr Wahrheit in einer Lüge steckt, um so besser.

»Paß auf«, sagte ich, »nimm die Mastercard aus Irland, die müßte noch funktionieren. In Irland haben wir noch keine Probleme.«

Es ist immer meine Devise gewesen, so viele Bankkonten wie möglich in möglichst vielen Ländern zu haben; das begann sich jetzt auszuzahlen.

»Es hat schon zweimal jemand von der Bank angerufen.«

»Nicht rangehen. Einfach nicht rangehen.«

»Wieso nicht rangehen? Wie kann ich mit dir sprechen, wenn ich nicht rangehe?«

»Dann sag, daß alles nächste Woche bezahlt wird. Daß ich auf einen wichtigen Vorschuß warte und daß der jeden Moment kommen kann.«

»Wartest du denn auf einen wichtigen Vorschuß?«

»Nein, natürlich nicht, aber mir fällt schon was ein, glaub mir. Ich muß das Kochbuch schreiben, dann kommt alles in Ordnung. Fünfzig Prozent bei Unterzeichnung, fünfzig Prozent bei Manuskriptabgabe. Wenn ich ihnen etwas schicken kann, haben wir wieder Hoffnung.«

Der junge Mann wusch sich die Hände. Er sah mich an, als sei an mir etwas Interessantes zu sehen.

»Nächste Woche ist alles geregelt«, sagte ich so ruhig wie möglich.

»Das sagst du schon seit Jahren.«

»Nicht zur Bank.«

»Nein, aber zu mir, und das ist viel schlimmer.«

Der junge Mann wusch sich immer noch die Hände. Ab und zu warf er einen flüchtigen Blick in meine Richtung. Ich betrachtete mich im Spiegel, doch ich konnte nichts Verrücktes an mir entdecken.

»Wir besprechen das alles in Ruhe, wenn ich zurück bin. Wie war der Kongreß? Wie war dein Vortrag?«

»Gut. Sehr gut. Nur konnte ich mein Hotel nicht bezahlen, weil meine Kreditkarte gesperrt war.«

Ich seufzte. »Das sagtest du bereits.«

»Es war total peinlich, zum Glück hat mir der nette Psychiater aus Rom Geld geliehen.«

Endlich verließ der Junge die Toilette. Ich mußte plötzlich an *Briefe an meinen Schornsteinfeger* denken.

»Gott sei Dank gibt es noch nette Psychiater in Rom, danken wir Gott auf unseren Knien für die netten Psychiater aus Rom.«

»Hör mit den Witzen auf, ich ertrag das nicht länger.«

»Das sind keine Witze, so bin ich.«

»Ich habe geweint.«

»Wann?«

»Als meine Kreditkarte blockiert war.«

»Bloß nicht um Kreditkarten weinen, glaub mir, in einer Woche funktioniert die Karte besser als je zuvor. Bevor ich's vergesse: Die Schornsteinfeger sind dagewesen, ich erzähl dir alles, wenn ich wieder zu Hause bin.«

»Kommst du bald zurück?«

»Sehr bald, aber erst muß ich das hier zu Ende bringen, dieser Liliputaner, das ist nicht irgendwer. Ich ruf dich morgen wieder an, dann erzähl ich dir mehr.«

»Was ist mit dir los, Robert?«

»Dicker Kuß.«

»Ich frage, was mit dir los ist, und du sagst: ›Dikker Kuß.‹ Weißt du, wie das ist, wenn man immer ignoriert wird?«

»Ich hab keine Antworten im Moment – du hast lauter Fragen, und ich hab keine Antworten. Ich muß nachdenken, wie ich die Antworten formulieren soll.«

»Wenn ich mit dir rede, brauchst du kein Buch zu schreiben, Robert.«

»Ganz dicker Kuß. Und bloß nicht um die Kreditkarte weinen. Ist völlig unwichtig. Niemals um eine Kreditkarte weinen.«

»Dicker Kuß.«

Dann hängte ich auf und hielt meinen Kopf unter den Wasserhahn. Vielleicht war es gar keine so verrückte Idee: ein Liliputaner zusammen mit diesen Schornsteinfegern. Aus meiner Brusttasche holte ich das Notizbuch, das Capano mir geschenkt hatte. Auf der ersten Seite stand: »Frau + Wetterfritze. Mata Hari. Mutter stirbt bald.« Darunter schrieb ich jetzt: »Liliputaner und Schornsteinfeger.« Dann ging ich wieder an die Bar.

An der Bar saß nur noch der Liliputaner. Er mischte Karten. Mein halbvolles Glas Calvados stand auch noch da, und auf dem Hocker lag meine blaue Jacke. Rebeccas Regenmantel war verschwunden.

Der Liliputaner mischte weiter. Unerschütterlich, wie eine Maschine.

»Wo ist sie hingegangen?« fragte ich und zeigte auf die Stelle, wo Rebecca zuletzt gesessen hatte.

»Die kommt schon wieder«, sagte der Liliputaner, doch der Gedanke, daß sie eben nicht mehr wiederkäme, schien mir auf einmal ziemlich plausibel. Eine Frau, die mit der Skulptur einer Schuppenflechtlerin mein Leben betritt, verschwindet diskret in einer Bar in Albany. Warum auch nicht. Doch dieser Gedanke machte mich so traurig, daß ich plötzlich eine große Wut in mir aufkommen spürte. Kaum sechs Stunden zuvor hatte ich nichts lieber gewollt, als daß sie sich davonmachte, doch das war sechs Stunden zuvor.

Der Liliputaner hatte mit dem Mischen aufgehört und schaute traurig auf die Karten. Vielleicht hatte er gehofft, mich zu einem Spielchen überreden zu können, doch ich mochte keine Kartenspiele.

Dann sah ich Rebecca durch die Drehtür kommen. Sie stellte sich neben mich und bibberte.

»Wo warst du?«

»An der frischen Luft«, sagte sie, »ich hab einen kleinen Spaziergang gemacht. Du kamst ewig nicht von der Toilette zurück.«

»Bei diesem Wetter geht man mit so einem Mantel doch nicht vor die Tür.«

Auf Rebeccas Mantel waren allerlei dubiose Flekken.

»Kerzenwachs«, sagte sie, als sie meinen Blick bemerkte, »ich bin ziemlich gedankenlos mit meinen Sachen.«

»Gedankenlos mit Regenmänteln und mit der Pille?«

»Ja«, sagte sie.

»Dein Bruder ist sehr besorgt um dich«, sagte der Liliputaner.

»Dazu hat man doch Brüder«, sagte Rebecca.

»Ich habe nur Schwestern«, sagte der Liliputaner und hob seine kleinen Hände zum Himmel, als ob diese eine Bemerkung sein ganzes Leben erklärte.

Wir verabschiedeten uns von dem Liliputaner, doch er sagte: »Bis morgen beim Frühstück.« Und er zwinkerte uns zu, als wisse er mehr. Als wisse er alles.

Im Fahrstuhl fragte ich: »Der Mann mit dem Cowboyhut, der ist doch nicht auch an die frische Luft gegangen?«

»Ach was«, sagte sie, »der ist auf sein Zimmer gegangen, der war total langweilig.«

Ich sah ihr in die Augen. Die Augen einer Frau, die mit Regenmänteln gedankenlos war. Und mit der Pille.

Manche Leute leiden, weil sie nicht zu leben brauchen. Sie haben alles. Zu essen, zu trinken, ein Dach überm Kopf. Aber sie brauchen nicht zu leben, denn sie haben alles. Wenn sie ein Buch gewesen wären, würde der Kritiker über sie schreiben: »Ganz nett, zweifellos, aber wo ist die Notwendigkeit?« Und daß sie nichts müssen, daß sie nicht zu leben brauchen, das nagt an ihnen, das nagt offenbar ganz fürchterlich.

So jemand war Rebecca, wie mir schien. Daß sie litt, daran konnte kein Zweifel bestehen. Niemand fährt freiwillig mit mir nach Atlantic City und dann auch noch nach Albany, außer er leidet. Ihr Leben war eine Freizeitbeschäftigung, aber sie war nicht der Typ für Freizeitbeschäftigungen.

Es gab auch Leute, die litten, um nicht leben zu müssen. Die das Leiden als ihre tägliche Aufgabe betrachteten, um dem Leben zu entkommen.

Wir stiegen aus dem Fahrstuhl.

»Findest du mich flach?« fragte sie.

»Flach?«

»Am Busen?«

»Nein, das nicht.«

Flach konnte man sie nicht nennen.

Die Suite kam mir jetzt noch trauriger vor als zu Anfang. Ich legte meine Kleidung über einen der Bürostühle, die um den Konferenztisch standen.

Sie lag schon im Bett. Sie war immer sehr schnell mit Ausziehen.

»Es tut dir doch nicht leid, daß du hier neben mir liegst?« fragte sie.

»Nein«, sagte ich, »das hast du schon mal gefragt. Es tut mir nicht leid, mit Leidtun geb ich mich nicht ab.«

Das Bett war riesengroß. Ich lag auf der Seite des

Telefons und eines altmodischen Radioweckers. Sie drückte ihre Füße an mein Bein. Um sie zu wärmen, nehme ich an.

»Lieber Himmel«, sagte ich, »das sind keine Füße, das sind Eisklumpen. Hast du schon mal von so was wie Kreislauf gehört?«

»Kannst du etwas für mich tun?«

»Ja«, sagte ich.

»Tu was, was mich schockiert.«

Ihre Bitte überraschte mich. Ich konnte mich nicht erinnern, daß mich je zuvor jemand so etwas gefragt hatte.

»Wenn ich im Badezimmer schlafen würde, würde dich das schockieren?«

»Ja«, sagte sie.

»Dann tu ich das.«

Ich legte eine Decke in die Badewanne, doch nach einer Viertelstunde fand ich, daß es für eine ganze Nacht doch zu unbequem war. Ich legte mich wieder neben sie. Sie schlief. Ich dachte an mein Kochbuch. Ich küßte sie und sagte: »Träum mal was Schönes.« Sie hörte es schon nicht mehr.

Trotz der Misere, in der ich mich befand, fühlte ich mich seltsamerweise einen klitzekleinen Moment lang glücklich.

Morgen war Mittwoch. Mittwochs bastelte meine Frau Marionetten mit taubstummen Irren.

Am nächsten Morgen lag immer noch kein Schnee. Wir waren zu spät dran. Ich schlug Rebecca vor, weiter nach Norden zu fahren, und sie sagte, das sei eine gute Idee, sie wolle keinen Tag länger in dieser traurigen Bude bleiben.

Als sie ins Bad ging, zog ich mich schnell an und ging in die Hotelhalle. Dort war viel Betrieb, gerade waren zwei Busse angekommen.

Ich benutzte dasselbe Telefon wie am Vorabend. Es dauerte einen Moment, bis ich meinen deutschen Verleger an den Apparat bekam. Ich wurde ein paarmal weiterverbunden und mußte ständig wiederholen, daß es dringend sei.

»Stephan«, sagte ich, »hier Robert Mehlman am Apparat.«

»Lang nichts von dir gehört«, sagte er.

»Viel zu tun, viel auf Reisen. Hör mal, ich hab eine Idee für ein Buch, möchtest du eventuell die Weltrechte?«

»Schon wieder eine Idee?«

Ich hörte einen ironischen, vielleicht sogar sarkastischen Ton in seiner Stimme.

»Eine sehr gute Idee.«

»Hör mal, Robert, wir warten hier immer noch auf dein Kochbuch. Vor zwei Jahren solltest du es schon abgeben; du hast einen Vertrag unterschrieben.«

Ich wurde von einem Kochbuch verfolgt, so was konnte auch nur mir passieren!

»Bist du noch dran? Ich sprach über das Kochbuch.«

»Ja«, sagte ich, »ich bin noch dran.«

Es gab noch so viele Bücher, die ich schreiben mußte, Bücher, die ich zu schreiben versprochen und für die ich Verträge unterschrieben und Vorschüsse bekommen hatte. Ich hatte einmal geträumt, alle meine Verleger säßen bei mir zu Hause und rechneten mir einer nach dem anderen vor, wieviel sie mir schon bezahlt hatten für Bücher, die nie erschienen waren. Und plötzlich forderten sie alle ihr Geld zurück, inklusive gerichtlich festgesetzter Zinsen. Es war nicht angenehm, von gerichtlich festgesetzten Zinsen zu träumen, es war sogar ziemlich unangenehm. Und doch konnte ich nicht abstreiten, daß ich in letzter Zeit mindestens dreimal pro Woche davon träumte. »Ja, das Kochbuch«, sagte ich, »ich weiß, aber so was erfordert Recherchen, sehr viele sogar. Gib mir sechs Monate.«

»Sechs Monate«, hörte ich ihn brummen, »sechs Monate! Ich hab dir schon zwei Jahre gegeben. Ich will es jetzt!«

»Jetzt?«

Es war, als stände ich vor Gericht und bitte um Strafmilderung.

Einige Zeit zuvor, ungefähr zu dem Zeitpunkt, als ich dem Kochbuchprojekt zugestimmt hatte, war ich einmal nachts wach geworden. Schlaflosigkeit ist nichts für mich, und so versuchte ich die Schlaflosigkeit mit Alkohol zu vertreiben. Ich sah zu meiner Frau, ich sah ihr kindliches Gesicht, ihren Pyjama, ihr Haar, das in alle Richtungen abstand. Weil ihr immer kalt war, schlief sie zehn Monate pro Jahr in einem dicken Pyjama. Außer im Juli und August.

Ich setzte mich auf die Toilette; aus dem Küchenschrank hatte ich meine Bücher geholt. Ich begann zu lesen. Am Rand machte ich mir Notizen, was ich in der nächsten Auflage ändern wollte. Doch ich wollte so viel verändern, daß es sich zu einem hoffnungslosen Unterfangen auswuchs und ich nach ein paar Seiten wieder aufhören mußte. Ich betrachtete mich im Spiegel. Danach blätterte ich noch ein wenig in meinen anderen Büchern.

Ich kam zu dem Schluß, daß ich mir einen ehrbaren Beruf suchen mußte. Keine Vorworte mehr, keine Nachworte, keine Ein- oder Ausleitungen, keine Anmerkungen, keine Artikel, keine Fußnoten und vor allem keine Erklärungen zu Fragen von freundlichen Damen, die auch nichts dran ändern konnten, daß sie ab und zu was in Sachen Kultur unternehmen mußten.

Meine Frau kam ins Bad geschlurft. Sie war noch schlaftrunken.

»Was tust du denn hier?«

»Ich lese meine Bücher.«

»Mitten in der Nacht?«

Sie schob mich beiseite, setzte sich auf die Toilette und pinkelte, während sie nachdenklich vor sich hin starrte.

»Was würdest du davon halten, wenn ich ein Blumengeschäft eröffnen würde?«

»Ein Blumengeschäft?« antwortete sie. »Du hast für Blumen doch gar nichts übrig!«

»Eben. Dann läßt man sich nicht von sentimentalen Erwägungen leiten. Kannst du dir mich als Blumenhändler vorstellen?«

Sie sah mich einen Moment lang an. »Nein, Robert«, sagte sie, »dich als Blumenhändler, das kann ich mir nicht vorstellen, das kann sich niemand vorstellen. Wenn du das Papier um die Blumen gewickelt hast, sind sie schon tot.«

Ich betrachtete mich selbst, die Bücher, die neben der Toilette lagen, die Haare auf meinen Zehen.

»Es ist wie eine allergische Reaktion«, sagte ich, »eine Art Prosa-Allergie. Ich muß ins Blumengeschäft wechseln, sonst nimmt's ein schlimmes Ende mit mir.

Dann lauf ich in einem Jahr mit einer Flöte in der Tasche und einem Barett auf dem Kopf herum und erzähle jedem, der es hören will, ich sei Rasputin.«

»Das solltest du besser lassen«, sagte meine Frau.

Ich blieb im Badezimmer, und als es wieder hell wurde, kam mir der Gedanke, daß RASPUTIN-PFLANZEN UND BLUMEN ein guter Name für ein Blumengeschäft wäre (Spezialgebiet: Giftpflanzen). Mein Blumengeschäft würde ein dekadentes Blumengeschäft. Kaum vier Tage später kamen wieder ein paar Rechnungen, und ich beschloß, den Vorschlag für das Kochbuch anzunehmen, weil ich dafür im Moment nicht mehr zu tun brauchte, als eine Unterschrift zu leisten.

»Schreib erst mal das Kochbuch, dann reden wir über deine neue Idee.«

»Stephan …«, sagte ich.

»Glaub mir, ich bin schon seit Jahren in diesem Geschäft. Erst das Kochbuch. Schreib das mal zu Ende. Und zwar schnell.«

Ich murmelte etwas, doch mein deutscher Verleger sagte: »Ich will es in vier Wochen haben, sonst brauchst du's mir nicht mehr zu schicken. Sonst annulliere ich den Vertrag.«

»Geht in Ordnung«, sagte ich und hängte auf.

Dann bat ich um ein R-Gespräch mit Chicago. David war nach Chicago gezogen, ich nach New York.

»Warum klingelst du mich wach, Robert?« fragte er. »Und auch noch per R-Gespräch?«

»Ich zahl dir alles zurück, David«, sagte ich. »Schrei nicht so, ich bin in Albany.«

»Was tust du denn da?«

»Ich bin hier gelandet. Sag, wie geht's dir? Immer noch am Promovieren?«

»Promovieren, das dauert Jahre, Robert«, sagte David, »das hab ich dir schon x-mal gesagt, das ist nicht so was wie einen Roman schreiben. Zum Promovieren muß man richtig detailliert forschen.«

»Darum ruf ich aber jetzt nicht an, David. Ich bin in Albany, und ich glaube, es wäre gut, wenn ich meine Frau verlasse, vorübergehend jedenfalls, und da dachte ich: Vielleicht könntest du sie mal anrufen?«

»Was? Wen soll ich anrufen?«

»Meine Frau, die Märchenprinzessin.«

»Warum soll ich sie anrufen? Und was soll ich ihr sagen?«

»Na, daß ich sie verlasse.«

»Und warum soll ich das machen?«

»Weil du mein Freund bist. Schau, wenn sie anfängt zu weinen, zieh ich den Schwanz ein, dann werd ich weich, du kennst mich, ich werd weich, sie soll mit mir machen, was sie will, und wenn sie mich umbringt, aber wenn sie anfängt zu weinen, werd ich weich.«

»Du brauchst einen Therapeuten, Robert.«

»Die Märchenprinzessin ist einer, das ist ja das Problem.«

»Soll ich dir einen Arzt rufen? Ich hab Verwandte in Albany, die kennen bestimmt einen. Ich hab lange nicht mit ihnen gesprochen, aber wenn es ein Notfall ist, wären sie bestimmt bereit, dir zu helfen.«

»Du hast dich mit der Märchenprinzessin immer gut verstanden«, sagte ich. »Vielleicht könntet ihr heiraten? Das wäre ideal, dann bin ich der Hausfreund.«

»Arbeitst du an einem neuen Buch?«

»Ich arbeite an der Wirklichkeit. Ich kann sie nicht anrufen, du mußt das für mich tun, sag notfalls, ich wäre in Japan, zu Feldforschungen.«

»Was für Feldforschungen? Krebsforschungen?«

»Ich bezahl auch dafür, ich geb dir all meine Erstausgaben, aber ruf bitte für mich die Märchenprinzessin an. Und warum willst du sie nicht heiraten? Für dich wäre es doch auch das beste, du willst doch nicht dein Leben lang mit deinem Hund allein bleiben?«

»Ich will deine Erstausgaben nicht, Robert, und ich hab dir schon mal gesagt, daß du die Finger von meinem Hund lassen sollst mit deinen Phantasien. Ich möchte jetzt weiterschlafen, ich will auch deine zweiten und dritten Ausgaben nicht haben, und deine Frau möchte ich auch nicht anrufen, um ihr zu sagen, daß du sie verlassen willst. Ich geb dir die Telefonnummer von meinen Verwandten in Albany; du mußt sie anrufen und ihnen sagen, daß du mich kennst und dringend einen Arzt brauchst, das ist alles, was ich für dich tun kann.«

»Oben wartet Rebecca auf mich, ich hab nicht so viel Zeit.«

»Wer ist Rebecca? Eine Hure? Bist du wieder am rumhuren?«

»Nein, nein, absolut keine Hure, wie soll ich es ausdrükken, einfach jemand, der etwas vor meiner Wohnungstür hat liegenlassen. Sie hat was von Mata Hari. Denkt sie.«

Ich hörte David stöhnen und seufzen.

»Okay, Robert, hast du Papier und was zu schreiben? Ich geb dir die Adresse von einem guten Doktor.«

»Ich hab keine Zeit für Ärzte«, schrie ich, »ich muß ein Kochbuch schreiben, du Idiot! Und ich will meinen Nachruf schreiben, ich kann das keinem drittklassigen Journalisten überlassen. Und du darfst ihn auch nicht schreiben, David, du bist schlimmer als ein drittklassiger Journalist, du bist ein drittklassiger Philosoph.«

Ich hängte auf und schneuzte mir die Nase.

Als ich ins Zimmer zurückkam, stand Rebecca vor dem Fenster.

»Ich lauf schon seit drei Tagen im selben Slip herum, und für eine Frau ist das noch viel unhygienischer als für einen Mann.«

»Ach ja? Ist das so?«

»Ja«, sagte sie, »das ist so. Wenn du ein bißchen in Biologie aufgepaßt hättest, wüßtest du das.«

»Rebecca«, sagte ich und setzte mich, »ich muß dir was beichten. Ich bin eigentlich Kochbuchautor.«

Sie sah mich an und begann zu lachen, so laut, fast hysterisch, daß mir angst und bange wurde.

»Und was für Kochbücher schreibst du dann?«

»Über die polnisch-jüdische Küche. So lautet auf jeden Fall der Vertrag. Daß es von der polnisch-jüdischen Küche handeln soll.«

»Kennst du dich damit denn aus?«

»Nicht richtig.«

Und wieder begann sie so laut zu lachen, daß mir angst und bange wurde.

Noch am selben Morgen gab ich eine Annonce in der *New York Times* auf: »Vertrauenswürdiger Kochbuchautor sucht Kenner der polnisch-jüdischen Küche. Für Kochbuch. Gute Bezahlung.« Ich zahlte mit meiner Mastercard aus Irland. Es sollte am nächsten Tag in der Zeitung stehen, sagten sie.

So begann mein Leben als Kochbuchautor, und ich mußte an Evelyn denken, die für mich hatte kochen wollen, wenn ich bei ihr in der Nähe gewohnt hätte. Und die, wenn wir zum Essen ausgingen, mir immer die Speisekarte gegeben und gesagt hatte: »Such du was aus, ich weiß doch nicht, was schmeckt.«

Wir frühstückten mit Muffins in einem schlecht beleuchteten Café in der Nähe des Hotels. Schnee war nirgends zu sehen, doch es wehte ein schneidender Wind.

»Wir müssen nicht nur Slips kaufen, du brauchst auch einen neuen Mantel.«

»Er hält jetzt schon den zweiten Winter.«

»Oh«, sagte ich, »zwei Winter, und es ist schon Frühling.«

Wenn ich das bohrende Schamgefühl hätte loswerden können, indem ich ihr zwanzig Wintermäntel kaufte, hätte ich das, ohne im geringsten zu zögern, sofort getan. Ich fürchtete nur, daß selbst Wintermäntel nichts nutzen würden.

Sie sah mich mit erwartungsvollem Blick an und biß noch einmal in ihren Brombeermuffin.

»Weißt du«, sagte ich, »ich muß jetzt wirklich mein Kochbuch schreiben.«

»Falle ich dir zur Last?«

Zur Last. Wenn mir hier irgendwer zur Last fiel, dann war ich das höchstwahrscheinlich selbst.

»Nein«, sagte ich, »du fällst mir nicht zur Last.«

»Warum ist es dann auf einmal so dringend?«

»Was?«

»Das Kochbuch.«

»Der Verleger will es unbedingt haben. So sind Verleger. Zuerst lassen sie ewig nichts von sich hören, und dann können sie auf einmal nicht mehr warten.«

Ich zauberte ein charmantes Lächeln hervor. Vielleicht war auch das eine Form der Erlösung, nicht mehr charmant lächeln zu müssen. Nie mehr charmant lächeln zu müssen. Ich hatte mich den Leuten mit viel Vergnügen verkauft, an immer weniger Leute in letzter Zeit, doch trotzdem mit viel Vergnügen. Das Geschäft, das meinen Namen trug, war leergekauft. Die Bankrottversteigerung lief schon seit einiger Zeit und war, man konnte es nicht anders sagen, ein durchschlagender Erfolg.

Ich wußte, das Vordringlichste war jetzt, die Schulden bei American Express innerhalb von zehn Tagen wenigstens teilweise zurückzuzahlen. Wenn das Leben aus dem Abbezahlen von Kreditkartenschulden bestand, hatte man etwas falsch gemacht. Ich wußte nur nicht, an welcher Stelle es begonnen hatte, falsch zu laufen.

Ein paar Wochen zuvor hatte meine Frau gesagt: »Wäre es nicht vernünftiger, wenn wir etwas weniger essen gingen? Verkaufen sich deine Bücher denn immer noch so gut?«

»Wieso – ›weniger essen gehen‹?« hatte ich gerufen. »Lieber häng ich mich auf, als weniger essen zu gehen. Und der Verkauf läuft prima. In einigen Ländern läuft er sogar ausgezeichnet.«

»Und in welchen Ländern?«

»Korea«, sagte ich. »Die Koreaner verstehen mich.«

Ich weiß nicht, ob sie mir glaubte, vielleicht tat sie nur so. Daß sie einem glauben, kann unangenehm sein, aber wenn sie anfangen, nur so zu tun, als würden sie einem glauben, ist man definitiv einsam.

»Kann ich dir bei deinem Kochbuch nicht helfen?«

Ich sah Rebecca an. »Nein«, sagte ich, »ich glaube nicht.« In dem Moment kam der Liliputaner vom Vorabend ins Café spaziert. Er hatte uns schon gesehen und stellte sich zu uns an den Tisch.

»Guten Morgen«, sagte er. Er hatte sich Öl in die Haare geschmiert. Seine Frisur sah aus wie ein Motorradhelm.

»Bruder und Schwester zusammen auf Reisen, das ist schön«, sagte der Liliputaner. Er lachte wie am Abend zuvor. Als wisse er alles.

Die erste Geschichte, die ich je publiziert hatte, hieß *Grüner Tee*. Sie erschien zuerst in einer Zeitschrift, die inzwischen nicht mehr existiert und die, um die Wahrheit zu sagen, kaum je wirklich existiert hat. Als sie erschien, kaufte ich drei Exemplare. Eins davon trug ich ständig bei mir. Ich zeigte die Zeitschrift den unmöglichsten Leuten. Selbst nichtsahnenden Kunden im Nachtkauf.

Die Geschichte verlieh mir nicht so sehr einen Mehrwert, sie war schlicht und einfach der Beweis meiner Existenz. Ich habe sie später auf Davids Kosten noch einmal nachdrucken lassen und in meinem näheren Bekanntenkreis verteilt.

Zwei Zeitungskritiker hatten *Grüner Tee* in einem

Nebensatz erwähnt. Auch diese Nebensätze trug ich ständig in der Brusttasche bei mir.

Ich rief meine Bekannten an, viele waren es nicht, ob sie die Zeitung gelesen hätten. »Habt ihr's gesehen?« fragte ich. »In der Zeitung steht was über *Grüner Tee*.«

Die Bekannte, bei der ich damals die Nudeln mit Gorgonzolasoße gegessen hatte, rief zurück. »Ich kann es nicht finden«, sagte sie. »Ich hab die Zeitung dreimal von vorn bis hinten durchgeblättert, wo soll es denn stehen?«

Ich nannte ihr die Seite. Dann rief sie zurück; sie klang enttäuscht. »Es ist bloß ein Nebensatz, und sie haben deinen Namen auch noch falsch geschrieben.«

Vielleicht ist das der Kreis, den man vollenden muß. Man beginnt als Nebensatz mit falsch geschriebenem Namen, und so endet man auch. Und was dazwischen liegt, läßt sich kaum benennen. Ein Fest mit flüchtigen Bekannten, auf dem man eher widerwillig zu lang hängengeblieben ist. So ein Fest, bei dem man am nächsten Morgen in einem fremden Wohnzimmer wach wird.

»Geht die Reise heute weiter?« fragte der Liliputaner.

»Vielleicht«, sagte ich, »schon möglich.«

Ich sah Rebecca an, die Krümel aus ihrem Muffin pulte. Meine Frau bastelte jetzt Marionetten mit den Taubstummen. Sie war eine der wenigen Psychotherapeutinnen in der Tagesklinik, die die Taubstummensprache beherrschte.

»Und wohin fahrt ihr?« fragte der Liliputaner.

»Richtung Kanada«, antwortete ich.

»Kanada ist ein großes Land«, sagte der Liliputaner, »ich bin da gewesen. Groß und leer.« Er sah mich triumphierend an.

Wer nicht da ist, gaukelt den anderen etwas vor. Ich war schon seit langer Zeit nicht mehr da. Ich war schon seit langem aus den Leben der anderen verschwunden, es gab nur noch meine Lügen, und die hatten zufällig die gleiche Erscheinung wie ich, doch das war auch alles. Ich mußte nur noch aus meinem eigenen Leben verschwinden. Ein letzter Zaubertrick, es würde eine Kleinigkeit sein, nach allen Tricks, die ich schon vollführt hatte.

Der Liliputaner verkaufte mir eine Glücksmünze an einer Schnur. Sie sollte mich beschützen; wovor, war mir unbekannt.

Für Rebecca kaufte ich einen Mantel für zweihundert Dollar, was, wenn es eine einigermaßen unparteiische Jury gäbe, eine in jeder Hinsicht vertretbare Ausgabe war.

Schon am selben Morgen, als die Annonce in der Zeitung erschienen war, riefen zwölf Leute in meiner New Yorker Wohnung an, alles Kenner der polnisch-jüdischen Küche – so berichtete die Prinzessin, die ich von einer Telefonzelle aus angerufen hatte.

»Was hat das zu bedeuten?« hatte sie gefragt. »Auf dem Antwortapparat sind lauter Nachrichten von Leuten, die behaupten, wegen einer Annonce anzurufen.«

Ich erklärte ihr in ein paar Sätzen, daß ich dabei war, ein Kochbuch zu schreiben, und daß ich dazu die Hilfe von Kennern benötigte.

»Warum erzählst du mir nie etwas?«

»Wie meinst du das?« fragte ich.

Rebecca saß in dem weißen Cabrio. Das Verdeck war geschlossen. Sie las die Zeitung.

»Du sagst mir nie etwas. Ich muß dir alles aus der Nase ziehen. Und dabei bin ich verdammt noch mal deine Frau – ich habe ein Recht darauf zu wissen, was vorgeht.«

»Wie kann ich dir sagen, was vorgeht, wenn ich es selbst nicht weiß? Wie war's bei deinen Irren?«

»Das geht dich nichts an. Warum hast du nicht früher gesagt, daß du ein Kochbuch schreiben mußt? Warum sagst du mir nie, was los ist?«

»Ein literarisches Kochbuch. Mit eingeschobenen Geschichten zwischen den Rezepten. Ich muß noch eine Form dafür finden, irgendwas Sentimentales über das Schtetl, und dann immer ein Rezept dazwischen. Was los ist? Ich hab keinen blassen Schimmer.«

»Und was machst du in Albany, wenn du ein Kochbuch über die polnisch-jüdische Küche schreiben sollst, kannst du mir das mal erklären?«

Rebecca winkte. Ich winkte zurück.

»Was ich in Albany tue? Ich bin dabei, dich zu verlassen.«

»Wie meinst du das? – Dabei, mich zu verlassen?«

»Wie ich es sage. Ich bin dabei, dich zu verlassen. Ich kann es nicht anders ausdrücken.«

»Und warum, wenn ich fragen darf? Idiot!«

»Weil … Weil wir uns gegenseitig verrückt machen. Wenn zwei Hunde in einem Zwinger sich gegenseitig verrückt machen, steckt man sie doch auch in verschiedene Zwinger.«

»Du hältst uns also für Hunde?«

»Manchmal.«

»Laß die Kindereien, Robert. Was du tust, will ich wissen!«

»Ich bin dabei zu verschwinden.«

»Das ist nichts Neues. Das tust du schon seit hundert Jahren. David hat angerufen.«

»Was hat er gesagt?«

»Er fragte, ob es dir gutginge, er fragte, ob du Hilfe bräuchtest.«

»Er ist frustriert. Ich schreibe die Bücher, und er muß darüber schreiben. Ich wäre auch frustriert, wenn ich er wäre. Was hat er denn vom Leben? Einen Hund und ein paar Studenten. Und er hat keine Tischmanieren. Hast du ihn mal essen sehen? Er ißt wie ein Schwein.«

»Er macht sich Sorgen.«

»Eigentlich ist sich trennen nur eine umgekehrte Form von Liebe. Man liebt jemanden eine Sekunde lang oder denkt, man würde ihn lieben, und den Rest der Zeit ist man dabei, Abschied von ihm zu nehmen, sich von ihm zu lösen, und je länger der Abschied, desto größer war die Liebe, nehme ich an. Eigentlich ist das Leben nichts anderes als ein Abschied vom Leben. Das ist der Kern des Lebens, und Liebe ist Abschied nehmen von der Liebe – es ist alles ein einziges großes Abschiedsfest. Es war ein bezauberndes Abschiedsfest, doch jetzt muß ich nach Hause, endlich ausschlafen, das Geschirr von letzter Woche spülen. Verstehst du?«

Ich kam richtig in Fahrt. Das hier mußte ich mir merken.

»Robert, du bist übergeschnappt, du mußt dich einweisen lassen.«

»Das ist deine Spezialität, ich werd mit dir nicht über deinen Beruf diskutieren, aber dein Ratschlag kommt zu spät. Vor einem Jahr hätte ich mich einweisen lassen, vor zwei Jahren vielleicht, aber jetzt nicht mehr. Jetzt nicht mehr. Ich bin ein nebenberufliches Genie.«

»Versuch ein hauptberufliches Genie zu werden, Robert, das macht es für alle einfacher. Und du kommst jetzt nach Hause.«

»Ich kann nicht. Ich habe ein Auto gemietet.«

»Es interessiert mich nicht, was du gemietet hast. Ich will es überhaupt nicht wissen und auch nicht, in welchen Hurenläden du dich wieder rumgetrieben hast, ich weiß nur, daß du niemanden in deinem Leben zuläßt, absolut niemanden, und daß du schon seit Jahren dabei bist, auch mich aus deinem Leben zu entfernen. Und ich verspreche dir: In nicht allzu ferner Zeit wird dir das gelingen.«

»Ich bin in gar keinem Hurenladen gewesen. Ich war schon seit Jahren in keinem Hurenladen mehr. Außerdem ruf ich dich aus einer Telefonzelle an, ich hab nicht viel Zeit, ich muß gleich weg.«

»Immer, wenn du mich anrufst, mußt du gleich weg. Warum rufst du überhaupt an, wenn du gleich wegmußt?«

»Weil ich dabei bin, dich zu verlassen. Um dir das zu sagen. Gib mir die Zeit, es zu Ende zu bringen.«

»Was zu Ende zu bringen, wovon sprichst du?«

»Dich zu verlassen. Und du hast recht mit dem, was du gerade sagtest, daß ich niemanden in meinem Leben zulasse, das ist meine Philosophie.«

»Ich werd krank von deiner Philosophie.«

»Kannst du mir die Telefonnummern von den Leuten geben, die angerufen haben?«

»Robert, so kannst du mich nicht behandeln.«

»Wie behandle ich dich denn?«

»Wie deine Mutter.«

»Du bist schlimmer als meine Mutter. Nicht mal in Albany läßt du mich in Ruhe.«

»Wieso laß ich dich nicht in Ruhe? Du rufst bei mir an.«

»Um zu reden. Nicht, um eine Lawine von Vorwürfen zu hören. Im Grunde wirfst du mir doch vor, daß ich überhaupt lebe.«

»Das bildest du dir ein, Robert.«

»Wenn die Bücherschränke falsch geliefert werden, ist es doch auch meine Schuld.«

»Das war auch deine Schuld, du hättest besser aufpassen müssen. Aber du hattest damals ja wieder mal zuviel mit deinen Scheißbüchern zu tun.«

»Speiseführer, keine Scheißbücher, mein Schatz, die Scheißbücher sind Vergangenheit.«

»Egal, du hast nicht aufgepaßt, als sie die Schränke geliefert haben, darum geht's doch.«

»Siehst du: eine ewige Lawine von Vorwürfen. Wenn ich etwas Schlechtes über mich hören will, brauch ich nicht mal Kritiken zu lesen, ich brauch nur meiner Frau zuzuhören! Und jetzt gib mir die Telefonnummern.«

»Robert, ich weiß nicht, was du da wieder mal treibst, aber du kommst schon von selbst zurück nach Hause, wenn du Hunger hast.«

»Das hat mein Vater auch immer gesagt.«

»Hör auf, mich mit deinen verrückten Eltern zu vergleichen.«

Rebecca hupte. Ich winkte noch einmal. Sie winkte zurück.

»Du bist noch verrückter als meine Eltern, glaub mir, darum können deine Patienten dich auch so gut leiden. Die erkennen in dir ihren eigenen Wahnsinn.«

»Lassen wir das, es ist sinnlos. Ich hau ab, Robert, ich hau endgültig ab.«

»Das hab ich schon so oft gehört.«

Sie gab mir die Telefonnummern der Leute, die angerufen hatten und behaupteten, Kenner der polnisch-jüdischen Küche zu sein. Ich notierte sie auf einer Zeitung.

»Ich ruf bald wieder an«, sagte ich, als ich alle Nummern aufgeschrieben hatte.

Sie schwieg.

»Funktioniert die Kreditkarte aus Irland?« fragte ich.

»Ja«, sagte sie, »die funktioniert noch, aber die Citibank hat schon wieder einen Brief geschrieben.«

»Ich bring das in Ordnung«, sagte ich, »mach dir keine Sorgen.«

»Paß auf dich auf.«

»Ja«, sagte ich, »ich paß auf mich auf.«

Ich hängte ein. Danach rief ich bei meiner Mutter an, um zu fragen, wie es um ihre Gesundheit stand.

Als ich auch das hinter mir hatte, rief ich die Nummern an, die ich von der Märchenprinzessin bekommen hatte. Die meisten waren nicht zu Hause, oder sie waren da, aber es stellte sich heraus, daß sie von der polnisch-jüdischen Küche keine Ahnung hatten, nur von der peruanischen. Oder sie fingen sofort an, von Geld zu reden. Bis ich Missis Fischer an den Apparat bekam. Sie wohnte in Yonkers. Sie war in Polen aufgewachsen, in Lodz, und sprach Englisch mit einem starken Akzent. Sie sagte, daß die Welt für sie immer noch ein genauso großes Rätsel sei wie für ein vierjähriges Kind, doch daß es in der polnisch-jüdischen Küche keine Geheimnisse für sie gebe. Ich könne sofort vorbeikommen.

»Wer mehr über die polnisch-jüdische Küche erfahren will, ist mir jederzeit willkommen«, sagte sie.

Wir verabredeten uns noch für denselben Abend. Dann ging ich zu Rebecca zurück und setzte mich neben sie ins Auto.

»Das hat aber lange gedauert«, sagte sie.

»Glaubst du«, fragte ich, »daß Glück etwas ist, das man einfach ausfallen lassen kann?«

»Wie meinst du das?«

»So wie man nach dem Essen zum Beispiel den Nachtisch ausfallen läßt, weil man schon zuviel Suppe und Fleisch gegessen hat. Man ist einfach zu voll für den Nachtisch. Glaubst du, daß man Glück genauso ausfallen lassen kann?«

»Glück ist doch kein Nachtisch.«

Sie hatte sich einen neuen Lippenstift gekauft. Rosa.

»Wie ist deine Ehe eigentlich?« fragte Rebecca.

Meine Ehe, wie war die?

»Gut«, sagte ich, »ein Stehempfang.«

Sie nickte.

»Mußt du nicht lachen?«

»Ich lache innerlich.«

»Hör mal«, sagte ich, »glaubst du, ein Clown freut sich, wenn die Leute hinterher sagen: ›Wir haben innerlich gelacht?‹ Glaubst du das?«

Wir fuhren zurück, Richtung Süden, zu Missis Fischer. Unterwegs bekamen wir noch mal Hunger. Rebecca wollte einen Cheeseburger. In meiner Anwesenheit aß sie gut, obwohl sie gesagt hatte, daß sie manchmal wochenlang nichts anderes äße als ein bißchen Salat und trockenen Reis.

Im Autobahnrestaurant setzten wir uns an einen Tisch am Fenster mit Aussicht auf den Parkplatz. Sie pulte die Zwiebeln aus ihrem Cheeseburger und legte sie sorgfältig vor sich auf die Tischplatte aus Plastik.

Ich war das Rettungsboot, das vorbeigetrieben und auf das sie aufgesprungen war, ohne zu wissen, daß das Rettungsboot leckte.

»Ich glaube«, sagte ich und wischte die Zwiebeln in die Cheeseburgerverpackung, »ich muß es noch einmal sagen: Der, den du suchst, existiert nicht mehr. Der, den deine Mutter im Fernsehen gesehen hat und der so einen ungesunden Eindruck machte, der existiert nicht. Ich schreibe Kochbücher oder bin kurz davor, sie zu schreiben. Ich habe Schulden, keine romantischen Schulden, die man einfach loswerden kann, indem man seine Eltern ein bißchen beklaut, nein, richtige Schulden, erwachsene Schulden. Das einzige Erwachsene an mir sind meine Schulden. Verstehst du?«

Sie nickte, und trotzdem hatte ich das Gefühl, daß sie mehr mit ihrem Cheeseburger beschäftigt war als mit mir.

»Sechsstellige Schulden. Wenn du das Abenteuer suchst, bist du an den Falschen geraten.«

»Ich suche kein Abenteuer«, sagte sie mit vollem Mund. »Das Abenteuer liegt hinter mir, und es war nichts Aufregendes.«

Erwartungen wecken, die nie erfüllt wurden; ich konnte mich nicht erinnern, je etwas anderes getan zu haben. Manchmal erwachte ich mitten in der Nacht und erinnerte mich wieder, wie sie mich angesehen hatten, mit dieser Mischung aus Überraschung, Wut und Kummer – diesem ungläubigen Staunen, mir je vertraut zu haben, doch eigentlich konnten sie es immer noch nicht fassen, sie dachten, ich mache nur Spaß, sie suchten nach einem Wort, einem Zeichen, daß alles nur ein Irrtum und ich doch derjenige war, der zu sein ich immer behauptet hatte.

»Ich suche wirklich kein Abenteuer«, wiederholte sie. »Hast du die Tabletten von meiner Mutter noch? Jetzt hätte ich auch gern ein paar.«

Ich sah Rebecca an, sie roch so herrlich verlebt, sie trug schon seit Tagen dasselbe Kleid, doch immerhin hatte sie jetzt einen neuen Mantel und einen neuen Lippenstift.

Die Zukunft, die immer so schön weit weg gewesen war, stand kurz davor, über mich hereinzubrechen. Meine Zukunft war Missis Fischer. Meine Zukunft war die polnisch-jüdische Küche, meine Zukunft machte einen unangenehm definitiven Eindruck.

Meine Hand lag auf Rebeccas Oberschenkel, nicht, weil ich so erregt gewesen wäre, sondern weil ich jetzt in diesem Burger King irgendwo zwischen Albany und Yonkers nicht allein sein wollte, und plötzlich schoß mir die Erinnerung an ein Bild von einem Dackel durch den Kopf. Das Gedächtnis muß eine Krankheit sein, ein Fieber, das trotz hundert kalter Umschläge einfach nicht nachlassen will.

»Wir könnten natürlich zusammen schlafen«, sagte ich, »aber ich weiß nicht, ob das viel nutzen würde.«

Rebecca sagte: »Ich glaube, es nutzt.«

Es war ein warmer Abend gewesen, einer dieser Abende, an denen die Stadt flirrte. Ich mag flirrende Städte, ich mag Abfall, der auf dem Bürgersteig neben der Terrasse in der Hitze vergammelt, in einem Café, wo sie sich nicht an die Sperrstunde halten.

Evelyn kleidete sich an, langsam, dann gab sie mir ein Bild von einem Dackel.

»Hier«, sagte sie. »Hat mein Sohn für dich gemalt.« Das Bild war zusammengerollt, mit einem Gummi drum herum. Ein Gummiband, wie Postboten es benutzen. »Ein Dackel«, sagte ich, »wie lieb.« Evelyn nickte. »Für dich«, sagte sie, »von meinem Sohn.« Ich rollte das Bild wieder zusammen, tat das Gummi darum und legte es, als ich wieder zu Hause war, in eine Schublade in meinen Schreibtisch.

Ein paar Wochen später sagte die Märchenprinzessin: »Ich hab ein Bild von einem Dackel gefunden.«

»Ja«, sagte ich, »das hat mir wer geschenkt.«

»Lustig«, sagte sie.

Die Stadt flirrte noch, doch manche Blätter waren schon gelb und braun, und auch auf einige rote Blätter hatte die Märchenprinzessin mich schon hingewiesen. Wir gingen Rollschuh fahren. Oder besser: Sie ging Rollschuh fahren; ich saß auf einer Bank und winkte, wenn sie vorbeikam.

Nach drei Runden setzte sie sich neben mich.

»Hast du keine Lust mehr?« fragte ich.

»Wenn ich eine Affäre hätte«, sagte sie, »würde ich es dir nie erzählen. Was soll das bringen?«

»Nein«, sagte ich, »was soll das bringen?«

Sie zog ihre Rollschuhe aus.

Treue und Untreue sind Begriffe, die irgendwann keine Rolle mehr spielen, oder besser gesagt: Sie ändern ihre Bedeutung. Was einen an jemanden bindet, ist nicht mehr so etwas Nebulöses wie Treue. Was einen letztlich miteinander verbindet, ist die umgekehrte Form der Liebe: daß man voneinander genug hat, daß der andere verschwinden soll, abhauen, verrecken, sterben, und daß der andere aber einfach nicht abhaut und auch nicht stirbt. Ein Strafstoß, den man immer wieder zugeteilt bekommt und bei dem man immer wieder danebenschießt – und daß man darüber lachen kann, über das Danebenschießen, das ist eine Bedingung, um die umgekehrte Form der Liebe genießen zu können. Genug voneinander haben ist etwas, das man jahrelang durchhalten kann, notfalls ein ganzes Leben.

»Genug Rollschuh gefahren für heute«, sagte die Märchenprinzessin.

Vielleicht muß man sich gehenlassen können, dem Zufall überlassen, um wirklich zu leben. Doch das konnte ich nicht. An meinem Spiel war der Clou, dafür zu sorgen, daß nicht ich selbst, sondern der andere die Kontrolle verliert. Daß der andere auf einmal merkt, wie der Boden unter seinen Füßen Treibsand wird.

So wie man mit einer Fotolinse den Hintergrund unscharf stellen kann, so kann man auch dafür sorgen, daß die Realität des anderen langsam unscharf wird, körniger, immer körniger, bis die Körner zu Versprechen werden. Folge mir, dann gehen wir zusammen ins Gelobte Land. Du wirst Sand in die Schuhe bekommen, doch ich werde dir die Schuhe bürsten und deine Füße sauberlecken.

Nur hatte ich irgendwo einen tödlichen Irrtum begangen, etwas übersehen, was ich nicht hätte übersehen dürfen. Und so war mir die Kontrolle nach und nach entglitten. Es war eine Situation entstanden, in der sich nicht mehr gewinnen ließ.

»Du kannst nicht alles wie ein Spiel betrachten«, hatte die Märchenprinzessin gesagt, »das ist krank.«

Vielleicht hatte sie recht, doch es war ebensogut möglich, daß ich die Wirklichkeit einfach nur mit Scharfblick betrachtet hatte. Ein wenig unterkühlt beobachtet vielleicht, doch darum um so genauer.

Man kann den Leuten immer ein Schnippchen schlagen, doch man darf es ihnen nicht unter die Nase reiben. Man muß ihnen das Gefühl geben, sie seien einem überlegen, sie hätten alles völlig im Griff, und dann, wenn sie sich sicher fühlen, muß man zuschlagen, so wie ein Tiger aus dem Unterholz springt.

Immer noch lag meine Hand auf Rebeccas nacktem Oberschenkel. »Ich glaube nicht, daß es viel nutzt«, sagte ich, »Vögeln ist eine heillose Beschäftigung.«

Sie öffnete den Mund und spuckte fast vor Empörung. »Die Hälfte der Zeit sind die Leute in deinen Büchern am Rumvögeln, und jetzt willst du mir erzählen, das wäre eine heillose Beschäftigung?«

Sie quetschte ihren Cheeseburger zusammen. Es lief Saft heraus. »Die haben zu viel Käse draufgetan«, sagte sie, »eine Scheibe ist lecker, aber kein halbes Kilo.«

Und ich antwortete: »Ich schreibe gern über heillose Beschäftigungen. Und jetzt will ich zu Missis Fischer.«

»Hast du schon mal einen Gedanken daran verschwendet, was ich hier mache?« fragte sie. »Warum ich mich zuerst von dir nach Atlantic City mitschleifen ließ, dann nach Albany und jetzt auch noch nach Yonkers, hast du auch nur einen einzigen Moment über mich nachgedacht?«

»Du hast darum gebettelt, mitfahren zu dürfen, du hast gesagt: ›Schick mich nicht weg.‹«

»Verdreh meine Worte nicht«, sagte sie, »du Gehirnwäscher.«

»Ich bin kein Gehirnwäscher, Rebecca, ich bin Kochbuchautor.«

Sie stand auf und warf die Reste ihres Cheeseburgers in einen Abfalleimer. Dann kam sie zurück.

»Du bist Schriftsteller, das ist mir klar«, sagte sie, »du brauchst Inspiration, das verstehe ich auch, und die holst du dir bei den Lämmchen, die du hinterher bespringst wie ein Bock, dafür habe ich auch noch Verständnis.«

»Einen Moment«, rief ich, »ich hab hier niemanden besprungen. Ich bin kein Bock, und du kein Lämmchen. Darf ich dich daran erinnern, daß du auf mich zugekommen bist, angeblich, um eine Skulptur von einer Schuppenflechtlerin abzugeben. Ich wußte nicht mal, daß es dich gibt. Ich hab dich überhaupt nicht gerufen.«

»Ach – du wußtest nicht, daß es mich gibt?« rief sie höhnisch. »Du wußtest nicht, daß es mich gibt, aber nach Atlantic City hast du mich liebend gern mitgenommen.«

»Setz dich, Rebecca«, sagte ich, »alle Leute schauen uns an.«

»Denkst du, ich bin blöd? Du hast tagelang Inspiration aus mir gesaugt, als wäre ich ein Huhn in der Legebatterie, aber so ist es nicht, ich habe auch Bedürfnisse. Und dann wird's in der Zeitung abgedruckt, und selbst damit kann ich leben, ich seh meine Eltern ja doch so gut wie nie – aber was habe ich davon?«

Alle Kunden im Autobahnrestaurant blickten auf sie. Und dann auf mich.

»Niemand hat behauptet, daß du keine Bedürfnisse hättest. Niemand redet von einer Legebatterie, und mein letzter Artikel für die Zeitung war ein Essay über Svevo. Setz dich, und erzähl mir mehr über deine Bedürfnisse.«

Ich nahm mein Notizbuch und einen Stift. »Rebecca – was sind deine Bedürfnisse?«

»Dir erzähl ich nichts mehr«, schrie sie. Dann rannte sie aus dem Restaurant, und ein Mann, der an der Theke stand, applaudierte.

Zuerst wollte ich sitzen bleiben, doch dann schien mir, daß es besser sei, ihr hinterherzurennen.

Sie hatte eine gute Kondition, sie war schon quer über den Parkplatz gerannt, Richtung Autobahn. Plötzlich mußte ich an den Klienten meiner Frau denken, der nachts nackt durch den Holland-Tunnel gerannt war. Kurz vor dem Pannenstreifen holte ich sie ein.

»Was hast du vor?« rief ich. »Du blöde Ziege, willst du dich vor ein Auto werfen, willst du über die Autobahn rennen, oder was?«

»Laß mich in Ruh«, rief sie, »ich gehe nach Hause, das mit dir war ein Irrtum.«

»Wir müssen Ruhe bewahren«, sagte ich, »einen kühlen Kopf behalten. Jetzt stecken wir beide in dieser Kochbuchsache.«

»Ich stecke in überhaupt keiner Sache.«

»Ich stecke in dieser Sache, und du steckst in dieser Sache, und darum müssen wir Ruhe bewahren. Und wo wir jetzt doch darüber reden: Ich hab überhaupt nichts aus dir gesaugt, und schon gar keine Inspiration. In Sachen Inspiration bist du nämlich eine magere Kuh, eine ganz magere sogar, eine, bei der sich's nicht mal lohnt, sie zu schlachten, für so 'n mickriges Achtel Fleischwurst. Jetzt nicht heulen, okay? Man kann über alles reden. Was hast du eigentlich in Amsterdam gemacht?«

Sie schaute mich an.

»Offiziell hab ich studiert.«

»Aha, und inoffiziell?«

»Jeden Tag kaufte ich mir ein Rosinenbrötchen und ein Stück Käse, und die aß ich dann auf, und den Rest des Tages ging ich nicht mehr aus dem Haus.«

»Und was hast du zu Hause gemacht?«

»Nachgedacht.«

»Worüber?«

»Ich wollte etwas Besonderes tun.«

»Und darüber hast du nachgedacht, während du Rosinenbrötchen mit Käse gegessen hast?«

»Ja«, sagte sie, »und ich hab auch noch eine Woche im Dagmarkt an der Kasse gesessen.«

»Okay«, sagte ich, »wir gehen jetzt in aller Ruhe zurück zum Auto, und dann denken wir nach. Wir stecken nun mal beide in dieser Kochbuchangelegenheit und müssen weitermachen, aber wir schaffen's schon, wenn wir nur keine Fehler machen und einen kühlen Kopf bewahren.«

»Findest du Vögeln wirklich eine heillose Beschäftigung?« fragte sie.

Ich nickte. Am Auto blieben wir stehen.

»Jetzt müssen wir aber wirklich zu Missis Fischer. Sie wartet auf uns.«

»Ist sie auch eine heillose Beschäftigung?«

»Nein, sie ist der Beginn eines neuen Lebens. Du darfst mitkommen, aber vielleicht hast du etwas Besseres zu tun?«

»Wieso, willst du mich etwa loswerden?«

»Nein, aber vielleicht ist Missis Fischer nicht so aufregend. Für dich.«

Wer immer klüger sein will als die anderen, endet im Niemandsland. Wer immer davon ausgeht, daß die anderen ihn reinlegen, verrät alles und jeden, um allen zuvorzukommen.

»Ich glaube, ich werde Missis Fischer sehr aufregend finden«, sagte sie.

In ihrem Mund schmeckte ich Reste Fleisch und Käse und ein paar verirrte Stückchen Zwiebeln; unsere Zungen fanden einander im Niemandsland.

»Ich habe keinen Slip an«, sagte Rebecca.

»Und warum nicht?«

»Das ist hygienischer.«

Missis Fischer wohnte in einer Villa am Stadtrand von Yonkers, nicht im siebten Stock eines einfachen Mietshauses, wie ich eigentlich vermutet hatte. Missis Fischer hatte zwei Hunde, die anfingen zu bellen, als wir aus dem Auto stiegen. Sie wartete schon auf uns.

Sie führte uns durch den Garten und die Küche ins Wohnzimmer. Wir nahmen Platz, ich auf dem Sofa, Rebecca auf einem Sessel. Missis Fischer blieb stehen.

»Arbeitet ihr zusammen?«

»Sie ist meine Sekretärin«, sagte ich und warf Rebecca einen kurzen Blick zu. Sie nickte, es machte ihr nichts aus, als meine Sekretärin vorgestellt zu werden.

Missis Fischer sprach Englisch mit dem starken Akzent von Leuten, die nach wie vor in der eigenen Sprache denken, träumen, zählen und fluchen.

»So«, sagte Missis Fischer, »hier ist schon mal was zu knabbern«, und stellte eine Schale Pfefferminzpastillen auf den kleinen Tisch.

Ich fand es nie ein besonders gutes Zeichen, wenn Frauen einem Pfefferminzpastillen anboten, doch es ging schon lange nicht mehr darum, was ich gute oder schlechte Vorzeichen fand, es ging um ein Kochbuch, eine Deadline, die zweite Hälfte eines Vorschusses, alles sehr praktische Angelegenheiten, fast beruhigend.

Auf der Anrichte standen Fotos von Missis Fischer in jüngeren Jahren, mit einem Mann, mit Kindern, mit noch mehr Kindern, mit Hunden, Missis Fischer am Tag ihrer Hochzeit. Ein ganzes Leben stand dort, Missis Fischer hatte für ihr eigenes Mausoleum gesorgt.

»Und du bist Journalist?«

Missis Fischer hatte sich nun auch gesetzt, sie schob sich den Rock übers Knie. Die Zeit hatte Missis Fischers Koketterie nichts anhaben können.

»Nein, kein Journalist«, sagte ich und schlug die Beine übereinander. Meine helle Hose mußte unbedingt gewaschen werden. »Ich arbeite an einem Buch über die polnisch-jüdische Küche.« Ich beugte mich vor und nahm eine Pfefferminzpastille.

»Ihr kommt gerade richtig«, sagte Missis Fischer. Es war ein gutes Gefühl, zur Abwechslung mal gerade richtig zu kommen.

»Ich war kurz davor, meine Sammlung wegzuschmeißen«, sagte Missis Fischer, »sie nahm einfach zuviel Platz weg.« Sie lehnte sich zurück.

Wir hörten interessiert zu, draußen bellten die Hunde, und in Missis Fischers Wohnzimmer erfüllte sich mein Schicksal als Kochbuchautor. Wenn ich an Vorbestimmung glaubte. Und wenn ich nicht daran glaubte, wurde ich eben zu dem Kochbuchautor, den ich aus mir gemacht hatte.

»Jetzt noch nicht, aber in drei, vier Jahren suche ich mir was Kleineres«, sagte Missis Fischer, »wenn die Hunde nicht mehr da sind.«

»Ah ja«, sagte ich. »Sie sprachen von einer Sammlung. Was ist das für eine Sammlung?«

»Die Archive«, sagte Missis Fischer. »Meine Mutter wußte alles über polnisch-jüdische Küche, und sie hat ein riesiges Archiv angelegt. Es wäre eine Schande, wenn das alles verlorenginge.«

»Missis Fischer«, sagte ich, »Sie sind genau die, die ich suche.«

Sie errötete ein wenig. »Ist das wahr?«

»Hundertprozentig, nicht wahr, Rebecca? Missis Fischer ist genau die, die wir suchen.«

Rebecca zuckte mit einem Bein. Sie nickte.

»Ich hab es immer gewußt.«

»Was, Missis Fischer?«

»Daß jemand wie du kommen würde.«

»Und woher wußten Sie das?« fragte ich lächelnd. Mit einer charmanten Bewegung beugte ich mich noch einmal zu der Schale Pfefferminzpastillen. Ich hatte mich gerade neu erfunden. Ein schüchterner, aber charmanter Robert G. Mehlman, mit seiner Sekretärin um die Welt reisend, auf der Suche nach Rezepten der fast ausgestorbenen polnisch-jüdischen Küche.

»Ich habe einen Hüter«, sagte Missis Fischer.

»Was für einen Hüter?«

Jede Liebe, selbst die kleinste, beginnt mit Aufmerksamkeit. Aufmerksamkeit ist der Akku des Verlangens.

»Einen weisen Hüter«, sagte sie, »der mich leitet.«

»Und wo wohnt dieser Hüter?«

»Der Hüter wohnt nicht irgendwo, er spricht zu mir.«

Ich blickte Missis Fischer direkt in die Augen. »Durchs Telefon, durchs Radio, durch den Fernseher?«

»Nein«, sagte Missis Fischer, »der Hüter ist in meinem Kopf. Er beschützt mich.«

Ich sah Rebecca an, doch sie blickte nicht zurück. Ich strich mir fahrig über den Oberschenkel; alle Worte, über die ich je nachgedacht und die ich dann doch nicht ausgesprochen hatte, stürzten auf mich ein, Dutzende von Liebeserklärungen, ungeschriebene Briefe, Tränen, die ich zurückgehalten, Beleidigungen, die ich mir dann doch verkniffen hatte. Ich hatte mein Leben nicht gelebt, ich hatte nach Formulierungen gesucht, Formulierungen, die jeden erschüttern sollten, die die Wirklichkeit für immer verändern würden, aber die ich zu guter Letzt doch lieber nicht ausgesprochen hatte oder nur dort, wo niemand mich hören konnte.

»Das ist hübsch«, sagte ich. »Und praktisch. So ein Hirte, der einen leitet.«

Plötzlich schoß es mir durch den Kopf, daß Missis Fischer womöglich sehr reich war.

»Missis Fischer«, sagte ich, »eigentlich müßten wir eine Stiftung gründen, um das Archiv Ihrer Mutter zu erhalten und der breiten Öffentlichkeit zugänglich zu machen. Die Fackel muß weitergereicht werden.«

Missis Fischer sah mich forschend an. Einen Moment lang war ich besorgt, zu früh mit der Stiftung angefangen zu haben, daß ich zu gierig gewesen war, daß ich wieder einen falschen Zug gemacht hatte.

»Wie schön du das sagst – ›die Fackel muß weitergereicht werden‹. Ja, ich selbst habe auch schon darüber nachgedacht.«

Sie fand, ich hätte es schön gesagt. Das war ein gutes Zeichen. Schweiß stand mir auf der Stirn, doch jetzt mußte ich weitermachen; ein fetter Fisch war mir ins Netz gegangen, und den durfte ich jetzt nicht mehr entwischen lassen. Gott hatte Mitleid mit mir.

»Ich werde darüber nachdenken«, sagte ich, »wie wir Ihre Mutter in ihren Rezepten weiterleben lassen können.«

»Das wäre schön«, sagte Missis Fischer. »Aber wer

interessiert sich heutzutage denn noch für die polnisch-jüdische Küche?«

Ich sah harmlos aus. Das ist meine Stärke, daß ich so unschuldig dreinschauen kann, hilfebedürftig, verloren, mit Augen, die zu flehen scheinen: »Bitte haben Sie Erbarmen mit mir.«

»Ich glaube, sie würde gern in Rezepten weiterleben«, fuhr Missis Fischer fort. »Sie hat so viel Zeit ihres Lebens in der Küche verbracht.«

»Vielleicht können wir«, improvisierte ich, »sogar ein Gericht nach Ihrer Mutter benennen. Was war ihre Spezialität?«

»Ach«, sagte Missis Fischer, »sie hatte so viele Spezialitäten.«

Ich wischte mir über die Stirn. Rebecca starrte ins Nichts oder sinnierte über den seltsamen Ort, an dem sie jetzt wieder gelandet war, oder über ihr Leben und daß sie gedankenlos mit Männern gewesen war.

»Aber sie muß doch etwas gehabt haben, was sie am besten kochen konnte, etwas, das sie mit der größten Liebe zubereitete, etwas, das Sie am liebsten aßen.«

Missis Fischer dachte lange nach. Sie runzelte die Stirn und bewegte die Lippen, als spreche sie ein leises Gebet. »Der Karpfen«, murmelte sie.

»Der Karpfen«, wiederholte ich. »Also Fisch?«

»Der Karpfen in Aspik.«

Ich holte das Notizbuch aus meiner Brusttasche und notierte: »Karpfen in Aspik.«

»Du bist ein richtiger Journalist«, sagte Missis Fischer.

»Ich bin kein Journalist«, sagte ich noch einmal, »ich bin eher Kochbuchexperte.«

»Wie lange machst du das schon?«

»So ungefähr zehn Jahre.« Ich nickte bedächtig ein paarmal, als zögen in diesem Moment zehn Jahre Kochbucherfahrung an mir vorüber. »Das Geheimnis eines guten Kochbuchautors liegt in seiner Geistesgegenwart, in seiner Bereitschaft, sich jederzeit Notizen zu machen – man weiß nie, wo man wieder ein neues Rezept aufschnappt.«

»Das ist wahr«, sagte Missis Fischer. »Meine Mutter hat es genauso gemacht. Wann hast du Zeit, dir das Archiv anzusehen? Jetzt bin ich ein bißchen müde.«

»Morgen früh«, schlug ich vor.

»Morgen früh um elf«, sagte sie. »Um zehn kommt die Pediküre.«

Wir standen auf. In der Küche gab sie Rebecca die Hand und mir einen kleinen, vorsichtigen Kuß auf die Wange.

»Sie erinnern mich so an meine Mutter«, sagte ich.

»Ach«, sagte sie, »jetzt fühle ich mich aber geschmeichelt! Lebt sie noch?«

Ich schüttelte den Kopf, ganz langsam. Im nächsten Moment drückte Missis Fischer meinen Kopf an ihre Schulter und murmelte ein paar unverständliche Worte. Dann sagte sie: »Als du hereinkamst, wußte ich, daß du Waise bist. Mein weiser Hüter täuscht mich nie.«

»Offensichtlich nicht«, sagte ich. »Bis morgen also, Missis Fischer.«

Im Auto sagte Rebecca: »Aber du bist doch überhaupt keine Waise?«

»Nein«, sagte ich, »ich bin keine Waise, in bin Halbwaise. Macht das einen Unterschied?«

Am Stadtrand von Yonkers fanden wir ein Motel, wo wir mit einiger Mühe ein Zimmer bekamen.

Dort, in dem Motel, schliefen Rebecca und ich zum ersten Mal miteinander. Unterdessen saß Missis Fischer ständig auf meiner Schulter und murmelte: »Karpfen in Aspik, Karpfen in Aspik.«

Anonyme Liebe läuft früher oder später auf Sex hinaus. Um der Anonymität treu zu bleiben, braucht man Fleisch, keine Worte, man braucht Nägel, keine Theorien, und Zähne, keine sarkastischen Bemerkungen.

Bei Evelyn war die Anonymität seinerzeit nach und nach verschwunden; unsere anonyme Liebe hatte eine Vergangenheit bekommen, Erinnerungsstücke. Bilder von Dackeln, Uhren mit Mickymaus-Zifferblatt, Rechnungen mit kurzen Nachrichten, derlei Stücke eben. Dabei bekam die anonyme Liebe auch eine Zukunft und war somit nicht mehr anonym. Sie hatte sogar eine Zimmernummer bekommen, Evelyns und meine Liebe. Eine Zimmernummer kann die anonyme Liebe gerade noch ertragen, aber viel mehr auch nicht. Liebe, die nicht mehr anonym ist, kann sich nach und nach in eine Bedrohung verwandeln.

Einmal habe ich den Busfahrer gesehen. Das langte mir. Er kam ins Café und sagte: »Schnell, gib mir einen Kaffee.«

Als er weg war, sagte Evelyn: »Das war der Busfahrer.«

Ich hielt Rebeccas Kopf an meiner Brust, ihren warmen Kopf, und ich betete, ich flehte, sie solle nicht sagen, daß sie mich liebe. Vor Jahren hätte ich darum gebetet, daß sie es sagte, jetzt betete ich um das Gegenteil; Ironie war hierfür nicht das richtige Wort.

Ich hielt Rebeccas Kopf; Tapeten mit Dackelmuster zogen an mir vorüber, die Märchenprinzessin, die ihre Rollschuhe auszieht, Missis Fischer vor der Anrichte und ich selbst im Nachtkauf, damit beschäftigt, eine Gemüsequiche aufzuwärmen. Und ich hielt weiter den Kopf der Frau neben mir, als könne sie diesem Mahlstrom von Erinnerungen ein Ende bereiten. Als seien ihr Körper, ihre Geschichten, ihre verschwitzte Haut und ihre Zigaretten in Wirklichkeit Türen, die ich nur zu öffnen brauchte, um mit bloßen Füßen endlich im nassen Gras zu stehen.

»Woran denkst du?« fragte sie.

»An dich«, sagte ich, »an deine sieben Männer. Hattest du sie im Griff, hast du mit ihnen gespielt wie ein Puppenspieler mit seinen Puppen?«

»Manchmal, aber ich wollte keine Macht, ich wollte Liebe.«

Später würde sie vielleicht sagen: »Wir waren gedankenlos, aber wir waren noch ziemlich jung, und unsere Unvorsichtigkeit war nur ein Symptom.«

»Ich fühle mich glücklich, unterwegs mit dir«, sagte sie schließlich.

»Ich auch.«

Ich zog mir etwas an und ging in die Eingangshalle, um die Märchenprinzessin anzurufen. Missis Fischer saß immer noch auf meiner Schulter. Ich hatte das Gefühl, daß ich mir die Schlinge schon um den Hals gelegt hatte; das Schwerste lag hinter mir. Ich mußte nur noch springen. Was jetzt noch folgte, war Kinderkram.

»Hallo, Märchenprinzessin.«

»Bist du immer noch dabei, mich zu verlassen?«

»Ja«, sagte ich, »und ich bin dabei, unsere finanziellen Probleme zu lösen.«

Sonst fragte sie nichts. Sie erzählte mir von dem Marionettentheater, das sie mit den Taubstummen gerade inszenierte.

»Es läuft gut«, sagte sie, »sie sind richtig begeistert. Früher mußten die Taubstummen sich immer die Stücke der anderen Patienten ansehen, jetzt müssen die anderen endlich mal den Taubstummen zusehen.«

»Es gibt so was wie Gerechtigkeit auf der Welt«, sagte ich. Dann ließ ich den Hörer aus meiner Hand gleiten und stellte mir vor, ich sei ein taubstummer Patient, der mit Marionetten spielte, unter der fachkundigen Anleitung der Märchenprinzessin.

Punkt elf Uhr am nächsten Morgen parkte Rebecca den Wagen vor Missis Fischers Villa.

Missis Fischer stand schon im Garten, mit ihren Hunden. Sie trug ein grünes Kleid mit schwarzen Ornamenten, das ihre Knie unbedeckt ließ. Es war ein schöner Tag, aber für unbedeckte Knie doch noch etwas zu kühl.

Missis Fischer führte uns in die Küche, wo wir Kaffee und frischgebackene Plätzchen bekamen.

»Wie habt ihr geschlafen?« fragte sie.

»Gut«, sagte ich.

»Wo seid ihr untergekommen?« Sie holte eine neue Ladung Plätzchen aus dem Ofen. Während ich am Morgen unter der Dusche gestanden hatte und daran dachte, daß ich die Karpfen-in-Aspik-Stiftung gründen müsse, hatte Missis Fischer arglos in ihrer Küche gestanden und Plätzchen gebacken.

»Im Motel Silver Lake.«

»Ja, da bringe ich Verwandte, die von weiter her kommen, auch immer unter, das ist sauber und nicht so teuer.«

Ich sah Rebecca an. »Darf ich rauchen?« fragte sie.

»Lieber nicht«, sagte Missis Fischer.

»Ich geh in den Garten.«

Sie stand auf und ging in den Garten.

»So ein nettes Mädchen«, sagte Missis Fischer, »aber sie ißt meine Plätzchen nicht.«

»Sie hat zum Frühstück ein großes Spiegelei gegessen.«

»Oh, das ist so schlecht, Spiegeleier.«

»Ich weiß.«

»Ist es ein jüdisches Mädchen?«

War sie Jüdin? Ich hatte es sie nicht gefragt. Auf das Äußere konnte man sich auch nicht mehr verlassen, echte Rassereinheit war heutzutage kaum noch zu finden.

»Sie hat eine jüdische Seele«, beantwortete Missis Fischer ihre eigene Frage.

»Woher wissen Sie das?« fragte ich, während ich sicherheitshalber einen Blick auf die jüdische Seele warf, die da gerade im Garten stand und rauchte.

»Mein Hüter hat es mir gesagt.«

Ich nickte. Sich nur keine Überraschung anmerken lassen. »Was für ein Hüter ist das genau, den Sie da haben?«

Rebecca kam wieder in die Küche.

»Nimm ein paar Plätzchen«, sagte Missis Fischer, »das ist viel gesünder als Spiegeleier.« Sie holte noch ein Blech aus dem Ofen, obwohl die Schale auch so schon voll war.

»Der weise Hüter sucht sich uns aus, nicht umgekehrt. Mein Hüter ist Indianer.«

»Indianer, wie das denn?«

Rebecca knabberte an einem Plätzchen, und mir stand wieder vor Augen, wie ich mit bloßen Füßen im nassen Gras stehen würde, früh am Morgen.

»Ich war selbst einmal Indianer – früher.«

»Früher?«

»In meinem früheren Leben«, sagte Missis Fischer.

»Aber Ihre Eltern sind doch in Polen geboren?«

»Ja, und meine Großeltern väterlicherseits in Rußland«, fügte sie hinzu. »Aber vor langer, langer Zeit war ich Indianer, ich habe Menschen geheilt. Darum fühle ich mich hier so zu Hause. Nicht weit von hier habe ich gewohnt. Ich war Medizinfrau.«

»Unglaublich«, sagte ich, »unglaublich.«

»Ich kann auch Energie an einen anderen Ort verschieben«, sagte Missis Fischer.

Ich dachte vorsichtig über eine Antwort nach. »Das ist außergewöhnlich«, sagte ich nach einer kurzen Pause.

Die Frau, die Energie an einen anderen Ort verschieben konnte, sah mich dankbar an. »Ich rede mit sehr vielen Leuten«, sagte Missis Fischer, »aber ich merke, daß du etwas ganz Besonderes bist.«

Ich nahm das Kompliment mit einem demütigen Nicken entgegen; noch ein paar Minuten, und ich würde die Karpfen-in-Aspik-Stiftung ins Gespräch bringen.

»Wollen wir uns Ihr Archiv jetzt mal ansehen?«

Sie führte uns die Treppe hinauf. Ich sah blaue

Adern auf ihren Beinen, die sich wie Flußarme in immer kleinere Läufe verzweigten.

Missis Fischer blieb vor einer Tür stehen. »Hier«, sagte sie, »das ist das Heiligtum, das Heiligtum der polnisch-jüdischen Küche.«

»Vielleicht«, sagte ich, »möchten Sie lieber allein hineingehen? Dann warten wir draußen.«

Ich sah Rebecca an, sie nickte, und ich mußte daran denken, wie die Märchenprinzessin eines Tages nach Hause gekommen war, um sich wie eine Irre auf den Staubsauger zu stürzen. Sie wußte, daß ich Staubsaugen haßte – einmal pro Woche kam eine teuer bezahlte Putzfrau, dann verließ ich für fünf Stunden die Wohnung, und außerhalb dieser Zeit wollte ich nicht, daß in meiner Anwesenheit gewischt oder gesaugt wurde. Wenn die große Welt sich schon nicht um meine Gesetze scherte, dann wollte ich wenigstens, daß sich die kleine Welt, die ich bewohnte, meinen Gesetzen unterwarf. Meistens, wenn sie so mit dem Staubsauger wütete, war etwas auf ihrer Arbeit passiert.

»Ist wieder einer vor die U-Bahn gesprungen?« fragte ich. Denn sie sprangen lieber vor die U-Bahn als aus dem Fenster. Es soll ja so etwas geben wie das Theater der Liebe, ganz gewiß aber gibt es so was wie das Theater des Selbstmords.

Die Märchenprinzessin ließ den Staubsauger fallen und begann zu heulen, und ich sagte: »Wenn du deine Arbeit nicht aushältst, mußt du dir eine andere suchen. Was ist los?«

Doch das wollte sie nicht sagen.

»Sind die Marionetten von den Taubstummen kaputtgegangen?«

»Nein«, sagte sie, »die Marionetten wohnen in einer Kiste, die sind nicht kaputt.«

»Was ist es dann?«

»Warum begehen nur immer ausgerechnet die Patienten Selbstmord, denen es gerade so gut geht?«

Ich setzte mich auf den Boden. »Weil sie nicht auf der Hut sind, es ist ihnen nicht bewußt, daß es ihnen gutgeht«, sagte ich. »Man muß im Leben stehen wie in einem Schützengraben, immer auf der Hut, man weiß nie, von welcher Seite sie das Feuer auf einen eröffnen. Und wenn zu lange kein Feuer eröffnet worden ist, eröffnet man es selber, weil die Stille so unheimlich ist.«

»Das Leben ist kein Schützengraben.«

»Und ob es einer ist, und ob – sieh mich an.«

Sie schüttelte den Kopf.

»Vielleicht ist es besser so.«

Wieder schüttelte sie den Kopf. »Jetzt pumpen sie ihm den Magen aus.«

Es war ein Patient, der früher Bier getrunken hatte, viel Bier, so viel, daß seine Tochter vor seinen Augen ertrank. Das war vor über zehn Jahren gewesen, doch seither unternahm der Mann mindestens einmal pro Jahr einen Versuch, seiner Tochter in ihre Welt zu folgen. Offenbar gab es so etwas wie Krebsgeschwüre der Schuld, die sich nicht unterdrücken ließen, nicht einmal mit starken Medikamenten.

»Es ist nicht unser Problem«, sagte ich. »Nimm die Selbstmorde von der Arbeit nicht mit nach Hause. Laß sie dort oder im Taxi oder von mir aus in der U-Bahn, ich will sie nicht zu Hause haben.«

»Warum reagierst du so?«

»Weil man mit Gefühlen nicht überleben kann, Gefühle machen einen schwach, wehrlos, eine Beute für die Jagdhunde.«

Und dann tanzten wir auf marokkanische Musik. Durchs ganze Haus. Um den Sieg zu feiern. Unser Haus war das Haus des aufgeschobenen und immer wieder mißlungenen Selbstmords, doch wir machten weiter. Andere sprangen vor die U-Bahn oder aus dem Fenster oder stopften sich sinnlos mit Schlaftabletten voll, doch nicht wir, wir machten weiter. Was für ein Sieg!

»Nein«, sagte Missis Fischer, »kommt ruhig mit rein.«

Sie öffnete die Tür, und das erste, was ich sah, war Staub. Dann sah ich einen Tisch voller Bücher und Haufen alten Papiers.

»Seit dem Tod meines Mannes bin ich kaum noch hier gewesen«, sagte Missis Fischer. »Meine Töchter wohnen in Texas, die interessieren sich nicht für solche Rezepte.«

Ich betrachtete, was auf dem Tisch lag. Kochbücher, mit Anmerkungen versehen und Durchstreichungen, vielen Durchstreichungen.

»Ja«, sagte Missis Fischer, »meine Mutter hat die Kochbücher immer verbessert.«

»Missis Fischer«, sagte ich, »eigentlich müßte das alles für spätere Generationen erhalten werden; man müßte eine Stiftung gründen, die den Nachlaß Ihrer Mutter verwaltet. Verstehen Sie, was ich meine?«

»Natürlich, das sagtest du doch gestern schon, daß meine Mutter in ihren Rezepten weiterleben soll.«

»Genau«, sagte ich, »ganz genau.«

»Aber sie lebt doch in ihren Rezepten weiter«,

sagte Missis Fischer zögernd und wischte ein wenig Staub von einem völlig zerfledderten Buch.

»Aber niemand weiß es«, sagte ich, »und die Menschheit muß es erfahren. Daß Ihre Mutter in ihren Rezepten weiterlebt. Sie könnten in Ihrem Haus sogar ein Museum einrichten.«

»O Gott, nein – kein Museum!«

Also kein Museum.

»Ich denke nur laut«, sagte ich, »aber stellen Sie sich mal vor, sie würden die Karpfen-in-Aspik-Stiftung gründen.«

»Ich?« sagte Missis Fischer. »Ich soll eine Stiftung gründen? Gibt es nicht schon eine Karpfen-in-Aspik-Stiftung?«

»Nein, eine Karpfen-in-Aspik-Stiftung gibt es noch nicht«, sagte ich.

»Und was soll die Stiftung dann tun?«

»Den Nachlaß Ihrer Mutter verwalten«, sagte ich. »Dafür sorgen, daß die Arbeit Ihrer Mutter den vielen Leuten zugänglich gemacht wird, die sich für die polnisch-jüdische Küche interessieren. Die polnisch-jüdische Küche durch die Rezepte Ihrer Mutter bekannt machen und fördern.«

Missis Fischer seufzte tief.

»Ja«, sagte sie, »das wäre schön.«

»Aber reden wir ein andermal darüber«, sagte ich, »jetzt machen wir uns an die Arbeit.«

Aus meiner Tasche holte ich Stifte, Schreibblöcke, Radiergummis und Spitzer – ich hatte großzügig eingekauft im Schreibwarengeschäft an jenem Morgen. Wenigstens sollte Missis Fischer die Illusion haben, daß ich ein erfahrener Kochbuchautor war.

Missis Fischer begann zu reden, und ich schrieb.

Hoffentlich hatte ich nicht zu früh mit der Karpfen-in-Aspik-Stiftung angefangen.

Noch am selben Nachmittag kaufte ich mir eine Schreibmaschine, und am Abend tippte ich meine Aufzeichnungen ins reine. So arbeitete ich an dem Buch, das einmal *Die polnisch-jüdische Küche in* 69 *Rezepten* werden sollte. Nie habe ich ein Buch so schnell geschrieben. Ich brauchte drei Wochen und zwei Tage dafür.

Nach zwei Wochen war der Teig lange genug aufgegangen und reif für den Backofen. Der Teig alias Missis Fischer schrieb einen Scheck über zehntausend Dollar, damit ich die Karpfen-in-Aspik-Stiftung gründen könnte.

Die zehntausend Dollar überwies ich sofort auf mein Konto und zahlte damit einen Teil meiner Schulden bei American Express. VISA mußte noch ein Weilchen warten.

Bei einem billigen Drucker gab ich Briefpapier in Auftrag: »Karpfen-in-Aspik-Stiftung, Vorsitzender: Robert G. Mehlman.« Missis Fischer war hingerissen vom Briefpapier und von der Stiftung; in mir sah sie den Enkel, den sie ihr Leben lang hatte haben wollen. Ich wurde Nachbarn und Bridgepartnern vorgestellt, an einem Abend mußte ich sogar mit ihr ins Kino. Dafür hatte Rebecca Verständnis. Auch sie hatte den Scheck von zehntausend Dollar in meinen Fingern gesehen, und sie war klug genug zu verstehen, daß Eifersucht für den Moment einmal vor zehntausend Dollar weichen mußte, und vor wer weiß wieviel noch, wenn die Karpfen-in-Aspik-Stiftung sich erst richtig in Missis Fischers Kopf festgesetzt hätte.

Missis Fischer erzählte mir ihre ganze Lebensgeschichte, die Überfahrt nach Amerika, das Reisebüro ihres Vaters, die Zementfabrik ihres Mannes, erzählte von ihren Fehlgeburten, von ihren Töchtern.

Manchmal bestand sie darauf zu kochen, um mich kosten zu lassen, wie bestimmte Gerichte schmeckten, doch das wußte ich soweit wie möglich zu verhindern. Ich hatte keine Zeit zum Kosten, ich mußte schreiben.

Ich spickte die Rezepte mit ihren saftigsten Anekdoten, und wenn ich abends nach ein oder zwei Stunden Tippen mein Tagespensum beendet hatte, ließ ich mich befriedigt ins Bett fallen.

Spätabends rief ich die Märchenprinzessin an und hielt sie über die Fortschritte auf dem laufenden, vor allem die finanziellen. Daß diese Fortschritte in direktem Zusammenhang mit der Karpfen-in-Aspik-Stiftung standen, war ein Detail, das ich geschickt verschwieg. Ich konnte mir nicht vorstellen, daß die Karpfen-in-Aspik-Stiftung die Nachtruhe der Märchenprinzessin fördern würde.

Missis Fischer hatte gesagt: »Wenn ihr länger als eine Woche im Silver Lake bleibt, müßt ihr einen Sonderpreis aushandeln.«

Ich handelte einen Sonderpreis aus.

Es wurde immer wärmer. Rebecca benutzte mein Deodorant. Genau wie die Märchenprinzessin, die benutzte mein Deo auch immer. So kam es, daß Rebecca und die Märchenprinzessin nach einander zu riechen begannen.

Rebecca glaubte offenbar, daß sie mich liebte, sie sagte es jedenfalls, manchmal flüsterte sie es mir sogar ins Ohr. Und auch ich glaubte nach und nach das gleiche, ohne daraus unmittelbare Konsequenzen für die Zukunft abzuleiten. Feuer, das ein Versprechen bleibt, bleibt ein mächtiges Feuer.

Die Tage wurden länger, Rebeccas Kleider kürzer, der Sex immer besser und das Kochbuch immer dicker.

Jetzt muß ich etwas vom Glück erzählen, ich tue es nicht gerne, denn über Glück läßt sich so wenig sagen. Während der drei Wochen im Motel Silver Lake war ich glücklich. Das denke ich heute jedenfalls. Vielleicht ist Glück ja bloß die Ausschaltung bestimmter Hirnzellen, und wenn diese Hirnzellen lahmgelegt sind, ist man glücklich.

Wir aßen viel Kartoffelpüree. Kartoffelpüree und Glück stehen einander also nicht im Wege.

Was wir taten, war eigentlich unmöglich, doch wir hatten die Realität weit von uns geschoben.

Ich hatte das Gefühl, daß es mir endlich gelungen war, die Märchenprinzessin zu verlassen. Gut, ich rief sie jeden Tag an, manchmal sogar morgens und abends, und Rebecca fragte schon: »Warum telefonierst du bloß so oft mit deiner Frau?«, doch ich fand es ganz normal, meine Frau regelmäßig anzurufen, auch wenn es vorbei war. Schließlich trug ich ihr gegenüber finanzielle Verantwortung.

Ab und zu gab es schwierige Momente in unseren Telefongesprächen.

»Was machst du da mit dieser Frau im Motel?« konnte sie dann plötzlich fragen, obwohl wir gerade über die Citibank redeten und ich in jedem zweiten

Satz das Wort Ratenzahlung wiederholte. Ratenzahlung, das Mantra für den skeptischen Zeitgenossen, der trotzdem mit Meditation anfangen möchte.

»Ich schreibe ein Kochbuch.«

»Aber dazu brauchst du die Frau doch nicht, die versteht vom Kochen doch genauso wenig wie du.«

»Stimmt, aber sie ist gut in Steno.«

»Willst du den Rest deines Lebens mit ihr verbringen?«

Den Rest meines Lebens ... eine schwierige Frage. Ich glaubte nicht – mit wem wollte ich den Rest meines Leben verbringen? Vor allem wollte ich nicht an den Rest meines Lebens erinnert werden und das Wort Ratenzahlung aus meinem Wortschatz streichen.

Von der Karpfen-in-Aspik-Stiftung hatte ich der Märchenprinzessin immer noch nichts erzählt, ich fürchtete, ihr würden die Tränen in die Augen treten; sie war dazu imstande, auf dem kürzesten Weg zu Missis Fischer zu fahren, um sie vor noch mehr Unrecht zu bewahren, vor dem Unmenschen, den ich aus mir gemacht hatte.

Doch schwierige Momente hatte es schon immer gegeben, lange bevor ich meinen Rückzug aus dem Leben der Märchenprinzessin angetreten hatte. Eigentlich hatte sich also nichts geändert, und einige der Telefongespräche verliefen wirklich ausgesprochen entspannt. Die Selbstmordepidemie war noch nicht vorüber, doch daran würde sich sowieso nichts ändern. Es gehörte einfach zu ihrem Beruf, und solange es keine Patienten traf, mit denen die Märchenprinzessin eine nähere Beziehung hatte, konnte man damit leben.

Ab und zu rief ich meinen deutschen Verleger an und unterrichtete ihn über die wunderbare Geschwindigkeit, mit der die Arbeit am Kochbuch vorankam.

Nachdem Missis Fischer eines Abends Tschulent für uns gekocht und danach hinter dem Bücherregal eine Flasche Sliwowitz hervorgeholt hatte, konnte ich sie davon überzeugen, daß die Karpfen-in-Aspik-Stiftung noch etwas Geld brauchte, um ihre segensreiche Arbeit fortzusetzen und dem Andenken der alten Missis Fischer (geborene Feinstein) Ehre zu erweisen.

Ich hatte das Vertrauen von Missis Fischer gewonnen, und nachdem wir ein Drittel der Flasche Sliwowitz geleert hatten, stellte sie noch einen Scheck über zehntausend Dollar aus.

So also war mein Glück beschaffen: ein Zimmer im Motel Silver Lake, eine Schreibmaschine, Rebecca, ein Bett, Missis Fischer, die Karpfen-in-Aspik-Stiftung und Kartoffelpüree. Rebecca glaubte aufrichtig, wir würden einander lieben, wenn nicht für immer, dann doch auf jeden Fall für die Zeit im Motel Silver Lake.

Eines Abends fragte ich Rebecca: »Ich hab eine zu lange Hose gekauft – kannst du sie mir kürzer machen?«

Sie sah mich mit großen Augen an.

»Ich hab kein Geld für einen Schneider«, sagte ich.

»Okay«, sagte sie, »ich tus's.«

Ich tippte noch ein paar Rezepte ins reine und schrieb einiges über Missis Fischers wundersamen Lebensweg nieder. Ihre Jugend in Lodz, ihre Reise nach Amerika, ihren Vater, der, ohne ein Wort Englisch zu sprechen, ein Reisebüro eröffnet hatte. Über ihren

Mann, der eine Zementfabrik besaß. Und wie sie nach dem Tod ihres Mannes gemerkt hatte, daß sie in einem früheren Leben Indianerin gewesen war. Und natürlich über ihre Mutter, die sich in den Vereinigten Staaten einfach nicht hatte eingewöhnen können und ihr Leben in der Küche zwischen selbst getippten Rezepten, zerfledderten Kochbüchern und langsam aufgehendem Kuchenteig verbracht hatte.

Das Buch erinnerte in nichts an den Stil meines übrigen Werks – ich übertraf mich selbst. Keine Aggression, keine Distanz, einfach ein Kochbuch, in dem die guten Kräfte in Gestalt der Rezepte Fräulein Feinsteins die Oberhand gewannen und die bösen und dunklen Kräfte nach und nach den kürzeren zogen. »Dieses Kochbuch«, so sollte der Verlag später im Klappentext schreiben, »ist ein Loblied auf das Leben, ohne daß der Autor darum die Augen vor den Schrecknissen dieser Welt verschließen würde.«

Es war so geschrieben, daß selbst intelligente und skeptische Leser zu erwägen begannen, ob in Missis Fischers Kopf nicht doch ein Indianer wohnte, der sie auf all ihren Wegen leitete.

Als ich einmal die Märchenprinzessin anrief, sagte sie mir, daß alle Schecks, die sie ausschrieb, zurückkamen. Nichts war mehr gedeckt.

»Keine Schecks mehr ausschreiben«, sagte ich, »alles bar bezahlen, ich schick dir was per Postanweisung.«

Ihrerseits schickte die Märchenprinzessin mir allerlei Post, die sie für dringend hielt, in mein Motel nach Yonkers.

Ein paar entfernte Bekannte, die wußten, woran

ich gerade arbeitete, erklärten mich für verrückt. Doch ich hörte einfach auf, sie zurückzurufen oder zu schreiben, so daß ich künftig auch von ihren guten Ratschlägen verschont blieb.

David, der meine Nummer von der Märchenprinzessin bekommen hatte, rief an, und noch bevor ich etwas sagen konnte, rief er: »Hast du dich bei meinen Verwandten in Albany gemeldet?«

»Nein, natürlich nicht«, sagte ich.

»Wir machen uns Sorgen. Was treibst du da in Yonkers, wenn ich fragen darf?«

»Wer sind ›wir‹, David? Hast du mit Van der Kamp gesprochen?«

»Wer ist van der Kamp?«

»Mein Amsterdamer Lektor. Hast du mit ihm gesprochen? Dann laß dir sagen, daß sie mich nicht mal bei ihrem Neujahrsempfang dabeihaben wollten. Im März haben sie mir eine Einladung zu einem Empfang am 8. Januar geschickt, kannst du dir das vorstellen?«

»Ich hab nur mit deiner Mutter gesprochen.«

»Die ist auch gegen mich. Wenn es nach der gegangen wäre, hätte ich Tennisspieler werden müssen.«

Rebecca saß auf dem Bett und kürzte meine Hose; das tat sie schon seit drei Tagen. Meiner Meinung nach war die Hose hinüber.

»David, du hast mir gesagt, mein Stern wäre im Sinken begriffen. Damals wollte ich das nicht glauben, aber jetzt schon. Ich ziehe nur die Konsequenzen aus dieser Wahrheit, das ist alles.«

»Welche Wahrheit? Was hast du vor?«

»Laß gut sein«, sagte ich leise zu Rebecca, »das wird nichts mehr mit der Hose.«

Es war warm, ich wischte mir den Schweiß von der Stirn. Mit einer Hand versuchte ich vergeblich, das Fenster zu öffnen.

»Ich arbeite an einem Kochbuch, David, und um dir die Wahrheit zu sagen: Es ist fast fertig.«

»Du verplemperst dein Talent, Robert.«

Ich hörte Davids Hund. Er liebte Hunde, und wenn er mit seinem Hund Gassi ging, kam er mit anderen Menschen in Kontakt. Fast alle seine Freundinnen hatte er über den Hund kennengelernt.

»Wenn ich es verplempert habe, dann ist das schon vor langer Zeit geschehen.«

»Ich habe immer an dich geglaubt, Robert, aber das war offenbar ein Irrtum.«

Eine seltsame Ruhe kam über mich. David arbeitete über Rhetorik, ich war Kochbuchautor – es gab keinen Grund mehr, miteinander zu konkurrieren. Die Konkurrenz hatte endlich ein Ende.

»Was hast du mir doch gleich wieder geschrieben?« sagte ich. »Daß ich deiner bescheidenen Meinung nach überhaupt nicht zu leben verstehe, aber daß ich diese Lebenshaltung auf meisterhafte Weise in Worte zu fassen verstände.«

»Du brauchst einen Arzt.«

Wieder hörte ich seinen Hund bellen, und plötzlich fiel mir ein, daß ich ihm einmal Geschenke für seinen Hund geschickt hatte.

Ich sehnte mich jetzt sehr danach, neben Rebecca zu liegen und sie festzuhalten. Ich wollte glauben, daß ich sie liebte und daß das Kochbuch ein Erfolg würde und ich monogam und glücklich. Vielleicht hatte ich in dem Moment keine andere Wahl. Wenn ich sie nicht liebte, wen dann? Und wenn ich nicht glaubte, sie zu lieben, an wen oder was sollte ich dann überhaupt noch glauben?

Ich hängte auf.

»Ist dein Stern wirklich im Sinken begriffen?« fragte Rebecca. Sie saß auf dem Bett, mit Hose, Nadel und Faden.

»O ja«, sagte ich, »und nicht zu knapp. Die Hose ist hinüber, was?«

Sie nickte.

Ich legte mich neben sie aufs Bett, Missis Fischer erwartete uns in dreißig Minuten zum Abendessen. Dreißig Minuten waren eine Ewigkeit.

Wir waren in einen Raum außerhalb der Welt gefallen, Rebecca und ich. Daß dieser Raum sich im piefigen Yonkers befand, keine halbe Stunde von Manhattan entfernt, änderte nichts daran. Es war ein Raum außerhalb der Welt.

Wir saßen in Missis Fischers Wohnzimmer bei offenem Fenster und tranken Schaumwein, um die Vollendung des Kochbuchs zu feiern.

Von den Hunderten von Rezepten, die Missis Fischer mir vortrug, hatte ich die wichtigsten ausgewählt. Ab und zu hatte ich sie gefragt: »Missis Fischer, die Rezepte hier klingen ein bißchen ähnlich, welches finden Sie nun am wichtigsten?« Dann hatte sie immer lange nachdenken müssen.

Sowohl im Vorwort als auch im Nachwort wurde Missis Fischer dankend erwähnt, und zweimal wurde der Mädchenname ihrer Mutter genannt. Sie drückte meine Hand, als sie den Namen im Nachwort stehen sah. Was sind Gefühle doch für ein herrliches Gleitmittel.

Missis Fischer war so gerührt, daß sie spontan ein frisches Blech Plätzchen backte und noch einen Scheck über zehntausend Dollar für die Karpfen-in-Aspik-Stiftung ausstellte.

Meine Schulden bei American Express wurden immer weniger, und ich hielt die Märchenprinzessin gewissenhaft über meine wöchentlichen Zahlungen an die Gläubiger auf dem laufenden.

Manchmal fragte sie: »Wo hast du das Geld nur so schnell herbekommen?«

Dann antwortete ich: »Ich bin ein schöpferischer Mensch, das weißt du doch? Du hast einen schöpferischen Menschen zum Mann, das sind schwierige Menschen, aber auch Menschen, die Wunder bewirken können. Aus Luft mache ich Geld, aus weißem Papier mache ich Kochbücher, aus der Wirklichkeit eine Illusion und aus meinem Leben ein Tränental – das ist schöpferisch.«

»Du bist ein alter Spinner«, sagte die Märchenprinzessin.

»So alt bin ich nun auch wieder nicht, ich bin immer noch in den besten Jahren.«

»Ein alter Spinner bist du«, sagte sie, »glaub mir. Ist diese Frau noch bei dir?«

»Ja«, sagte ich, »die ist noch da. Was macht dein Marionettentheater mit den Taubstummen?«

Missis Fischers Kleid war noch jugendlicher als bei unserem ersten Treffen. In Sichtweite des Grabes hatte Missis Fischer plötzlich einen Windhauch von Leben und Jugend in ihrem Gesicht gespürt. Daß der Hauch aus meinem Mund kam, war ein unglücklicher Zufall, doch es blieb ein Hauch von Leben und Jugend.

»Dein Atem riecht wie ein Blumengeschäft«, hatte Josef Capano einmal zu mir gesagt. »Hauch mir noch mal ins Gesicht.«

Eines Abends hatte er aber auch zu mir gesagt: »Entschuldige, darf ich mal kurz?«

Mit dem Fingernagel hatte er einen kleinen Essensrest zwischen meinen Zähnen hervorgeholt und ihn sich dann in den Mund gesteckt. Da gab ich ihm eine Ohrfeige.

»Capano«, sagte ich, »das war das erste und das letzte Mal, daß du mir was zwischen den Zähnen rausholst und es dir auch noch selbst in den Mund steckst. Es gibt Grenzen. Erst recht, wenn andere Leute dabei sind.«

Doch Capano kannte keine Grenzen, Capano war jenseits von Gut und Böse.

»Lieber Robert«, sagte Missis Fischer, »du hast etwas sehr, sehr Schönes für mich getan, ich bin so glücklich, daß ich mich auf deine Annonce gemeldet habe!«

»Nein«, sagte ich, »*ich* bin glücklich, die Karpfen-in-Aspik-Stiftung schätzt sich glücklich, und das ist doch auch ein bißchen unser Baby.«

»Ist er nicht ein herrlicher Mensch«, sagte sie zu Rebecca, und Rebecca errötete.

Am nächsten Tag rief ich meinen deutschen Verleger an.

»Das Kochbuch ist fertig«, sagte ich, »es ist per Expreß zu euch unterwegs. Ich wäre euch sehr verbunden, wenn ihr den zweiten Teil des Vorschusses auf eines meiner Konten überweisen würdet.«

»Ich wußte, daß du es kannst«, sagte Stephan. »Keine bessere Medizin als eine Deadline.«

Die Deadline als Medizin, das klang mir vertraut in den Ohren, doch vielleicht mußte man Deutscher sein, um es so zu formulieren.

»Da hast du recht«, stimmte ich ihm zu, »Arbeit ist die beste Medizin.«

Plötzlich mußte ich an meinen Vater denken. Auch er hatte gearbeitet. Seine Arbeit hatte dazu geführt, daß er eines sonnigen Tages im Juni den Tennisplatz überquert und seinem Gegner vor den Augen Hunderter Zuschauer in die Wade gebissen hatte. Das war natürlich auch ein Stück Arbeit, aber wahrscheinlich nicht von der Sorte, die etwas bringt.

»Herzlichen Glückwunsch«, sagte Stephan, »ganz herzlichen Glückwunsch. Ich bin sicher, es ist ein schönes Buch geworden.«

»Ich auch«, sagte ich, ohne mir irgendeiner Sache sicher zu sein.

Danach rief ich die Märchenprinzessin an.

»Das Kochbuch ist fertig«, sagte ich.

Sie gratulierte mir. Ich fragte sie wie immer nach der finanziellen Situation, und sie antwortete wie immer, daß das ihre geringste Sorge sei.

»Ich kann auch ohne Geld auskommen«, sagte sie.

»Niemand kann ohne Geld auskommen«, antwortete ich.

»Kommst du jetzt nach Hause? Oder bleibst du bei dieser hohlen Nuß?«

»Woher willst du wissen, daß sie eine hohle Nuß ist?«

»Das denke ich mir, alles, was du mir über diese Frau erzählt hast, deutet auf eine hohle Nuß.«

»Sie ist überhaupt keine hohle Nuß. Sie ist eine junge Frau, die nicht richtig funktioniert, aber keine hohle Nuß.«

»Kommst du nach Hause?«

»Jetzt noch nicht.«

»Und was wird aus mir? Wo soll ich jetzt noch ein Kind hernehmen?«

»Wie meinst du das?«

»Wie soll ich ein Kind bekommen – bald ist es zu spät.«

»Woher soll ich das wissen, wie du ein Kind bekommst? Indem du eins kriegst.«

»Und von wem?«

»Von wem, von wem – bin ich der Direktor der Kinderfabrik, bin ich für die Zuteilung zuständig? Das ist doch deine Sache, von wem.«

»Du kommst also nicht nach Hause?«

»Ich weiß es nicht«, sagte ich, »ich weiß es nicht.«

Ich hasse dich, weil ich dich vermisse, wollte ich sagen. Und ich wußte nicht mal, wen ich vermißte, vermißte ich die Märchenprinzessin, vermißte ich Rebecca, vermißte ich Evelyn? Ich wußte es nicht. Ich wußte nur, daß ich irgend etwas sehnsüchtig vermißte, entbehrte, daß mir irgend etwas fehlte. Das war meine Dauerbeschäftigung, Vermissen, und in dem Moment schien es mir, als könne ich dieser Sehnsucht nicht entkommen. Jetzt nicht, in der Vergangenheit nicht und in der Zukunft schon gar nicht. Sie würde nur immer mehr zunehmen, bis sie wie ein Nebel um mich hängen würde, ein undurchdringlicher Nebel. Und wenn ich dann in diesem Nebel auf dem Weg zum Zigarrenhändler über die Straße ginge, würden die Kinder ihre Eltern fragen: »Da lief gerade eine Wolke vorbei. Was war das?« Und ihre Eltern würden sagen: »Oh, das ist Robert G. Mehlman, der Kochbuchautor.«

Wenn man jemanden vermißt, beginnt man, ihn zu hassen, um der Sehnsucht ein Ende zu machen. Ein Mensch, den man vermißt, muß aus dem Weg geräumt, besiegt, vernichtet werden. Haß ist das Meer, in dem alles Vermissen zusammenströmt. In diesem Meer schwamm ich, doch die Flut hatte mich etwas zu weit fortgerissen.

»Bist du noch da?« fragte die Märchenprinzessin.

Ein dicklicher Mann lief vorbei, er suchte sein Zimmer, er hatte eine Kühltasche bei sich.

Ich verlor die Kontrolle. Ich mußte mich auf meine Atmung konzentrieren, auf Formulierungen, die Wahl meiner Worte, auf Rhythmus. Jemand, der nach der richtigen Formulierung sucht, hat noch alles unter Kontrolle, und das wollte ich, alles unter Kontrolle haben, zumindest mich selbst. Ich hatte Angst, in Tränen auszubrechen, ohne je wieder aufhören zu können.

»Ich ruf dich bald wieder an«, sagte ich zur Märchenprinzessin. »Hast du noch genug Geld?«

»Das hast du schon gefragt«, sagte sie.

Oben, auf meinem Zimmer, wartete Rebecca, doch ich sehnte mich nach einem Bordell. Egal, was für eins. Es brauchte nicht schön zu sein, nicht mal sauber. Das Bordell war der Tempel des Vermissens, die Prostituierte war die Hohepriesterin und Sex das Brandopfer für unseren Gott, den Ewigen, Allmächtigen, den immerfort schweigenden Gott der Sehnsucht und des Vermissens. Das Bordell war der einzige Tempel, in dem ein anständiger Mensch sich noch zeigen konnte, die Prostituierte die einzige, die ich als Hohepriesterin anerkannte, und Sex das einzige Opfer, das der schweigende Gott des Vermissens noch von uns fordern konnte.

»Ich ruf dich an«, sagte ich zur Märchenprinzessin. Dann hängte ich auf, doch ich ging nicht nach oben, ich ging auf die Besuchertoilette und schloß mich auf dem Herren-wc ein. Ich setzte mich auf den Boden. Einen Moment lang heulte ich, doch es dauerte nicht lange. Dann suchte ich nach Formulierungen für das, was gerade geschehen war. Ich suchte nach Worten, um die Kontrolle über meinen zitternden Körper wiederzugewinnen, um wieder ein Mensch zu werden, der sich unter Menschen zeigen darf.

Wenn ich in dem Moment sechzig Schlaftabletten hätte schlucken können, hätte ich das mit Freuden getan, eine Flasche Champagner getrunken und dann noch sechzig Schlaftabletten hinterhergeworfen, denn ich mag keine Fehlschläge. Es war ein Examen, das ich gleich beim ersten Mal bestehen wollte. Doch ich hatte keine Schlaftabletten. Und als ich erst einmal Worte für die Schlaftabletten gefunden hatte, brauchte ich sie nicht mehr zu nehmen.

Die Überlebensstrategie, die ich für mich entworfen, die ich ausgeführt und perfektioniert hatte, war ein Erfolg, ein solcher Erfolg, daß ich mich selbst überflüssig gemacht hatte. Der Sprung vom zwanzigsten Stock eines Mietshauses war fakultativ. Ich konnte ihn machen, doch ich konnte genausogut stehen bleiben, ich konnte es dem Zufall überlassen, es spielte keine Rolle. Ich ließ alle Arbeiten von anderen erledigen: Geschirr spülen, Kochen, Fensterputzen, Einkaufen, ans Telefon gehen, Hotelzimmer reservieren – ich war kurz davor, mein gesamtes Leben von anderen erledigen zu lassen. Ich hatte die Austauschbarkeit von Menschen propagiert und auch danach gehandelt, um dem Gott des Vermissens ein Schnippchen zu schlagen, und jetzt war ich für mich selbst austauschbar geworden. Die Operation »Überleben« war gelungen, das Leben selbst ein Praline zum Kaffee. Man durfte es liegenlassen, wenn man keinen Appetit mehr hatte.

Ich ging nach oben. Auf dem Zimmer lag eine Nachricht von Rebecca: »Deine Mutter hat angerufen. Es ist dringend. Bin kurz weg, Zigaretten holen.«

Ich rief meine Mutter in Amsterdam an.

»Mama«, sagte ich.

»Endlich erreich ich dich. Ich hab mir solche Sorgen gemacht. David hat angerufen. Er hat mir alles erzählt. Endlich bist du von dieser Frau weg. Es wurde auch Zeit. Sie war dein Unglück. Sie wußte nicht, was du brauchst, sie war viel zu alt für dich, und sie hat ein Gesicht wie ein Hund. Außerdem ist sie unfruchtbar, wenn du mich fragst. Dafür hab ich einen Blick, unfruchtbare Frauen erkenne ich auf hundert Meter Entfernung. Und deine war unfruchtbar. Es ist mir egal, mit wem du jetzt nach Hause kommst, wenn sie nur jung ist und Kinder kriegt.«

»Mama«, unterbrach ich sie, »ich bin vorübergehend von ihr weg, ich weiß noch nicht, was daraus wird. Ich schreibe ein Kochbuch.«

»Du kannst jede X-Beliebige mit nach Hause bringen, von mir aus zwanzig auf einmal. Wenn sie nur jung sind und Kinder kriegen.«

»Ich ruf später noch mal an, Mama«, sagte ich, »ich muß jetzt los.«

»Häng nicht auf«, sagte sie, »häng nicht auf. Wenn du mir keinen Enkel schenkst, bevor ich sterbe, enterb ich dich, hörst du? Dann enterb ich dich.«

Ich setzte mich aufs Bett und wartete. Ich weiß nicht, wie lange es dauerte, bis Rebecca endlich zurückkam.

»Wo warst du?« fragte sie.

»Telefonieren«, sagte ich. »Und du, wo warst du die ganze Zeit?«

Sie warf ein paar Päckchen Zigaretten aufs Bett.

Wir redeten übers Wetter, das Abendessen, alles mögliche. Plötzlich sagte Rebecca: »Ich würd mir am liebsten den Kopf absägen.«

»Warum das schon wieder?«

»Ich werd verrückt von all den Gedanken da drin, in meinem Kopf.«

»Jetzt wart noch ein bißchen mit dem Sägen«, sagte ich. »Das ist nichts für Mata Hari.«

Sie packte meinen Kopf und fragte: »Ich bin doch deine Frau, oder?«

Es war, als ob mein Gedächtnis mir einen harten und präzisen Schlag in den Magen versetzte. So gut gezielt war der Tritt, daß ich innerlich zusammenklappte und nichts anderes mehr konnte als kotzen. Alles drehte sich, Erinnerungen, Gedanken, die letzten Reste Galle spuckte ich aus.

Es war an dem Abend, an dem ich gesagt hatte, daß ich eine Verabredung mit meinem französischen Lektor Mastroianni hätte. Der Abend, an dem ich in Wirklichkeit eine Verabredung mit Evelyn hatte, nachdem in unserer Romanze eine vorübergehende Funkstille eingetreten war. Der Abend, an dem ich eigentlich mit der Märchenprinzessin in einen Jazzklub hätte gehen sollen.

Evelyn und ich hatten uns an der Bar des Waldorf-Astoria verabredet, einer Bar, die ich mit der Märchenprinzessin nie besuchte und mit ihr auch nie besuchen würde. Eine Bar, wo wir in Ruhe reden und etwas trinken konnten.

Josef Capano hatte einen Wagen bestellt und ein romantisches Restaurant ausgesucht, nichts stand einem netten Abend im Wege. Möglicherweise sogar einem sehr netten Abend, wenn der Alkohol, das Gespräch und der Gott der Sehnsucht mithelfen würden. Ein bißchen wehmütig vielleicht, doch nicht so, daß es weh zu tun brauchte.

Sie hatte sich die Haare machen lassen und die Nägel, auch die an den Zehen, denn sie trug Sandalen. Ich sah sie jeden Tag außer sonntags, ich wußte also genau, wann sie sich die Haare machen ließ. Sie sah wirklich wunderschön aus an dem Abend, zu schön, ich hätte gewarnt sein müssen.

»Wie geht's deiner Frau?« fragte sie. Das fragte sie immer. Bevor wir vögelten, bevor sie ging, vor dem Anziehen, vor dem Ausziehen. Und ich antwortete immer: »Gut, sehr gut, danke.«

Sie hatte mir eine kleine Nachricht geschrieben ein paar Tage zuvor, in ihrer kindlichen Handschrift, und sie mir über die Theke zugeschoben. Daß sie mit mir über etwas sprechen wolle. Als sie sah, daß ich die Nachricht gelesen hatte, nahm sie den Zettel zurück und zerriß ihn in tausend Schnipsel.

Meine Frau las die Zeitung und merkte nichts.

Jetzt, wo Evelyn mir an der Hotelbar gegenübersaß, zwischen lauter Männern in schicken Anzügen, redeten wir nicht über die Nachricht, auch nicht über die zeitweilige Unterbrechung in unserer Romanze; wir redeten über ihre Arbeit, die Qualität des Cappuccino, Probleme mit dem Chef. Kleine, unschuldige Klatschgeschichten, die uns beide erheiterten und animierten, noch mehr zu trinken. Es dauerte ein Weilchen, bis ich Evelyn zum Lachen bringen konnte, doch wenn wir einander außerhalb der vertrauten Umgebung des Cafés einige Zeit nicht gesehen hatten, dauerte das bei Evelyn immer eine Weile.

Ungefähr um sieben sagte ich: »Jetzt müssen wir aber langsam ins Restaurant.«

Wir gingen zum Ausgang, durch die Menge der Männer in ihren identischen Anzügen. Sie hatte ein Umhängetäschchen dabei, es war neu, wie ich sah. Sie holte ein Päckchen Kaugummi heraus. »Möchtest du auch einen?« fragte sie.

Meine Küsse schmecken nach Apfelkaugummi, das ist das Geheimnis meines Glücks.

»Gib mir deinen Arm«, sagte sie.

Ich gab ihr meinen Arm.

Draußen stand der Wagen schon bereit. Der Chauffeur war eine Frau. Ich gab ihr die Adresse des Restaurants, und dann begannen Evelyn und ich uns zu küssen, als habe es in unserer Romanze nie eine Unterbrechung gegeben, als hätte sie in der Zwischenzeit nicht Dutzende von Cappuccino für mich und meine Frau zubereitet. Als ob ein paar Gläser Wein, ein paar Klatschgeschichten, ein paar Witze, ein paar Blicke, ein Bein, das über ein anderes geschoben wird, eine

Hand, die auf einer Schulter liegenbleibt, genügten, uns wieder in die Stimmung zu bringen, in der alles einmal angefangen hatte, vor langer Zeit.

Wir gingen in ein Restaurant mit einer schönen Aussicht, nicht weit von der Columbia University. Mit der Märchenprinzessin war ich noch nie dort gewesen, ich würde es auch nie tun. Man muß die Dinge sauber trennen.

Wir bekamen einen Tisch am Fenster, und sie sagte: »Ich möchte nichts essen.«

»Ach was, natürlich«, sagte ich, »jetzt iß doch was.«

»Dann mußt du bestellen«, sagte sie, »etwas Einfaches, mit Huhn.«

Ich bestellte etwas Einfaches mit Huhn und fügte hinzu: »Ich nehme dasselbe.«

Ich fragte nach ihren Kindern. Wir rückten immer näher zusammen und aßen immer weniger Huhn.

Der Nachtisch bestand aus einem wäßrigen Obstsalat, und ich aß ein paar Trauben aus ihrem Mund. Blaue Trauben mit Kernen, die ich schluckte. Nicht die Begierde, auch nicht die Liebe – der Hunger ist blind.

»Wie geht's deinem Busfahrer?« fragte ich.

»Oh«, sagte sie und schob mir mit der Zunge noch eine Traube in den Mund, »ich bin von ihm weggegangen.«

»Wie meinst du das, von ihm weggegangen?«

»Ich habe ihn verlassen.«

Die Traubenkerne in meiner Kehle schossen mir zurück in die Mundhöhle. Ich schob sie mit der Zunge hinter meine Zähne.

Es war ein schöner Abend, kein Nebel, ein perfekter Abend für eine herrliche Aussicht.

»Tja«, sagte ich, »das kommt aber unerwartet«, während sie mir ein Stück Banane in den Mund schob.

Blind und unersättlich war der Hunger, doch vielleicht sind Blindheit und Unersättlichkeit unabdingbar zum Überleben.

»Und warum so plötzlich?« fragte ich.

Sie hörte auf damit, Obststückchen von ihrem in meinen Mund zu schieben.

»Ich war Luft für ihn«, sagte sie. »Ich hab für ihn gekocht, die Miete gezahlt, die Hälfte des Jeeps, ich hab gebügelt, geputzt, für seine Kinder gesorgt, trotzdem: Für ihn war ich bloß Luft. Versteh mich nicht falsch, er ist der Vater meiner Kinder, ich werde ihn den Rest meines Lebens respektieren, und ich hoffe, daß ihm nichts zustößt, aber ich war Luft für ihn.«

Mit der Zunge schob sie mir eine halbe Erdbeere in den Mund.

Was war sie für mich? Wollte ich, daß sie für mich etwas war? Wer existierte überhaupt für mich? Ich fühlte das dringende Bedürfnis, das Gesprächsthema zu wechseln, nicht mehr über den Busfahrer zu reden oder darüber, ob man für jemand anderen da war, doch worüber sollten wir dann sprechen?

»Und wo wohnst du jetzt?«

»Vorübergehend wohne ich bei meiner Schwester.«

»Oh.« Ich dachte an Geld; hinter all der Aufmerksamkeit, hinter Zärtlichkeit, Geschenken und Hochzeiten stapelten sich vor meinem inneren Auge Mauern von Banknoten, meist wertlosen Banknoten von Ländern, die es nicht mehr gab, und ich lief die Mauern entlang, auf der Suche nach einem Standesbeamten.

Wir küßten uns; wenn man beschwipst ist, sind Blusen kein Hindernis für Hände.

Unersättlich und rasend war mein Hunger, vor Ohnmacht, vor Ratlosigkeit, vor Scham, vor Angst, vor Ekel.

Ich mußte daran denken, wie sie am Anfang unserer Bekanntschaft einmal gesagt hatte: »Was findest du an mir, warum interessierst du dich für eine Frau, die in einem Café arbeitet und Cappuccino macht?«

»Warum nicht?«

Sie zögerte. »Der Besitzer meint«, sagte sie, »du siehst mich nicht einmal. Seiner Meinung nach lebst du in einer anderen Welt, du kannst kommen und gehen, wann es dir paßt, du scheinst zu tun, wozu du Lust hast, du wohnst in der Park Avenue. Seiner Meinung nach bin ich Luft für dich.«

»Und was hast du ihm geantwortet?«

»Daß das meiner Meinung nach Unsinn ist. Weißt du, er ist verrückt nach Geld, und ich hab zu ihm gesagt: ›Frankie, es gibt noch was anderes auf der Welt als Geld, es gibt Liebe, Glück, Freundschaft, Familie und Kinder.‹ Aber er hat bloß gesagt: ›Das hab ich alles gehabt, das brauch ich nicht mehr.‹«

Das war vor langer Zeit, als wir die Toilette des Cafés noch entdecken und in unseren Tempel verwandeln mußten, als wir das Brombeerpflücken noch vor uns hatten, sie sich ihre Kosenamen für mich erst noch ausdenken mußte, als alles noch vor uns lag.

Jetzt saßen wir in einem Restaurant hoch über der Stadt, und Obststückchen wanderten von Mund zu Mund, wie Banknoten von einem zum anderen.

»Entschuldige mich einen Moment«, sagte ich, »ich muß kurz auf die Toilette.«

Vor dem Spiegel entfernte ich Lippenstift von meinem Zahnfleisch.

Einmal, kurz nach dem Brombeerpflücken, hatte sie ihren ältesten Sohn geschlagen. Auf den Mund. Es blutete. Er hatte seiner Mutter eine freche Antwort gegeben.

»Das darfst du nicht machen«, hatte ich gesagt, »nicht, wenn ich dabei bin.« Der Heuchler, der Kinderfreund.

»Er muß mich respektieren«, sagte sie, »gerade, wenn du dabei bist.«

Jetzt vor dem Spiegel dachte ich, daß ich ja die Feuerleiter nehmen könnte, sie würde mich nicht sehen, sie würde mich nie finden, doch meine Fluchtwege führten nicht an Feuerleitern vorbei, sondern an Worten und daran, was unvermeidlich aus diesen Worten folgte.

Außerdem war da dieser gewaltige Hunger, Hunger nach Vergessen, Hunger nach Betäubung, was letztlich derselbe Hunger war. Hunger danach, endlich im Jetzt zu leben, nicht mehr mit einem Fuß in der flimmernden Wehmut einer Vergangenheit, die nie existiert hatte, und dem anderen in einer zusammenphantasierten Zukunft, die nie existieren würde.

Ich ging wieder zurück.

»Und deine Kinder?« fragte ich.

»Der Älteste vermißt seinen Vater jetzt schon«, sagte sie. »›Wo ist Papa?‹ fragt er dauernd. Es bricht mir das Herz, aber ich war Luft für ihn.«

»Ich muß bald nach Europa«, sagte ich, »eine lange Reise, für meine Bücher.«

Das klärte einiges. Verlaß dich nicht auf mich, bedeutete dieser Satz. Verlaß dich nicht auf mich. Verlaß dich nie auf mich. Und wieder hörte ich sie sagen: »Er muß mich respektieren, gerade wenn du dabei bist.«

»Du wirst mir fehlen«, sagte sie. »Jetzt, wo ich nicht mehr mit dem Busfahrer zusammen bin, hätte ich mehr Zeit, aber da kann man nichts machen.«

»Ja«, sagte ich, »da kann man nichts machen.«

Wieder küßten wir uns, und es fühlte sich an, als wolle sie meine Lippen kaputtbeißen, doch es schien mir auch der geeignete Abend, mir die Lippen kaputtbeißen zu lassen.

»Ich muß noch mal auf die Toilette«, sagte ich, »entschuldige.«

Auf der Toilette bekam ich einen Niesanfall. Daß sie die Klimaanlage aber auch nie richtig einstellten. Mir war schwindlig, ich machte mich ein wenig frisch. Das war wichtig, sich frisch zu machen.

Auf dem Tisch lag schon unsere Rechnung. Vielleicht mochten sie in diesem Restaurant keine Gäste, die ihren rasenden Hunger in die Praxis umsetzten, auch wenn diese Gäste gut zahlten.

»Ich bring dich nach Hause«, sagte ich.

»Ich wohne jetzt bei meiner Schwester«, sagte sie, »aber es ist nicht weit von meiner alten Wohnung.«

Im Fahrstuhl auf dem Weg nach unten zogen wir einander halb aus.

Vor dem Auto stand schon die Fahrerin und wartete. Sie rauchte eine Zigarette. Als sie uns sah, trat sie die Zigarette aus, hielt uns die Tür auf und fragte: »War es ein gutes Restaurant?«

Evelyn gab ihr Anweisungen, wie sie zu fahren hatte.

Kurz vor der Brooklyn Bridge war ein Stau. Ein Unfall.

»Wollen wir der guten Ordnung halber schnell noch vögeln?« fragte ich.

»Ja«, sagte Evelyn, »laß uns das ordnungshalber schnell noch tun.«

Ich schloß die geschwärzte Trennscheibe, damit die Fahrerin uns nicht sehen konnte.

Es mußte ein größerer Unfall sein, mehrere Autos waren darin verwickelt.

»Ich habe kein Leben«, sagte Evelyn, »aber ich hab ja dich.«

Der Faden ihres String ging zwischen ihren Hinterbacken durch.

Wir hörten Notarztsirenen und auch Feuerwehr.

Sie setzte sich auf mich. Der Wagen stand, das machte es etwas komfortabler.

»Gefällt dir mein Haar?« fragte sie.

»Ja«, sagte ich, »sehr.«

»Ich hab es extra für heute abend machen lassen.«

Wir hörten noch mehr Sirenen.

»Es muß Tote gegeben haben«, sagte ich. Ich riß Knöpfe von ihrer Bluse, doch sie sagte, das sei nicht so schlimm.

»Paß mit meiner Brille auf«, sagte ich, »ich hab kein Reservegestell.«

Ein Helikopter flog niedrig über uns. Das mußten Schwerverwundete sein, auf dem Weg ins Krankenhaus.

»Weißt du, was ich möchte?« fragte sie.

»Moment«, sagte ich. Ich rappelte mich hoch, stolperte, suchte einen sicheren Ort für meine Brille und legte sie schließlich ins Kühlfach. Kein schlechter

Platz für eine Brille. Dann kroch ich wieder nach hinten. Meine Hand glitt über ihren verschwitzten Rükken, ich dachte an ihre Kinder und an die Betrunkenheit, die mich immer benommener machte. Noch mehr Helikopter flogen über uns.

»Ich möchte dir die Schuhe ausziehen«, sagte sie.

»Fehlt dir der Busfahrer nicht?« fragte ich. »Jetzt, wo du bei deiner Schwester wohnst?«

Sie machte sich nicht die Mühe, die Schnürsenkel zu lösen. Sie zog die Schuhe mit einem Ruck aus, ich hörte Leder krachen. Sie zog an meiner Hose, ich hörte Baumwolle reißen. Sie riß mir die Unterhose vom Leib, ein Gummi krachte.

Die Trunkenheit war jetzt in meinen Knien angekommen und breitete sich langsam weiter nach unten aus. Sie verstärkte den Hunger, wie ein scharfer Wind den Frost verstärkt.

Ich wühlte mit meinen Händen, klebrig vor Schweiß, durch ihr eben erst so schön frisiertes Haar.

»Rühr dich nicht«, sagte sie, »laß mich alles machen.«

Sie hatte lange Nägel, sehr lange sogar, die sie extra für heute abend hatte maniküren lassen.

Ich hörte noch mehr Sirenen und Evelyns Stimme, die sagte: »Hab keine Angst, ich hinterlaß keine Spuren.« Doch ich hatte keine Angst vor Spuren. Spuren waren mir egal. Mein ganzes Leben hinterließ keine Spuren, keine wirklichen, es hatte sich nur in meinem Kopf abgespielt.

Hinterlaß Spuren, wollte ich sagen, bitte, viele Spuren, mach aus meinem Körper ein Minenfeld. Doch mein Geschlecht steckte in ihrem Mund, und Helikopter flogen niedrig über uns hinweg, und irgendwo ganz in der Ferne schrie jemand nach Wasser.

Ich erinnerte mich, daß sie mir einmal erzählt hatte, sie sei so eng gebaut, daß der Busfahrer manchmal nicht in sie eindringen konnte, doch sie hatte auch erzählt, daß der Busfahrer kein Vorspiel mochte, weil er schon den ganzen Tag lang im Bus sitzen mußte.

»Ich will auf dir reiten«, flüsterte sie.

Der Dompteur war jetzt selbst zum Dressurpferd geworden.

Die Sirenen entfernten sich wie auch die Helikopter. Nur Evelyn war da und ich und ihre feisten Oberschenkel und der Schweiß zwischen ihren Hinterbacken und meine Hände und daß sie so eng gebaut war, daß der Busfahrer manchmal nicht in sie eindringen konnte und es dann aufgab und mit seinen Freunden ein Bier trinken ging.

Sie stieg von mir herunter.

»Jetzt du«, sagte sie.

Ich drückte sie auf den Boden. Oder sie fiel hin. Vielleicht fielen wir beide auf den Boden. Auf den dreckigen Teppich der Limousine, wo andere Leute hingekotzt und Alkohol verschüttet hatten, der von undefinierbaren Substanzen klebte.

Ich drehte sie um. Wie schön du bist, wollte ich sagen, warum bist du ausgerechnet heute so schön, du blöde Kuh, doch ich sagte: »Deine Cappuccino werden immer schlechter, weißt du das? Ich glaube, ich lasse sie in Zukunft lieber von Sonya machen.«

»Man muß dich einfach lieben«, sagte sie.

Zwei Mückenstiche auf ihren Pobacken sah ich, ich zog an ihren Haaren und hielt ihren Hintern fest.

Den Hintern, von dem sie gesagt hatte, er sei zu dick, doch sie habe den Kampf aufgegeben. Ich schob die Hinterbacken auseinander und sah kleine Fitzelchen Toilettenpapier, nicht größer als Kuchenkrümel, nicht mehr als weiße Pünktchen auf einem Tuch aus Fleisch.

Warum schrie sie so? Oder waren draußen Schwerverwundete, die immer noch schrieen? Schrie man so, wenn man starb? Und wenn man nicht schrie, wie sollte man dann sterben? Josef Capano wußte es vielleicht, der dachte viel über den Tod nach, der sah ihn überall, in jedem Keks, in jedem Cocktail, an jeder Straßenecke. Die Geräusche gingen in meinem Kopf durcheinander wie Erinnerungen.

»Du kommst so schön«, sagte Evelyn.

»Wie meinst du das?«

»Du hast ein schönes Gesicht, wenn du kommst.«

»Danke«, sagte ich, »danke. Aber du darfst mich nicht so genau beobachten.«

Draußen hörte ich jemanden rufen. »Weiterfahren, weiterfahren, weiterfahren!«

Wir fuhren im Schrittempo. Ich ließ die Scheibe herunter. Ein Lastwagenfahrer auf der anderen Fahrbahn lehnte sich aus dem Fenster und hielt fünf Finger hoch.

»Fünf«, rief er.

»Fünf was?« rief ich zurück.

»Fünf Tote«, rief der Lastwagenfahrer.

Ich schloß das Fenster.

Evelyn saß auf dem anderen Sitz. Sie sah in einen Spiegel. Sie brachte sich wieder in Ordnung.

»Wie fest du gestoßen hast«, sagte sie.

Ich sagte: »Das tut mir leid, hat es dir trotzdem gefallen?«

»Ja«, sagte sie, »sehr.«

»Und das Essen, das hat dir doch auch geschmeckt?«

Sie nickte.

Sie war zweimal verheiratet gewesen, und dann hatte sie mich kennengelernt. Mehr Männer hatte sie nicht gehabt, sagte sie, denn sie hatte Respekt vor dem Mann, den sie liebte, außerdem gebe es da draußen jede Menge Krankheiten. Dabei hatte sie auf die Straße gezeigt, als seien die Leute dort nichts als Krankheitserreger.

Wir begannen uns wieder anzuziehen. So gut es ging, in einer fahrenden Limousine.

Mit zwei Sicherheitsnadeln schloß Evelyn ihre Bluse. »Ich bin auf alles vorbereitet«, sagte sie.

Halb nackt lagen wir uns in den Armen.

Kurz vor dem Haus ihrer Schwester öffnete ich die Trennscheibe, so daß die Fahrerin uns wieder sehen konnte.

»Schrecklicher Unfall, nicht wahr?« sagte ich.

»Ja«, sagte die Fahrerin.

Und Evelyn sagte: »Hier, ein Kaugummi.«

Die Verführung war das Vorspiel des Vermissens. Und wer bei der Verführung stehenblieb, war wie ein Schriftsteller, der zehn Seiten eines Buches schreibt, zehn brillante Seiten, und dann wieder ein neues anfängt, um davon auch wieder nur zehn Seiten zu schreiben. So schreibt er den Anfang von Dutzenden, vielleicht Hunderten von Büchern, doch nie mehr als den Anfang, denn danach könnte es vielleicht zu weh tun, zu unangenehm werden. Vielleicht war ich ein

Schriftsteller, der nicht wissen wollte, wie seine eigenen Bücher ausgingen.

»Hier nach rechts«, sagte Evelyn zu der Fahrerin.

Ich zog meine Hose an.

»Hier wohne ich jetzt«, sagte Evelyn, »und da steht mein Wagen, siehst du?«

»Ja«, sagte ich, »das ist er.«

Ich stieg als erster aus. Ich hatte meine Schuhe nicht mehr angezogen, ich stand mit bloßen Füßen auf dem Asphalt, der sich vom Tag noch warm und feucht anfühlte.

»Danke für den netten Abend«, sagte ich und küßte sie einmal schnell auf den Mund, der genauso wie meiner nach Apfelkaugummi schmeckte.

Als ich nach Hause kam, war die Märchenprinzessin nicht da. Am Kühlschrank hing ein Zettel, daß es vielleicht spät werden würde. Sie hoffte, ich hätte einen fruchtbaren Abend mit meinem französischen Lektor Mastroianni gehabt.

Ich setzte mich an meinen Schreibtisch. Ich würde der Märchenprinzessin erzählen, daß Monsieur Mastroianni ein witziger, großgewachsener Mann mit glatten, braunen Haaren war, geboren in Marseille, wenn er auch seit ungefähr sechs Jahren wegen seiner Arbeit in Paris wohnte. Er hatte eine Frau und zwei Katzen, seine Frau arbeitete in der Modebranche.

Ich dachte daran, daß ich eine Geschichte über Evelyn schreiben sollte. Die beste Art, Leute zu vergessen, ist, über sie zu schreiben.

Ich schenkte mir etwas zu trinken ein und beschloß, mich ins Bett zu legen; wenn die Märchenprinzessin erst mal in Stimmung war, vergaß sie die

Zeit. Dann klingelte das Telefon. Ich nahm nicht ab. Ich nehme nie ab. Ich hörte, daß Evelyn eine Nachricht auf den Anrufbeantworter sprach, ich stellte den Ton ab, blieb neben dem Telefon stehen und trank ein Glas Calvados.

Gegen ihre Gewohnheit rief sie mich zu Hause an. Sie hatte meine Nummer, aber sie hatte mich nie zu Hause angerufen. Sie hielt sich an die Vereinbarungen, an die Gesetze des Theaters der falschen Hoffnung. Es mußte etwas Wichtiges sein.

Noch sechsmal rief sie an, ich stand neben dem Telefon und nahm nicht ab. Ich trank Calvados, ich hörte das Telefon klingeln, ich sah Evelyn mit einem Telefon durch ein Zimmer laufen, eine Frau, die für den Busfahrer bloß Luft war und jetzt auch für mich nicht mehr existierte, und ich brauchte den Ton des Antwortapparats nicht laut zu stellen, um sie sagen zu hören: »Nimm ab, wenn du zu Hause bist, nimm ab, nimm bitte ab, wenn du da bist.« So sah also Leben aus, das einem durch die Finger rinnt.

Wenn alles, was zwischen Menschen geschah, eine Verhandlung über einen leeren Koffer war, eine Verhandlung, die nicht aufhören durfte, um die Einsamkeit erträglich zu halten, dann war dies der letzte Trumpf, den man ausspielen konnte: »Laß uns darüber verhandeln, wie wir uns füreinander in Luft auflösen können, verhandeln wir über unser eigenes Verschwinden.«

Als sie endlich aufhörte anzurufen, löschte ich alle Nachrichten, ohne sie abzuhören, trank noch zwei Gläser Calvados und legte mich ins Bett.

Um drei Uhr kam die Märchenprinzessin zurück. Sie war beschwipst und ausgelassen.

»Es ist so heiß«, sagte ich, »faß mich nicht an. Ich ersticke. Merkst du nicht, wie heiß es ist?«

»Wie war's mit Mastroianni?« fragte sie.

»Ein sehr witziger Mann«, sagte ich, »morgen erzähl ich dir alles.«

Am nächsten Tag arbeitete Evelyn nicht im Café. Am übernächsten auch nicht. Ein paar Tage später, als ich allein im Café war, fragte ich den Besitzer: »Wo ist Evelyn geblieben?«

»Oh«, sagte er, »die hat aufgehört, die kommt nicht mehr.«

Und ein paar Wochen später fragte die Märchenprinzessin: »Wo ist nur das Mädchen, das immer so leckeren Cappuccino für uns gemacht hat?«

»Mädchen ist gut«, sagte ich, »das war eine erwachsene Frau, kein Mädchen. Die hat zwei Kinder.«

»Jedenfalls macht sie sehr leckeren Cappuccino«, sagte die Märchenprinzessin.

»Sie wird etwas Besseres gefunden haben. So geht das eben.«

»Sag mal – hattest du was mit ihr?«

»Wie meinst du das?« fragte ich scharf.

»Das war ein Spaß. Herrgott, du machst solche Späße am laufenden Meter. Wo ist dein Gefühl für Humor?«

Ich arbeitete an einer Geschichte über Evelyn, doch ich konnte den richtigen Ton nicht finden. Und weil ich den richtigen Ton nicht fand und die Geschichte nicht fertig wurde, konnte ich Evelyn auch nicht vergessen.

Wochen gingen vorüber. Ab und zu unternahm einer der Patienten einen Selbstmordversuch, und ab und zu gelang er einem. Ein Patient schubste jemanden vor die U-Bahn. Der Märchenprinzessin zufolge begingen manche Patienten Verbrechen, weil sie eigentlich Hand an sich selbst legen wollten, aber das nicht wagten.

Es gab einen Kongreß in Boston, ich fuhr mit. Sie nahm an dem Kongreß teil, ich schlenderte durch die Stadt.

Beim Abendessen erzählte ich der Prinzessin, daß ich an einer Geschichte über die Frau arbeitete, die immer so leckeren Cappuccino für uns machte. ·

»Oh«, sagte sie, »das Mädchen.«

»Ja«, sagte ich, »die Frau.«

»Ich hab ein paarmal mit ihr gesprochen; irgend etwas stimmte nicht mit ihr.«

»Warum?« fragte ich.

Sie holte ein Stück Knochen aus ihrem Mund; sie aß Lamm. »Ich weiß nicht«, sagte sie, »Intuition. Das ist keine Geschichte, das ist ein Fall für unsere Klinik.«

»Ach, hör doch auf«, rief ich. »Überall siehst du nur Patienten, deiner Meinung nach besteht die ganze Welt aus Patienten, hör auf damit, Leute zu heilen, man kann ihnen doch nicht helfen. Mach was Nützliches, züchte Spargel von mir aus, oder rette die roten Ameisen vor dem Aussterben.«

»Warum bist du so aggressiv«, sagte die Märchenprinzessin. »Hast du denn mal mit dem Mädchen geredet?«

»Nicht oft«, sagte ich, »manchmal, oberflächlich.«

»Und ist dir nie was an ihr aufgefallen?«

»Nein«, sagte ich, »nie.«

»Immerhin hat sie sehr leckeren Cappuccino gemacht«, sagte die Märchenprinzessin.

»Das stimmt«, sagte ich, »sie hat herrlichen Cappuccino gemacht. Moment, ich muß mal kurz auf die Toilette, ich bin gleich wieder da.«

Ich hielt meine Handgelenke unter kaltes Wasser. Es war nicht das erste Mal, daß ich mich in einem Hotelzimmer wiederfand, dessen Wände wie mit Dackelbildern tapeziert waren, aber es war das erste Mal, daß ich eine Stimme dazu hörte, die sagte, »Das ist keine Geschichte, das ist ein Fall für unsere Klinik.«

Die Märchenprinzessin knabberte vergnügt an ihrem Lamm, als ich mich wieder neben sie setzte.

»Gehen wir ins Hotel«, sagte ich. »Ich bin müde.« Die Jahreszeiten folgten einander in schnellem Tempo, die Kreditkartengesellschaften gaben mir vorläufig noch Kredit, und die Geschichte über Evelyn wurde niemals fertig.

Als es mir gelungen war, mein Gedächtnis wieder zum Schweigen zu bringen, wenigstens vorübergehend, saß Rebecca immer noch neben mir. In unserem Zimmer im Motel Silver Lake. Ich sagte: »Ja, du bist meine Frau.«

In den Geschichten, die ich in den vergangenen Tagen im Kopf über Rebecca geschrieben hatte, war immer sie es gewesen, die am Schluß jeden Halt verlor und verrückt wurde, um wenigstens noch den einen Halt zu haben: das, was man als Krankheit diagnostizieren kann. Doch haltlos und verrückt war in Wirklichkeit ich selbst.

»Das ist schön«, sagte Rebecca.

Und ich antwortete: »In ein paar Minuten müssen wir zu Missis Fischer, sie erwartet uns zum Essen.«

So war unser Glück: ein flüchtiges Abenteuer. Dessen Flüchtigkeit mich nachträglich stärker beunruhigt als das Abenteuer selbst. Als ob es die Flüchtigkeit selbst ist, die ihre Zähne an meinen Knochen wetzt.

Der Rest ist Nachspiel.

Wir blieben noch eine Woche in Yonkers. Ich schwatzte Missis Fischer noch einmal fünfzehntausend Dollar für die Karpfen-in-Aspik-Stiftung ab, dann ging Rebecca zurück nach Amsterdam, und ich fuhr nach Manhattan, zur Märchenprinzessin.

Ich arbeitete an einem neuen Buch, das nicht recht vorankommen wollte. Rebecca traf ich dreimal auf den Bahamas. Die Märchenprinzessin wußte davon, doch sie ging nicht fort und ich auch nicht – offenbar waren die Verhandlungen, wie wir aus dem Leben des anderen verschwinden sollten, noch nicht zum Abschluß gekommen.

Ein halbes Jahr später kam in Deutschland mein Kochbuch heraus. *Die polnisch-jüdische Küche in 69 Rezepten,* mit warmem Dank an Missis Fischer. Als Untertitel hatte der Verlag sich ausgedacht: *Kochen nach Auschwitz.*

Offenbar war die Zeit nach Auschwitz reif, endlich wieder mal lecker zu kochen, denn die erste Auflage von zehntausend Exemplaren war innerhalb von zwei Wochen ausverkauft. Lobende Kritiken erschienen in verschiedenen Zeitungen, und ein einflußreiches deutsches Wochenmagazin widmete dem Buch sogar den Leitartikel seiner Kulturbeilage. Unter der Überschrift »Frisch aus dem Ofen« wurde für mein Kochbuch der rote Teppich ausgerollt wie für noch keines meiner vorhergehenden Bücher.

»Robert G. Mehlman«, schrieb der Rezensent, »gelingt, was vor ihm noch keinem gelungen ist. Er bringt etwas zustande, worauf wir seit Jahrzehnten sehnsüchtig gewartet haben: Versöhnung. Mehlmans Genie liegt in der Einsicht, daß diese Versöhnung nicht im Salon stattfinden kann, auch nicht am Arbeitsplatz oder im Parlament, im Theater oder vor einem Denkmal – nein: Echte Versöhnung kann nur in der Küche stattfinden. Mit großer Kenntnis der polnisch-jüdischen Kochkunst, mit viel Liebe fürs Detail und in rührend-bewegendem Stil, gewürzt mit seinem unverwechselbaren jüdischen Humor, nimmt Mehlman uns mit auf eine beispiellose Odyssee. [...] Dieses Buch läßt das Genre des Kochbuchs unendlich weit hinter sich, für mich ist es, ohne jede Übertreibung, das wichtigste Buch des Jahres, wenn nicht des Jahrzehnts. Wir brauchten einen Robert G. Mehlman, um zu erkennen, daß Juden und Deutsche sich tatsächlich wiederbegegnen können, und zwar in der polnisch-jüdischen Küche, aus deren Öfen, trotz aller Schrecknisse der Vergangenheit, sich immer noch köstliche Speisen hervorzaubern lassen.«

Nach diesem Artikel und noch einer lobenden Besprechung im Fernsehen waren innerhalb von fünf Tagen hunderttausend Exemplare verkauft. Die Frau des Bundeskanzlers erklärte, daß sie aus meinem Kochbuch kochen würde. Mein deutscher Verleger rief mich alle zwei Tage an, um mir zu sagen, daß er einen solchen Erfolg noch nie erlebt hätte. Das Geld strömte herein. Die Drohbriefe der Kreditkartenunternehmen versiegten. Ich wurde eingeladen, nach Deutschland zu kommen. Der Präsident der Deutschen Bank bot mir zwanzigtausend Mark, wenn ich eine Stunde vor ihm und den anderen Topmanagern sprechen würde. Ich flog nach Deutschland und las vor ausverkauften Sälen. Nirgends fiel ein Wort über mein literarisches Œuvre. Hin und wieder versuchte ich in den Interviews vorsichtig auf meine Romane hinzulenken oder auf meine Erzähl- und Gedichtbände, doch dann sagten die Interviewer immer sofort: »Darüber müssen wir ein andermal reden, Meneer Mehlman, das ist doch Vergangenheit.«

Nach einer Weile gab ich es auf. Ich war Robert G. Mehlman, der Kochbuchautor, der Schlichter, der Versöhner, der Erlöser. Und das Geld strömte herein.

Rebecca reiste mit mir, von Hamburg nach München, von München nach Köln, von Köln nach Frankfurt, von Frankfurt nach Berlin. Und obwohl sie keinen Tropfen jüdischen Bluts im Leib hatte, wurde sie von der Presse – wahrscheinlich wegen ihres Äußeren – ständig als »die jüdische Braut Mehlmans« apostrophiert. Und mich hatten Journalisten schon ein paarmal mit der Bitte überfallen: »Meneer Mehlman, darf ich Ihnen als bedeutendem Juden folgende Frage vorlegen?«

Noch immer telefonierte ich dreimal täglich mit der Märchenprinzessin, doch unsere Verhandlungen kamen zu keinem Ergebnis.

Der österreichische Präsident lud mich ein, für ihn aus meinem Buch zu kochen. Ein peinlicher Moment, doch ich rettete die Situation, indem ich einen österreichischen Chefkoch aus der *Polnisch-jüdischen*

Küche kochen ließ. Während des Diners in seinem Palais erklärte der österreichische Präsident: »Sie sind der erste Jude, den ich lachen sehe.« Beim Dessert war er so betrunken, daß er sagte: »Weil Sie der erste Jude sind, den ich lachen gesehen habe, verleihe ich Ihnen einen Orden.« So bekam ich einen österreichischen Orden.

Ich telegraphierte Missis Fischer, um ihr unseren Erfolg mitzuteilen. Inzwischen waren wir bei 250000 verkauften Exemplaren, das Buch wurde in alle bedeutenden Sprachen übersetzt.

Frederik van der Kamp rief mich begeistert an: »Wir wollen dein Kochbuch in den Niederlanden ganz groß rausbringen.« Doch ich sagte: »Du kriegst es nicht, van der Kamp, du kriegst es nicht, ich geh zur Konkurrenz. Ihr wolltet mich nicht mal zu eurem Neujahrsempfang dabeihaben!«

Die Moderatorin einer einflußreichen amerikanischen Talk-Show rief *Die polnisch-jüdische Küche* zum Buch des Monats aus. Vor zwölf Millionen Zuschauern erklärte sie: »Wenn Auschwitz das Ereignis des zwanzigsten Jahrhunderts ist, dann ist dieses Buch zweifellos das Buch des Jahrhunderts.« So stürmte *Kochen nach Auschwitz* die Bestsellerlisten in den Vereinigten Staaten.

In Tokio machte ein Mann Harakiri, nachdem er mein Kochbuch gelesen hatte.

Der deutsche Verleger drängte auf eine Fortsetzung, doch die sollte ewig ein Traum bleiben. Ich schrieb nicht mehr, schreiben weckte höchstens die Geister der Vergangenheit, und die schliefen gerade so fest.

Auf Reisen war ich zusammen mit Rebecca, doch

wenn ich in New York zu Atem kam, wohnte ich wieder bei der Märchenprinzessin.

Sex hatten wir schon lange keinen mehr, sie fragte auch nicht mehr, was ich trieb. Und ich meinerseits quälte sie nicht mit Fragen, ob sie jetzt einen Geliebten habe und mit wem sie sich alles traf, wenn ich nicht da war. Manchmal riefen Männer für sie an, ich notierte ihre Namen und Telefonnummern und gab die Nachrichten kommentarlos an die Märchenprinzessin weiter.

Wir gingen weiter ins St. Ambroeus essen, als sei nichts geschehen. Ab und zu sprach mich eine ältere Dame an: »Entschuldigung, aber sind Sie nicht der Herr von dem Kochbuch?«

Manchmal redeten wir über Rebecca. Die Märchenprinzessin sagte: »Ich bin ja verrückt, daß ich dir auch noch Ratschläge gebe, was du mit der hohlen Nuß machen sollst. Ich bin doch nicht euer Beziehungstherapeut. Mir langt's.« Doch sie zog aus dieser Aussage keine Konsequenzen.

Natürlich war es eine abnormale Situation, doch das Geld strömte weiter herein und machte aus Abnormitäten Normalitäten.

Es gab Tage, an denen die Märchenprinzessin und ich über Scheidung sprachen, doch wir brachten die Überlegungen nie zu einem Ende, wie wir so vieles nicht zu einem Ende gebracht hatten. Und auch die Märchenprinzessin lebte gut und komfortabel.

Das Leben verlief so hektisch, daß ich zu meinem großen Glück nicht allzuviel nachzudenken brauchte. Ich spielte den Seher und Versöhner, als würde ich selbst an diese Rolle glauben. Die Aggressionen und der Haß, die meine früheren Bücher durchzogen, hatten einem sanften Humanismus Platz gemacht. Ich war eine moralische Autorität geworden. Zu den verschiedensten Brandherden der Welt fragte man mich um meine Meinung, und welchen Brandherd auch immer man mir nannte, ich beschien alles mit dem gleichen sanften Licht meines tiefen Humanismus.

Bei einem kleinen Verlag erschien *Kochen nach Dachau,* doch es fand in der Presse kaum Widerhall. Mein Kochbuch hatte keine wirkliche Konkurrenz.

Meine Mutter war stolz auf mich. Obwohl sie immer noch auf einen Enkel wartete.

Rebecca reiste weiterhin mit mir, von Tokio über Seoul bis Melbourne. Was von unserem flüchtigen Glück übriggeblieben war, waren Sex, teure Hotels und offizielle Empfänge. Und ab und zu eine Runde Schwimmen im einundzwanzigsten Stock eines Hotels.

Daß ich mit einer anderen Frau reiste als mit meiner eigenen, warf natürlich einen kleinen Schatten auf mein strahlendes moralisches Image. Doch andererseits verlieh es dem Kochbuchautor und Versöhner auch zusätzliches Format. Es machte mich menschlich. Für meine elfenhafte Unschuld und meinen zitierfähigen Humanismus, den ich mit dem Kochbuch in der Hand überall auf der Welt verbreitete, vergab man mir viel.

Ab und zu loderte das Feuer zwischen Rebecca und mir wieder auf, und dann schien es einen Moment lang, als würden die Tage im Motel Silver Lake wiederkehren. Doch mein zitierfähiger und sanfter Humanismus brachte jedes Feuer zum Erlöschen. Immerhin kaufte ich ein Haus auf den Bahamas und ein Apartment auf Malta.

Es gab erste Anzeichen einer Verdüsterung des strahlenden Images, daß die Maske abzublättern und das Denkmal zu bröckeln begann. Doch ich ignorierte sie.

In Athen verprügelte ich einen Fotografen. Der Vorfall wurde mit dem Mantel des Geldes und der Liebe bedeckt. Schwerwiegender war ein Vorfall zwei Wochen später im Fernsehen, als ich während eines Live-Programms eine allerreizendste Moderatorin des ZDF mitten in einem gelungenen und rührenden Gespräch plötzlich beschimpfte und sie anzischte: »Lies *Platz 268 der Weltrangliste,* du Schlampe. Das mußt du lesen und nicht dieses Scheißkochbuch.«

Eine Sprecherin des Verlags erklärte in einer Pressemitteilung, daß ich eine leichte Depression aufgrund von Überanstrengung gehabt und daß man mich falsch verstanden habe.

Die Maske des Versöhners und milden Humanisten, die man mir so professionell ins Gesicht geklebt hatte, war jetzt endgültig vermodert. Niemand sah es, und ich ignorierte den Verrottungsprozeß, so wie ich alle Verrottungsprozesse in meinem Leben ignoriert hatte.

Schließlich folgte noch eine Tournee durch Italien über Mailand, Turin, Triest, Genua und Rom – die Taschenbuchausgabe meines Kochbuchs wurde die Nummer eins der Sachbuch-Top-ten in Italien. Danach fuhren Rebecca und ich für ein paar Tage nach Sizilien, um uns von all dem Trubel und den vielen Signierstunden zu erholen.

Selbst an unserer Ferienadresse kamen immer neue Bitten um Vorträge und Demonstrationsabende herein. Die Rechte der *Polnisch-jüdischen Küche in 69 Rezepten* waren inzwischen auch nach Island verkauft worden.

Rebecca und ich gingen im Garten des Hotels spazieren, saßen am Rand des Swimmingpools im Schatten, frühstückten und dinierten auf dem Balkon unseres Zimmers, und hin und wieder ging ich ins Badezimmer und kämpfte mit der schauerlichen Gewißheit, langsam verrückt zu werden. Rebecca kaufte sich ein Haarband, das sie noch ein paar Jahre jünger machte.

Ab und zu redete ich von unseren Tagen im Motel Silver Lake, Tagen, die in unserer Erinnerung immer mythischer geworden waren. Unser Glück existierte nur in der Phantasie, doch seltsamerweise fühlte es sich greifbar und ganz nahe an, als sei es nur eine Haarlänge von uns entfernt. So war unser Glück auf Sizilien: eine Kugel, die uns um ein paar Millimeter verfehlt hatte.

Ich weiß nicht mehr, wessen Idee es war, in die Oper zu gehen. Sie spielten *Wozzeck*. Von außen sah die Oper von Palermo recht schön aus, und Rebecca sagte: »Von innen ist sie bestimmt noch viel schöner.«

Der Portier des Hotels bestellte Karten für uns und fragte, ob ich für seine Frau ein Exemplar der *Polnisch-jüdischen Küche* signieren könnte.

Wir machten uns für die Oper fein, als gingen wir zu einem großen Fest. Gegen Abend nahmen wir beide ein Bad.

»Wir sind berühmt«, sagte Rebecca.

»Ja«, sagte ich, »so ist es.«

Danach legten wir uns aufs Bett, doch die Hitze kam durch die geschlossenen Vorhänge. Rebecca zeigte auf ein Kleid, das über einem Stuhl hing. »Soll ich das anziehen?«

»Nein«, sagte ich, »bitte nicht.«

Ich legte meine Hände auf ihren Körper, den ich jetzt fast genauso gut kannte wie meinen eigenen. Ich küßte sie, sie küßte mich, wir redeten zwischen den Küssen, ich weiß nicht mehr, worüber, ich wühlte sachte in ihren Haaren, doch ich bekam keine Erektion.

»Das kommt vor«, sagte sie, »wir vögeln sechsmal am Tag.«

»Bei mir nicht«, sagte ich, »bei mir ist das noch nie passiert.«

»Komm«, sagte sie, »wir müssen in die Oper, ziehen wir uns an.«

Wir zogen uns an. Ein Stummfilm lief in meinem Kopf. Rebecca und ich im Museum of Natural History mit der Skulptur der Schuppenflechtlerin zwischen uns. Evelyn und ich im Auto mit niedrig fliegenden Helikoptern über uns, ich im Nachtkauf, wartend auf Kunden, wartend auf das Leben.

»Soll ich das Haarband tragen?«

»Na klar«, sagte ich. »Und den rosa Lippenstift mußt du auch nehmen, der steht dir gut.«

Wir gingen zur Oper; es war ein langer Spaziergang, doch an einem so schönen Abend machte das nichts aus. Wir kamen überpünktlich.

»Woran denkst du?« fragte Rebecca. »Doch nicht an die blöde Erektion?«

»Ein bißchen schon«, sagte ich.

»Na komm«, sagte sie, »stell dich nicht so an, wir vögeln sechsmal am Tag.«

»Sag mal ehrlich«, fragte ich, »wie viele Männer hast du schon impotent gemacht?«

Wir hatten wunderbare Plätze auf dem ersten Balkon. Wir plauderten über die anderen Besucher, denn niemand konnte uns verstehen, und Rebecca blätterte durchs Programm auf der Suche nach einer Inhaltsangabe.

Zehn Minuten vor Beginn hielt ich es nicht mehr aus. »Einen Moment«, sagte ich, »ich bin gleich wieder da.«

Ich ging ins Foyer, fragte einen der Schließer nach der Herrentoilette. Er zeigte nach rechts. Ich suchte mir eine saubere Kabine und schloß mich ein. Ich öffnete meine Hose, nahm mein Geschlecht heraus und begann, daran herumzurubbeln. Ich hörte Schritte und pinkelnde Männer. Sie unterhielten sich, während sie pinkelten. Und ich rubbelte. Mein Körper zitterte wie im Fieber, ein merkwürdiges Fieber, das Erektionsfieber. Schritte entfernten sich, es wurde später, ich rubbelte und rubbelte, doch nichts geschah. Ich lehnte mit dem Kopf gegen die Wand, ich keuchte, doch auch Keuchen nutzte nichts. Ich dachte an nackte Frauen in verführerischen Posen, Frauen, die ich gekannt hatte, Frauen, die ich nicht gekannt hatte oder nur von Abbildungen.

In der Ferne hörte ich Applaus, doch der war nicht für mich. Der Dirigent verbeugte sich, die Saalbeleuchtung erlosch. Und ich rubbelte an mir herum, doch nichts passierte. Mein Pimmel blieb zart und klein wie ein unschuldiges Baby.

Ich hörte Musik. Das war also *Wozzeck,* ich hatte die Oper noch nie gesehen. Oder gehört.

An Pornos dachte ich, an Huren, an Rebecca, an die Märchenprinzessin, an Evelyn beim Cappuccino-Zubereiten, die Musik wurde lauter. Doch nichts passierte. In der Ferne hörte ich Schritte, ein Schließer, vermutete ich, und über allem die Musik.

Ich hatte Blut an den Händen. Die Haut war gerissen. Ich wischte mir die Hände an den Fliesen ab.

Mein Leben war zum Stillstand gekommen, das war das Ende, jetzt konnte ich mit meinem Nachruf anfangen.

Ich rubbelte immer noch. Blut hilft vielleicht, dachte ich. Blut scheint öfter zu helfen. Noch lautere Musik. Es begann weh zu tun. Mein Leben war ein Dorf am Meer, dem ich entfliehen wollte, weil ich jeden Pflasterstein auswendig kannte. Mein Pimmel wurde immer kleiner und blutiger, alles war wund gerubbelt. Ein enthäutetes Stück Fleisch hing zwischen meinen Beinen. Ich knöpfte meine Hose zu. Ich zitterte wie ein Parkinsonpatient in der letzten Phase. Ich ging wieder ins Foyer. Gegen einen Marmorpfeiler gelehnt, blieb ich stehen. Dann sah ich Rebecca. Sie suchte mich. Wie schön sie war. Und einsam. Genau wie ich, und das Blut an meinen Händen machte mich zu guter Letzt noch richtig männlich. Doch noch männlich geworden; es hatte eine Weile gedauert, ich mußte dafür bis in die Oper nach Palermo, aber es hatte sich gelohnt.

»Wo warst du?«

»Ich hab mir einen runtergeholt.«

»Was?«

»Ich hab mir einen runtergeholt, ich wollte eine Erektion bekommen.«

»Idiot.«

Sie wollte mich schlagen, doch ich wich zurück. Ich sehe es meistens kommen, eine Ohrfeige oder die Kugel des Glücks, ich ahne es und weiche zurück.

»Gehen wir ins Hotel.«

»Was ist los«, fragte sie, »fühlst du dich nicht gut? Bist du krank?«

»Ja«, sagte ich, »ich bin krank.«

»Und die Oper?«

»Lassen wir sausen, es ist doch keine gute Aufführung.«

»Mach dich doch nicht verrückt wegen einer einzigen Erektion, wir haben so viel Sex miteinander.«

Doch ich war nur noch eine Erektion, eine einzige große, blutige Erektion, endlich das, was ich schon immer hatte werden sollen. Nach meinem ersten Buch hatte ich einen Brief bekommen, in dem stand: »Wer für den Schwanz lebt, wird durch den Schwanz umkommen.«

Wir gingen ins Hotel zurück, schweigend, in zügigem Tempo. Was für ein einmalig herrlicher Abend es war. Zum Heulen schön.

Als wir auf dem Zimmer waren, sagte Rebecca: »Schade um die Oper.«

Wir stellten uns auf den Balkon.

»Da«, sagte ich, »da ist der Hafen.«

»Ja«, sagte Rebecca.

»Und da«, sagte ich, »da ist die Stadt.«

»Ja«, sagte Rebecca.

Und plötzlich fiel mir ein, daß ich die Skulptur der Schuppenflechtlerin nie ausgepackt hatte, daß sie unausgepackt auf dem Speicher gelandet war, und mußte schrecklich darüber lachen.

»Warum lachst du?« fragte Rebecca.

»Über alles«, sagte ich, »über alles«, und zeigte ihr das Blut auf meiner rechten Hand und hielt sie fest, und wir lachten über mein Blut und meine Erektionen und die Oper, obwohl wir doch überhaupt nicht mehr dort waren.

»Rebecca, willst du immer noch Mata Hari werden?« fragte ich.

Sie schüttelte den Kopf. »Jetzt gehöre ich dir«, sagte sie.

»Das ist dumm«, sagte ich.

Am nächsten Tag hatte ich wieder Erektionen, als sei nie etwas geschehen. Rebecca zufolge sprang ich in die Kiste wie ein Weltmeister.

Liebe kleine Rebecca,

vor ein paar Tagen hast Du mich gefragt, ob ich denke, daß die Welt mir zu Füßen liegt. Dieses Gefühl habe ich schon lange nicht mehr. Trotz meines Ordens, trotz des Geldes, das durch ›Kochen nach Auschwitz‹ hereinkommt, und der vielen Treffen mit berühmten Leuten und hohen Tieren.

Du hast dieses Gefühl offenbar schon, und das ist schön, manche Euphorie ist so kostbar, daß es eigentlich keine Worte dafür gibt. Oder besser gesagt: daß keine Worte dafür nötig sind. Diese Euphorie kommt ohne Worte aus.

Vor einiger Zeit fragtest Du mich, ob ich Dich nur darum auf all diese Reisen mitnehme, weil ich mich schuldig fühle. Damals habe ich mit einem Nein geantwortet. Was auch so ist. Ich fühle mich nicht schuldig.

Nicht für etwas, das mit uns zusammenhängt, jedenfalls. Und Du, warum begleitest Du mich auf meinen Reisen? Oder braucht man nicht für alles einen Grund zu haben, ist Gewöhnung schon Grund genug?

Rebecca, meine Küsse werden immer schaler, wie Du selbst schon sagtest. Wollen wir jetzt einmal alle Lügen hinter uns lassen, wollen wir's versuchen?

Ich bin nicht der Mann, den Du heiraten wirst, ich bin nicht der Vater Deiner Kinder, ich liege Dir nicht zu Füßen, ich bin der schale Küsser, ich habe eine Schwäche für Dich, eine große sogar, und als ich schrieb, daß ich die Männer begutachten müsse, mit denen Du später einmal flirtest, wenn ich nicht mehr da bin, flirtete ich mit Dir, doch ich bin nicht der, den Du suchst.

Einander verfehlen schafft auch eine Beziehung.

Liebe Rebecca, ich will nicht behaupten, ich hätte Dich geliebt; vielleicht war das im Grunde das einzige, was uns verband, daß wir schlecht darin waren, andere zu lieben. Daß wir dachten, wir würden einander lieben, und diese Illusion angenehm fanden, eine Zeitlang, am Rand des Swimmingpools, während jeder seinen eigenen Film drehte und wir den anderen kaum sahen.

Begehrt werden wollen von einem noch begehrenswerteren Prinzen, der deinen Weg kreuzt, das ist wahrscheinlich die Wahrheit hinter allem Unglück, allem Gegrübel, Geflenne, die Wahrheit hinter all dem Verlangen nach einem wilden und aufregenden Leben. Das unendliche und ewige Verlangen nach dem Prinzen auf dem weißen Pferd.

Ich bin nicht der Prinz auf dem weißen Roß, ich bin die Ratte auf dem Schaukelpferd. Das Theater der falschen Hoffnung schließt seine Pforten.

Ich werde Dich vermissen, und weil ich Dich vermis-

sen werde, werde ich Dich hassen, doch Zeit heilt alle Wunden.

Hoffentlich tritt bald eine neue große Liebe in Dein Leben, vielleicht ist sie schon eingetreten, und hoffentlich bringt derjenige in Deinem Kopf so etwas wie Glück zustande. Ein schöneres und besseres und größeres Glück.

Daß ich nicht der Zeuge dieses zukünftigen Glücks sein will, kannst Du mir nicht verübeln.

Kuß,
Robert.

»Was schreibst du denn da?« fragte sie.

»Einen Brief«, sagte ich.

Wir aßen an dem Abend in einem Restaurant in Palermo, das uns vom Portier des Hotels empfohlen worden war, demselben, der mich um die Widmung für seine Frau gebeten hatte.

Zwischen Hauptgericht und Dessert las ich ihr aus einem Buch vor, ich weiß nicht mehr, von wem. Es war eine Übersetzung aus dem Norwegischen oder Schwedischen, daran kann ich mich noch erinnern, es gab schöne Passagen darin, und ich dachte, daß man das eigentlich viel öfter tun sollte, Leuten zwischen Hauptgericht und Dessert etwas vorlesen.

Als wir mit dem Nachtisch fertig waren, gab ich ihr den Brief. Er steckte in meiner Gesäßtasche und war schon ein bißchen zerknittert und warm geworden.

»Lies vor«, sagte sie.

»Nein«, sagte ich, »lies selbst.«

Sie las, und ich spielte mit Zuckerwürfeln, baute daraus ein Haus und bestellte noch zwei Kaffees.

Als sie mit dem Lesen fertig war, folgte eine Szene,

doch nichts Dramatisches. Eine Stimme, die laut wird, ein Glas Wasser, das auf einem Schoß landet, ein paar Schimpfworte, die machtlosen Rituale des Schmerzes. Dem Gott des Vermissens wurden wieder mal ein paar lebende Opfer gebracht.

Ich verspürte die Versuchung, die Hand unter dem Tisch auf Rebeccas Knie zu legen, ein paar Worte zu sagen, die alles wiedergutmachen würden; den Rest würden dann schon die Hormone erledigen. Doch mein Entschluß stand fest. Wie ein Schriftsteller als störrischer und rasender Gott über seine Schöpfung regiert, so regierte ich über unsere Romanze. Unzugänglich, weder für Argumente noch für Bitten oder Erinnerungen an all die Freuden, die hinter uns lagen und die ich jetzt wegwarf. Zugänglich nur der einen Stimme, der verführerischen und mächtig-unerbittlichen Stimme, die sagte: »Hau ab, verschwinde, bevor es zu spät ist, bevor du nicht mehr zurückkannst, bevor sie dir den Finger auf die Wunde legen.« Kein Lockruf so süß wie der Lockruf der Flucht.

»Du wirfst alles weg«, sagte Rebecca.

»Ich hab schon so viel weggeworfen«, sagte ich.

So verschwand ich aus Rebeccas Leben. Ich flog nach New York zurück. Zwischen den vielen Briefen von Fans und angehenden Kochbuchautoren fand ich auch einen Brief von Evelyn. Sie war nach Puerto Rico zurückgegangen und jetzt Dienstmädchen bei einer reichen und freundlichen Familie. Mit Kost und Logis. Ihr und ihren Kindern ging es gut. Sie hatte mein Foto in der Zeitung gesehen.

Ich steckte den Brief in dieselbe Schublade, in der

seinerzeit das Dackelbild gelegen hatte. Ich hatte es eines Tages zerrissen, um die Dackel aus meinem Leben zu verbannen.

Haß ist das Meer, in dem alles Vermissen zusammenströmt.

In New York träumte ich von Dackeln, Kochbüchern und der Karpfen-in-Aspik-Stiftung. Rebecca hinterließ Nachrichten auf meinem Anrufbeantworter, doch ich rief nicht zurück.

Sie sagte: »Ich vögel hier mit tausend verschiedenen Männern, Robert, Männern, die noch Erektionen kriegen.«

Nicht einmal meine Eifersucht stachelte mich auf, außerdem war ihr Spiel zu wenig raffiniert, um mich davon zu überzeugen, daß ich noch etwas in ihrem Leben finden könne, das ich noch nicht wußte oder kannte.

Vierunddreißig Briefe schrieb ich, an Verlage, an Zeitungen, Zeitschriften, Organisatoren von Kochveranstaltungen und die Messe für Haushaltsartikel, alle mit demselben Inhalt: »Zu unserer großen Bestürzung müssen wir Ihnen mitteilen, daß Robert G. Mehlman vor drei Tagen im Schlaf verstorben ist.« Das machte mich fröhlich. Ein Verleger rief wütend bei mir an: »Für solche Witze haben die Leute kein Verständnis.« Frederik van der Kamp hinterließ eine Nachricht: »Die Fortsetzung deines Kochbuchs machst du doch wieder bei uns, Robert, oder?«

Ich bestellte eine Limousine mit Chauffeur, die mich nach Kanada bringen sollte – was mich übrigens gut und gern zwei Stunden kostete, ein paar Verleihfirmen weigerten sich, von New York nach Kanada zu fahren –, und schrieb einen Brief an die Märchenprinzessin.

Liebe Prinzessin Märchen,

jetzt, wo ich ein Haus auf den Bahamas, ein Apartment auf Malta und ein Aktiendepot besitze, das unsere kühnsten Träume übersteigt, jetzt, wo sich nicht mehr leugnen läßt, daß ich den internationalen Durchbruch geschafft habe – zwar mit einem Kochbuch, aber immerhin –, jetzt scheint mir der geeignete Zeitpunkt gekommen, aus Deinem Leben zu verschwinden.

So wollte ich anfangen, und so fing ich den Brief auch an.

Ich habe die hohle Nuß verlassen. Das wollte ich noch sagen. Warum, weiß ich nicht. Ich weiß nicht, warum ich mit der hohlen Nuß angebandelt habe, und auch nicht, warum ich sie verlassen habe. Muß man so etwas wissen?

Ich war vorübergehend impotent, in der Oper. Doch das ist vorbei. Das am Rande.

Doch daß ich die hohle Nuß verlassen habe, ändert auch nichts. Es war nicht die hohle Nuß, die zwischen uns stand, das hast Du immer gewußt.

Ich weiß nicht, was mit mir los ist, und Du, die Du mich all die Jahre erlebt hast, scheinst es auch nicht mit Sicherheit sagen zu können. Warum uns also noch mit dieser Frage belasten?

Ich habe Dir Zeit gestohlen, das stimmt, ich hätte dich früher verlassen sollen, doch manche Abschiede dauern offenbar etwas länger. Jetzt, wo ich die hohle Nuß verlassen habe, kann ich hoffentlich einen definitiven Versuch wagen, uns von meiner Anwesenheit zu erlösen.

Ich habe noch so viel zu sagen, daß es ein Buch werden würde, doch dafür habe ich keine Zeit. Das Leben ist Blödsinn, heiliger Blödsinn von mir aus, doch auch heiliger Blödsinn bleibt Blödsinn. Eine etwas armselige Entdeckung nach all den Jahren. Vielleicht haben wir das gemeinsam, daß wir das Leben beide Blödsinn finden, doch Blödsinn zu teilen ist offenbar nicht genug.

Da Du die Verfügungsgewalt über meine Konten hast und schon seit Jahr und Tag in mein Testament aufgenommen bist, ist es wenigstens nicht Geld, das zwischen uns steht – und das ist das letzte, was ich darüber sagen möchte, denn ich weiß, Du magst dieses Thema nicht.

In der Drogerie haben sie mir heute einen neuen antiallergischen Rasierschaum gegeben. Gratis. Die Verkäuferin zeigte auf meinen Adamsapfel und sagte: »Stört Sie der nicht?« Ich hab den neuen Rasierschaum demütig in Empfang genommen, vielleicht werde ich jetzt also noch schöner.

Ich gehe in den Norden. Im Süden sind wir zusammen schon so oft gewesen, den Süden kenne ich langsam. Nicht um zu schreiben – die Welt hat nun mal beschlossen, daß mein Lebenswerk aus einem Kochbuch besteht, sie sind sogar so freundlich gewesen, meine verramschten Bücher vollständig zu vergessen, und ich meinerseits habe diesen Entschluß der Welt akzeptiert. Schließlich hat es auch Vorteile, ich brauche meine Bücher nicht mehr Leuten zu erklären, für die jede Erklärung zu spät kommt. Kochbücher sprechen für sich.

Laß uns einander nicht ganz aus den Augen verlieren, auch wenn ich nicht weiß, was das in der Praxis bedeuten soll. Ansichtskarten vielleicht? Telegramme?

Habe ich noch was Praktisches vergessen? Über alles, was nicht praktisch ist, kann man besser schweigen.

Kuß,

Dein Robert.

Ich mußte die Limousine für den Tag abbestellen, denn meine Frau kam früher von der Arbeit zurück und ließ mich nicht gehen.

»Was willst du da oben im Schnee?« fragte sie. »Ist das nicht ein bißchen weit weg für diese Jahreszeit?«

»Das ganze Leben ist weit weg, vom Tod aus betrachtet.«

Sie öffnete ihre Tasche und holte Akten von Patienten heraus, die sie zu Hause studieren wollte.

»Findest du es denn so schlimm, daß du mit einem Kochbuch den Durchbruch geschafft hast?«

»Es liegt nicht an dem Kochbuch«, sagte ich, »und auch nicht an meinem Durchbruch.«

»Vielleicht mußt du Medikamente nehmen«, sagte die Märchenprinzessin, »vorübergehend.«

»Nein«, sagte ich, »vielleicht bin ich chemisch ja wirklich nicht im Gleichgewicht, aber dann wirkt diese Unausgeglichenheit zu meinem Vorteil. Ich sehe alles ganz klar. Ich hab mich von den Menschen distanziert, und ich hab gute Gründe dafür.«

»Du hast dich von deinem eigenen Leben distanziert«, sagte die Märchenprinzessin.

»Ich weiß«, sagte ich, »ich bin die Bestie und du der Zoo, doch es ist gut für Tiere, hin und wieder den Zoo zu wechseln.«

»Endlich hast du die hohle Nuß verlassen, warum mußt du jetzt unbedingt in den Schnee? Du hast alles Geld der Welt, warum mußt du dahin?«

»Ich muß hier weg«, sagte ich, »bevor's zu spät ist. Du erstickst mich.«

»Du erstickst dich selbst, du Idiot.« Dann begann sie zu heulen.

»Ist die Tragödie noch nicht zu Ende?« fragte ich.

»Du verstehst nichts von Menschen«, sagte die Märchenprinzessin, »du brauchst mich, um sie zu verstehen, oder du mußt sie völlig aushorchen und ausquetschen, bevor du sie verstehst, aber aus eigener Kraft verstehst du sie nicht – darum bist du eigentlich auch ein schlechter Schriftsteller. All deine Worte, deine Formulierungen, dein ganzer sogenannt brillanter Stil kann nicht verstecken, daß du nichts von Gefühlen verstehst, daß du nichts davon verstehen willst.«

»Die Tragödie ist zu Ende«, sagte ich, »diese Lügen sind jetzt doch vorbei.«

»Wieso vorbei?« fragte sie. »Die fangen doch erst richtig an. Und warum ruft die hohle Nuß immer noch dreimal täglich an?«

»Frag sie selbst.«

»Du hast sie doch verlassen?«

»Deswegen kann sie doch mal anrufen, ich bin doch nicht verantwortlich dafür, wer hier anruft oder nicht, und außerdem geht es dich nichts an, wer hier für mich anruft. Das ist immer noch meine Wohnung.«

»Ich will nicht, daß diese Frau unsere Wohnung betritt, auch nicht über den Anrufbeantworter«, rief die Märchenprinzessin.

»Sie will sich den Kopf absägen, sie wird verrückt von all den Gedanken darin.«

»Soll sie's doch machen«, rief die Märchenprinzessin, »das wär für alle das beste. Sorg dafür, daß sie heute noch mit dem Sägen anfängt. Ihretwegen bleibe ich mein Leben lang kinderlos.«

»Weißt du, zuerst dachte ich: Wenn mein Vater stirbt, kann ich anfagen zu leben. Mein Vater starb, aber das Leben fing nicht an. Dann dachte ich: Wenn meine Mutter stirbt, fängt das Leben an. Aber meine Mutter stirbt nicht. Jetzt denke ich: Wenn du stirbst, kann ich endlich anfangen zu leben. Aber du willst nicht sterben, du willst ein Kind. Ich kann doch nicht mein ganzes Leben auf den Tod von irgendwem warten? Ich hab lange genug gewartet.«

Die Märchenprinzessin wich ein paar Schritte zurück.

»Du bist verrückter, als die Leute denken, Robert«, sagte sie, »du schreckst wirklich vor nichts zurück.«

»Nein, natürlich schrecke ich vor nichts zurück, wovor sollte ich jetzt noch zurückschrecken?«

»Ist mir doch egal, ich will ein Kind.«

»Dann mach doch eins«, schrie ich, »aber nicht mit mir!«

»Mit wem soll ich jetzt noch ein Kind machen? Den größten Teil meiner fruchtbaren Zeit bist du um mich herumgeschwirrt wie eine Biene um den Honig und hast alle Männer vergrault, die was von mir wollten.«

»Ich habe niemanden vergrault, und ich bin auch nicht um dich herumgeschwirrt. Ich bin dir nichts schuldig, ich hab dir nämlich nichts, aber auch überhaupt nichts versprochen.«

»Du hast das Beste aus mir herausgesaugt.«

»Das Beste, daß ich nicht lache, Gift hab ich aus dir gesaugt. Und wenn du kinderlos bleibst, ist das ganz allein deine Schuld; meine Mutter sagt, daß man dir auf hundert Meter Entfernung ansieht, daß du unfruchtbar bist, eine Landschaft nach dem Atomkrieg.«

Dann nahm sie einen Schuh und zertrümmerte eine Glastür unseres Bücherschranks.

Ich lebte in Lügen, doch es war eine komfortable Villa. Mit Whirlpool.

»Fang endlich damit an, deinem Leben eine Form zu geben«, sagte die Märchenprinzessin und hob die Scherben auf.

»Das ist nicht meine Aufgabe«, sagte ich, »ich forme Sätze, Kapitel und Geschichten.«

Es kostete mich noch Tage, die Märchenprinzessin davon zu überzeugen, daß ich wirklich in den Schnee wollte. Sie ihrerseits überzeugte mich davon, daß ich ihr ein Kind schuldete.

Sie sagte: »Du brauchst nicht die geringste Verantwortung zu übernehmen, aber gib mir wenigstens dein Sperma.«

»Was willst du mit meinem Sperma?« rief ich. »Jeder Mann hat Sperma, warum muß es meins sein, ich will dir mein Sperma nicht geben, ich will mich nicht fortpflanzen, ich will in Ruhe gelassen werden.«

»Ich werde dich in Ruhe lassen«, sagte sie. »Ich verlange doch nicht zu viel?!«

Die biologische Uhr tickte; und das Getick übertönte alle anderen Uhren. Es dauerte noch vierundzwanzig Stunden, dann hatte sie mich davon überzeugt, daß Einelternfamilie und Glück einander nicht mehr widersprechen als Glück und Zweielternfamilie; auch überzeugte sie mich davon, daß ich ihr tatsächlich Sperma schuldete, und sei es nur für die Zeit, die ich ihr gestohlen hatte. Außerdem sagte sie: »Ich möchte ein Kind mit Locken.« Das überzeugte mich. Ich schuldete ihr ein Kind mit Locken. Ein Kind als Abschiedsgeschenk, warum nicht, ein Kind ist schließlich ein hoffnungsvolles Ende.

Zweimal gingen wir zusammen ins Bett.

Beim ersten Mal leidenschaftslos.

Beim zweiten Mal noch leidenschaftsloser. Aber dafür zärtlich. So zärtlich, so schrecklich zärtlich, daß ich aus dem Fenster springen wollte.

»So«, sagte ich, als wir es hinter uns hatten, »das Kind ist fertig, jetzt kann ich gehen.«

Die Limousine fuhr vor. Das Ziel war Kanada. Ich hatte eine Tasche dabei, ein paar Bücher, ein paar alte Kleidungsstücke. Die Märchenprinzessin mußte zur Arbeit. Sie konnte mich nicht verabschieden. Ich versprach, bald anzurufen, um zu fragen, ob das Sperma gewirkt hatte; sonst würde ich wiederkommen.

Wir fuhren nach Norden. Der Chauffeur fragte: »Warum nach Norden?«

Ich sagte, daß ich Schnee sehen wollte.

Er sagte: »Warum nehmen Sie dann nicht das Flugzeug?«

Ich sagte, daß ich alles sehen wollte.

Die Reise dauerte lang. Wir schliefen in Motels, doch nicht im selben Zimmer. Der Chauffeur wollte auch seine Mahlzeiten nicht mit mir einnehmen. Er sagte, daß er lieber im Auto essen wolle. Das respektierte ich.

Der Himmel wurde grauer, die Landschaft kahler.

Witzig, dachte ich, das ist also Schmerz. Bestimmt nur ein kleiner Vorschuß auf allen Schmerz, der noch kommt. Es war auch teurer Schmerz. Hundertzwanzig Dollar pro Stunde exklusive Benzin. Der Schmerz, der folgen würde, würde bestimmt billiger sein. Kein Schmerz, über den man schreiben konnte. Schmerz, über den man schreiben konnte, war kein richtiger Schmerz. Der richtige Schmerz mußte erst noch kommen.

Aus einem Motel rief ich Rebecca an, doch als ich nur ihren Anrufbeantworter dran bekam, hängte ich auf.

Zwischendurch blödsinnige Filme in meinem Kopf. Brombeerpflücken mit Evelyn, die Märchenprinzessin im Nachtkauf, Missis Fischer in ihrer Küche, Rebecca, die sich eine Zigarette anzündet und ihre häßlichen Hände auf den Tisch legt, um sie mir zu zeigen, und ich selbst, auf der Herrentoilette der Oper von Palermo verzweifelt an mir herumrubbelnd, und wieder die Märchenprinzessin, die darüber heult, was ich aus meinem Leben gemacht habe, und dazwischen immer wieder Hotelzimmer mit Dackeltapete.

»Wie weit müssen wir noch?« fragte der Chauffeur.

»Noch viel weiter«, sagte ich, »ich will den Schnee sehen.«

Diese Einsamkeit war für mich geschaffen, von mir inszeniert. Ich war alles in einer Person: Publikum, Schauspieler, Bühnenbildner, Autor, Beleuchter, Souffleur, Feuerwehrmann, Kameramann, Visagist, Kartenverkäufer. Diese Einsamkeit war mein Kunstwerk; schade, daß niemand es sehen konnte, es war so schön.

Meine Wahnvorstellungen waren ethnisch von jedweder menschlichen Rasse gesäubert. Ich war allein in meinen Wahnvorstellungen zurückgeblieben. Meiner eigenen Säuberung entkommen.

Ich rief die Märchenprinzessin an und fragte, ob mein Sperma schon gewirkt habe.

»Wir müssen Geduld haben«, sagte sie. »Wo bist du?«

»Irgendwo in Kanada«, sagte ich.

»Was machst du da?« fragte sie.

»Schlitten fahren«, sagte ich.

Indianer gingen in den Schnee, um zu sterben, ich ging Schlitten fahren.

Die Operation »Überleben« war ein durchschlagender Erfolg, bald brauchte ich auch mich selbst nicht mehr zu vermissen. Denjenigen, der ich hätte sein können. Die Kugel des Glücks, die mich um ein Haar verfehlt hatte, weil ich mich rechtzeitig geduckt hatte.

Manche Menschen hatten früh in ihrem Leben die Chance bekommen zu sterben, doch sie hatten sich rechtzeitig geduckt, und den Rest ihres Lebens tat ihnen diese Entscheidung leid.

Gott sei Dank gab es keine mildernden Umstände mehr. Nur noch Umstände. Das würde ich auch auf die Frage »Warum?« antworten. »Wer?«, »Was?«, »Wo?« und »Wie?« waren Fragen, die zu Scham führten, immer wieder nur Scham.

Auf die Frage »Warum?« war nur eine Antwort möglich: »Umstände, und keine mildernden.«

Hier brauchte man für niemanden mehr etwas zu sein, endlich erlöst von dieser unmöglichen Aufgabe. Hier existierte man nur für das Museum der Einsamkeit. Ich war der Wächter, ich riß die Karten ab, und ich leitete die Führungen.

Gegen seine Gewohnheit frühstückte der Fahrer mit mir. Zwei Wochen lang hatte er allein gefrühstückt, doch offenbar schien ihm jetzt die Zeit reif für eine Annäherung.

Am Morgen hatte die Märchenprinzessin gesagt: »Wir dürfen nicht voreilig sein, aber es sieht so aus, als würde das Sperma wirken.«

»Ich hab schon mal jemanden nach Florida gefahren«, sagte der Fahrer und aß einen Pfannkuchen, »auch schon mal nach Detroit, aber so weit weg wie jetzt bin ich noch nie gewesen.«

»Ich auch nicht«, sagte ich.

»Ist das wahr«, fragte er und hörte auf zu kauen, »was die Leute sagen? Daß Sie der berühmte Kochbuchautor sind?«

»Alles ist wahr«, sagte ich, »aber meine Tarife sind gestiegen.«

III

Wird es hier noch mal lustig?

Das Kind, das sie gezeugt haben, bin ich, Harpo Saul Mehlman. Ich bin die Wiedergutmachung für etwas, das sich absolut nicht wiedergutmachen ließ.

Drei Tage hielt mein Vater es im Schnee aus. Dann kam er wieder zurück und brauchte noch zwölf Jahre dazu, die Operation »Weg von der Märchenprinzessin« zum Abschluß zu bringen.

Das ist der Brief, den er mir an dem Tag schrieb, als er uns endgültig verließ:

Mein lieber, kleiner, eigenartiger Sohn Harpo,

meine Beziehung zu Deiner Mutter, auch genannt Prinzessin Märchen, hat viel überlebt. Zuviel, um es hier alles aufzuzählen, doch ich wage trotzdem einen Versuch: gutartige Krebsgeschwüre und weniger gutartige, verramschte Bücher und Bestseller, Schulden und siebenstelligen Reichtum, saubere und verdreckte Hotelzimmer, außereheliche Affären und platonische Beziehungen, Neurosen, unzählige Selbstmorde, ein Kind, eine Hochzeit in Florida, meine Mutter, Ausschlag vom Rasieren, graue Haare, Zahnfleisch, das seine Aufgabe nicht mehr erfüllt, kleine Alkoholprobleme, Begräbnisse und Einäscherungen, Gestank, Ruhm und Vergessen und weiterhin all meine Schwächen, Fehler und Versäumnisse, die ich hier nicht weiter aufzählen möchte.

Wenn eine Beziehung so viel überlebt hat, warum beschließt man dann überhaupt irgendwann, doch noch auseinanderzugehen? Das ist eine gute Frage, kleiner Harpo, und ich kann Dir darauf im Moment nur eine Antwort geben: Man darf nicht alles dem Tod überlas-

sen, manchmal muß man als Mensch auch ein wenig nachhelfen.

Ich glaube, es ist gut, daß Du mit der Märchenprinzessin nach Amsterdam zurückgehst. Ich selbst bleibe noch eine Weile in New York; vielleicht werde ich ein wenig reisen, ich weiß nicht, warum ich noch nicht genug davon habe. Man kann nicht alles wissen. Vielleicht schreibe ich endlich ›Die hohle Nuß und andere Juwelen‹ zu Ende, vielleicht auch nicht, vielleicht dürfen manche Dinge nicht fertig werden.

Ich glaube (aber das mußt Du für Dich behalten), daß es für die Märchenprinzessin gut ist, von ihren psychiatrischen Patienten wegzukommen.

Schade, daß ich nicht mehr mit Dir geredet habe, als Du vier warst – und fünf, und sechs, und sieben, aber ich war zu sehr mit meinem Opus magnum beschäftigt. Ich kenne mein Opus magnum besser als Dich, aber glaub mir, das hol ich mit Dir alles noch nach.

Lieber kleiner Harpo, wenn Du aus der Schule kommst und diesen Brief findest, bin ich kurz weg, aber um halb sechs bin ich wieder da. Deine Mutter hat heute ein Fest auf der Arbeit, wir müssen also ohne sie essen gehen. Vielleicht könnten wir uns einen Film ansehen? Ich habe gehört, daß in den Kinos gerade ein guter Film über einen Liliputaner läuft. Würde Dir das gefallen? Dein Geschmack geht in letzter Zeit in die überraschendsten Richtungen, wenn Du also keine Lust auf Filme über Liliputaner hast, mußt Du's sagen. Es ist kein Kinderfilm, es ist ein Film für Erwachsene, nur zu Deiner Information.

Hab keine Angst, wir würden uns nicht mehr sehen; ich werde regelmäßig nach Amsterdam kommen, und wir können wie immer zusammen in den Urlaub fahren, vielleicht sogar mit der Märchenprinzessin. Obwohl ich glaube, daß es vorläufig besser ist, wenn sie und ich nicht zusammen in den Urlaub fahren. Vielleicht in ein paar Jahren wieder. Unsere Ehe war schon immer ein Schützengraben, und das fanden wir auch immer lustig, aber in letzter Zeit ist es in diesem Schützengraben doch ein bißchen zu eng geworden.

Wenn Du willst, können wir Sandwichs kaufen und im Central Park ein Picknick machen. Ich weiß, daß Du Picknicks magst, ich will mich heute abend also gern opfern. Daß ich einen Sohn habe, der Picknicks mag und gerne campt, deutet darauf hin, daß es vielleicht doch einen Gott gibt oder wenigstens eine Art höhere Gerechtigkeit. Ich kann mir diese Deine kuriosen Vorlieben nicht anders erklären denn als Strafe, die mir für meine unverzeihlichen Sünden auferlegt wurde.

Du kannst es Dir also selbst aussuchen, was Du heute abend tun willst. Obwohl ich Dich schon jetzt darauf hinweise, daß »Essen ausfallen lassen« nicht zu den Möglichkeiten gehört.

Ich muß jetzt los. Ich habe eine Verabredung mit einem Herrn, der sich für das Apartment auf Malta interessiert.

Denk daran, daß heute nachmittag die Putzfrau da war und daß die arme Frau geackert hat wie ein Pferd – zum Glück konnte ich sie ein bißchen aufheitern, jedenfalls habe ich es redlich versucht. Ich habe einen neuen Staubsauger für sie gekauft, und den habe ich von unten bis oben in Geschenkpapier verpackt.

Tu also was für den Frieden, und zieh Deine Schuhe aus, wenn Du nach Hause kommst, Deiner Mutter liegt viel daran.

Ich selbst habe für den Frieden nie große Opfer ge-

bracht, und ich verlange auch keine großen Opfer, ich verlange nur ein ganz kleines, nämlich daß Du die Schuhe ausziehst. Wenn man keine großen Opfer bringen kann, soll man kleine bringen. So habe ich es auch immer gehalten, denn so schwer es mir vielleicht manchmal auch fiel, letztlich glaube ich doch, daß man das Leben ein bißchen praktisch angehen muß.

Wenn Du mir noch einen Gefallen tun willst: Könntest Du heute abend etwas Ordentliches anziehen? Ich weiß, daß mich ärgern Deine größte Leidenschaft ist, das scheinst Du von mir geerbt zu haben, jedenfalls meint das die Märchenprinzessin – ich gehe also davon aus, daß Du Dich wieder so kleiden wirst, daß ich mich ein ganz klein bißchen elend fühlen werde. Ich werde das bißchen Elend dann in den schillerndsten Farben zum Ausdruck bringen, sonst hast Du ja nichts davon, und das ist auch nicht Sinn der Übung.

Bleib in der Wohnung, um halb sechs bin ich wieder da. Bring dem Frieden ein paar kleine Opfer. Vier Küsse, Robert.

Jetzt, wo ich die Briefe meines Vaters wieder lese, bin ich mir nicht sicher, ob er sie wirklich für mich oder eher im Hinblick auf eine mögliche Publikation geschrieben hat, doch das tut nicht mehr weh. Ich habe andere Erinnerungen, und ich brauche sie nicht aufzuschreiben, um sie am Leben zu erhalten. Vielleicht, weil ich aus der Nähe gesehen habe, daß Schreiben Erinnerungen eher vernichtet als bewahrt.

Zuerst wollte ich über meinen Vater schreiben, doch schon bald entdeckte ich, daß Schreiben für mich keine Religion ist, kein Götze, dem man lebende Brandopfer bringen muß, und daß das, was ich über meinen Vater sagen wollte, schon von ihm selbst gesagt worden ist. Und daß man nicht für alles Worte zu finden braucht. Auch wenn er natürlich dachte, daß etwas erst dann wirklich existiert, wenn man die richtige Formulierung dafür gefunden hat.

Leute, die von meinem Vorhaben hörten, fragten: »Willst du Robert G. Mehlman rehabilitieren?«

Doch das würde er nicht wollen, rehabilitiert zu werden, und schon gar nicht von mir.

Als mein Vater die Märchenprinzessin verließ, begann er durch Europa zu vagabundieren. Er lebte immer noch von den Tantiemen der *Polnisch-jüdischen Küche in 69 Rezepten*. Er zog von Hotel zu Hotel. Spanien, Griechenland, die Schweiz, Portugal, Italien.

Manchmal rief er an, und ab und zu kam er für ein paar Tage nach Amsterdam. Doch meine Mutter wohnte inzwischen mit einem Russen zusammen, und er und mein Vater hatten keinen guten Draht zueinander.

»Ich arbeite an meinem Opus magnum«, sagte er, »der Beweis, daß ich etwas über Gefühle gelernt habe, meine Rache am Leben, an Gott und der Welt.«

»Ich kann es nicht mehr hören«, sagte die Prinzessin.

Oft schickte er uns Briefe, doch im Laufe der Zeit wurden sie immer spärlicher. Aus Briefen von vier Seiten wurden Briefe von zwei Seiten, und schließlich wurden es Ansichtskarten, auf denen nur noch Allgemeinheiten standen. »Das Hotel ist gut, aber mein Sekretär hat sich aus dem Staub gemacht.«

Manchmal schlug er vor, wieder zur Märchenprinzessin zurückzukehren. Doch sie sagte, daß das keine gute Idee wäre, außerdem sei es dazu zu spät.

Zehn Tage nachdem ich ihn im Hotel Santa Caterina getroffen hatte, fuhr ich wieder nach Amsterdam zurück. Als wir uns voneinander verabschiedeten, sagte er: »Mit meinem Opus magnum bin ich so gut wie fertig. Und danach schreibe ich ein Buch über dich, Harpo. Ein richtiges Buch, nicht wieder so eine Briefsammlung, ich spüre, daß eine ganze Trilogie in dir steckt.«

»Laß mich bitte da raus, Papa«, sagte ich, »es braucht niemand über mich zu schreiben, es ist mir sogar lieber.«

Er brachte mich zum Flughafen von Neapel. Seine Tasche mit ungeöffneter Post nahm er mit. Er redete viel von seinem Opus magnum, nur das Ende gefiel ihm noch nicht, doch er sagte, das sei eine Frage von Tagen, vielleicht nur Stunden, es könne jeden Moment kommen.

Er sagte: »Kennst du das auch, daß du plötzlich genau weißt, wie etwas ausgehen muß?«

Ich sagte, daß ich das nicht kannte, und dann fragte er: »Hast du eine Freundin? Darf ich das Foto sehen?«

Auf dem Flughafen tranken wir Kaffee und aßen noch schnell ein Croissant.

»Ich hab das Zeug zum Monarchen«, sagte er, während er sein Croissant in den Kaffee tauchte. »Ich hab Talent dazu, Menschen zu führen. Diese Zeit braucht einen aufgeklärten Monarchen.«

Ich verfolgte die Kaffeetropfen, die von seinem Croissant auf den Boden fielen.

Wir gingen Richtung Flugzeug, bis wir zu einem Schild kamen, auf dem NUR FÜR PASSAGIERE stand.

»Weiter darfst du nicht«, sagte ich. Denn ich kannte meinen Vater und wollte nicht, daß er heimlich doch versuchte, mich weiter zu begleiten.

»Du hast recht«, sagte er, »ich muß zurück ins Hotel, alles in die richtige Reihenfolge bringen. Und dann fahre ich nach Sabaudia, da ist der Strand viel schöner als hier. Wenn du eine Freundin hast, schick mir ein Foto.«

Er versuchte mich hochzuheben, doch ich war viel größer und stärker als er.

Er ist tatsächlich nach Sabaudia umgezogen, in ein Hotel mit einem schöneren Strand.

An einem warmen Abend, etwa drei Wochen nach unserem Abschied auf dem Flughafen von Neapel, ging er dort mit Badehose und Strohhut an den Strand. In der Hand trug er ein Messer, das er in der Küche des Hotels entwendet hatte. Er bedrohte Badegäste und fluchte. Die Badegäste riefen die Carabinieri. Zwei Carabinieri waren als erste zur Stelle. Sie versuchten meinen Vater zu überreden, das Messer fallen zu lassen und in aller Ruhe mit ihnen mitzukommen. Doch er beschimpfte sie in schlechtem Italienisch und stürzte sich auf sie, während er immer weiter mit dem Küchenmesser herumfuchtelte.

Sie haben sechsmal geschossen. Zwei Kugeln zertrümmerten ihm die Beine, eine seinen rechten Arm, der Rest landete in seinem Bauch. Er wurde per Helikopter in ein Krankenhaus nach Rom gebracht.

»Es ist etwas mit deinem Vater«, sagte meine Mutter, als ich an dem Abend von einer Party spät nach Hause kam, »er liegt in einem Krankenhaus in Rom.« Selbst der Russe war außer sich.

Am nächsten Morgen saßen wir im Flugzeug, meine Mutter und ich.

Nach zwei Tagen erwachte Robert Mehlman aus dem Koma. Er schien nicht im geringsten überrascht, uns zu sehen. Als erstes fragte er: »Wo ist mein Gepäck?«

»Es kümmert sich wer darum«, sagte ich.

»Mein Manuskript«, sagte er, »bringt es her.«

»Mach dir in deinem Zustand doch keine Gedanken wegen eines Manuskripts«, sagte die Märchenprinzessin.

»Ich entscheide selbst, worüber ich mir Gedanken mache«, sagte mein Vater mit heiserer Stimme, »du brauchst mir nicht vorzuschreiben, worüber ich mir Gedanken zu machen habe und worüber nicht! Ich will mein Manuskript!«

»Papa«, sagte ich, »schrei Mama doch nicht so an. Sie ist extra für dich aus Amsterdam nach Rom gekommen. Sie liebt dich doch.«

»Ich schrei hier jeden an«, sagte mein Vater, »bis ich mein Manuskript habe.«

Zwei Krankenschwestern kamen ins Zimmer gestürmt und schickten uns hinaus. Aufregung war lebensgefährlich für meinen Vater.

Meine Mutter flog bald wieder nach Amsterdam zurück, die Streitereien nahmen kein Ende. Ich sagte, es sei wichtig, daß jemand bei meinem Vater bliebe, und ich wolle noch eine Weile dort bleiben, irgend jemand mußte es doch tun. So leierte ich ihr Geld raus.

Ich zog in eine billige Pension in Rom. Jeden Nachmittag ging ich ins Krankenhaus.

Der Vorfall in Sabaudia hatte bis zu Anfragen im italienischen Parlament geführt. Einmal sah ich die Carabinieri, die auf meinen Vater geschossen hatten, im Fernsehen. Sie waren noch sehr jung. Einer muß gesagt haben: »Mein Leben ist jetzt auch ruiniert.«

Die Zeitungen fragten sich, warum die Carabinieri den Verrückten nicht mit einer Spritze betäubt, warum sie kein Netz über ihn geworfen hatten. Eine schrieb in einem Kommentar: »Statt auf die Mafia schießen sie auf Verrückte.«

Mein Vater wäre stolz auf sich gewesen.

Nur eine unbedeutende Abendzeitung meldete im letzten Absatz des Artikels, daß der Wahnsinnige aus Sabaudia der ehemalige Kochbuchautor Robert G. Mehlman sei. Ich glaube, er würde selbst dieses Vergessensein noch als seine Schöpfung betrachten.

Die Ärzte sagten, es sei nahezu ausgeschlossen, daß mein Vater je wieder ein normales Leben führen könne. Sie sprachen sogar von einer Amputation, aber ich wurde nicht schlau daraus. Mein Vater konnte nur noch den Kopf bewegen.

»Wird's noch lustig?« fragte er eines Nachmittags.

»Was?« fragte ich.

»Die Geschichte, die wir gerade schreiben.«

»Das ist keine Geschichte, Papa«, sagte ich, »das ist Wirklichkeit. Du hast am Strand Leute mit dem Küchenmesser bedroht.«

»Ja, das war stark, was?« sagte er.

Die Ärzte sagten, daß ich viel mit ihm reden müsse, auch wenn er schlief.

Es gab Tage, an denen er nichts sagte, an anderen Tagen fragte er nur: »Wo ist mein Manuskript?« Auch sagte er einmal: »Du mußt deinen Nachruf selber schreiben, Harpo, wenn du das einem drittklassigen Journalisten überläßt, bringen sie dich auf Seite zehn unter ›Ferner liefen‹.«

Das Hotel in Sabaudia schickte mir sein ganzes Gepäck. Ich durchsuchte seine Schrankkoffer und seine Tasche mit Post. Einige Briefe und Rechnungen waren über drei Jahre alt. Es waren auch Briefe von ihm dabei, die zurückgekommen waren. Heiratsanträge an Leute, die es nicht mehr gab.

Nirgends entdeckte ich etwas, das im entferntesten wie ein Manuskript aussah. Bis ich ganz unten in einem Schrankkoffer zwischen Unterhosen und Socken auf ein Paket stieß, verpackt in einen Müllsack und umwickelt mit einem Gummiband. Das Paket bestand aus einer Unmenge Papier, Notizbüchern, Bierdeckeln mit Adressen, einem Stück Pappe und Geld in verschiedenen Währungen. Das Geld und das Stück Pappe steckte ich ein. Den Rest brachte ich meinem Vater ins Krankenhaus.

»Schick alles David«, sagte mein Vater, als er den Müllsack sah, »der wird die Tippfehler schon rausholen. Sag ihm, er soll sich beeilen.«

Sechs Wochen nachdem ich David das Paket zugeschickt hatte, bekam ich es wieder zurück. Mit Engelsgeduld hatte David alles in die richtige Reihenfolge gebracht und eine Nachricht dazugelegt: »Es scheint mir besser, mit der Veröffentlichung zu warten, bis alle Beteiligten gestorben sind. Halt die Ohren steif. David.«

Wochen gingen vorüber. Der Zustand meines Vaters blieb unverändert. Die Märchenprinzessin sagte, ich solle in Rom bleiben, wenn die Ärzte dachten, daß das meinem Vater helfen würde. Ich sagte, daß dem so sei.

Nach vier Wochen fragte ich: »Warum mußte bloß alles kaputtgehen, alles immer wieder kaputtgehen?«

Er versuchte, den Kopf zu drehen.

»Mir ist so langweilig«, sagte er. »Wird es hier noch mal lustig, oder wie sieht's aus?« Einen Moment sagte er nichts. Dann fragte er: »Wann erscheint mein Buch, mein Opus magnum, wann kommt es heraus, und machen sie auch ein bißchen Werbung dafür? Oder sind sie sich dazu wieder zu gut?«

Ich habe einige der Leute gesucht, von denen er mir erzählt und über die er geschrieben hatte, die für die Personen in seinem Buch Modell gestanden hatten. Vielleicht in der Hoffnung, so etwas mehr über ihn zu erfahren, vielleicht auch nur, um zu lernen, daß man nicht versuchen darf, alles zu wissen.

Josef Capano liegt in einer Pflegeeinrichtung in Liège. Die amerikanischen Behörden haben ihn des Landes verwiesen. Und in Antwerpen war keine Einrichtung zu finden, die ihn aufnehmen wollte.

Drei Stunden habe ich neben ihm gesessen, und drei Viertel der Zeit hat er nichts anderes getan als geröchelt. Er vergaß dauernd meinen Namen und klagte über das Rauchverbot, das sie ihm auferlegt hatten und an das er sich nicht zu halten gedachte. Ein paarmal murmelte er: »Wir waren die Kings.«

Doch es war unklar, ob er damit sich selber meinte, meinen Vater oder jemand ganz anderen. Schließlich machte eine Pflegerin der Befragung ein Ende.

»Ich krieg noch Geld von deinem Vater«, rief er mir plötzlich hinterher.

Wie es möglich ist, weiß niemand, doch auch Missis Fischer lebt noch. Auch sie habe ich besucht. Sie wohnt noch in ihrem Haus in Yonkers, mit fünf Krankenschwestern. Sie brabbelt vor sich hin und lacht, vielleicht steht sie in Kontakt mit ihrem weisen Hüter, dem Indianer.

Evelyn lebt immer noch auf Puerto Rico als Hausmädchen bei reichen Leuten. Als ich ihre Nummer endlich herausgefunden hatte, mußte ich dreimal anrufen, bevor sie Zeit hatte, mit mir zu reden. Die Leitung knackte. Sie wollte nicht glauben, daß mein Vater einen Sohn hatte.

Sie erinnerte sich an andere Dinge als die, die mein Vater mir erzählt hatte, und auch an ganz andere Dinge, als er geschrieben hatte. Eine Ruderpartie, ein Kinobesuch, die Brombeeren waren bei ihr Walderdbeeren.

Sie fragte: »Siehst du genauso aus wie dein Vater?« Und auch: »Man mußte ihn einfach lieben, aber ich machte Cappuccino, ich kam aus Puerto Rico, ich war aus einer anderen Klasse.«

Vielleicht hatte ihre Phantasie die Wirklichkeit langsam überwuchert und erinnerte sie an Dinge, die es nie gegeben hatte. Wenn man Glück nicht erwarten darf, muß man sich wenigstens daran erinnern.

Ich kam zu dem Schluß, daß es sinnlos war, nach Puerto Rico zu fliegen.

»Ruf doch wieder mal an«, sagte sie.

Ihren Kindern ging es gut.

Rebecca habe ich wirklich besucht.

Ich rief an, und sie lud mich zum Tee ein. Sie wohnte in Amsterdam in der Nähe des Vondelparks.

»Wie groß du geworden bist«, sagte sie, »ich hätte dich kaum wiedererkannt.«

Ich lachte, teils aus Verlegenheit, teils aus Unsicherheit, teils, weil ich mich schämte. Was redet man mit der Geliebten seines Vaters, die man als »Tante Rebecca« oder – wenn sie nicht dabei war – als »die hohle Nuß« gekannt hat?

Sie hatte Kinder bekommen, zwei Mädchen. Wir saßen auf dem Boden, die Kleine spielte neben uns auf dem Teppich. »Ich war jung«, sagte sie, »und ein bißchen verrückt, aber ich bedaure nichts, es war eine schöne Zeit.«

Sie zeigte mir Fotos. Ich blätterte sie schnell durch. Die Fotos waren nicht für mich bestimmt. Vielleicht darf man nicht alles von seinem Vater wissen wollen. Jedenfalls wollte ich keine Nacktfotos von ihm sehen.

»Ja«, sagte Rebecca, »ich bin sogar noch mit ihm nach Japan gefahren«, und sie nahm ihre Tochter auf den Schoß.

Ich wußte nicht, was ich sagen sollte, also sagte ich: »Das war noch vor meiner Geburt.«

Ich betrachtete ihre Hände, vielleicht um nachzusehen, ob sie wirklich häßlich waren. Es waren alte Hände. Ihre Hände waren schneller gealtert als ihr Gesicht.

»In Sizilien hat er mit mir Schluß gemacht«, sagte

Rebecca, »aber seitdem schrieb er mir nur noch mehr Briefe, und da hab ich ihn wieder mal besucht.«

»Und warum hast du dann später mit ihm Schluß gemacht?« fragte ich, während ich mit ihrer Tochter einen Turm aus Bauklötzen baute.

»Nach zwölf Jahren«, sagte Rebecca, »konnte er sich immer noch nicht entscheiden. Da wurde es mir doch ein bißchen zu blöd. Ich hab damals meinen Mann kennengelernt, und auf den brauchte ich nicht zu warten. Ich weiß noch, wie ich deinen Vater anrief und ihm sagte: ›Niemand hätte so lange auf dich gewartet wie ich, Robert. Niemand.‹«

»Und was hat er geantwortet?«

Der Turm war jetzt fast fertig.

»Daß alle immer was von ihm erwarteten, Verleger, Zeitungen, seine Frau, seine Familie, und daß sie genausogut auf ihren Erlöser warten könnten.«

Rebeccas Tochter wollte bei mir auf den Schoß.

»Und dann?«

»Dann sagte ich, daß er sich zwölf Jahre lang nicht entschieden hatte und daß ich jetzt genug davon hätte. Daß ich jemanden kennengelernt hätte, der sich entscheiden könne, und daß ich mit ihm in Urlaub fahren würde. Und er sagte: ›Wie kann ich mich entscheiden? Ich schreib an meinem Opus magnum, verlang doch nicht so viel von mir.‹ Und ich sagte: ›Robert, ich hab nicht viel von dir verlangt, ganz wenig sogar, aber selbst das bißchen war dir zuviel.‹ Danach hab ich mindestens noch vierzig Briefe von ihm bekommen und auch noch zehn Telegramme, aber ich hab sie nicht aufgemacht. Ich wußte: Wenn ich sie aufmache, fängt alles wieder von vorne an. Wenn ich sie aufmache, hört es nie auf, und so kann es doch nicht immer weitergehen, das geht doch nicht?«

»Nein«, sage ich, »das geht nicht.«

Ich mußte an Mata Hari denken. Dann entstand eine Pause, und ich sagte: »Du hast eine süße Tochter.«

Um sieben Uhr kam ihr Mann mit dem anderen Kind nach Hause.

Rebecca sagte: »Das ist Harpo Mehlman, der Sohn von Robert, du weißt schon.«

»Ja«, sagte ihr Mann, »ich weiß schon.«

Er fragte, ob ich zum Essen bleiben wollte, aber ich sagte, daß das leider nicht ginge, weil ich am selben Abend noch nach Rom fliegen müßte.

»Und was hast du vor?« fragte Rebecca.

»Ich will Fotograf werden«, sagte ich, »nicht dieses Kunstzeugs, ich will mit Fotomodellen arbeiten.«

Rebecca wollte mir noch Briefe meines Vaters mitgeben.

»Behalt sie«, sagte ich, »schließlich sind sie für dich.«

Sie brachte mich zur Tür. »Warum fliegst du eigentlich nach Rom?« fragte sie.

Ich zögerte, ob ich es ihr sagen sollte. Evelyn hatte ich nichts davon erzählt, warum auch, wem wurde dadurch geholfen, doch bei Rebecca, fand ich, war es etwas anderes.

»Mein Vater«, sagte ich, »ist in Sabaudia mit dem Küchenmesser an den Strand gelaufen. Zuerst hat er Badegäste bedroht, dann sind die Carabinieri gekommen, und die hat er auch bedroht und beschimpft. Sie hatten keine andere Wahl. Sie mußten auf ihn schießen.«

So stand ich der Geliebten meines Vaters gegenüber, die ich als »Tante Rebecca« gekannt hatte. Es gab nichts mehr zu sagen. Sie war verheiratet und hatte Kinder, ich war mit meiner Mutter nach Amsterdam zurückgekehrt, und mein Vater war mit dem Küchenmesser an den Strand von Sabaudia gerannt. Das blieb offenbar von Lebensläufen übrig, wenn man sie zusammenfaßte.

Eigentlich hatte ich Rebecca noch viel mehr fragen wollen, doch als ich einmal bei ihr war, schien es mir plötzlich sinnlos. Nicht, weil ich alles schon wußte oder vermutete, sondern weil es nichts nutzen würde.

In ihrem Bücherschrank hatte ich *Die polnisch-jüdische Küche in 69 Rezepten* stehen sehen.

Gleich nach der Ankunft in Rom ging ich ins Krankenhaus. Die Schwestern begrüßten mich wie einen alten Bekannten.

»Wo warst du?« fragte mein Vater.

»Ich war kurz in Amsterdam«, sagte ich, »ich mußte was bei Mama erledigen.«

Eine Krankenschwester hatte mich auf dem Flur angesprochen: »Dein Vater ist unmöglich«, sagte sie, »dauernd ruft er, wir müßten für ihn Reklame machen.«

Zwanzig Jahre hatte er dazu gebraucht, sich aus dem Leben meiner Mutter zu verabschieden, fast genauso lang versuchte er, aus seinem eigenen Leben zu verschwinden, und zuletzt hatte er die Hilfe von zwei Carabinieri in Anspruch genommen, diese Operation zu Ende zu bringen.

Es ist, als ob das Bild meines Vaters, das ich nicht

einmal selbst gesehen habe – er in der Badehose am Strand von Sabaudia mit einem gestohlenen Küchenmesser herumfuchtelnd –, alle anderen Bilder und Erinnerungen verdrängt. Als ob ein Teil von ihm schon immer am Strand von Sabaudia entlanggelaufen wäre und mit dem Küchenmesser herumgefuchtelt hatte.

Ich sagte ihm nicht, wo ich gewesen war. Ich sagte nur: »Alle wünschen dir gute Besserung: die Märchenprinzessin, die hohle Nuß, Missis Fischer, Evelyn, Josef Capano, alle hoffen, daß es dir bald wieder bessergeht.«

»Was hab ich von Besserung?« rief Robert G. Mehlman. »Sollen sie doch herkommen, wenn ich ihnen wirklich was bedeute. Und von Capano krieg ich noch einen Leinenanzug, ich hab ihm Geld dafür gegeben, und dann ist er abgehauen, und ich hab keinen Leinenanzug gesehen.«

Da kam die Pflegerin herein, um meinem Vater eine Spritze zu geben.

»Und hat David noch was von sich hören lassen, oder hat er wieder zuviel mit seinem Hund zu tun?«

Die Spritze begann zu wirken, und ich ging in meine Pension, um mit der Märchenprinzessin zu telefonieren.

»Die Frau ruft wieder bei mir an«, sagte mein Mutter. »Die hohle Nuß will wissen, in welchem Krankenhaus dein Vater liegt, offenbar ist sie mir auf den Fersen. Kann sie mich nicht mal jetzt in Ruhe lassen? Woher hat sie meine Nummer?«

»Ich weiß von nichts, Mama«, sagte ich.

Die Märchenprinzessin fluchte. »Muß sie mich selbst an seinem Totenbett noch belästigen? Hat diese Frau denn überhaupt keinen Anstand?«

Ich kann die Wirklichkeit meines Vaters nicht betreten, ich kann und will nicht in ihr leben, weil in dieser Wirklichkeit kein Leben möglich ist.

Der kleine Raum, wo unsere beiden Wirklichkeiten sich überschneiden, ist ein Krankenzimmer in Rom. Und selbst da bin ich mir nicht sicher. Überschneiden unsere Wirklichkeiten sich dort wirklich? Wen sieht mein Vater, wenn er mich anschaut, und wen sehe ich, wenn ich ihn anblicke?

Ich muß akzeptieren, daß mein Vater ein Fremder für mich ist und immer ein Fremder für mich bleiben wird. Auch jetzt, wo ich in seinen Sachen geschnüffelt habe; gerade jetzt ist er mir fremder als je zuvor.

Es gibt keinen Ort mehr, an dem ich ihm begegnen könnte; was von uns übrig ist, von seinen Briefen an mich, unseren Spaziergängen, unseren Essen mit der Märchenprinzessin oder den Kleiderkäufen für die hohle Nuß, ist ein Schmerz, mit dem man allein bleibt, ein Schmerz, für den es keine richtigen Formulierungen gibt. Etwas, das sich der Macht der Worte entzieht und das es meinem Vater zufolge also gar nicht geben dürfte.

Vor mir liegt ein Stück Pappe.

> Für Herrn R. Mehlman.
> Rufen Sie bitte 212–5739653 an.
> Ich habe ein Päckchen aus den Niederlanden,
> das ich Ihnen übergeben soll.

Die Handschrift ist zierlich. Die Telefonnummer existiert nicht mehr. Es ist Abend in Rom, und die Besitzerin der Pension denkt wohl, ich würde nie mehr ausziehen und jeden Abend in meinem Zimmer sitzen, starrend auf ein altes Stück Pappe in meiner Hand.

Ich müßte jetzt etwas über die hohle Nuß erzählen, alles, was ich weiß, alles, was ich gesehen habe, alles, woran ich mich erinnere, genau so, wie die Polizei einen Fall wieder aufrollt, so müßte ich über die hohle Nuß erzählen, doch ich will keine Fußnote in der Lebensgeschichte meines Vaters sein, ich will mit Fotomodellen arbeiten, vielleicht eine eigene Agentur eröffnen. HARPO MEHLMAN – FOTOGRAFIEN UND FOTOMODELLE. So was.

Die Ärzte sagen, daß mein Vater seinen Zustand immer noch nicht akzeptiert und daß es gut sei, wenn ich ihn langsam mit dem Unvermeidlichen vertraut mache.

»Papa«, sage ich, »du hast am Strand von Sabaudia Leute mit dem Küchenmesser bedroht, und sie haben auf dich geschossen. Und jetzt liegst du in einem Krankenhaus in Rom und kannst einen großen Teil deines Körpers nicht mehr bewegen.«

Er wirft seinen Kopf nach links, damit er mich ansehen kann.

»Glaub doch das nicht, mein Junge«, sagt er, »das sind Gerüchte, die deine Mutter verbreitet.«

Robert G. Mehlmans Werke

Grüner Tee
Erzählung
(im Selbstverlag erschienen, nicht mehr lieferbar)

Stimmen aus der Hölle
Erzählungen
(im Selbstverlag erschienen, vom Autor vernichtet)

Teures Fleisch
Theaterstück
(im Selbstverlag erschienen, nicht mehr lieferbar)

Platz 268 der Weltrangliste
Roman
(nicht mehr lieferbar)

Ein Garten nach Osten
Roman
Teil 1 des Sidney-Brochstein-Zyklus
(nicht mehr lieferbar)

Zusatzornamente
Erzählungen
Teil 2 des Sidney-Brochstein-Zyklus
(nicht mehr lieferbar)

Man muß genau hinsehen, um es zu merken
Pamphlet
(nicht mehr lieferbar)

Ein toter Schwarzer
Gedichte
Teil 3 des Sidney-Brochstein-Zyklus
(nicht mehr lieferbar)

Ich mag Männer mit einer Frauenstimme
Erzählungen und kritische Betrachtungen
(aus dem Handel genommen)

Ich geh nicht gern zu Fuß
Kolumnen
(nicht mehr lieferbar)

All meine Leser passen in ein Taxi
Gedichte
(nicht mehr lieferbar)

Die polnisch-jüdische Küche in 69 Rezepten
Literarisches Kochbuch
(34. Auflage)

Briefe an Harpo
Briefe
(nicht mehr lieferbar)

Die hohle Nuß und andere Juwelen
Roman
(Manuskript, unpubliziert)

INHALT

ARNON GRÜNBERG
Phantomschmerz

erscheint als achter Band der
BRIGITTE-EDITION
ERLESEN VON ELKE HEIDENREICH

Lizenzausgabe für BRIGITTE-EDITION
mit freundlicher Genehmigung
der Diogenes Verlag AG Zürich

Titel der Originalausgabe
Fantoompijn

Ausstattung und Gestaltung von
Groothuis, Lohfert, Consorten, Hamburg
Herstellung:
G+J Druckzentrale, Hamburg
Prill Partners producing, Berlin
Satz: Dörlemann Satz, Lemförde
Druck und Bindung: GGP Media GmbH, Pößneck
Printed in Germany

ISBN 3-570-19519-8

DIE BRIGITTE-EDITION
IN 26 BÄNDEN
ERLESEN VON ELKE HEIDENREICH

1 | PER OLOV ENQUIST *Der Besuch des Leibarztes*

2 | PAULA FOX *Was am Ende bleibt*

3 | T.C. BOYLE *América*

4 | NIGEL HINTON *Im Herzen des Tals*

5 | RUTH KLÜGER *weiter leben*

6 | RICHARD FORD *Unabhängigkeitstag*

7 | JANE BOWLES *Zwei sehr ernsthafte Damen*

8 | ARNON GRÜNBERG *Phantomschmerz*

9 | JIM KNIPFEL *Blindfisch*

10 | DOROTHY PARKER *New Yorker Geschichten*

11 | DIETER FORTE *Das Muster*

12 | WISŁAWA SZYMBORSKA *Die Gedichte*

13 | HERMANN H. SCHMITZ *Das Buch der Katastrophen*

14 | HARUKI MURAKAMI *Gefährliche Geliebte*

15 | CARL FRIEDMAN *Vater/Zwei Koffer*

16 | BORA ĆOSIĆ *Die Rolle meiner Familie in der Weltrevolution*

17 | MARLEN HAUSHOFER *Die Wand*

18 | JOHN UPDIKE *Gertrude und Claudius*

19 | ANNE MICHAELS *Fluchtstücke*

20 | STEWART O'NAN *Das Glück der anderen*

21 | CHRISTA WOLF *Kein Ort. Nirgends*

22 | MAARTEN 'T HART *Gott fährt Fahrrad*

23 | ALESSANDRO BARICCO *Seide*

24 | ISABEL BOLTON *Wach ich oder schlaf ich*

25 | RADEK KNAPP *Herrn Kukas Empfehlungen*

26 | ANTONIO TABUCCHI *Erklärt Pereira*

FSC
Mix
Produktgruppe aus vorbildlich bewirtschafteten Wäldern und anderen kontrollierten Herkünften

Zert.-Nr. SGS-COC-1940
www.fsc.org